W0265182

**Joshua Tree**

# PILGRIM 2: Die Verlorenen

## Pilgrim Saga

## Band 2

**Lektorat:** Raphael Krämer,

Maren Schuchmann,

Hermann Lücke,

Michel Greiner

**Korrektorat:** Pea Krämer

**Cover:** Kai Sprenger

**Karte:** Ellada Azoidou

**Bilder:** Smoke: © Liliia - Fotolia.com

Hands: © Alex Malikov - Fotolia.com



Email: joshuatree@weltenblume.de

Web: www.weltenblume.de

Facebook: www.facebook.com/weltenblume

**Alle Bände der Pilgrim Saga im Überblick:**

1. Pilgrim 1: Rebellion
2. Pilgrim 2: Die Verlorenen
3. Pilgrim 3: Die Geächteten (in Kürze)
4. Pilgrim 4: Die Magier (in Vorb.)
5. Pilgrim 5: Die Zerstörer (in Vorb.)
6. Pilgrim 6: Die Erlöser (in Vorb.)

## Inhalt

# Karte

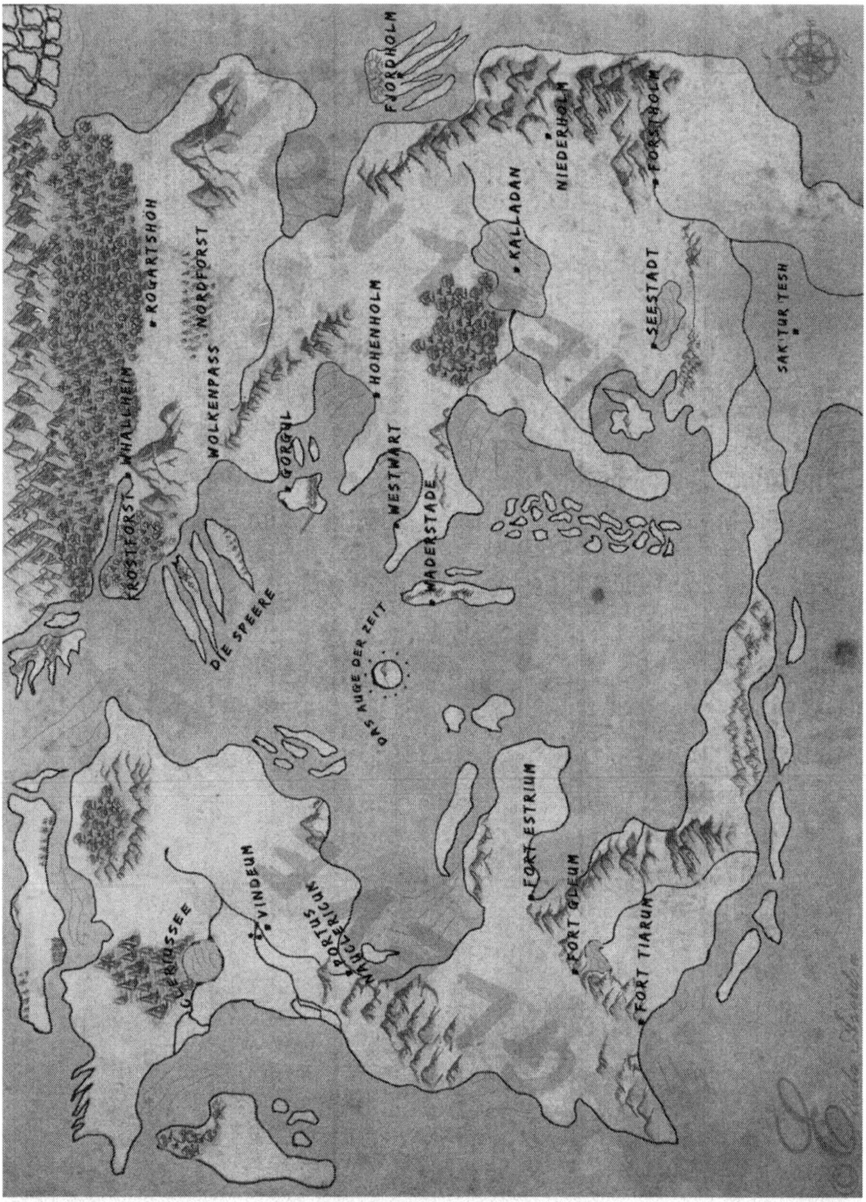

FJORDHOLM
NIEDERHOLM
FORSTHOLM
KALLADAN
SEESTADT
SAK'TUR TESH
ROGARTSHÖH
NORDFORST
WHALLHEIM
WOLKENPASS
HOHENHOLM
GORGUL
WESTWART
WADERSTADE
FROSTFORST
DIE SPEERE
DAS AUGE DER ZEIT
FORT ESTRIUM
FORT GLEUM
FORT TIARUM
VINDEUM
PORTUS
NAUCERICUM
CLERIUSSEE

# 1. Fragmente

*Depressionen* hatte es auf Pilgrim so gut wie nie gegeben. Doch allein die Tatsache, dass er das Wort und seine Bedeutung kannte, deutete bereits daraufhin, dass es eben nur *so gut wie nie* vorgekommen war. Es klang seltsam fremdartig, als passe es nicht in die Sprache der Pilgrim. Vielleicht stammte es aus der Vorwelt?

Die konsequente Ausrichtung auf ein vorgegebenes Lebensziel, nämlich Verschmelzung oder Reise in den Nimbus, hatte – Lüge hin oder her – jedem Pilgrim eine klare Idee von seiner persönlichen Bestimmung gegeben.

Das und die Tatsache, dass jeder Tag vollgestopft war mit Arbeit und den verschiedensten Gemeinschaftsaufgaben, sorgte dafür, dass gar nicht genügend freie Zeit vorhanden war, um sich in einen Mahlstrom aus tiefster Trauer und ärgsten Lebenszweifeln stürzen zu können.

Doch es war vorgekommen, dass einige Wenige sich das Leben nahmen, oder nicht zu ihren Diensten erschienen, weil sie ihren Lebenswillen verloren hatten und ihr Haus nicht mehr verlassen wollten.

Die beiden einzigen Fälle, die Magnus in seiner Zeit als Bürger Pilgrims miterlebt hatte, waren zu Meister Winding gebracht worden, um in Erfahrung zu bringen, ob sich die *Depression* mithilfe des Hatori heilen ließ.

Bei einer jungen Frau aus Tashas Hatnamkurs hatte es funktioniert und sie konnte wieder am Gemeinschaftsleben teilnehmen. Bei einer anderen, schon etwas älteren Frau, hatte sein Hatorimeister keine Chance auf Heilung gesehen und sie wurde von den Wächtern abgeführt, da wie immer eine Kompromittierung durch die Weltenblume befürchtet worden war.

*Wahrscheinlich eine glatte Lüge, so wie alles andere in diesem perfiden Geflecht aus Halbwahrheiten und willkürlichen Entscheidungen auch*, dachte er niedergeschlagen.

Magnus litt fürchterlich und er hätte jede körperliche Krankheit ohne zu zögern gegen dieses tiefe Gefühl der Leere und Sinnlosigkeit eingetauscht, dass sich erbarmungslos immer weiter in seine Eingeweide fraß und ihm nun schwer auf der Seele lastete.

Nachdem er mit Raynor in die Berge geflohen und auf einem kleinen Felsvorsprung vor Erschöpfung zusammengebrochen war, hatte sich alles geändert.

Das Adrenalin des Kampfes und der Flucht war aus seinen Gliedern verschwunden und hatte ihn als schluchzende Karikatur seines einst so selbstbewussten Ichs zurückgelassen.

Unter ihnen hatte Waderstade in Flammen gestanden und die Schreie der massakrierten Stadtbewohner bohrten sich noch immer in seinen Verstand wie brennende Pfeile, vor denen es kein Entkommen gab.

Die *Schwarze Mähre* hatte im Hafenbecken mit schwefelhaltigem Tod um sich geschossen, wie eine wildgewordene Bestie und war aufs offene Meer entkommen, doch sie hatte sich zu dem Zeitpunkt bereits so weit draußen befunden, dass er Zweifel daran hegte, dass seine Freunde es noch rechtzeitig an Bord geschafft hatten.

Außerdem wurde der stolze Dreimaster von so vielen feindlichen Schiffen verfolgt, dass er für die Mannschaft keine sonderlich rosige Zukunft mehr sah.

Während sich die Flammen einer sterbenden Stadt in seinen tränenüberströmten Augen wiedergespiegelt und die Schreie ihrer Bewohner in seinen Ohren schmerzhaft nachgehallt hatten, war er von Raynor weiter in die Berge gezerrt worden, da bereits erste Suchtrupps der Vindicaner aus den Stadttoren geschwärmt waren.

Sie verschwendeten wahrlich keine Zeit.

Die folgende Nacht und den nächsten Tag hatte er nur wie durch einen trüben Schleier wahrgenommen, der sich wie ein Leichentuch über seine

Sinne gelegt und ihn als eine Art leblose Maschine zurückgelassen hatte, die zwar einen Fuß vor den anderen setzen konnte, aber nicht einmal zum Essen oder Trinken fähig war.

Vor einer knappen Stunde hatte Meister Raynor schließlich die Geduld verloren und ihn mehrfach so kräftig geohrfeigt, dass ihm noch immer die Ohren klingelten und allein schon der brennende Schmerz in seinen Wangen ihn ins Hier und Jetzt zurückholte.

»Reiß dich gefälligst zusammen, Junge«, hatte sein ehemaliger Mentor ihm mit mitleidigen Augen, aber harter Stimme, befohlen und ihn dann an der Schulter gepackt um ihn mit unnachgiebigem Blick zu fixieren. Sie befanden sich seitdem auf einer kleinen Lichtung inmitten der Berge Malkinings, die Raynor als Nachtlager ausgewählt hatte, da es bereits dämmerte.

»Ich werde jetzt die Gegend auskundschaften und nachsehen, ob wir verfolgt werden. Wenn ich zurückkomme, will ich hier genügend Tannennadeln und Äste aufgeschichtet finden, um uns heute Nacht als Unterlage warm zu halten. Also hör auf, dich selbst zu bemitleiden und mach dich gefälligst nützlich, wir haben jetzt keine Zeit zum Trauern.«

Das hatte Magnus tatsächlich dazu gebracht, seine schwermütige Trauer über den Verlust seiner Freunde und die dadurch wieder aufgebrochenen Wunden, welche die Vernichtung seiner Heimat gerissen hatte, kurzzeitig zu verschließen.

Eine klare Aufgabe vor Augen zu haben und sich auf die anstrengenden, aber einfachen körperlichen Tätigkeiten zu konzentrieren, die dafür erforderlich waren, gaben ihm die Möglichkeit, seinen verletzten Geist für eine Weile ruhen zu lassen und im Augenblick zu verweilen.

Als er zwei notdürftige Schlafstätten aus trockenen Zweigen und pieksenden Tannennadeln zusammengesucht hatte, kam die Trauer jedoch erbarmungslos zurück und verankerte sich wie ein Geschwür in seinem Kopf, das mit jeder Träne, die seine geröteten Augen verließ, immer weiter zu wachsen schien.

Er wusste nicht, wie lange er nun schon auf seinem eigenen ungemütlichen Reisigbett saß, als Raynor plötzlich wie aus dem Nichts neben ihm auftauchte und zufrieden über die Arbeit seines Schützlings nickte.

»Das müsste reichen.« Er stemmte die Hände in die Hüften und spähte halbherzig in die sich ausbreitende Dunkelheit zwischen den dicken Bäumen, die sie in einigen Schritten Entfernung auf allen Seiten umgaben. »Die Gegend ist sauber. Wir haben tatsächlich Verfolger, aber ihren Lagerfeuern nach zu urteilen, befinden sie sich noch mindestens einen Tag hinter uns und das noch nicht einmal in der richtigen Richtung. Mit ein bisschen Glück müssten sie die falsche...«, er unterbrach sich, als sein Blick den des jungen Pilgrim streifte, der sich noch immer in stummer Trauer im Nichts verlor.

Anstatt weiterzusprechen, setzte er sich einfach neben Magnus auf den langsam kühler werdenden Waldboden und blickte schweigend in dieselbe Richtung. Nach einiger Zeit begann er schließlich doch mit getragener Stimme zu sprechen.

»Als ich fünf Jahre alt war, wurden meine Eltern von den Wächtern verschleppt und zur Halle der Wahrheit gebracht. Es hieß, sie seien bereits seit einiger Zeit dem Wahnsinn verfallen und stellten eine Gefahr für die Sicherheit Pilgrims dar. Nach allem was ich von euch gehört habe, bin ich mir nicht mehr sicher, ob es stimmt, doch bisher habe ich sie immer für ihre geistige Schwäche verdammt, die sie hatte wahnsinnig werden lassen. Ich habe mich dagegen gesträubt, die Verschmelzung zu suchen, einfach nur um sie im Nimbus finden zu können und sie dann mit all dem geistigen Müll, der Wut, der Verzweiflung und der Enttäuschung zu konfrontieren, die in meinem verletzten Geist herumschwirrten und mir Nacht für Nacht den Schlaf raubten.«

Magnus bewegte sich kaum merklich. Sein Meister legte ihm seine Kindheit vor die Füße, wie ein offenes Buch? Das war ein beinahe unvorstellbarer Akt der Emotionalität, der ihn ernsthaft daran zweifeln ließ, ob es sich wirklich um Meister Raynor handeln konnte, oder er stattdessen träumte und jeden Moment schweißgebadet erwachen würde. In gewisser Weise hoffte er es sogar, denn dann wären vielleicht auch der Verlust seiner Freunde und der Tod Sneepers nur einem unruhigen Schlaf entsprungen. Doch sein Lehrmeister fuhr bereits mit allzu realer Stimme fort und seine Worte berührten Magnus, weil er genau wusste, wie schwer sie seinem Mentor fallen mussten.

»Es ist nicht leicht mit fünf Lebensjahren plötzlich allein im Leben zu stehen und keine Verwandten mehr zu haben. Pilgrim war noch nie ein besonders familiärer Ort, doch wenigstens hatten die meisten von uns ihre Eltern bei sich, bis sie ins jugendliche Alter kamen und selbstständiger wurden, oder Mutter und Vater in den Nimbus übergingen. Da haderte ich also mit mir, meinen Eltern, die fort waren und dem Schicksal selbst. Was hat es mir eingebracht?« Er schürzte die schmalen Lippen und schaute grimmig in die dichten Baumkronen, die sich über ihnen im Wind wiegten und ein leises Rauschen in die Nacht schickten.

»Ich sage es dir: zwei Jahrzehnte Verbitterung, Wut und Lebensmüdigkeit. Dann habe ich erkannt, dass die einzige Person auf dieser Welt, die es zulassen kann, dass ich mein Leben hasse, ich selbst bin. Ich kann in diesen krank machenden Gedanken verharren, wie ein stures Kind, das denkt es bekommt alles was es will, wenn es nur kräftig genug weint. Oder ich kann mir die Macht über mein Leben zurückholen, indem ich mich für etwas anderes entscheide. Also entschied ich mich dazu, meinem Leben eine neue Richtung zu geben. Ich trainierte das Hatnam Tag und Nacht, bis meine Mitschüler mich für verrückt erklärten. Doch ich hatte das Ziel, der Beste zu werden und anderen dabei zu helfen, die Kontrolle und Verantwortung über ihr eigenes Leben zu übernehmen. Wie du dich fühlst hängt davon ab, welche täglichen Entscheidungen du triffst, nicht davon, was um dich herum passiert.

Was uns umgibt in diesem Spiel des Lebens ist nichts weiter als ein Kabinett aus komplizierten Formen und Mustern, die ein komplexes Bild ergeben. Ein Bild, das wir mit unserem Verstand zu interpretieren versuchen, um in ihm einen Sinn zu sehen, der zu unserer Vorstellung von der Welt und wie sie sein sollte passt.«

»Aber Tzunai, Felix, Tomm, Tasha. Sie sind allein und verloren in diesem Hexenkessel geblieben, wahrscheinlich tot, während wir in die Berge geflohen sind und Sneeper...«, protestierte Magnus schwach. »Tot! Das habe ich nicht nur interpretiert, es ist geschehen und *dieses* Bild ist unmenschlich.«

»Es hat auch niemand gesagt, dass die Welt gerecht ist, oder menschlich sein muss. Das hast *du* dir vielleicht überlegt, aber glaubst du, die Essenz interessiert sich für die Konzepte von uns Menschen? Gut und Böse, gerecht und ungerecht? Nein. Das einzig Gerechte auf dieser Welt, wenn man es denn überhaupt so nennen will, ist, dass wir zu jederzeit frei entscheiden können, wie wir mit den Situationen umgehen, die sich uns zeigen. Du kannst jetzt deine Vermutung betrauern, dass deine Freunde tot sind und dich zum Sterben im Unterholz verkriechen, oder du kannst deinen Blick weiter stellen und akzeptieren, dass du nicht weißt, was mit ihnen geschehen ist. Sollten sie es geschafft haben zu entkommen, denken sie vielleicht auch, dass wir tot sind, da unsere Chancen aus der Taverne zu entkommen ziemlich gering waren. Würdest du wollen, dass sie in Selbstmitleid und Zorn versinken, oder lieber, dass sie die Hoffnung haben, dass auch du es geschafft hast und es eine Möglichkeit zur Wiedervereinigung gibt?«

Magnus schwieg, nickte aber kaum merklich, während er über die Worte seines Meisters nachdachte.

»Siehst du. Du bist an einem der Punkte angelangt, die das Leben uns des Öfteren vorzusetzen scheint, um zu überprüfen, ob wir sein Mysterium durchdrungen haben und es zu würdigen wissen. Leben ist Veränderung, alles ist in Bewegung und nichts bleibt wie es war. Lerne, das zu akzeptieren und dich auf jene Dinge zu konzentrieren, die in deiner Macht stehen, alles andere ist sinnloser Widerstand gegen Dinge, die außerhalb deiner Reichweite liegen. Triff Entscheidungen und übernimm Verantwortung für ihre Folgen, ob sie dir gefallen oder nicht. Wenn du das tust, wird das Leben dich nicht mehr prüfen müssen, denn du hast verstanden um was es geht. Es ist wie es ist und das wird es auch immer sein, alles andere sind geistige Notizen, die du den Dingen gibst, aber das macht sie noch lange nicht zu den Dingen, die *sind.* Also triff gefälligst eine Entscheidung, ich habe keine Lust mich mit einem verheulten Kind herumzuschlagen.«

Damit war der längste Wortschwall, den er jemals aus dem Mund seines Meisters gehört hatte, beendet. Raynor stand lautlos wie eine Katze auf, um sich auf seine eigene improvisierte Schlafstätte zu legen. Nach wenigen Augenblicken hob und senkte sich seine Brust in regelmäßigen Atemzügen und er war eingeschlafen. Ganz wie ein Mann, der tatsächlich Frieden mit sich und der Welt geschlossen hatte.

Der kurze Schreck über die harten letzten Worte Raynors war nur von kurzer Dauer. Es überwog die Intimität seines Mentors, die ihn tief traf. Dass er mit Magnus über seine Gefühle sprach und ihm einen einzigartigen Einblick in sein Leben gewährt hatte, berührte ihn.

Magnus dachte noch eine ganze Weile nach, während er auf dem Rücken liegend in den überwältigenden Sternenhimmel blickte und seine eigenen Gefühle und Gedanken nach eingehender Überprüfung neu sortierte. Irgendwann war auch er müde und glitt in einen traumlosen Schlaf.

Als er zusammen mit den ersten zaghaften Sonnenstrahlen des neuen Tages erwachte, hatte er seine Entscheidung getroffen.

»Gott vor Della!« Graubart nahm das Fernrohr vom Auge und stieß es wütend zurück in das Futteral an seinem speckigen Ledergürtel. Seine linke Schulter schmerzte noch immer und er konnte bereits wieder frisches Blut spüren, das durch den frischen Verband sickerte, den sein Schiffsmedicus Ubbo erst vor einer Stunde gewechselt hatte. Der vindicanische Pfeil hatte seine Schulter glücklicherweise in der Muskulatur direkt über den Knochen durchschlagen und konnte recht einfach entfernt werden. Die größte Verletzung hatte sein Stolz davon getragen - für ihn ein weitaus schlimmerer Schmerz.

Und jetzt das. Die Falle war perfekt vorbereitet und sie saßen genau unter dem Schlagbügel. Ein Teil von ihm hätte sich am liebsten, genau wie der arme Teufel Felix, in seiner Kajüte verkrochen, um die drohende Wahrheit nicht mit ansehen zu müssen. Doch so einfach war das eben nicht, wenn man Kapitän eines stolzen Schiffes wie der Schwarzen Mähre war.

Der Wind wehte von den großen Bergmassiven im Osten ablandig und ließ ihm lediglich das offene Meer zur Flucht, doch dort wartete bereits eine mehrere Meilen breite Konkave aus vindicanischen Triremen, die sich wie ein Netz aus Segeln und stacheligen Rudern am Horizont ausbreitete. Natürlich hätte er gegen den Wind kreuzen können um an der Küste entlang nach Norden oder Süden zu entkommen, doch mit der Handvoll Knoten, die sein geliebtes Schiff damit aufs Wasser gebracht hätte, wäre er den Rudersklaven des Kaisers niemals entkommen.

Der feindliche Admiral hatte den einzigen Vorteil, den seine rückschrittlichen Triremen ihm boten, vorzüglich genutzt, um eine enge Schlinge um den Hals der Piraten zu ziehen, die sich bereits um ihren Hals legte.

Ein kurzer Blick über die Heckbrüstung zeigte ihm, dass die fünf Triremen, die das nächtliche Gefecht im Hafen überstanden hatten, ihnen dicht auf den Fersen waren und sich durch den wabernden Dunst der Rauchschwaden kämpften, um ihn in die Arme ihrer Schwesterschiffe zu treiben.

Die Schlacht vor Waderstade hatte zuerst noch sehr gut für sie ausgesehen. Tandossa hatte das Kommando behalten, da Graubarts Verletzung behandelt werden musste, auch wenn er darauf bestanden hatte, dass Ubbo ihn trotz Protest auf dem Achterdeck versorgte, sodass er das Gefecht zumindest mitverfolgen konnte. Er würde eher sterben, als unter Deck zu verrotten, während seine geliebte *Mähre* über ihm zu Klump geschossen wurde.

Sein Vertrauen in den treuen Tandossa hatte sich letztendlich vielfach ausgezahlt.

Er versenkte zwei der vier Triremen, die es ins ziemlich eng gewordene Hafenbecken geschafft hatten und ließ nach ihrer Flucht aus dem Hexenkessel mit den Heckkanonen die Leuchttürme zerstören, die zuvor noch die Einfahrt flankiert hatten.

Als die trutzigen Türme hinter ihnen zusammenstürzten, versperrten ihre riesigen Trümmerstücke den Weg für die verbliebenen zwei Triremen, die ihnen nachsetzen wollten und bereits mehrere Pfeilsalven auf sein Schiff abgefeuert hatten.

In der Dunkelheit der Nacht hatte die See noch genauso frei und endlos ausgesehen wie immer und er hatte schnell einige Meilen zwischen sich und die feindlichen Triremen bringen können, die an der Küste auf flüchtende Schiffe gelauert hatten, wie räudige Schakale.

Eines von ihnen hatte es mit einem Glücksschuss von einem Katapult sogar noch geschafft, sein Vorsegel zu zerstören, sodass er nun einiges an Fahrt einbüßen musste. Dass Tandossa den Hund mit einer vollen Breitseite auf den Grund des Meeres geschickt hatte, war jetzt kaum mehr als ein Trostpflaster auf einer klaffenden Fleischwunde.

Denn nun da der Morgen dämmerte und den Nebel der Nacht lichtete, kündeten die ersten Sonnenstrahlen von seinem unabwendbaren Untergang.

»Wie viele Meilen noch?«, fragte sein Erster Maat neben ihm ruhig und blinzelte in die aufgehende Sonne hinein, die sich hinter ihren Feinden langsam aus dem Ozean erhob, wie ein Auge aus glühendem Feuer. Nicht einmal jetzt, im Angesicht des sicheren Todes, verlor Tandossa seine Ruhe.

Graubart wusste nur zu genau, warum er seit zwanzig Jahren mit dem treuen Seemann und Freund an seiner Seite segelte, ohne jemals auch nur den Ansatz eines Zweifels an seiner Loyalität oder seinen Fähigkeiten gehegt zu haben.

»Drei, vielleicht vier«, antwortete Graubart knapp und nahm eine leichte Kurskorrektur Richtung Norden vor. Nicht, dass es etwas Entscheidendes eingebracht hätte, aber er wollte die *Mähre* so früh es ging längsseitig zum Feind stellen, um seinem neuen Geschützmeister frühzeitig die Möglichkeit zu geben, die Kanonen auszurichten.

Als er das riesige Steuerrad wieder in seine Ausgangsposition gebracht hatte, übergab er an Tandossa, der es schweigend übernahm und ihm mit ausdrucksloser Miene zunickte.

In diesem Nicken lag so viel mehr als eine reine Bestätigung seines Befehls. Es sagte ihm lautlos aber unmissverständlich, dass er genau wusste, was als nächstes kommen würde und er damit einverstanden war. Sein Erster Maat würde dem Feind bis zum letzten Atemzug die Zähne zeigen und war stolz darauf, mit der *Schwarzen Mähre* unterzugehen, dem berüchtigtsten Piratenschiff des Alten Meeres.

Und Graubart würde dafür sorgen, dass es mit wehender Flagge und donnernden Kanonen geschah, bevor er die Pulverfässer im Magazin der *Mähre* zündete.

*Diese stinkenden Kriegstreiber werden sich noch wundern, was passiert wenn die alte* Mähre *ihre Krallen zeigt*, dachte er grimmig und ballte die Hände zu Fäusten, dass seine gewachsten Lederhandschuhe knarzten.

Er stellte sich an die Reling zum Oberdeck, sodass er auf seine umherlaufende Mannschaft blicken konnte und erhob die Stimme.

»Männer!«, rief er so laut er konnte und seine Stimme hallte durch den grauenden Morgen, der ihnen den kalten Tod auf See bringen würde.

Die Piraten hielten in ihrer eifrigen Arbeit inne und blickten müde, aber ungebrochen zu ihrem Kapitän empor, der stoisch wie eh und je über ihnen auf dem Achterdeck stand und wie eine mystische Figur aus alten Sagen und Legenden wirkte.

Die Seemänner ließen Munitionskisten sinken, hielten beim Klettern in den Wanten inne, wuchteten schwere Pulverfässer von den Schultern, oder stellten frisch nachgeladene Pistolenbündel vor sich ab, bevor auch der letzte den Blick auf ihren Kapitän geheftet hatte und schweigend auf seine nächsten Worte lauschte.

»Der Feind wartet im Westen und er ist mit mindestens zwölf Triremen gekommen, um uns zu holen«, begann Graubart. Er hatte sich für seine wahrscheinlich letzte Rede für einfache und vor allem ehrliche Worte entschieden. Seine Männer hatten nach all den Jahren nichts weniger als die Wahrheit verdient. Die verschmutzten, teilweise bereits mit Verbänden versorgten Seemänner blickten ihn aus ernsten, aber trotzigen Augen an und das erfüllte ihn mit Stolz. Sie würden den Kaiserlichen einen stattlichen Kampf bieten, soviel war sicher.

»Ich will euch nichts vormachen, ihr Rumpfschaben«, fuhr Graubart mit ironischem Lächeln fort und erntete sogar verhaltenes Gelächter, ob der so vertrauten Beschimpfung. »Dieses Gefecht wird unser letztes sein. Die Lederröcke haben ganze Arbeit geleistet und ich denke, dass sie über ein Dutzend Schiffe schicken, um uns zu den Göttern zu schicken, sagt einiges über unseren schlechten Ruf aus, den wir auf der anderen Seite des Meeres genießen!«

Jetzt ertönte lautes Gejohle und die Seemänner schwenkten blutgierig ihre Waffen.

»Heute schicken wir diesen Bastarden eine Botschaft, Männer!«, fuhr er kämpferisch fort und zog seinen eigenen Säbel, der aufgrund seiner langen Zacken auf der Rückseite schon so manchen Feind das Fürchten gelehrt hatte.

»Wir machen ihnen klar, dass dies die verdammte *Schwarze Mähre* ist und wir nicht untergehen, ohne ihnen ihre verdammten Planken unter den kreuzverdammten Ärschen wegzuschießen. Wir machen ihnen klar, dass dies *unser* Ozean ist. Wir machen ihnen klar, dass wir der schwarz beflaggte Tod selbst sind, der mit den Wellen tanzt. Wir machen ihnen klar, dass wir *Piraten* sind! *Freiheit oder Tod*!«, brüllte er so laut er konnte und schwenkte sein Säbel in Richtung der feindlichen Armada, die nun schon beinahe auf eine Meile heran war und deren Rümpfe und Segel sich nun deutlich vor der aufgehenden Sonne abzeichneten.

Seine Männer verfielen in laute Schlachtrufe und wütende Drohungen in Richtung der nahenden Feinde. Sie würden kämpfen und sie würden töten und nach einem langen Blick in ihre trotzigen, teilweise blutrünstigen Gesichter war ihm klar, dass sie nicht eher vor ihre Götter treten würden, als dass sie die See rot gefärbt hatten und zwar mit dem Blut der Soldaten Vindicans.

»Also los, ihr verdammten Kielschweine. Bemannt die Kanonen, füllt die Kartätschenfässer auf und verstreut den Sand auf den Planken, bevor ich euch unter den Bug binde, wie stinkenden Schlick!«

Durch die vertraute Schimpftirade ihres Kapitäns erwachten seine todesmutigen Männer rasch aus ihrem Kampfrausch und beeilten sich, wieder auf ihre Posten zu gehen und alles für das kommende Gefecht vorzubereiten. Kurze Zeit später sah er die letzten Deckhände braunen Sand aus dicken Säcken streuen, der ihre barfüßigen Kameraden vor dem Ausrutschen bewahren würde, wenn das Blut anfing zu fließen. Und es *würde* bald fließen, so viel war sicher.

Graubart stellte sich unterdessen an die Steuerbordseite und zückte erneut sein Fernrohr.

Die feindlichen Triremen zogen ihre Schlinge nun enger und stießen mit knapp einhundert Schritten Abstand zum jeweiligen Schwesterschiff wie ein

Schwarm Dolche auf sie zu. An Deck der einmastigen Schiffe konnte er bereits hunderte vollgerüsteter Soldaten erkennen, die sich für das nahende Gefecht bereit machten und von Schiff zu Schiff Flaggensignale austauschten.

Die Koordination der Flotte war makellos, das musste er dem gegnerischen Kommandanten lassen.

Er schätzte die Entfernung nun auf etwas unter eine Meile und gab Tandossa ein kurzes Handzeichen. Daraufhin bellte sein Erster Maat eine ganze Reihe von Befehlen, denen Graubart keine Beachtung schenkte. Stattdessen spielte er die kommende Schlacht im Kopf durch.

Als er seinen Plan gefasst hatte, der größtmögliche gegnerische Verluste, unter dem sicheren – weil unabwendbaren - Verlust der *Mähre* vorsah, wurden unter ihm entlang des gesamten Schiffes steuerbords die Kanonenluken geöffnet und zwanzig blanke Rohre schoben sich behäbig aus dem Rumpf.

Auf dem Oberdeck schaute Clavicus, der nach Raybyrns Tod provisorisch dessen Posten als Geschützmeister übernommen hatte, aufmerksam zu ihm und wartete auf seinen Befehl.

»Feuern nach eigenem Ermessen!«, befahl er laut und Clavicus blies so laut er konnte in seine hölzerne Trillerpfeife, deren schriller Ton unangenehm in seinen Ohren klingelte.

Dann zuckten die Kanonen auch schon in ihren Luken zurück und spuckten ihre schweren Kugeln unter krachendem Donner dem Feind entgegen.

Noch während die dichten Rauchschwaden des explodierten Schwarzpulvers sich ausbreiteten, wurden bereits wilde Befehle gebrüllt und die schweren Geschütze nachgeladen.

Graubart wedelte den stinkenden Qualm vor seinem Gesicht fort und sah gerade noch, wie die Hälfte der Geschosse die Trireme im Zentrum der feindlichen Formation knapp verfehlte und spritzende Gischtfontänen schlug.

Die andere Hälfte traf das gegnerische Schiff jedoch auf voller Länge und zerfetzte ihren Rumpf knapp oberhalb der Wasserlinie. Schreiende Rudersklaven wurden von den rasenden Kugeln zerfetzt von den Bänken gerissen. Einige stürzten wild um sich schlagend aus dem aufgebrochenen Mitteldeck ins Meer.

Er nickte Clavicus anerkennend zu, doch der junge Vindicaner, der vor vielen Jahren von seiner Familie verstoßen worden war und sich seither als Pirat versuchte, bemerkte es gar nicht, da er vollends damit beschäftigt war seine Geschützmannschaften anzutreiben, die ihre Kanonen hektisch für eine erneute Salve vorbereiteten.

*Gar nicht schlecht fürs erste Mal.*

Doch die verbliebenen Kapitäne der Kaiserlichen schienen ihre Ruderer jetzt noch stärker anzutreiben als zuvor und die Triremen preschten mit beeindruckender Geschwindigkeit durch die niedrige Dünung.

Sie hatten vielleicht noch zwei Salven, bevor die Bugrammen des Feindes seine *Mähre* aufreißen würden, wie eine überreife Frucht.

Gerade als er das Fernrohr erneut vom Auge nahm, donnerte schon die nächste Salve aus dem Rumpf seines Schiffes und schickte den Triremen ihren bleiernen Tod entgegen.

Ein weiterer Kapitän würde schon bald um sein Leben schwimmen und ein weiterer musste hilflos mit ansehen, wie sein gesamter Bug zerfetzt wurde. Allein durch die Erschütterungen der Einschläge wurden bereits viele der Soldaten an Deck in die Fluten geschleudert und gingen unter wie Steine. Ihre eigenen Rüstungen waren zu Todesfallen geworden, die sie unbarmherzig in die Tiefe zogen, wo der Druck des Meeres sie schließlich zerquetschen würde, wenn sie nicht vorher ertranken.

Das Schiff selbst würde nicht sofort sinken, doch es war für den Moment nicht in der Lage weiterzufahren, da es sonst riskierte, noch schneller mit Wasser vollzulaufen.

*Das macht immerhin schon drei*, dachte er grimmig und duckte sich instinktiv hinter die Brüstung, als vielfaches Geschrei auf seinem eigenen Schiff ertönte.

Als er sich überrascht umblickte, sah er das Hecksegel schlaff von seiner völlig zerstörten Rahe hängen, in die ein Kopfgroßer Steinbrocken eingeschlagen war, als auch schon das nächste Geschoss mit einem kaum hörbaren Zischen in hohem Bogen auf das Achterdeck zugeflogen kam.

Graubart sprang auf die Beine und wollte sich in Sicherheit bringen, doch es war zu spät.

Der Stein schlug etwa zwei Schritte hinter Tandossa in die Planken und durchschlug sie glatt. Die folgende Erschütterung, die durch das Deck ging, schmetterte ihn und Graubart zusammen mit einer Handvoll anderer Seemänner, die mit gezückten Pistolen in Deckung gesprungen waren, unbarmherzig zu Boden.

Der Boden zerplatzte um das mannsgroße Loch herum und schickte einen Sturm von Holzsplittern in die Luft.

*Die können doch unmöglich schon auf Schussweite heran sein*, dachte er ungläubig und klopfte sich Staub und Holzreste von seinem Mantel, während er schwankend wieder auf die Füße kam.

Doch als sein Blick über die Steuerbordschanz glitt, fuhr ihm die Erkenntnis wie ein kalter Schauer über den Rücken. Die fünf Triremen, die sie aus den Gewässern vor Waderstade verfolgt hatten, mussten ihre Rudersklaven bis zur Erschöpfung angetrieben und dazu den ablandigen Wind mit ihren Segeln eingefangen haben, um den Abstand zur *Mähre* in dieser kurzen Zeit zu überbrücken.

»Gott vor Della«, fluchte er schon zum zweiten Mal an diesem Morgen - deutlich zu häufig für einen noch so jungen Tag. Diese Häufigkeit erinnerte ihn an jenen Tag, als die Barriere gefallen war und er die Pilgrim aufgesammelt hatte. »Die Götter meinen es wohl nicht besonders gut mit uns.«

Die Segel der neuen Gefechtsteilnehmer waren bereits auf weit weniger als eine halbe Meile an sie herangekommen und würden sie bald rammen, wenn er sich nicht vorsah. Er war sich sicher gewesen, ihren Kurs, den Wind und ihre Ruderfähigkeiten gut genug eingeschätzt zu haben, dass diese Situation gar nicht hätte eintreffen dürfen.

*Wie haben diese Hunde das bloß gemacht?*, ärgerte er sich innerlich.

»Tandossa, volle Segel, hart Backbord!«, befahl er über das Tosen einschlagender Steinbrocken hinweg und sein Erster Maat rappelte sich ächzend auf die Beine, bevor er eilig zum Steuerrad hetzte und wie besessen daran zu drehen begann.

Graubarts Blick schweifte angestrengt über sein Schiff.

Bestimmt ein Dutzend Mitglieder seiner Mannschaft lagen mit zerschmetterten Körpern oder abgetrennten Gliedern schreiend auf Deck und wurden eilig von ihren Kameraden in den Treppenabgang gezerrt.

Große Löcher klafften in der Steuerbordwand und einige Geschosse hatten fassgroße Öffnungen in das Oberdeck gerissen, die jetzt wie zu stummen Schreien aufgerissene Münder von dem Zorn ihrer Verfolger kündeten.

»Steuerbordbatterien Feuer frei!«, schrie er über sein Schiff hinweg und die Geschützmannschaften ordneten sich nach kurzer Konfusion, bevor sie sich eilig auf beide Schiffseiten verteilten und die bereits geladenen Kanonen der zuvor unbemannten Steuerbordgeschütze nach vorn schoben. Kurze Zeit später, in denen die Triremen scheinbar nachladen mussten, ertönte das Stakkato ihrer explodierenden Treibladungen, auf das er so ungeduldig wartete.

Die *Mähre* drehte sich nun unter den wirbelnden Händen Tandossas in Richtung der Hauptstreitmacht des Feindes, um möglichst wenig Angriffsfläche für die Rammen ihrer Triremen zu bieten und neigte sich dabei gefährlich nach links, als das Schiff unter einer weiteren Katapultsalve der Kaiserlichen erzitterte.

Diesmal handelten sie sich gleich zwei Volltreffer ein. Hinter ihm krachte es ohrenbetäubend und der Boden unter seinen Füßen schwankte gefährlich.

Außerdem musste das Ruder getroffen worden sein, da die *Mähre* mit einem Mal zu schlingern begann.

Doch als sei das als Todesurteil noch nicht ausreichend, zerschmetterte ein weiterer Treffer vor ihm den Hauptmast, der knapp unterhalb der ersten Rahe zerbarst und schreiende Seemänner unter sich begrub, die sich nicht rechtzeitig aus der Gefahrenzone begeben hatten.

Nun waren sie manövrierunfähig und würden leichte Beute für die gezackten Rammen ihrer Gegner sein.

*Ich hätte die Flottille hinter uns besser im Auge behalten und ihre Fahrt unter ablandigem Wind nicht unterschätzen sollen,* dachte er bitter.

Doch auf See leistete man sich Fehler nur einmal. Es war beschämend, dass dieser eine Fehler ihm am heutigen Tage widerfahren musste, auch wenn er immer noch etwas ratlos darüber war, wie genau die vindicanischen Kapitäne so schnelle Fahrt machen konnten.

»Feuert aus allen Rohren!«, brüllte er wütend über das Deck und zückte im Angesicht des nahenden Todes seine beiden Pistolen *Habgier* und *Völlerei,* bevor er sich in Richtung Treppenabgang aufmachte, um gemäß dem Kodex Gorgul das Magazin zu entzünden.

Er ließ ein letztes Mal seinen Blick über die *Schwarze Mähre* schweifen und was er sah erfüllte ihn mit einer Wehmut, die er seinem ruchlosen Herz gar nicht mehr zugetraut hatte.

Seine Männer starben.

Wie in Zeitlupe sah er sie Kanonen nachladen und unkoordiniert einzeln abfeuern, sobald sich die Möglichkeit ergab. An der Steuerbordseite schossen viele von ihnen mit Pistolen über die Verschanzung hinweg auf die bereits viel zu nahen Soldaten des Feindes, die sich mit triumphierenden Schlachtrufen auf den Lippen auf das kommende Entermanöver vorbereiteten.

Unzählige Tote und Verletzte lagen wie ein Mosaik aus Leibern an Deck, das sich auf einem Teppich aus Blut ausbreitete, der immer größer wurde und sich mit dem körnigen Sand auf den Planken vermischte.

Tandossa gesellte sich zu ihm. Seine eigene Pistole in der Hand haltend, nickte er Graubart entschlossen zu.

»Jetzt geht es Mann gegen Mann, Käpt'n, wie in alten Zeiten«, sagte er mit bedeutungsschwangerer Stimme, als wolle er seinen letzten Worten auf dieser Welt eine besonders getragene Note verleihen. »Wir werden sie bluten lassen und noch zwei, drei weitere von ihren Kähnen auf den Grund des Meeres schicken, wenn die Götter uns gewogen sind.«

»Das sind sie heute nicht, Tandossa. Heute nicht«, murmelte Graubart. Etwas lauter fuhr er fort: »Und mein Glaube an Wunder ist schon seit langem versiegt.«

Eine Bewegung in seinem linken Augenwinkel ließ ihn herumfahren und in Erwartung eines heranspringenden Feindes fast seine Pistolen abfeuern, als er gerade noch rechtzeitig Felix erkannte, der mit rot unterlaufenen Augen und einem beinahe leblosen Gesichtsausdruck neben ihn trat und wie teilnahmslos die Kakophonie des Todes um sie herum begutachtete, als stünde er außerhalb der Zeit.

»Junge, bleib verdammt noch mal unter Deck! Was hast du hier zu suchen?«

»*Ich* bin euer Wunder, an das du nicht mehr glaubst«, antwortete der junge Pilgrim mit vor Hass triefender Stimme und griff sich mit der Rechten in die Hosentasche. Als er sie wieder hervorzog, hatte er einen rot leuchtenden Kristall in der Faust und schloss seine von Kummer zerfressenen Augen.

Was als nächstes geschah veränderte Graubarts Leben und alles was er bisher für wahr oder falsch gehalten hatte für immer.

Der schwarzhaarige junge Mann, der immer einer der fröhlichsten und impulsivsten aus dieser merkwürdigen, aber auf verschrobene Art sympathischen Fremdlinge vom Auge der Zeit gewesen war, schwebte plötzlich wie ein fleischgewordener Engel in die Höhe. Etwa zwei Schritte über ihnen verharrte er in der Luft als könnten die herumfliegenden Pfeile und Holzsplitter ihm nichts anhaben und öffnete so schlagartig die Augen, dass Tandossa und er vor Schreck zusammenzuckten.

Dann streckte der blasse Pilgrim beide Hände von sich, als wolle er etwas darauf balancieren, doch stattdessen zeigte er direkt auf die nur noch wenige Dutzend Schritte entfernten Triremen, die beidseitig auf die *Mähre* zurasten um sie zu rammen.

Doch sie kamen nicht mehr dazu.

Die feindlichen Schiffe zerbarsten wie von Geisterhand am Bug beginnend, wie Gläser, die mit kurzen, brachialen Hammerschlägen zerschmettert wurden. Es war als wären sie auf eine unsichtbare Wand geprallt, die sich rings um Graubarts Schiff herum gebildet hatte.

»JETZT *BRENNT*!«

Felix schrie dröhnend laut und unartikuliert seine Wut hinaus, bevor er plötzlich wie ein Stein vor ihnen zu Boden fiel und reglos liegen blieb.

Doch was immer er angefangen hatte, wurde gerade beendet. Wie aus dem Nichts entzündeten sich die feindlichen Schiffe, welche sie nun wie eine dichte Traube aus Wrackteilen umgaben und brannten innerhalb von Sekunden lichterloh.

In blinder Panik schreiende Vindicaner stürzten sich in unendlicher Agonie in die von Sterbenden wimmelnde Flut, um den Flammen zu entgehen, die nach ihnen schnappten wie wütende Raubtiere.

Das Geschrei der vernichteten Legionäre verebbte jedoch in dem lauten Krachen und Knistern der brennenden Schiffe, die eins nach dem anderen auseinanderbrachen und ihre letzte Reise in die Tiefe antraten.

Noch während seine Männer vollkommen perplex und wie eingefroren auf diese unglaubliche Szenerie starrten, die wie ein direkter Blick in die Hölle erschien, heftete sich Graubarts Auge auf den nun bewusstlosen Pilgrim vor seinen Füßen.

Heute hatte sich die Welt verändert und zwar für immer. Er konnte zwar wieder an Wunder glauben, doch war er sich keineswegs sicher, ob ihn das erfreuen, oder viel eher mit tiefster Beunruhigung erfüllen sollte.

Tzunai stocherte mit einem brüchigen Zweig missmutig in den Resten des zu einem Häufchen Asche verkommenen Feuers herum. Der Anblick des kläglichen Rests schwelender Glut spiegelte treffsicher ihren Gemütszustand wieder.

Nach dem Untergang Pilgrims hatte sie erwartet, damit das schlimmste Erlebnis ihres Lebens hinter sich gebracht zu haben. Diesen einen Riss, der durch das Leben vieler Menschen zu gehen schien und einen für immer prägte.

Heute wusste sie, dass das keineswegs der Fall gewesen war. Magnus und Raynor hatten es nicht mit ihnen aus der Taverne geschafft, sie und Tomm waren bis auf Armlänge an die rettende *Mähre* herangekommen und dann doch noch gescheitert und Tasha war von den fremden Invasoren gefangen und verschleppt worden.

Alles in allem war das für sie persönlich die schlimmste Zusammenfassung einer Nacht, die sie sich vorstellen konnte und ihre Phantasie war gerade nach dem Verlust ihrer Heimat zu einigem fähig.

»Oh Magnus«, flüsterte sie und seufzte traurig.

Auch wenn er immer stark und gelassen wirkte, wusste sie es doch besser. Der Verlust seines alten Lebens und die Beteiligung seines Vaters an all den Lügen und dem Verrat hatten ihm schwer zugesetzt, auch wenn er es nach außen hin vielleicht halbwegs überspielen konnte. Außerdem war er es gewesen, der die Weltenblume entfesselt und damit den rasenden Tod über ihre Mitmenschen gebracht hatte, auch wenn sie sicher war, dass sie genauso gehandelt hätte und es wahrscheinlich gar keine andere Wahl gegeben hatte.

Ganz einfach weil sie sich generell weigerte aufzugeben und auch kaum eine andere Wahl hatte, klammerte sie sich jetzt verzweifelt an die geringe Hoffnung, dass er es doch aus der *Gekaperten Nymphe* heraus geschafft hatte. Irgendwie.

Schließlich war Raynor bei ihm gewesen und wenn es jemanden gab, der aus unmöglichen Situationen entkommen konnte, dann ihr unerschütterlicher Hatnammeister.

»Ich werde dich finden, Magnus. Bis dahin halte durch«, flüsterte sie in den Wind hinein, der kühl über die weite Grasebene strich, die sich von ihrer Position aus bis zum Meer erstreckte. Er musste überlebt haben und wenn er irgendwo auf dieser fremden Insel war, durfte er nicht zerbrechen, auch wenn sie fürchtete, dass genau das geschehen konnte und die Nacht in Waderstade schließlich das Maß überstiegen hatte, was er in so kurzer Zeit verkraften konnte.

Sie *musste* ihn finden, um ihm neue Hoffnung zu geben, wo er keine mehr sah und sie musste es schnell tun.

Hinter ihr knackte es im Unterholz der wuchtigen Bäume, welche die ersten Berghänge säumten, und sie wirbelte erschrocken herum.

Doch es handelte sich lediglich um Tomm, der beschwichtigend die Hände hob und sie entspannte sich etwas.

Von ihrem Platz am Waldrand aus hatte sie einen guten Blick über die mehrere Meilen breite Ebene zwischen Berg und Meer, über dem gerade die Sonne aufging und ihr langsam die nächtliche Kälte aus den steifen Gliedern trieb.

Zum ersten Mal in ihrem Leben wünschte sie sich, praktischere Kleidung zu besitzen. Doch immerhin würde es tagsüber sicher heiß werden und dann kam ihre eher freizügige Ausstattung doch recht nützlich daher.

Als ihr Blick Richtung Norden wanderte, konnte sie die schemenhaften Rauchsäulen sehen, die scheinbar noch immer über Waderstade hingen und vom endgültigen Untergang der zuvor so lebendigen Stadt kündeten.

Tomm setzte sich derweil schweigend neben sie und reichte ihr einen glänzenden Apfel, den sie ebenso schweigend an sich nahm. Lustlos bis sie hinein.

Der übergroße Hüne mit seinem viel zu gutmütigen Gesicht hatte sie vor zwei Tagen in letzter Sekunde vor dem Ertrinken gerettet, als sie vor Felix' Augen ins Hafenbecken gestürzt waren.

Sie hatten Glück im Unglück gehabt, weil Tomm einen der Stützpfeiler des Stegs zu packen bekommen hatte und sie gleichzeitig am Kragen packen und zu sich hatte ziehen können, bevor sie in dem schmutzig-braunen Wasser ertrank.

Daraufhin hatten sie sich unter den dicken Holzbohlen am Rand des steinernen Stegs entlanggehangelt und hilflos zuhören müssen, wie die kreischende Tasha verschleppt wurde, bevor sie an der Kaimauer entlanggeschlichen und schließlich auf eine Handvoll Legionäre getroffen waren, die ein kleines Ausfalltor in der südlichen Stadtmauer bewachten.

Sie konnten die erschrockenen Männer mit schnellen Hatnamkombinationen überwältigen und sich noch ihre Wasserschläuche und Schwerter schnappen, bevor sie schließlich das Weite suchten und über die scheinbar endlose Ebene rannten, so schnell ihre Füße sie es zuließen.

Im Morgengrauen waren sie noch immer gerannt, hielten jedoch inne, als sie einige Meilen vor der Küste die *Schwarze Mähre* erblickten, die sie selbst auf diese Entfernung noch am Mündungsfeuer ihrer Kanonen erkannt hatten. Außerdem hatte sie bald das Donnern dieser mächtigen Waffen eingeholt wie ein rollendes Gewitter.

Zuerst hatte es scheinbar gut ausgesehen für ihre Freunde, als sie mühelos vier Schiffe aus der beeindruckenden Feindflotte versenkt hatten, doch dann wurde ihr liebgewonnenes Schiff langsam aber sicher zusammengeschossen, was sie selbst von ihrem Standpunkt aus an der harten Schlagseite hatte sehen können.

Was als nächstes geschah, erfreute und entsetzte die beiden durch ihre nasse Kleidung völlig durchgefrorenen Pilgrim noch immer.

Die massigen Galeeren, welche die *Mähre* umzingelt und kurz davor gestanden hatten sie zu rammen, waren in einer tosenden Feuersbrunst zerstört und auf den Grund des Meeres geschickt worden.

Die Schreie hunderter, wenn nicht sogar tausender Seemänner hatten von den massiven Bergen in ihrem Rücken widergehallt, bevor sie schließlich mitsamt ihren Schiffen untergegangen waren.

»*Hatori*«, hatte Tzunai gewispert. »Felix hat den Kristall benutzt und es hat funktioniert.«

»So viel Tod und Zerstörung«, hatte Tomm entsetzt erwidert. »Das ist nicht das Hatori, das wir erlernt haben. Das sollte es nicht sein.«

»Aber Felix *lebt*. Er hat das Richtige getan, nämlich am *Leben* zu bleiben und diese verdammten Mörder in die Vorwelt zu schicken, wo sie hingehören.«

Dann waren sie weitergelaufen, um den Vorsprung zu den Patrouillen zu erhöhen, die noch in der Nacht auf seltsamen Geschöpfen aus der Stadt geritten waren, um flüchtende Stadtbewohner einzufangen.

Die grausame Härte mit der sie dabei vorgingen und die sie mit Tomm aus einem Versteck in den Büschen heraus beobachtet hatte, ließ sie nur noch ausdauernder und entschlossener davonlaufen.

Am liebsten wäre sie einfach umgedreht und hätte sich mit erhobenen Schwertern auf ihre Verfolger gestürzt, um ihnen all ihre Wut und Verzweiflung entgegenzuwerfen. Sie wollte diese grundlos mordende Horde Barbaren bluten lassen für das, was sie ihr und ihren Freunden angetan hatten.

Tomm konnte sie jedoch mehrfach davon überzeugen, dass mit ihrem Tod niemandem gedient wäre und sie stattdessen nach Raynor und Magnus suchen sollten, um gemeinsam einen Plan für Tashas Befreiung zu schmieden.

Sie sehnten sich beide nach der Weisheit und Führung ihres Hatnamlehrers, der immer so unerschütterlich blieb, selbst wenn um ihn herum die Welt in Flammen zu stehen schien. Wenn sogar Tomm das sagte, musste die Verzweiflung groß sein.

Doch all das Lamentieren brachte ihr jetzt auch nichts Sinnvolles ein und außerdem war das noch nie ihre Art gewesen. Sie würde tun, was getan werden musste, ganz wie Raynor es ihnen in der *Gekaperten Nymphe* eingetrichtert hatte. Also machten sie sich weiter auf den Weg Richtung Süden, in der Hoffnung, dass ihre Freunde den gleichen Weg eingeschlagen hatten.

## 2. Wolf

Als Magnus am nächsten Morgen erwachte, stand die Sonne bereits ein gutes Stück am blauen Himmel und kitzelte ihn so aufdringlich in der Nase, dass er Niesen musste.

»Guten Morgen«, hörte er Raynor von der Seite sagen.

Er drehte sich mit von den Anstrengungen der Nacht steifen Gliedern um und sah seinen Meister bereits neben sich im Gras sitzen. Auf seinem Schoß lag ein dunkles Tuch ausgebreitet, in dem sich eine ganze Reihe fremdartiger Früchte auftürmte, die er scheinbar gerade nach Würmern durchsuchte.

»Guten Morgen«, antwortete Magnus gähnend und streckte Arme und Beine von sich, die daraufhin protestierend knackten. An einem normalen Morgen auf Pilgrim hätte das eine Geste der freudigen Erwartung eines neuen Tages sein können, doch Pilgrim war nicht mehr und die unbeschwerten Tage seines Lebens zur bloßen Erinnerung verkommen, kaum mehr als das ferne Wispern eines besseren Lebens.

»Es ist schon so spät.«

Raynor schenkte ihm einen kurzen Seitenblick, mit dem er ihn eingehend musterte, als er zufrieden nickte und die letzten schlechten Früchte ins Gras warf, bevor er eine Handvoll der genießbaren an Magnus weiterreichte und sich den Rest in einem Rutsch in den Mund stopfte.

»Ich dachte, ich lasse dich ausnahmsweise ein wenig länger schlafen.« Er erhob sich grazil und klopfte sich den Schmutz von der einfachen Lederkleidung, bevor er Magnus bedeutete, es ihm gleichzutun. »Jetzt sollten wir aber aufbrechen. Auch wenn es so aussieht, als würden unsere Verfolger in der falschen Richtung suchen, will ich doch so viel Berg zwischen uns und die Stadt bringen, wie nur irgendwie möglich.«

Magnus nickte und schluckte die letzten Früchte hinunter, die angenehm süß schmeckten aber ein pelziges Gefühl auf seiner Zunge hinterließen.

»Also gut«, sagte er und wischte sich mit dem Handrücken roten Furchtsaft vom Mund. »Gehen wir.«

Raynor musterte ihn ein weiteres Mal eingehend und legte ihm dann eine Hand auf die Schulter.

»Schön, dass du zurück bist«, sagte er knapp und mit der Andeutung eines Lächelns, bevor er sein langes Jagdmesser, dass er sich anscheinend in Waderstade zugelegt hatte, vom Boden aufhob und zurück in die einfache Scheide an seinem Gürtel steckte.

Magnus wusste nicht was er erwidern sollte, also verließen sie wortlos ihre kleine Lichtung in östlicher Richtung, tiefer in die Berge hinein, deren zerklüftete Gipfel sich über ihnen auftürmten wie verwitterte Turmzinnen.

Über ihren Köpfen hing eine watteartige Wolkenformation fest, die offensichtlich hinaus aufs Meer drängte. Doch der lange Bergrücken ließ sie nicht passieren und so verblieben sie über den Hängen auf der anderen Seite und reckten sich scheinbar sehnsüchtig über die Gipfel.

Auch wenn sie nicht mehr mit direkten Verfolgern rechneten, bewegten sie sich so lautlos wie möglich durch das Unterholz des dichten Waldes, wichen trockenen Ästen und verwittertem Laub aus, wann immer es ging.

Bald jedoch änderte sich die Vegetation und wo zuvor noch ein bunter Mischwald aus den verschiedensten Bäumen und Büschen vorherrschte, dominierten jetzt karge Nadelbäume ihren Weg, die das angenehme Sonnenlicht aussperrten und die gesamte Umgebung in ein unheimliches Zwielicht tauchten. Lautlos voranzukommen wurde hier zu einem Ding der Unmöglichkeit, da der Boden mit getrockneten Ästen und Nadeln übersäht war, die sich nicht überlisten ließen.

Also beschleunigten sie ihre Schritte etwas, um wenigstens schneller voran zu kommen, wenn sie dabei schon laut sein mussten.

Einige Stunden später, in sie beide stumm ihren düsteren Gedanken an die letzte Nacht nachhingen, erreichten sie schließlich die Baumgrenze und damit auch die Gipfelkette, welche jetzt bedrohlich über ihnen aufragte. Die steinernen Zacken wurden von tosenden Winden umweht, in die sich das laute Rauschen des Nadelwaldes mischte, dessen Baumkronen unter ihnen gefährlich hin und her schwankten, als könnten sie jeden Moment unter der enormen Kraft der an ihnen zerrenden Naturgewalten auseinanderbrechen.

Insgesamt lag unter dem fauchenden Wind jedoch eine tiefe Stille, die einen seltsamen Kontrast erzeugte, der dafür sorgte, dass Magnus sich ungewöhnlich verloren vorkam. Die mächtige Wolkenformation über ihnen verstärkte diesen Eindruck nur noch, da sie die Sonne aussperrte und damit auch jeglichen Rest Behaglichkeit.

Angestrengt beäugte er den kahlen Hang vor sich, der grau und steinig zu einem kleinen Durchbruch in der Felswand führte, die sie von der anderen Seite trennte.

Raynors Blick nach zu urteilen war genau das ihr Ziel und Magnus stimmte zu, dass es ihre wahrscheinlich einfachste und schnellste Möglichkeit war, eine noch weitaus gefährlichere Überquerung zu vermeiden. Vielleicht hätten sie versuchen sollen über das südliche Grasland zu fliehen, anstatt sich mühsam durch die Berge zu kämpfen. Doch dafür war es jetzt ohnehin zu spät.

»Bist du bereit?«, fragte sein Mentor knapp, ohne den Blick von dem ungemütlichen Gipfel über ihnen zu abzuwenden. Stattdessen strich er sich entschlossen über den von einzelnem Grau durchzogenen Schnurrbart und schien im Kopf bereits ihren Aufstieg und die damit verbundenen Gefahren durchzuspielen.

»Das wird schon klappen«, sagte Magnus, klang dabei jedoch nur halb so überzeugt, wie er gerne geklungen hätte.

»Na dann los«, erwiderte Raynor schlicht, als hätte er den leisen Zweifel seines Begleiters überhört.

Also machten sie sich auf den beschwerlichen Weg zur unentdeckten

Ostseite Malkinings, die ihm aufgrund der wehrhaften Felsformation über ihnen geradezu unerreichbar und unwirklich erschien, obwohl es sich am Ende des Tages wahrscheinlich nur um ein ähnliches Bild wie auf ihrer Seite handeln würde.

Schon bald war ein halbwegs aufrechtes Gehen nicht mehr möglich und sie krackselten auf allen Vieren an steilen Kanten entlang, suchten Halt an schlüpfrigen Grasbüscheln, oder verkanteten ihre Lederstiefel in engen Felsspalten, die sich wie hunderte kleiner Risse durch den blanken Stein zogen.

Magnus stand dichter Schweiß auf der Stirn und erzeugte im strammen Wind, der seine schulterlangen Haare umspielte, eine angenehme Verdunstungskälte, die ihm bei dieser Anstrengung mehr als recht war.

Sie erwiesen sich als ziemlich gute Kletterer, was er auf ihre seit Jahrzenten einstudierten Hatnamübungen zurückführte, die ihnen ein hervorragendes Gefühl für den eigenen Körper und seine Möglichkeiten verliehen hatten.

Einige Male mussten sie sich gegenseitig eine Hand reichen, oder losgetretenen Steinen ausweichen, doch alles in allem kamen sie schließlich schnaufend aber wohlbehalten in der V-förmigen Öffnung an, die auf die andere Seite der Insel führte.

Vor ihnen öffnete sich der Fels zu einem kleinen Geröllpfad, der sich trichterförmig nach oben öffnete, als hätte ein Riese vor langer Zeit mit seiner Axt eine Schneise geschlagen. Der Wind fegte hier unbarmherzig über Mensch und Gestein hinweg und ließ sie frösteln.

Während Magnus bemüht war, seinen Atem wieder zu beruhigen, schloss und öffnete er seine Hände in schneller Abfolge als hinge sein Leben davon ab. Als das Blut schließlich in seine schmerzenden Finger zurückkehrte, bedeutete er Raynor mit einem kurzen Nicken, dass er bereit war zum Weitergehen.

Geschickt bewegten sie sich über das lose Geröll, das sich am Fuß der

Schneise schmerzhaft durch ihre Sohlen drückte und stützten sich mit den Händen an den nackten Felswänden ab. Auf den spitzen Steinen entlangzugehen war wie auf Glasscherben zu balancieren und nichts was Magnus so schnell wiederholen wollte.

Als sie endlich die andere Seite erreicht hatten, wurden sie dann doch mit einem Ausblick belohnt, der alles andere als identisch mit dem war, der sich ihnen auf der Westseite geboten hatte.

Unter ihnen erstreckten sich die Hänge des Bergmassivs deutlich sanfter abfallend bis direkt an die Küste, die im Gegensatz zur Westseite nur einzelne Buchten mit steinigen Strängen zu bieten hatte, dafür aber eine kleine Siedlung, die in einiger Entfernung am Wasser lag, wie ein runder Farbkleks menschlichen Lebens inmitten einer ansonsten vollkommen naturbelassenen Landschaft.

Soweit ihre Augen sehen konnten, dominierte ein kräftiges Grün die ungezähmte Natur. Dichte Mischwälder, die hier und da von großen Lichtungen und schmalen Flüssen durchzogen waren, saftige Wiesen direkt vor dem Meer und nur ein paar wenige bewirtschaftete Felder, die sich direkt an die Siedlung drückten wie verängstigte Kinder, die ihrer Mutter am Rockzipfel hingen.

Selbst das Meer sah hier eine Nuance anders aus. Natürlich war es einerseits dunkler, da die Sonne noch immer von dem hohen Bergrücken hinter ihnen aufgehalten wurde und weite Schatten gen Osten warf. Es handelte sich aber auch nicht um eine leere, endlos erscheinende Weite, wie im Westen, da sich ein oder zwei Meilen vor der Küste zwei Inseln aus den gemächlich dahinziehenden Wellen erhoben, die eine klein und rund und die andere schmal und lang.

Am Horizont meinte er sogar noch eine weitere Insel ausmachen zu können, doch falls es sich tatsächlich um Land handeln sollte, war es so weit entfernt, dass es sich bei auch um einen Streich seiner Augen oder eine tiefe

Wolkenformationen handeln konnte.

»Hier sieht es ganz anders aus«, fasste Raynor seine eigenen Gedanken in einfache Worte und blickte über die Schulter zurück durch die Felsschneise. »Ich schätze, dass die Einheimischen auf der Seite hinter uns die Wälder gerodet haben, um daraus Schiffe zu bauen. Immerhin hatte Waderstade einen großen Hafen und dementsprechend wahrscheinlich einen enormen Holzbedarf.«

Das würde tatsächlich erklären, warum die Vegetation sich auf den beiden Seiten des Berges so stark unterschied.

»Oder es hat etwas mit der begrenzten Sonneneinstrahlung zu tun«, bemerkte Magnus, schaute zur Schattenlinie direkt vor der Küste und dann hoch zur Sonne, die bereits erstaunlich hoch stand, aber noch nicht ganz über den Scheitelpunkt des Gipfels gestiegen war. Es faszinierte ihn noch immer, dass die Sonne in dieser Welt auf steter Wanderschaft war und nicht immer am selben Ort direkt über ihnen erstrahlte.

Raynor war seinem Blick gefolgt und zuckte mit den Schultern, schien allerdings nicht besonders überzeugt.

»Kann schon sein. Wahrscheinlich eine Mischung aus beidem und doch keins davon. Hier funktioniert ohnehin alles ein wenig anders.«

Magnus schätzte, dass sein Vater das Sonnenlicht mithilfe des Hatori erzeugt und die Barriere, von der sie alle nichts gewusst hatten, die echte Sonne draußen gehalten hatte. Es war erstaunlich, wie viel Aufwand Kaspan betrieben haben musste um dieses gewaltige Gewächshaus, das Pilgrim scheinbar gewesen war, am Leben zu erhalten. Bei diesen Gedanken wurde ihm wieder einmal bewusst, dass er wahrscheinlich nicht die leiseste Idee davon hatte, welche Ausmaße das Geflecht aus Lügen, Halbwahrheiten und tatsächlichen Begebenheiten wirklich jemals erreicht haben mochte.

*Das muss ich auch nicht mehr verstehen*, dachte er grimmig und konzentrierte sich wieder auf die raue, aber auf ihre eigene Art ausnehmend schöne

Landschaft, die sich unter ihm ausbreitete.

»Ich denke, wir sollten zu dieser Siedlung dort gehen und sie vor den fremden Soldaten warnen, die Malkining erobert haben. Vielleicht können sie irgendwohin fliehen und sich in Sicherheit bringen«, schlug Raynor vor, auch wenn der strenge Klang seiner Stimme keinerlei Zweifel daran ließ, dass es sich nicht um einen Vorschlag handelte.

Also beließ Magnus es bei einem zustimmenden Brummen und machte sich an den Abstieg, der selbst hier über der Baumgrenze deutlich leichter fiel als ihr Aufstieg auf der anderen Seite, da die Berghänge hier deutlich sanfter abfielen.

Einige Male rutschte er auf dem losen Gestein aus, das sich als graues Kiesbett vor ihnen ausbreitete, doch da es nicht besonders steil war, tat er sich nicht allzu sehr weh.

Als sie endlich in die schützenden Arme der ersten Nadelbäume gelangten, fühlte Magnus sich mit dem Duft der würzig riechenden Tannennadeln um die Nase schon deutlich wohler als auf der kahlen Bergspitze, die sie ungeschützt dem unbarmherzigen Wind ausgesetzt hatte, der eine merkwürdig bedrohliche Atmosphäre erzeugte, die viel zu gut zu ihrer misslichen Lage passte.

Raynors Miene blieb so ausdruckslos wie immer. Wahrscheinlich müsste schon ein Blitz durch seine Glieder fahren, um ein wenig Bewegung in seine Gesichtsmuskulatur zu bringen, die lediglich dazu gemacht zu sein schien, mit den Kiefern zu mahlen, wenn ihm etwas nicht gefiel. Die eindringliche Ansprache, mit der er Magnus aus seiner tiefen Verzweiflung gerissen hatte, kam ihm nun wie eine unwirkliche Erinnerung vor.

Nachdem sie einige Schritte durch das braune Unterholz gemacht hatten, hörten sie plötzlich ein seltsames Geräusch aus der Ferne, das sich wie ein heiseres Husten anhörte, aber auf eine sehr unmenschlich Art und Weise entstellt klang.

Raynor blieb alarmiert stehen und lauschte angestrengt, doch das Geräusch war entweder fort oder leiser geworden, sodass es vom rauschenden Nadeldach über ihnen einfach verschluckt wurde. Doch sein Meister hatte anscheinend genug gehört und deutete stumm in den Wald hinein, etwas weiter links von ihrer bisherigen Marschrichtung.

Magnus nickte ebenso lautlos und folgte seinem Hatnamlehrer, bemüht, möglichst keinen Laut von sich zu geben.

Er wusste von vornherein, dass die Wahrscheinlichkeit auf *Tiere* zu treffen sehr groß war, da sie Graubart zufolge die gesamte Welt bevölkerten. Nach seiner Begegnung mit dem Hai an Bord der *Schwarzen Mähre*, war er sich nicht mehr so sicher, ob ihn diese Aussicht mit Vorfreude oder Unbehagen erfüllen sollte.

Nach einiger Zeit, die sie gebückt und mit federnden Schritten durch das Unterholz glitten, das glücklicherweise mit größtenteils frischen Nadeln bedeckt war, die jeden Laut ihrer Stiefel verschluckten, hörten sie das seltsame Geräusch erneut: Es hallte heiser und stoßweise durch den Wald, der sie düster und dichtgedrängt umgab, soweit das Auge reichte. Dieses Mal war es deutlich lauter als zuvor.

Raynor blieb erneut stehen und nickte ihm zu, um unnötigerweise zu signalisieren, dass sie sich dem Ursprung des Geräuschs näherten.

Sie schlichen weiter und teilten sich auf eine ausholende Geste seines Mentors hin auf, ohne jedoch den Blickkontakt zu verlieren, damit sie ihre Bewegungen koordinieren konnten und sich nicht gegenseitig in der dichten Vegetation verloren.

Etwa eine halbe Meile weiter ging der Wald schließlich in andere Baumarten über, die deutlich seltener grüne Nadeln, sondern stattdessen Blätter verschiedenster Formen auf ihren Ästen trugen und ein wenig mehr Licht durch ihre ausladenden Dächer ließen.

Außerdem wurde es deutlich wärmer, da sie sich mittlerweile erheblich tiefer am Berg befanden und die Sonne endlich über die Gipfelkette kroch.

Sie erzeugte strichförmige Lichtstrahlen, die überall durch das Blätterdach fielen und tanzende Staubkörner zum Leben erweckten, die in ihren goldenen Kegeln schimmerten wie dahingleitende Kristalle.

Mit dem neuen Wald kamen allerdings auch neue, dichter ineinander verwobene Pflanzen, die ihren Weg deutlich beschwerlicher machten.

Knotige Büsche, kratzendes Unkraut und verworrenes Gestrüpp bremste sie stark aus und machte eine lautlose Fortbewegung fast unmöglich.

Mit stummen Flüchen auf den Lippen kämpfte er sich durch das Unterholz und versuchte sich dicht an den dicken Baumstämmen zu halten, deren Wurzelwerk die schlimmsten Dornensträucher fernzuhalten schienen.

Gerade als er fluchend seine linke Hand ausschüttelte, auf der ein kleines schwarzes Tier gesessen und ihn gebissen hatte, ertönte das heisere Husten erneut, ging jedoch schnell in eine Art Winseln über, das beinahe mitleiderregend klang.

Dieses Mal befand sich das Geräusch weiter rechts vor ihnen. Sie waren also entweder von ihrem ursprünglichen Weg abgekommen, oder die Quelle der fremdartigen Töne hatte sich in der Zwischenzeit bewegt.

Er blickte hinüber zu Raynor, der gerade dabei war einige Äste mit Dornen hochzuhalten und sich dann darunter durch zu schieben ohne gestochen zu werden und deutete eindringlich nach Süden, von wo noch immer das irgendwie traurige Winseln erklang.

Magnus nickte und kam so flink es das Unterholz gestattete auf Raynor zu, bis er schließlich neben ihm stand.

»Hört sich an, als seien es nur noch wenige Dutzend Schritte, bis wir dem Ursprung dieser seltsamen Geräusche auf die Schliche kommen«, stellte er lauschend fest und deutete in den abschüssigen Wald hinein, der nach rechts hin ein wenig lichter zu werden schien.

»Wir teilen uns auf. Falls es sich um ein gefährliches Tier handelt, haben wir bessere Chancen uns zu verteidigen, als wenn wir auf einem Fleck stehen. Bleib aber in Sichtweite und tu nichts Unüberlegtes«, befahl Raynor kurz angebunden und wartete seine Bestätigung gar nicht erst ab. Stattdessen machte er sich sofort auf den Weg hangaufwärts, um in einem weiten Bogen auf die Quelle ihrer Neugier zuzusteuern.

Also setzte sich auch Magnus in Bewegung, stieg umständlich über dichte Sträucher hinweg und kroch unter dicken Baumstämmen hindurch, die von ihren Wurzeln getrennt im Unterholz dahinmoderten und ihm den Weg versperrten. Das Moos roch hier angenehm würzig und vermischte sich mit dem unterschwelligen Gestank verrottender Pflanzen. Alles tat sich zu diesem so typischen Waldgeruch zusammen, der ihn nun schon seit Tagen begleitete.

Gerade als er über einen kleinen Bach hinwegsetzte und sich umdrehen wollte, um ein paar Schlucke zu trinken, hörte er plötzlich laute Stimmen.

»Du sollst die Wahrheit sagen, du stinkende Mistratte«, schimpfte jemand mit einem seltsam vertrauten Akzent, gefolgt von einem Geräusch, dass er nur zu gut vom Hatnam kannte: dem Klatschten einer Faust, die auf menschliches Fleisch trifft.

Alarmiert hielt er in seiner Schöpfbewegung inne, drehte sich stattdessen auf den Knien wieder nach vorne und griff beim Aufstehen nach einem faustgroßen Stein, der neben ihm im Moos gelegen hatte.

*Ich hätte meine nimbusverfluchten Waffen mit vom Schiff nehmen sollen*, ärgerte er sich innerlich.

Geschmeidig machte er ein paar schnelle Schritte vorwärts und sah aus den Augenwinkeln Meister Raynor, der ein Dutzend Schritte weiter rechts ebenso flink los eilte und sich dann gegen einen Baum presste, um nicht gesehen zu werden.

Magnus wagte sich derweil noch ein bisschen weiter vor und warf sich mit einem erstickten Laut zu Boden, als etwa zehn Schritte weiter jemand hinter einem großen Findling hervortrat und sich umschaute.

Angespannt hielt er die Luft an und ärgerte sich über seine eigene Dummheit.

Wenn er jetzt aufstand, würde er in gerader Sichtlinie zu dem Fremden stehen, der ganz zu seinem Schrecken Lederpanzer und Helm der Invasoren trug, die Waderstade angegriffen hatten.

*Wie kann das sein? Wir haben uns so sehr beeilt! Sie können doch unmöglich vor uns hier her gekommen sein*, dachte er fassungslos und drückte sich noch ein wenig weiter ins weiche Unterholz.

Immerhin schien er Glück im Unglück zu haben, da der kleingewachsene Soldat ihn anscheinend nicht gesehen hatte und sich wieder der oder den Personen hinter dem mächtigen Findling zuwandte, von dem jetzt auch wieder das traurige Winseln erklang, das sie ursprünglich angelockt hatte.

Er reckte den Kopf ein wenig in die Höhe und suchte Raynors Blick. Mit ein paar kurzen Gesten bedeutete er ihm, dass er ein wenig nach links ausweichen würde, um hinter den Findling schauen zu können. Sein Meister nickte ernst und ging abwartend in die Hocke.

Vorsichtig kroch Magnus zum nächsten Baum und stand dann langsam auf. Er presste sich gegen den Stamm und lauschte kurz.

Die Fremden waren wieder mit gedämpften Stimmen in ein Gespräch vertieft, also war er scheinbar unbemerkt geblieben.

Er spähte kurz an dem Stamm vorbei, konnte aber nur den blanken Findling sehen und hüpfte dann hinter die Deckung des nächsten Baumes, wobei seine Brigantine leicht knarzte, als er mit der Schulter an der Rinde entlangscheuerte. Doch es war nicht besonders laut gewesen.

Das Gleiche tat er noch zwei weitere Male, bis er sicher war, den Winkel so sehr vergrößert zu haben, dass er nun dazu in der Lage sein müsste, hinter den Stein zu blicken und endlich zu erfahren, was hier vor sich ging.

Also beugte er sich leicht zur Seite und lugte an der knorrigen Rinde des dicken Baumes vorbei an dem er sich festklammerte und hielt den Atem an, als könnten die Soldaten ihn sonst hören.

Hinter dem mannsgroßen Findling sah er endlich, was dieses herzzerreißende Winseln von sich gab und wen die Fremden auszufragen versuchten.

Zwischen zwei der leicht gepanzerten Invasoren saß ein gefesselter Mann, etwa in Meister Raynors Alter, vielleicht älter. Er trug schmutzige Lederkleidung, die bereits mehrfach grob geflickt worden war und hässliche, in erdigen Grün- und Brauntönen karierte Hosen. Die Hände waren ihm scheinbar hinter dem Rücken zusammengebunden worden.

Sein Gesicht schien nur aus Haaren zu bestehen: ein borstiger schwarzer Vollbart, buschige Augenbrauen und lange zottelige Haare, die unter einem breitkrempigen Hut hervorquollen, gaben ihm das Aussehen eines jener Waldschrate aus den Geschichten der Vorwelt.

Ein breiter roter Striemen auf seiner Wange zeigte deutlich, dass er derjenige sein musste, der geschlagen worden war - zumal er auch hemmungslos zu weinen schien, was Magnus sofort einen schmerzhaften Stich des Mitleids versetzte.

Doch es war nicht der Mann, der das Winseln von sich gab.

Es stammte von einem großen Tier mit weiß-goldenem, lockigem Fell, das vier Beine und einen buschigen Schwanz hatte. Das Gesicht war breit und rund, mit einer langen, feuchten Schnauze und großen dunklen Augen, die dem Wesen ein irgendwie niedliches, beinahe kindliches Aussehen verliehen, das ihn an *Bernadette*, die Schiffskatze der *Schwarzen Mähre* erinnerte.

Wenn er es genauer betrachtete, sah das winselnde Etwas, das neben dem Gefesselten lag und sich ängstlich an seine Seite drückte, Bernadette sogar *sehr* ähnlich, nur eben deutlich größer und kräftiger und mit einem etwas anderen Kopf.

»Lasst wenigstens Pampa frei, ihr gemeinen Kerle«, flehte der schluchzende Mann und redete beruhigend auf das verängstigte Tier ein.

»Beim Exesor, wir schlitzen dein Mistvieh gleich von vorne bis hinten auf, wenn du uns nicht antwortest«, entgegnete einer der über ihm stehenden Soldaten bösartig und versetzte dem Gefangenen einen kräftigen Tritt gegen das Schienenbein.

»Aua!«, schrie der Getroffene halb schmerzverzerrt, halb empört.

Die beiden Legionäre schienen endgültig die Geduld zu verlieren und machten ernst: Einer von ihnen, der eben noch abwartend an dem Findling gelehnt hatte, zog ein langes Messer aus seinem Gürtel und machte einen Schritt auf das Tier zu, das sich noch näher an seinen menschlichen Leidensgenossen drückte und ungehemmt zu jaulen begann.

Magnus blickte sich fieberhaft nach Raynor um, doch er konnte seinen Meister nirgendwo entdecken.

Entweder er handelte jetzt, oder der arme Teufel würde genauso abgeschlachtet werden, wie die unschuldigen Bewohner Waderstades.

Er traf eine Entscheidung und trat hinter dem Baum hervor, sodass er nun zwischen zwei dicken Stämmen am Rand der kleinen Lichtung stand, auf der etwa fünf Schritte entfernt der Findling aus der Erde ragte.

Einer der Soldaten hatte ihm noch den Rücken zugewandt und der andere zeigte ihm seine linke Seite, als er sich gerade zu dem Tier herunterbückte, um es mit seinem furchterregenden Messer zu bearbeiten. Doch der Gefangene saß so im Gras, dass er genau in Magnus Richtung schaute und plötzlich große Augen machte, was dem Legionär mit dem gezückten Messer nicht entging.

Blitzschnell fuhr er herum und stieß dabei seinen Kameraden an, der es ihm eilig gleich tat.

Misstrauisch musterten sie den Pilgrim, der noch immer reglos zwischen den beiden Bäumen stand, als hätte er spontan Wurzeln geschlagen.

»Wen haben wir denn da?«, fragte einer von ihnen schnarrend und legte eine Hand an den Griff des Kurzschwerts, das locker an seiner Hüfte hing.

»Verschwinde hier, Kleiner, bevor ich es mir anders überlege und dich um ein paar Galonen Blut erleichtere«, forderte der mit dem Messer ihn auf und wollte sich bereits umdrehen, als Magnus einen Schritt nach vorne trat.

»Nein. Ich weiß nicht wer ihr seid oder was ihr von dieser Insel und seinen Bewohnern wollt, aber ich habe keine Lust mehr fortzulaufen oder zuzusehen, wie ihr andere Menschen quält«, sagte der Pilgrim gleichmütig und nahm gewissenhaft und präzise eine vorbereitende Hatnamstellung für *Zwei Ströme fließen hinab* ein. Eine tiefe Ruhe breitete sich in ihm aus, die ihn selbst überraschte. Es fühlte sich einfach richtig an was er gesagt hatte und im Begriff war zu tun.

Die beiden Soldaten blickten sich kurz alarmiert, jedoch nicht besonders eingeschüchtert an und zogen dann mit einem Schulterzucken ihre breiten Schwerter, bevor sie langsam auf ihn zukamen. Sie bewegten sich mit der sicheren Präzision geübter Kämpfer und würden ihm offensichtlich nicht den Gefallen tun, ihn zu unterschätzen oder in Hochmut zu verfallen.

»Hättest laufen sollen«, presste der mit der schnarrenden Stimme durch die Öffnung in seinem Lederhelm hervor.

Magnus hatte gehofft, dass seine Kontrahenten ihn für leichte Beute halten und früh einen Fehler machen würden, doch sie teilten sich nach zwei Schritten auf, sodass sie ihn gleichzeitig von zwei Seiten angreifen konnten.

Also wechselte er schnell in die Ausgangsposition für *Die Winde des Ostens und Westens* und ließ die beiden von rechts und links herankommen.

Dass er plötzlich mit eng am Körper liegenden Armen bewegungslos verharrte, schien seine Gegner nun doch zu verwirren. Sie warfen sich unverständliche Blicke zu, zuckten dann erneut mit den Schultern und griffen ihn gleichzeitig und mit erhobenen Schwertern an.

*Na also*, dachte Magnus zufrieden und führte blitzschnell *Die Winde des Ostens und Westens* aus.

Er warf die Beine nach vorne und ließ sich dabei mit dem Rücken voran nach hinten fallen, während er beide Arme ausstreckte und nach den Gürteln der Soldaten griff. Da er die Arme an seinen Körper gepresst hatte, waren sie recht nah gekommen und er bekam sie gut zu packen. Durch die Wucht seines stürzenden Körpers zog er so hart an ihren Gürteln, dass sie durch die zusätzliche Energie ihres Ansturms ins Straucheln kamen und mit unterdrückten Flüchen zusammenstießen.

Magnus nutzte derweil seinen Schwung und katapultierte sich nach vorn aus der Gefahrenzone.

Als er schlitternd zum Stehen kam, wirbelte er herum und wandte sich seinen Gegnern zu, die gerade wieder voneinander weg taumelten und von dem unerwarteten Zusammenstoß sichtlich desorientiert waren.

Da sie zwischen sich eine etwa schrittbreite Lücke ließen, schoss der Pilgrim blitzschnell zwischen ihnen hindurch und zog dabei ihre Gürtelmesser aus den Scheiden.

Auf der anderen Seite des Duos angekommen, das sich langsam erholte und überrascht die sich neu ergebene Situation zu erfassen versuchte, wirbelte Magnus herum und brachte sich in Stellung.

Die Soldaten schüttelten ihre Überraschung ab und drehten sich mit bereitgehaltenen Schwertern zu ihm um, bevor sie gleichzeitig einen Satz auf ihn zu machen.

*Zu spät für euch*, dachte er grimmig und vollführte *Der Kuss der Schlange.* Mit einer grazilen Flugrolle sprang er den Angreifern entgegen, die einen Wimpernschlag zu spät auf die Stelle einschlugen, an der er eben noch verharrt hatte. Einer von ihnen versenkte sein Schwert hinter Magnus im Gras, doch die Klinge des anderen gehorchte einer geschickteren Hand und schlitzte mit ihrem Ende knapp unter der Brigantine Magnus' Schulter auf. Er schrie vor Schmerzen auf, hatte jedoch Glück, dass die beiden Soldaten ein wenig das Gleichgewicht verloren. Magnus sich jetzt genau zwischen ihnen und streckte die Messer in seinen Händen nach beiden Seiten hin aus, bevor er sie mit einem kurzen Zucken nach oben zog und zum Stehen kam. Seine Schulterwunde begann unangenehm zu pochen.

Da er nun in Richtung des Findlings schaute, traf sein Blick den des Gefangenen, der ihn ungläubig anstarrte.

Um sicher zu gehen drehte Magnus sich langsam, beinahe gelassen um, doch seine zitternden Hände, in denen noch immer die Messer lagen, von deren Spitzen in stetem Rhythmus rote Tropfen ins Gras fielen, verrieten seine Anspannung, die erst langsam aus seinen Gliedern wich.

Die beiden Soldaten, die nun mit dem Rücken zu ihm standen, machten noch einige taumelnde Schritte vorwärts, bevor die Schwerter ihren kraftlosen Händen entglitten und sie röchelnd auf die Knie sanken.

Drei Atemzüge später fielen ihre leblosen Körper mit dem Gesicht voran ins blutgetränkte Gras.

»Hey hallo!«, jauchzte der Gefangene hinter ihm glücklich und Magnus drehte sich wieder zu ihm um. Der Waldschrat strahlte ihn mit noch immer rotgeränderten Augen, aber nun breitem Lächeln an.

Die offene Freude beruhigte seinen aufkommenden Schrecken über den kurzen aber brutalen Kampf ein wenig und er lief mit langen Schritten an die Seite des Gefesselten, dessen Tier nun aufgesprungen war und ihm unruhig aber offensichtlich glücklich mit seiner langen rosa Zunge durch das Gesicht leckte.

Den unangenehmen Geruch des ungepflegten Waldbewohners ignorierend, öffnete Magnus mit zwei kurzen Schnitten die Fesseln, die bereits tief in seine Handgelenke geschnitten hatten und säuberte die Messer dann so gut es ging im knöchelhohen Gras.

»Danke, mein Freund«, sagte der Freigelassene glücklich und rieb sich die geschundenen Handgelenke, bevor er kurz seinen goldenen Begleiter schmuste und beruhigend auf ihn einredete. »Ist ja gut Pampa, alles nochmal gut gegangen. Du bist ein feiner Hund. Alles ist gut.«

Dann legte er den Kopf schief, als würde er auf etwas lauschen und schüttelte dann den Kopf.

»Nein, das ist ein junger Kämpfer und ich glaube er will uns nichts tun, also sag so etwas nicht.«

Magnus musterte den Zotteligen erneut, um in seinen grünen Augen nach Zeichen des Wahnsinns zu suchen, doch sie glänzten lediglich fröhlich vor sich hin.

»Du redest mit deinem Tier?«, fragte er erstaunt.

»Na klar, das ist Pampalantanta von Rosendorf und sie ist eine ziemlich schlaue Hundedame, wenn du mich fragst. Allerdings ist sie nicht besonders gut zu gebrauchen, wenn wir hinterrücks im Schlaf überfallen werden«, mit gespielter Enttäuschung in der Stimme zeigte er seinem Hund einen nach oben gestreckten Zeigefinger, als sei das Thema für ihn noch nicht erledigt.

Konnte es tatsächlich sprechende Hunde geben? So ziemlich alles, was Magnus bisher in dieser fremden Welt gesehen hatte, irritierte und überraschte ihn zumindest. Aber von sprechenden Tieren, hatte er nicht einmal in den Chroniken der Vorwelt gelesen. Doch da fiel ihm ein, dass auch Tanta, der seltsame Vogel von Graubart hatte sprechen können, wenn auch nur wenige Sätze oder Worte.

Pampalantanta bellte derweil fröhlich und wackelte mit dem Schwanz, bevor sie einen Satz auf Magnus zu machte, der vor Schreck beinahe hinten über kippte, als sie ihn ansprang und dabei laut bellte. Seine Schulter schmerzte dabei höllisch und er grunzte mit zusammengebissenen Zähnen

»Keine Angst, Jüngelchen, sie ist ganz freundlich«, kommentierte der seltsame Waldschrat die Attacke und saß noch immer auf dem leicht feuchten Grasboden.

Der Pilgrim tätschelte dem durchaus niedlichen, aber auch etwas stürmischen Tier den flauschigen Kopf und erntete dafür wohliges Hecheln aus seinem zahnbewehrten und nicht besonders gutriechenden Maul. Nach einigen Augenblicken nahm er die Vorderpfoten des erstaunlich schweren Hundes von seiner Brust und setzte sie auf dem Waldboden ab, da seine Schulter dabei schmerzte.

»Äh, ja. Guter Hund. Und wer bist du?«

»Ich bin Wolf«, stellte sich der Gerettete vor und klopfte sich gewissenhaft die schmutzige Kleidung aus, während er sich auf sichtlich wacklige Beine erhob. Dann streckte er ihm eine schmutzige Hand entgegen und lächelte schief.

»Ich bin Magnus«, erwiderte er leicht verunsichert, da er noch immer nicht wusste, ob er es nun mit einem Verrückten zu tun hatte oder nicht.

»Hast du einen Begleiter mitgebracht?«, fragte Wolf freundlich und kraulte Pampalantanta hinter den Ohren, als sie ihren Kopf an seine Hüfte drückte.

»Ja, woher weißt du das?«

Der verwilderte Einheimische antwortete nicht, sondern deutete lediglich mit dem Daumen hinter sich in den Wald und beugte sich ein wenig vor.

Er legte eine Hand an den Mund und senkte die Stimme zu einem kaum hörbaren Flüstern.

»Ich glaube dein Freund denkt, dass er ziemlich leise ist«, gluckste er schließlich und ließ seinen Hund los, der fröhlich hüpfend ins Unterholz sprang und kurze Zeit später mit Raynor im Schlepptau zurückkehrte, der nicht so recht zu wissen schien, wie er mit dem aufgeregt bellenden Tier umgehen sollte.

»Ich habe doch gesagt, du sollst dich mit mir absprechen«, schimpfte Raynor als er sie schließlich erreicht hatte und tupfte dem um Aufmerksamkeit bettelnden Kläffer auf die Stirn.

»Ich habe Euch nirgendwo gesehen und die Soldaten wollten diesen Mann hier gerade umbringen«, protestierte Magnus und deutete nachlässig zu den beiden Leichen hinter sich.

»Immer mit dem Kopf durch die Wand«, sagte sein Mentor kopfschüttelnd und zog mit der rechten Hand etwas hinter dem Rücken hervor, das der junge Pilgrim zuvor gar nicht beachtet hatte. Es war eine weitere Leiche. Ein junger Soldat mit kurzen, dunklen Haaren, der anders als seine Kameraden keinen Helm trug und deutlich kleiner als Magnus und Raynor war.

»Sie hatten einen Wachtposten im Wald stehen, der nach deinem Angriff loslaufen wollte - wahrscheinlich um Hilfe zu holen«, erklärte Raynor geduldig und wuchtete den Körper vor sich ins Gras, sodass er jetzt zwischen ihnen lag und von einer höchst interessierten Pampalantanta beschnuppert wurde.

»Hätte ich mich also nicht um ihn gekümmert, hätten wir bald vielleicht eine ganze Hundertschaft am Hals.«

»Ja, Meister«, antwortete Magnus zerknirscht, aber auch mit einem gewissen Widerwillen in der Stimme, der seinem Meister anscheinend nicht entging, da er streng eine Braue hob.

Er mochte ja Recht haben mit dem was er sagte, aber Magnus wollte verdammt sein, wenn er mit ansehen würde, wie ein unschuldiger Mann vor seinen Augen gefesselt und abgeschlachtet wurde.

»Ich bleibe doch nicht am Waldrand stehen und schaue zu, wie der arme Kerl aufgeschlitzt wird«, protestierte Magnus schließlich auf einen fragenden Blick Raynors hin.

»Und woher weißt du, dass er ein unschuldiger Mann ist?«, fragte der andere Pilgrim mit vor der Brust verschränkten Armen. »Woher weißt du, dass er kein *Verbrecher* ist?«

»Ich? Ein Verbrecher?« Wolf plusterte sich auf wie der Rabe Tanta, wenn Graubart wie so häufig nach ihm gelangt hatte und stemmte die Hände in die Hüften. »Ich bin ein ehrlicher Jägersmann, ja, *das* bin ich. So. Und das ist Pampalantanta von Rosendorf, eine feine Goldküstenhündin aus Forstholm, wenn ich bitten darf. Sie hat noch nie jemandem etwas zuleide getan, ich muss sie schon immer zwingen ab und zu mal ein Kaninchen zu reißen, so sehr jault sie rum wenn sie ihre Zähne einsetzen soll. Und jetzt kommst du,

Felsgesicht!«

Mit vorgerecktem Kiefer schaute er kampfeslustig zu Raynor, der nicht so recht zu wissen schien, was er mit dem Anblick des schmächtigen Jägers anfangen sollte, der ihn so herausfordernd anstierte und dabei doch irgendwie wirkte wie ein Kind.

Er entschied sich anscheinend für den friedlichen Weg und hob beschwichtigend die kräftigen Hände.

»Friede, guter Mann. Ich versuche lediglich einem unbelehrbaren Schüler ein wenig Verstand und Weitsicht einzubläuen.«

»Na gut«, der Jäger beruhigte sich wieder etwas und griente sie beide mit schiefen Zähnen an. »Gibt der Bauer früh sein Wissen weiter, wird aus dem Knecht ein guter Reiter.«

»Äh, ja«, erwiderte Raynor sichtlich ratlos. »Woher kommt Ihr denn und was wollten diese Männer von Euch?«

Wolf antwortete nicht sofort und ging stattdessen zu dem Findling, an dem ein langer, geschwungener Bogen, ein Köcher mit Pfeilen und ein großer Rucksack lehnten, die er sich allesamt nacheinander schnappte.

»Erst einmal«, sagte er bestimmt, »werde ich mir die Schulter Eures Schülers anschauen. Das ist jawohl das Mindeste, was ich nach meiner Rettung für ihn tun kann.«

Wolf kramte kurz in seinem Rucksack herum und zog dann eine gebogene Nadel, einen langen Faden und ein kleines Glas mit weißer Paste hervor.

Magnus ließ sich derweil ins Gras sinken und schaute dabei auf seine Schulter herab. Der Schnitt war glücklicherweise nicht tief und blutete weniger, als er befürchtet hatte. Trotzdem wurde ihm von dem Anblick mit einem Mal schlecht und er drehte sich lieber weg.

»Halb so schlimm, Junge. Ich mach da jetzt ein bisschen Weyerkrautpaste drauf und dann nähe ich das. Sollte es sich bis morgen nicht entzünden, wird das schon gut gehen«, versuchte Wolf ihn zu beruhigen und strich mit den

Fingern die weiße Tinktur auf den fingerlangen Schnitt. Als er die gebogene Nadel mit dem Faden ansetzte, wendete sich Magnus ab. Wie barbarisch. Die Stiche bemerkte er bis auf ein unangenehmes Ziehen kaum, da sie von dem aufdringlichen Pochen seiner Wunde überdeckt wurden.

Nach wenigen Augenblicken war Wolf anscheinend schon fertig und bandagierte die Wunde mit einem fleckigen Stück Stoff.

*Das wird reichen müssen*, dachte er achselzuckend.

» Gern geschehen. Jetzt lasst uns doch von diesem elenden Ort fortgehen«, erwiderte Wolf auf Magnus' gemurmelten Dank hin und versuchte dabei nicht auf die blutenden Leichen zu starren, die um sie herum lagen. »Ich erzähle euch alles unterwegs. Geht ein Bauer tags den Berg herunter, bleibt morgens er vom Wandern munter.«

Er wartete ihre Antwort gar nicht erst ab, sondern pfiff mit einem kurzen, schrillen Ton, der seinen Hund dazu brachte an seine Seite zu eilen, in den Wald hinein und stapfte mit ausladenden Schritten davon.

Magnus und Raynor blickten sich unentschlossen in die Augen und zuckten dann beide mit den Schultern, bevor der Hatnammeister einem der toten Soldaten den Waffengurt mit Schwert und Messer abnahm und sich selbst um die Hüfte band. Magnus hob irritiert eine Braue, da er dachte, sein Meister würde niemals Waffen benutzen wollen und schnappte sich derweil Wasserschlauch und Rucksack der helmlosen Leiche neben ihm. Vielleicht würde er es benutzen, um sich durch das Unterholz zu hacken?

Achselzuckend lief er Wolf und Raynor hinterher, die bereits zwischen zwei Bäumen verschwunden waren.

Als die beiden Pilgrim den eigentümlichen Mann endlich flankiert hatten und Pampalantanta eifrig schnuppernd und fröhlich hüpfend vor ihnen hin und her lief, als gebe es nichts spannenderes als den Waldboden, begann der alte Kauz auch schon lebhaft zu erzählen. So lebhaft, das Magnus sich schon bald wünschte, Raynor hätte ihn nicht zum Sprechen aufgefordert.

»Also ich heiße, wie ihr beiden komischen Käuze ja schon wisst, Wolf und durchstreife nun schon knapp dreißig Sonnenzyklen Kalladan, auf der Suche nach Rot- und Damwild, manchmal auch Raubkatzen und kleinerem Gedöns. Ich bin eben ein Jägersmann und verkaufe Felle, gutes Fleisch und hier und da mal eine schmucke Kette mit Reißzähnen oder ähnlichem Tand auf den die ganzen Waschweiber in den Städten so stehen. Die Jungens in den Städten sind auch ganz wild darauf, weil sie sich damit wie die großen Krieger fühlen. Ihr kennt das ja wahrscheinlich, da ihr selbst große Krieger seid und jeder Kämpfer mal als übermütiger Junge angefangen hat, der unbedingt eine Kette mit Reißzähnen und Krallen haben möchte. Nicht wahr?« Er lächelte schief nach links und rechts, als wolle er ihre Bestätigung sehen, plapperte aber weiter, bevor sie überhaupt Zeit hatten etwas zu erwidern.

»Na ist ja auch egal. Also ich komme von einer Bauernfamilie in Forstholm. Kennt man natürlich. Was ihr aber wahrscheinlich nicht kennt, ist das Dorf Ringelsbronn. Es ist das schönste Dorf der Welt und auch wenn uns manche Niederholmer als Hinterwäldler in karierten Hosen beschimpfen, sind wir doch unerreicht in unserer ländlichen Weisheit. Wir sammeln mindestens doppelt so viele Rüben pro Erntezyklus von den Feldern, wie diese großspurigen Bauern aus ihren stinkenden Sümpfen, mit ihren angeberischen Strohhüten und dem vielen Regen, der ihnen einen ungerechten Vorteil gibt, wenn es mal wieder...«

»Ich denke, die Kurzform genügt«, fuhr ihm Raynor freundlich aber mit unverhohlener Ungeduld in der Stimme dazwischen.

Magnus war sich immer noch nicht sicher, was er von diesem seltsamen Kerl halten sollte. Seine überaus unbeschwerte Art war irgendwie ansteckend und zeugte von einer Lebensfreude, die er einem Mann, der noch vor wenigen Augenblicken um ein Haar ermordet worden wäre, gar nicht zugetraut hätte.

Andererseits redete er scheinbar mit seinem Hund und war sichtlich zerstreut.

»Kurzform? Hm...« Wolf kratzte sich an den Schläfen und schnappte sich dann im Vorbeigehen einen langen Grashalm vom Boden, den er sich in den linken Mundwinkel schob. Er kaute genüsslich darauf herum und spuckte ihn dann wieder aus. »Iih, das ist aber ein bitteres Zeugs!«

»Zurück zu der Kurzform«, erinnerte Magnus ihn grinsend. Dieser Mann schien sich auch von allem ablenken zu lassen, was sich seinen braunen Augen zeigte.

»Ja genau«, sagte Wolf mit wildem Nicken und spuckte die letzten Reste des zerkauten Grashalms aus.

»Ich komme um diese Jahreszeit immer nach Malkining, um meinen Freund Torben zu besuchen. Er ist Fischer, unten in Ilmenheim, der kleinen Siedlung am Meer. Ich jage hier oben dann für ein paar Tage Wölfe und Hirsche und schenke ihm Felle und Fleisch. Dafür bekomme ich eine ganze Ration Räucherfisch, die ich wiederum in Westwart verkaufe, wenn ich sie nicht gerade selbst unterwegs aufesse.«

»Wolf«, ging Raynor erneut dazwischen. »Wir würden gerne erfahren, wer diese fremden Soldaten sind, was sie auf Malkining wollen und warum sie euch umbringen wollten.«

Der Jäger brummte kurz, unzufrieden ob der neuerlichen Unterbrechung, war jedoch schnell wieder bester Dinge und brach einen morschen Ast von einem dicken Baumstamm, um ihn gleich darauf wieder fortzuwerfen. Pampalantanta hetzte dem Stock bellend hinterher, biss beherzt hinein und trabte wieder zu seinem Herrchen zurück um ihm den Stock zurückzugeben. Dann begann das Schauspiel von neuem.

»Das sind anscheinend vindicanische Späher gewesen. Ihrem Akzent nach zu urteilen jedenfalls. Außerdem habe ich mal ein paar Bilder von denen und ihren Rüstungen gesehen, daher habe ich wenig Zweifel daran, dass es sich wirklich um Kaiserliche gehandelt hat. Naja und wie ich dann so durch die

Wälder gestromert bin, rauf zu der Jagdhütte, ein fröhliches Lied auf den Lippen und Pampa bester Laune, hörte ich ein paar Männer durch den Wald spazieren. Sie gaben sich große Mühe, leise zu sein, aber der gute Wolf hört alles, wenn es sich nicht gerade um einen Marder mit Watte unter den Pfoten handelt. Ich habe dann auf dieser Lichtung gewartet um ihnen hallo zu sagen und vielleicht ein paar Worte zu wechseln, schließlich kommen hier draußen nicht so viele Leute vorbei. Als ich dann drei Krieger sah, die dazu auch noch fürchterlich grimmig zu sein schienen, wurde mir schon ein wenig mulmig zumute, genau wie Pampa. Sie hat vorgeschlagen, dass wir weglaufen, aber einer von ihnen hatte schon seinen Bogen im Anschlag gebracht, also dachte ich, dass es eh vergebens wäre.«

Raynor legte ihrem verschrobenen Begleiter geduldig eine Hand auf die Schulter, während sie noch immer durch das Unterholz stapften und brachte ihn damit dazu, sich zu ihm zu drehen.

»Warum springt Ihr nicht zu dem Teil, wo sie Euch befragen?«, schlug der Pilgrim vor und brachte sogar ein halbwegs gutmütiges Lächeln zustande, was bei Raynor bereits einem emotionalen Gewitter gleichkam.

»Ach ja«, beeilte sich Wolf zu sagen und drehte sich wieder nach vorn. »Also die haben mich dann gefesselt und all so was, was böse Männer eben machen. Daraufhin wollten sie von uns wissen, ob wir hier fünf junge Männer und Frauen gesehen hätten, die sich merkwürdig benehmen. Ich habe ihm dann gesagt, dass ich solche jungen Racker natürlich gesehen habe.«

Magnus und Raynor warfen sich über die Schulter alarmierte Blicke zu, die dem Jäger zu entgehen schienen, da er erneut das Stöckchen warf, dem Pampa hinterherhetzte.

»Schließlich kam ich gerade aus Ilmenheim und da laufen immer ein paar junge Leute rum, die sich ziemlich seltsam benehmen. In der Taverne haben die sogar auf den Tischen getanzt«, fuhr Wolf unbeschwert fort und schüttelte den Kopf.

Anscheinend ist er bisher noch nie in einem Gasthaus wie der *Gekaperten Nymphe* gewesen, dachte Magnus.

»Das war aber scheinbar nicht die Antwort, die sie hören wollten.« Traurig senkte er den Blick und ließ seine schmächtigen Schultern hängen. »Dann haben sie angefangen mich zu schlagen und Pampa so laut anzuschreien, dass sie ganz nervös wurde.«

Er schüttelte sich und reckte das Kinn ein wenig vor, wie um sich selbst zu ermahnen, dass jetzt nicht die Zeit war alte Wunden zu lecken.

»Und jetzt zu euch, Freunde. Wo kommt ihr her und wer seid ihr überhaupt?«, fragte er neugierig, bevor er noch in einer erstaunlich guten Imitation von Meister Raynors Stimme hinzufügte: »*Bitte die Kurzversion.*«

Magnus war mittlerweile beinahe sicher, dass er es mit einem etwas durchgeknallten, vielleicht sogar gänzlich verrückten Zeitgenossen zu tun hatte. Allerdings schien er grundehrlich zu sein und legte eine Unbeschwertheit an den Tag, die ihm durchaus imponierte.

Da sein Lehrmeister nachdenklich schwieg und anscheinend ihm das Feld überlassen wollte, entschied er sich ebenfalls für Ehrlichkeit.

»Ich bin Magnus, das ist Meister Raynor und wir sind Pilgrim. Wir stammen von dem gleichnamigen Felsen, den ihr in dieser Welt allerdings *Auge der Zeit* nennt, wenn ich Graubart richtig verstanden habe«, erklärte er freimütig und war überrascht, als Wolf in belustigtes Gelächter ausbrach.

Er hielt in seinen Schritten inne und beugte sich zu Magnus herüber, bis sein bärtiges Gesicht mit den alten, von Falten umspielten Augen ihm unangenehm nahe war.

»Du weißt schon, dass du verrückt bist, eh? Nicht ganz richtig da oben!« Er klopfte Magnus vorsichtig mit gebogenem Zeigefinger gegen die Schläfe und setzte sich dann wieder in Bewegung. »Aber das macht nichts. In deinem Alter hat man noch allen möglichen Schabernack im Kopf und wenn man zu lange hier draußen unterwegs ist, kann einen das schon mal durcheinander bringen. Aber ich sage dir, auf Malkining geboren worden zu sein hat auch Vorteile. Ihr seid weit weg von der harten Hand der Fürsten, führt ein ruhiges, beschauliches Leben ohne Konflikte und habt genug Fisch um daran zu ersticken.«

Die Blicke der beiden Pilgrim trafen sich erneut, doch in den Augen seines Meisters fand Magnus erneut nur die gleiche Ratlosigkeit und das gleiche Unverständnis, das er in sich selbst spürte. Es kam schließlich nicht jeden Tag vor, von einem offensichtlich Verrückten als Verrückter abgestempelt zu werden und dann auch noch eine Art väterliches Verständnis geschenkt zu bekommen, als sei das ein Akt der Großzügigkeit... Das war schon allerhand.

»Äh ja, genau«, antwortete er einfach. »Jedenfalls stammen wir vom Auge der Zeit und sind mit einem Piraten namens Graubart nach Waderstade gekommen.«

»Graubart?«, fragte Wolf belustigt. »Klar, mit dem legendären Kapitän Graubart. Wahrscheinlich seid ihr auch noch im Schlund des Kraken gereist, der dann kurz vor der Küste die *Schwarze Mähre* ausgespuckt hat?«

»Nein. Ich weiß nicht was ein *Kraken* ist, aber wir sind ganz normal mit der *Mähre* nach Waderstade gefahren.«

Der Jäger kicherte leise vor sich hin. Scheinbar glaubte er Magnus kein Wort, auch wenn er keine Ahnung hatte wieso nicht.

»Wir waren in der *Gekaperten Nymphe* und dann kamen diese Vindicaner von denen Ihr gesprochen habt und haben alle umgebracht, die sich ihnen in den Weg stellten. Oder auch nur am Rande standen.«

»Dann hat die Invasion also begonnen?«, fragte Wolf plötzlich hellwach und all die vorherige Belustigung war aus seinem Gesicht verschwunden, als hätte es sie niemals gegeben.

»Invasion?«

»Ja. Der König versucht schon seit Langem, die Großfürsten zum Ausbau ihrer Küstenbefestigungen zu bewegen, weil er eine Invasion durch die

Kaiserlichen befürchtet, doch die verdammten Goldbatzen in ihren feinen Sesseln interessieren sich nicht dafür, weil sie sagen, dass der Krieg im Norden schon zu viel Geld koste. Als wenn die Sicherheit der Bevölkerung jemals zu viel Geld kosten könnte. Aber genug Geld für ihre Schlösser und Sommerresidenzen haben sie allemal. Ganz zu schweigen von den vielen Dienern, die sie bezahlen müssen, nur damit sie keinen Handschlag zu viel tun brauchen. Unsereins auf dem Lande geht zum Austreten aufs Feld und die lassen sich einen Nachttopf bringen, den dann ein armes Mädchen, das meine Tochter sein könnte, wegbringen muss«, ärgerte sich Wolf und schnaubte verächtlich.

»Austreten? Nachttopf?« Der Mann verwirrte Magnus immer mehr.

»Ja, du weißt schon. *Pisst der Bauer auf das Feld, spart für Dünger er viel Geld*«, antwortete der Jäger beiläufig, schien aber nicht ganz bei der Sache zu sein, da er gerade versuchte seinem Hund ein Stück Holz aus dem Maul zu ziehen, das sich zwischen zwei Zähnen verkeilt hatte und dem Vierbeiner jetzt Probleme machte.

»Ich glaube nicht, dass diese Vindicaner an eurem Land interessiert sind«, beendete Raynor sein Schweigen, packte Wolf an den Schultern, um sich seiner Aufmerksamkeit sicher sein zu können und schaute ihm mit ernster Miene in die Augen.

»Mit fünf jungen Pilgrim brach ich auf. Drei Männer, zwei Frauen und nach fünf fremden jungen Menschen suchen die Soldaten. Ich glaube also kaum, dass das ein Zufall sein soll, oder dass diese drei Legionäre, die Euch bedroht haben, auf der Suche nach ein paar dahergelaufenen Einheimischen sind. Dafür kommen sie nicht über das Meer gefahren und vernichten eine ganze Stadt. Für die letzten Überlebenden eines Berges, der für Euch scheinbar eine Legende ist, vielleicht aber schon. Was auch immer sie von den Fünf wollen, ich habe nicht vor, sie ihnen zu überlassen und es herauszufinden. Was ich ebenfalls nicht vorhabe, ist mit anzuschauen, wie weitere unschuldige

Menschen abgeschlachtet werden. Also sage ich Euch was wir jetzt tun: Wir werden in diese Siedlung gehen, von der Ihr gesprochen habt, seine Bewohner warnen und ihnen bei der Flucht helfen. Als nächstes fragen wir herum, ob jemand die anderen Pilgrim gesehen hat und dann bringen wir uns selbst in Sicherheit.«

Wolf schien über den langgezogenen Wortschwall des zuvor so einsilbigen Meisters genauso überrascht zu sein wie Magnus, obwohl er mittlerweile das Gefühl hatte, dass das in letzter Zeit durchaus zur Gewohnheit wurde.

Raynors Worte verfehlten ihr Ziel jedoch nicht. Seine harte Stimme, deren klarer, strikter Tonfall keinerlei Widerspruch duldete, brachte sogar den verwirrten Jäger dazu ernst zu nicken.

»Ihr meint das tatsächlich ernst oder? Oh je. Das ich das noch erleben muss. Vom *Auge der Zeit* sagt ihr?« Pampa kam hechelnd angelaufen und schaute sein Herrchen auffordernd an. »Nein Pampa, das *Auge der Zeit* ist ein Relikt aus der Zeit der Magie und befindet sich mitten im Alten Meer, nicht bei den Swartnir.« Er tat als lausche er angestrengt und fing dann wieder an zu dem schwanzwedelnden Tier zu sprechen.

»Natürlich helfen wir ihnen! Wer sind wir denn, dass wir Fremden in der Not Hilfe verwehren? Wir sind hier schließlich auch fremd.«

»Zu euch«, fuhr er daraufhin an die beiden Pilgrim gewandt fort. »Wir gehen am besten auf direktem Weg nach Ilmenheim und sprechen mit Torben, er ist der Dorfvorsteher und wird wissen was zu tun ist. Komm Pampa, hopp, hopp!«

Damit beschleunigte das ungleiche Quartett aus Pilgrim, Jäger und fröhlich bellendem Hund seine Schritte und lief über Stock und Stein die mittlerweile in warmes Sonnenlicht getauchten Hänge des mächtigen Berges hinab, der Malkining von Norden nach Süden in zwei Hälften teilte.

Jeder hing seinen eigenen Gedanken nach und versuchte gleichmäßig zu atmen, um nicht aus der Puste zu geraten. Immerhin waren bereits die ersten

Kundschafter der Vindicaner auf dieser Seite eingetroffen und suchten nach ihnen. Wer konnte also wissen, ob ihnen nicht schon weitere Trupps auf den Fersen waren, die nur darauf warteten, dass sie eine Verschnaufpause einlegten. Lediglich die Hündin mit dem dichten goldenen Fell sprang vergnügt um sie herum, als könne ihr kein Dauerlauf der Welt zu anstrengend werden, während die Menschen bereits schwer atmeten.

Später am Abend, als die Pilgrim bereits vollkommen durchgeschwitzt waren und fürchteten, ihr leicht betagter Begleiter müsse sich übergeben, so tief beugte er sich in die Knie, passierten sie mit dem letzten Tageslicht die untere Baumgrenze, die wie abgeschnitten in die stoppeligen Felder Ilmenheims überging, welche scheinbar erst kürzlich abgeerntet worden waren.

Etwa hundert Schritte weiter verlief ein runder, hüfthoher Zaun aus geflochtenem Bast kreisförmig um die Siedlung herum, die sich dicht an die Küste drängte. Es gab dort etwa ein Dutzend Lehmhütten und eine Handvoll Fachwerkhäuser, die allesamt mit Reet gedeckt waren und aus deren Schornsteinen dünne Rauchfäden in den windstillen Abendhimmel aufstiegen.

»Werden hier denn keine Wachen aufgestellt?«, fragte Magnus verwundert und musterte die beinahe verlassen aussehende Siedlung. »Dieser kleine Zaun sieht auch nicht gerade wehrhaft aus, was mich ehrlich gesagt wundert in eurer gewalttätigen Welt.«

»Das ist ein kleines *Fischerdorf*, Jüngelchen. Außerdem ist Malkining eine friedliche Insel von Bauern und Handwerkern, es gibt lediglich in Waderstade eine Garnison des Fürstentums, aber wenn es stimmt was ihr sagt, dann gibt es wohl selbst die nicht mehr«, antwortete Wolf besorgt und deutete auf einen kleinen Feldweg rechts von ihnen, der durch eine breite Öffnung ins Innere der heimeligen Siedlung führte.

Also marschierten sie am Waldrand entlang, bis unter ihren Sohlen das

Sand-Stein-Gemisch des Weges knirschte, der von tiefen Radfurchen durchzogen war, die sich irgendwann im dunklen Wald hinter ihnen verloren.

Aus der Siedlung ertönte vielfaches Blöken, das Wolf lediglich mit einem fröhlichen »Schafe eben« kommentierte, bevor er Pampa zurückpfiff, die wild bellend und mit ihrem buschigen Schwanz wedelnd nach vorne stürmte.

Sobald sie die etwa drei Schritte breite Öffnung des Bastzaunes passiert hatten, sahen sie auch die ersten Bewohner, welche neugierig ihre Köpfe aus den Türen steckten, gehacktes Holz aus kleinen Unterständen in die Häuser schafften, oder in kleinen Gruppen zusammenstanden und sich unterhielten.

Sie alle waren in einfache Hosen und Tuniken gekleidet, hier und da fanden Magnus' Augen auch eine Lederweste oder ein Hemd, doch meist handelte es sich um stark abgenutzte Arbeitskleidung, die zu den größtenteils schmutzigen aber durchweg unbeschwert dreinschauenden Gesichtern passte.

Wolf wurde vielfach namentlich begrüßt und hier und da wurden Hände geschüttelt, während die beiden Pilgrim freundlich aber mit gewisser Vorsicht gemustert wurden. Anscheinend trafen sie nicht allzu oft Fremde und schon gar nicht Männer mit Waffen, wie Magnus und Raynor sie trugen. Er entschied sich, einfach freundlich zu lächeln, wann immer ihn der Blick eines Einheimischen streifte. Immerhin hatte er dieses wie er fand sehr charmante Lächeln bei unzähligen Mädchen erprobt und bildete sich einiges auf dessen Wirkung ein.

Nach kurzer Zeit hatten sie das Zentrum Ilmenheims erreicht. Es handelte sich um einen kleinen, staubigen Platz von etwa fünfzehn Schritten Durchmesser, in dessen Mitte ein kleiner Steinbrunnen mit Eimer und Seilwinde stand. An dem Brunnen lehnte ein ergrauter, aber rüstiger Mann mit langem Pferdeschwanz und rasierten Wangen, die aussahen wie altes Pergament. Er schien gerade in eine leise Unterhaltung mit einer jungen Frau vertieft zu sein und hatte sie noch nicht bemerkt.

Als er jedoch Pampa sah, die ihn so aufgeregt ansprang, dass Magnus schon fürchtete, sie würde den armen Teufel versehentlich in den Brunnenschacht stoßen, löste er sich aus dem Gespräch. Er lachte gutmütig und drückte den Hund, der mittlerweile mit seinen Vorderpfoten auf den Schultern des Alten stand, fest an sich.

»Da bist du ja schon wieder, du kleine Fischdiebin«, lachte er ausgelassen und kraulte sie ausgiebig hinter den großen Schlappohren, bevor er schließlich ihre Vorderläufe nahm und sanft auf dem Boden abstellte.

Als er sich wieder aufgerichtet hatte, standen sie auch schon vor ihm und es zeigte sich keinerlei Überraschung auf den Zügen des alten Mannes, wie Magnus eigentlich vermutet hatte.

»Hallo Wolf«, begrüßte er den zerzausten Jäger und schüttelte ihm ausgiebig die Hand, bevor er sie auch Raynor und dann Magnus reichte. »Wer sind deine Begleiter?«

»Der griesgrämig dreinschauende Riese hier hört auf den seltsamen Namen Raynor«, er deutete auf den Hatnamlehrer, der den Kommentar mit einem lauten Zähneknirschen kommentierte, das Wolf schnell zu dem jüngeren Pilgrim übergehen ließ.

»Und das ist sein Schüler Magnus. Sie haben mich vor einigen Vindicanern gerettet, die mir nach dem Leben trachteten, aber das Unglaublichste dabei ist, dass sie sagen, sie kämen vom *Auge der Zeit.*«

Ein Raunen ging durch die umstehenden Bewohner Ilmenheims, die sich mittlerweile in einer kleinen Traube um sie herum versammelt hatten, als wären sie die neuste Jahrmarktattraktion.

Magnus hörte sie hier und da Wörter wie *unmöglich, Zauber, König, Festungen* oder *Jahrtausende* flüstern, doch scheinbar waren sie zu scheu, um etwas Lauteres von sich zu geben, dass er genauer hätte verstehen können.

»Das *Auge der Zeit*, hm?«, fragte der Alte nachdenklich und rieb sich über sein stoppeliges Kinn, das sein faltiges Gesicht dominierte. »Ich bin übrigens Torben, der Dorfvorsteher. Kommt doch in mein Haus, dann besprechen wir alles bei einer heißen Tasse Tee.« Er deutete auf ein kleines Fachwerkhaus mit gedrungenen Fenstern und einer kleinen Tür, direkt zu ihrer Linken.

»Fatja«, sagte er dann zu der jungen Frau, mit der er zuvor gesprochen hatte. Fatja hatte lange braune Haare und ein hübsches Gesicht mit rosigen Wangen, auf denen eine Unmenge Sommersprossen um die Vorherrschaft kämpfte. Sie drehte sich schüchtern zu ihnen um. »Sei so gut und setze einen Topf Tee auf, ja? Wir wollen unseren Gästen ein wenig Gastfreundschaft zeigen.«

Fatja, seine Tochter, wie Magnus schätzte, warf ihm ein kurzes Lächeln zu und rauschte dann mit gerafftem Leinenkleid durch die knorrige Holztür von Torbens Haus.

Der Dorfvorsteher bedeutete ihnen mit einer einladenden Geste, ihr zu folgen und die versammelten Bewohner Ilmenheims zogen enttäuscht wieder ab. Heute würden sie nicht mehr erfahren, was es mit der Geschichte der beiden Fremden auf sich hatte.

Gemeinsam mit den letzten kraftlosen Sonnenstrahlen, die das Land ringsum in ein mystisches Rot tauchten, stiegen sie die kleine Holztreppe zum Haus ihres freundlichen Gastgebers empor.

Im Inneren gab es keine Zimmer oder abgetrennten Bereiche, lediglich einen großen Raum, in dem zwei Strohbetten, ein Tisch mit vier Stühlen, ein Kamin mit Kochstelle und ein großer Schrank standen. Sämtliche Möbel waren aus dunklem, massivem Holz gefertigt, mit dem auch die Wände vertäfelt worden waren, sodass alles trotz des munteren Feuerscheins aus dem Kamin recht düster wirkte. Gleichzeitig hatte die Art der Einrichtung aber auch etwas Massives, Beständiges an sich, das eine Gemütlichkeit ausstrahlte, die Magnus bereits beim Eintreten gespürt hatte.

»Bitte setzt euch«, sagte Torben höflich und deutete mit der flachen Hand auf den quadratischen Tisch an der linken Wand, auf dem Fatja gerade hektisch vier Becher und eine Schüssel mit herrlich duftendem Gebäck verteilte, das seinen Magen zu einem hörbaren Knurren anregte.

Wolf befahl seiner hechelnden Hündin, die gerade schnuppernd die feuchte Nase in die Luft hielt, sich vor dem Kamin niederzulassen, was sie auch prompt tat und wie ein Sack Bohnen auf alle Viere plumpste. Die beiden Pilgrim nickten ihrem Gastgeber derweil dankbar zu und setzten sich auf die eigentlich recht ungemütlichen, aber nach ihrem stundenlangen Dauerlauf mehr als willkommenen Stühle.

»Fatja, sei so lieb und bring uns ein wenig Räucherfleisch und Brot aus der Vorratskammer, ja?« Magnus' knurrender Magen war Torben scheinbar nicht entgangen, was ihn zu einem entschuldigenden Lächeln animierte, das die sommersprossige Tochter des Alten scheinbar auf sich bezog und schüchtern quiekte, während sie dem Wunsch ihres Vaters nachkam und nach draußen verschwand.

Schließlich trat auch Wolf an den Tisch heran und schnappte sich gleich ein Stück Gebäck, das er mit beachtlicher Geschwindigkeit in seinem alles überwuchernden Bart verschwinden ließ, aus dem Unmengen an Krümeln auf seine Kleidung und den Tisch purzelten. Dann stand er direkt wieder auf und zupfte an Magnus' Verband herum, um die Wunde zu überprüfen. Nach kurzer Inspektion nickte er zufrieden und deckte die Wunde wieder ab, die sich glücklicherweise zwar noch etwas dumpf anfühlte, aber nicht mehr so sehr schmerzte.

Als Letzter setzte sich nun auch Torben und faltete entspannt die Hände auf dem Schoß.

»Ihr kommt also vom *Auge der Zeit*? Wie kann das sein?«

Magnus blickte zu Raynor, der ihm kaum merklich zunickte und antwortete dann erschöpft aber geduldig: »In unserer Heimat, die wir *Pilgrim* nennen, oder besser gesagt nannten, lebt ein uraltes Wesen von nahezu unbegrenzter Macht, das wir als *Weltenblume* kennen. Vor etwa fünf Wochen ist es aus einer Art Gefängnis ausgebrochen und hat Pilgrim bis auf sechs von uns vollkommen vernichtet. Als das geschah haben wir gesehen, dass die ganze Zeit über eine Art Barriere über unserer Stadt gelegen hatte. Die Barriere fiel schließlich und offenbarte eine ganze Reihe fremdartiger Festungen, die ihr Übriges taten um unsere bereits verlorenen Brüder und Schwestern in den Tod zu schicken. Wir haben lediglich überlebt, weil uns ein Schiff und ihr freundlicher Kapitän aufgenommen haben«, erklärte Magnus und ließ die Namen von beiden bewusst aus, um nicht eine ähnliche Reaktion wie zuvor von Wolf zu erhalten. Falls Piraten tatsächlich so einen schlechten Ruf hatten, wie Graubart nicht müde geworden war zu erwähnen, war es sicherlich das Beste, dieses Detail fortan großzügig auszusparen.

»Und die Vindicaner auf den Festungen der Ewigkeit? Was ist mit ihnen geschehen? Natürlich war ich noch nie dort, kaum jemand ist jemals dort gewesen, doch die, die es doch getan haben berichten von Mauern, die bis in den Himmel reichen und Türmen, die flüssiges Feuer spucken.« Torben formulierte diese Erzählungen zwar, als glaube er sie selbst keinesfalls, doch Magnus konnte unverkennbare Ehrfurcht in seiner weichen Stimme hören.

»Sie sind tot«, antwortete er schlicht. »Die Weltenblume hat sie alle in den Wahnsinn getrieben und gegeneinander aufgehetzt, bis niemand mehr am Leben war. Lediglich die Pi...«

»Lediglich die *Seemänner* der Handelskogge, die uns aufgelesen hat, waren noch am Leben«, fuhr ihm Raynor mit bösem Blick dazwischen, bevor Magnus sich verplappern konnte.

Wolf grinste ihn derweil wissend an, sagte zu seiner Beruhigung aber nichts. Stattdessen zwinkerte er ihm kurz zu und stopfte sich einen weiteren Keks in den Mund, was Pampa vor dem Kamin zum Betteln anregte.

»Wenn ihr mit einem Handelsschiff gekommen seid, habt ihr wahrscheinlich in Waderstade angelegt, hm? Was führt euch dann in unser überschaubares Ilmenheim, wenn ich fragen darf?« Torben blickte sie mit ehrlichem Interesse an und schenkte seiner Tochter ein dankbares Lächeln, als sie zurückkam und zwei Schüsseln, eine mit würzig duftendem Räucherfleisch und eine mit kross gebackenem Brot, auf dem Tisch abstellte. Nach einem kurzen Seitenblick zu Magnus, den er mit seinem charmantesten Lächeln erwiderte, gluckste sie fröhlich und lief dann zu Pampalantanta, die noch immer mit ausgestreckten Pfoten vor dem Kamin lag und sehnsüchtig zum Tisch herüber stierte.

»Ich fürchte, dass Waderstade von den Vindicanern ausgelöscht wurde«, antwortete Magnus beinahe entschuldigend, als sei das allein seine Schuld. In gewisser Weise war es das vielleicht sogar, falls es stimmte was Wolf ihnen erzählt hatte und die drei Soldaten tatsächlich nach ihm und seinen Freunden gesucht hatten. Während er genauer darüber nachdachte, erinnerte er sich auch daran, dass in der *Gekaperten Nymphe* einige junge Leute gefesselt worden waren. Vielleicht suchten die Fremden nach ihnen, wussten aber weder ihre Namen, noch wie sie aussahen.

Er fürchtete schon Torben würde vor Schreck von seinem Stuhl kippen, doch der Dorfvorsteher machte lediglich große Augen und griff dann nach einer langstieligen Pfeife und einem kleinen Beutel, die beide auf dem kleinen Wandregal neben dem Tisch lagen. Mit nachdenklich geschürzten Lippen zupfte er etwas Tabak aus dem Beutel, stopfte ihn in den schlanken Pfeifenkopf und ging zum Kamin hinüber, um das Räucherwerk mit einem glimmenden Span zu entzünden.

Als er sich wieder gesetzt hatte, paffte er einige Male und schien den Geschmack der Mischung zu bewerten, während seine Gäste schwiegen. Nach dem dritten Zug nickte er, anscheinend zufrieden mit der Qualität seines Tabaks und fixierte Wolf mit ernstem Blick.

»Was sagst du, alter Freund?«

Wolf ließ den Keks sinken, den er gerade im Begriff gewesen war zu verschlingen und fuhr sich mit der freien Hand ein paar Mal durch den vollkommen mit Krümeln übersäten Bart.

»Also diese drei Soldaten waren Kundschafter. Ich kenne mich nicht so gut mit militärischem Zeugs aus, aber ich glaube gehört zu haben, dass nur die Elite-Legionen schwarze Umhänge tragen. Wenn das der Fall sein sollte, werden sie sicherlich von einem Sprössling der Kaiserfamilie angeführt und die rücken nicht aus, um auf Hellnor einen Ringelpiez zu veranstalten. Entweder diese Pilgrim sind für sie von irgendeinem Wert, den wir nicht kennen, oder sie sind tatsächlich die Vorboten der großangelegten Invasion, die der König ja schon seit Jahren befürchtet. Ein gutes Zeichen ist es in keinem Fall. Glaub mir. Ein Mann vom Lande weiß Zeichen zu deuten«, sagte er eindringlich und seine anfängliche Ernsthaftigkeit, die Magnus glatt überrascht hatte, wich wieder einem schalkhaften Grinsen. »Zum Beispiel den Vollmond heute: *Steht der Mond ganz voll und hell, wächst dem Knecht ein Werwolfsfell.*«

»Meister Torben«, sagte Magnus eindringlich und überging den Jäger und seine Weisheiten einfach. »Warum auch immer die Fremden hier sind, wir *waren* in Waderstade, als sie dort eingefallen sind und es war grauenhaft. Wir werden so schnell es geht von hier verschwinden, um euch und eure Siedlung nicht in Gefahr zu bringen, falls sie tatsächlich nach uns suchen. Doch es wird wahrscheinlich das Beste sein, wenn auch Ihr und der Rest der Bewohner dieses freundlichen Dorfes flieht. Diese Vindicaner scheinen ebenso brutal wie zielstrebig zu sein.«

Der Dorfvorsteher musterte den Pilgrim und auf seinen faltigen Zügen zeigte sich ehrliches Mitgefühl.

»Ich danke dir für deine Sorge um unser Wohlbefinden, junger Mann. Das ist sehr freundlich von dir«, sagte Torben schließlich und schenkte ihm und Raynor ein offenes Lächeln. Doch auf seinen wettergegerbten Zügen konnte Magnus deutliche Besorgnis erkennen.

»Folgendes werden wir tun: Noch in dieser Nacht werde ich euch mit meinem Boot ins Fürstentum Westwart bringen. Was auch immer die

Kaiserlichen von euch wollen, es kann nichts Gutes bedeuten - weder für euch, noch für unser Land. Außerdem werden sie uns vielleicht zufriedenlassen, wenn wir nicht haben was sie suchen. Ihr müsst mir aber versprechen, dass ihr auf dem Festland die Soldaten des Großfürsten warnt und um Hilfe für unsere Insel bittet. Sie ist nicht besonders beliebt auf dem Festland, aber eine Invasion des Kaisers wird sie genug aufrütteln um etwas zu unternehmen.«

»Ich denke, dass es besser ist, wenn auch ihr von hier verschwindet. Diese Fremden sind wirklich nicht zimperlich«, wandte Raynor ein und brach damit sein langes Schweigen.

Torben erwiderte den klaren Blick des erfahrenen Pilgrim mit einem müden, aber unbeugsamen Ausdruck in den Augen.

»Wo sollen wir denn hingehen? Fünfzig Fischer und Bauern aus Malkining werden auf dem Festland nicht gerade als willkommene Dauergäste betrachtet. Wir sind hier aufgewachsen, genau wie unsere Väter und deren Väter vor ihnen. Unser Leben findet hier statt, wir haben uns dafür entschieden und sind glücklich damit. Außerdem hätten wir gar nicht genügend Boote und wir sind schon mit Schlimmerem fertig geworden.«

Raynor antwortete nicht, sondern nickte wenig überzeugt, aber mit bedächtigem, beinahe respektvollem Blick, den der Dorfvorsteher mit einem dankbaren Lächeln beantwortete.

Scheinbar waren die beiden älteren Männer gerade zu einer stillen Übereinkunft gekommen, an der Magnus nicht mehr rütteln konnte. Also entschied er sich auf eine einladende Geste Torbens hin das zu tun, was er schon seit den frühen Mittagsstunden tun wollte: Essen.

Er schnappte sich gierig einige Stücke des würzig duftenden Dörrfleisches, dessen verlockender Geruch sich wie Geschmeide um seine Nase legte und drückte sie auf eine Scheibe des frischen Sauerteigbrots mit der dunkelbraunen Kruste, bevor er herzhaft hinein biss.

Der Geschmack entfaltete sich in seinem Mund wie ein Geschenk des Himmels, der sich zuerst süßlich, dann angenehm salzig und herzhaft ausbreitete. Eine Woge der grundlegendsten, aber in diesem Moment wichtigsten Befriedigung, die er sich vorstellen konnte, breitete sich in ihm aus.

»Hat Fatja gebacken. Falls sich hier nichts Grundlegendes geändert hat, seit ich in den Bergen überfallen wurde«, kommentierte Wolf Magnus' offenbar auffällige Begeisterung für das Brot und grinste ihn freundlich an, während er sich selbst über die einfachen, aber äußerst schmackhaften Gaben hermachte.

Torben selbst hatte anscheinend schon gegessen und beließ es bei unregelmäßigen Zügen an seiner Pfeife, deren aromatischer Rauch sich sanft unter das Deckengewölbe aus schweren Holzbohlen legte.

Raynor aß sehr diszipliniert und mit unerschütterlicher Ruhe, auch wenn Magnus die Hand dafür ins Feuer gelegt hätte, dass auch sein Magen sich anfühlte, wie ein zusammengequetschter Lederbalg und er wahrscheinlich am liebsten alle Manieren über Bord geworfen hätte.

Die nächsten Minuten aßen sie schweigend vor sich hin, bis er schließlich so satt war, dass er dachte er müsse platzen. Er wischte sich mit den Händen den Fleischsaft vom Mund und klopfte eine ganze Horde hüpfender Krümel aus Brigantine und Hose, bevor er Torben mit einem entschuldigenden Blick bedachte und nach Fatja Ausschau hielt, die noch immer Pampa streichelte, die dankbar mit dem Schwanz wedelte.

Sie war schon recht hübsch, das konnte er nicht leugnen. Ihre Brüste wölbten sich stattlich unter ihrem engmaschig geschnürten Kleid und ihr Gesäß versprach weibliche Rundungen, die sich im nackten Zustand wahrscheinlich sehen lassen konnten. Tzunai war natürlich viel schöner und...

»So«, riss ihn Torben aus seinen Träumereien und Magnus schaute peinlich berührt von der Tochter ihres überaus freundlichen Gastgebers fort. »Wenn die Legionäre bereits ihre Kundschafter auf dieser Seite der Insel haben, wird es nur eine Frage der Zeit sein, bis sie auch nach Ilmenheim kommen. Ich werde mit Ruben und Ugwart mein Boot bereit machen und dann brechen wir auf.«

»Heute noch?«, fragte Wolf.

»Ja. Wenn die Vindicaner so akribisch nach euch suchen wie ihr sagt, sollten wir keine Zeit verschwenden.«

Torben wartete das zustimmende Nicken seiner Gäste ab und drehte sich dann zu Fatja um. »Liebes, sei so gut und mache uns einen großen Proviantsack fertig, ja? Ich werde unsere Gäste an die Küste des Fürstentums bringen.«

»Aber das dauert mindestens zwei Wochen!«, protestierte sie empört und ließ von der Hündin ab, die enttäuscht ihren Kopf auf die Vorderpfoten sinken ließ.

»Tu bitte was ich dir sage. Jetzt ist nicht die Zeit zu streiten. Ich werde bei der Gelegenheit etwas von unserem eingelegten Fisch und den Rüben in Willersbach verkaufen. Das schiebe ich sowieso schon viel zu lange vor mir her.«

Damit war die Diskussion auch schon zu ende, bevor sie richtig begonnen hatte, denn Fatja verzog uneinsichtig den Mund, machte sich aber sogleich daran einen großen Jutesack aus einer Kiste neben dem Kamin zu fischen und auszuklopfen.

»Ich gehe rüber zu Ruben und Ugwart und bespreche alles mit ihnen. Wolf wird euch das Boot zeigen. Ich bin gleich bei euch«, fügte er an seine Gäste gewandt hinzu, erhob sich mit vom Alter steif gewordenen Gliedern und marschierte durch die Tür nach draußen, wo es mittlerweile vollkommen dunkel geworden war.

»Na dann wollen wir mal!«, durchbrach der Jäger das Schweigen und erhob sich umständlich von seinem Stuhl. »Torben ist ein netter Kerl, am nettesten ist er allerdings, wenn man das tut, was er vorschlägt.«

Damit schnappte er sich Rucksack und Bogen, die er beim Eintreten neben dem Kamin an die holzvertäfelte Wand gelehnt hatte und schnippte mit den Fingern, woraufhin Pampa aufsprang und artig an seine Seite trottete.

Magnus schnappte sich seinen eigenen Rucksack, den er dem toten Legionär abgenommen hatte und folgte ihm mit Raynor im Schlepptau zur Tür, wo ihnen Fatja einen schweren Proviantsack übergab, den er sich ächzend über die Schulter warf.

»Gebt gut auf meinen Vater acht, bitte«, bat sie mit unverhohlener Sorge in der Stimme. »Seit Mutters Tod ist er das einzige Familienmitglied das ich noch habe.«

Sie wartete ihr kollektives Nicken ab und entließ sie dann mit ernstem Blick in die angebrochene Nacht. Von ihren schüchternen, aber eindeutigen Seitenblicken zu Magnus war jetzt nichts mehr zu sehen.

Wolf führte sie durch den seichten Wind, der kühl von den Bergen kam, und hielt kurz an dem runden Brunnen an um seine zwei Wasserschläuche aufzufüllen, was Magnus ihm schnell gleichtat.

Dann hielten sie direkt auf das nahe Ufer zu, einen matschigen Strand, der anscheinend künstlich angelegt war, da an der Küstenlinie ansonsten karger Fels und wucherndes Gras vorherrschten.

Die Dorfstraße, der sie aus dem Wald gefolgt waren, führte wie eine sich vergrößernde Schneise direkt auf das Meer zu, das ruhig und dunkel vor ihnen lag.

Am Strand selbst standen einige Ruderboote und drei schlanke Einmaster, die mal bis zur Hälfte und mal ganz an Land gezogen worden waren und dort mit Tauen und dicken Pflöcken sicher festgemacht waren.

»Das ist Torbens Boot«, sagte Wolf und deutete auf eines der größeren Gefährte, aus dessen Mitte sich ein langer Mast mit einer einzigen Rahe erhob. Das Heck war mit einem niedrigen Unterstand ausgestattet, der durch eine fest verzurrte weiße Plane vor Wind und Wetter schützte und in der

Ruderpinne endete. Auf Höhe des Masts befanden sich zusätzlich zum Segel jeweils zwei Riemen pro Seite. Sie waren für die langen Ruder gedacht, die Magnus schon von den Beibooten der *Schwarzen Mähre* kannte. Wahrscheinlich lagen sie längsseits in der Wanne und wurden nur benutzt, wenn Flaute herrschte.

*Oder fremde Soldaten hinter einem her sind*, dachte er lakonisch und warf auf Wolfs Zeichen hin seinen gestohlenen Rucksack und den Proviant über die niedrige Bordwand. Pampa sprang direkt hinterher und lief zum Bug, wo sie sich mit den Vorderpfoten auf die Brüstung stellte, wie eine lebendig gewordene Gallionsfigur.

»Ihr habt wirklich großzügige Freunde, Wolf«, bemerkte Raynor anerkennend und nahm seinen Schwertgurt ab, bevor er sich über das Boot lehnte und ihn sorgfältig zu dem Proviantsack neben dem Mast legte.

Der Jäger nahm seinen Langbogen von der Schulter und spannte mit geschickten Handgriffen die Sehne aus, bevor er sie in einer runden Ledertasche verstaute und die Waffe selbst in ein geöltes Tuch einwickelte. Dann nahm er alle seine Habseligkeiten und warf sie achtlos an Bord, wo Pampa daran zu schnuppern begann.

»Ja, das stimmt. Es sind eben Bauern. Ehrliche Menschen, mit dem Herz am rechten Fleck«, antwortete er endlich und grinste fröhlich.

»Ihr begleitet uns zum Festland?«, fragte Raynor überrascht und betrachtete Wolfs unordentlichen Haufen aus Habseligkeiten.

Wolfs Miene wurde plötzlich sehr ernst und er ließ sich ein wenig Zeit mit seiner Antwort.

»Das Herz am rechten Fleck, ja. Aber sie sind nicht nur besonders *freundlich*, sondern auch besonders *stur*, Meister Pilgrim. Auch ich bin als Sohn eines Bauern großgeworden und weiß wovon ich spreche. Wenn dein Dorf aber von Banditen überfallen wird, die Frauen schänden und Säuglinge ins Feuer werfen...«, er drehte sich mit feuchten Augen von ihnen weg und zog einige

Riemen an der Bordwand fest, die bereits so festgezurrt waren, dass es keinerlei Unterschied mehr machte. »Dann überlegst du dir deine Sturheit in Zukunft zwei Mal, bevor du sagst *ich verlasse Ringelsbronn nur auf dem Rücken liegend.*«

Er schniefte vernehmlich und rieb sich mit dem Handrücken über die Augen. Magnus fühlte Mitleid in sich aufsteigen und legte dem zauseligen Jäger tröstend eine Hand auf die Schulter. Es war nur zu verlockend zu denken, dass das ganze Unglück der Welt immer nur einen selbst beträfe. Seitdem Magnus jedoch gesehen hatte, welch schreckliches Schicksal die Bewohner Waderstades ereilt hatte, schalt er sich selbst für solcherlei Selbstbezogenheit. Auch der sonst so fröhliche Wolf hatte scheinbar seinen ganz eigenen Kummer zu tragen und so würde es für jeden Mensch ab einem gewissen Punkt sein.

Wie ein Blitz durchfuhr ihn einmal mehr eine tiefe Sorge um seine Freunde. Wo mochte wohl Tomm stecken? Hoffentlich war er nicht zu gutgläubig gegenüber Fremden, denen er begegnete. Falls er überlebt hatte. Er schüttelte sich. Felix und Tasha? Ob sie es an Bord der Mähre geschafft hatten? Hoffentlich wurden sie nicht getrennt.

Und *Tzunai.*

Er merkte, wie seine Augen feucht zu werden drohten, ohne dass er Kontrolle darüber gehabt hätte. Dieses Gefühl war so ungewohnt und überwältigend, dass er krampfhaft versuchte es zu unterdrücken, doch dadurch wurde es nur noch drängender. Schmerzhafter.

Mit einem Mal drehte sich Wolf mit geröteten Augen zu ihm um und sein dankbarer Gesichtsausdruck hatte etwas beinahe Kindliches an sich, das so gar nicht zu seinem zugewachsenen Gesicht und dem Alter passen wollte, das mindestens dem Raynors entsprechen musste.

»Ist schon gut«, sagte er und Magnus war sich nicht sicher, ob er damit sich selbst oder ihn meinte. »Ich werde jedenfalls nicht hier bleiben und herausfinden, wie ernst es die Vindicaner meinen. Das unfreiwillige Nahtoderlebnis von heute Mittag hat mir vorerst gereicht. Dieses Leben hat mir in all den Jahren einige Lektionen erteilt und dazu gehörte auch, dass Vorsicht keine Schwäche und Sturheit keine Stärke ist. Doch diese Lehren habe ich teuer erkauft und ich werde jeden Tag beten, dass Torben diese Lektionen nicht auf die gleiche Art und Weise lernen muss wie ich.«

Damit war das Thema für ihn scheinbar beendet, denn er ließ den Riemen los, den er zuvor noch so akribisch bearbeitet hatte und deutete auf drei Gestalten, die vom Dorfplatz aus mit schnellen Schritten näher kamen.

Nach kurzer Zeit erkannte Magnus Torben, der mit zwei jungen Männern, die er im schwachen Mondlicht nur schemenhaft erkennen konnte, an das lange Boot herantrat.

Sie trugen beide einfache Lederkleidung, waren etwas kleiner als der Dorfvorsteher, hatten kurzgeschorene Haare und dafür umso längere Bärte, die allerdings eher flaumig aussahen und auf ein noch recht junges Alter hindeuteten.

Als sie den Pilgrim und Wolf zur Begrüßung zunickten, sah er in ihren braunen Augen deutliche Aufregung glimmen.

Scheinbar kam es nicht besonders häufig vor, dass sie des Nachts aus ihren Häusern gerufen wurden um eine zweiwöchige Reise anzutreten und fremde Passagiere zu befördern.

Sie stellten sich kurz als Ugwart und Ruben vor. Wolf kannten sie scheinbar und schüttelten ihm freundlich die Hand.

»Gut. Alles andere besprechen wir, wenn wir Wasser unter dem Kiel haben«, gemahnte Torben sie zur Eile und bedeutete ihnen, sich um das Boot herum zu verteilen.

Auf sein Kommando hin schoben sie mit unterdrücktem Ächzen das erstaunlich schwere Boot über die parallelen Holzbohlen ins Wasser und sprangen mit nassen Füßen an Bord, während es sich langsam immer weiter vom Strand entfernte.

Ruben und Ugwart beeilten sich, die vier langen Ruder durch die Riemen an Back- und Steuerbord zu schieben und bedeuteten den beiden Pilgrim, ihnen dabei zu helfen.

So ruderten sie mit aufeinander abgestimmten Zügen, an die Magnus und Raynor sich erst noch gewöhnen mussten, von der Küste fort, während Torben in dem flachen Unterstand am Heck kauerte und am Ruder zog, bis er den Bug schließlich in Richtung der offenen See ausgerichtet hatte.

Dann befahl er seinen beiden Helfern, das Segel zu setzen, damit sie den ablandigen Wind aus den Bergen nutzen konnten.

Sie kamen schnell voran und schon bald waren sie in der vom Mond erhellten Nacht verschwunden, *wieder* auf See und *wieder* auf dem Weg zu unbekannten Ufern.

## 3. Verloren

General Marcus Respharasan nahm ohne hinzuschauen ein weißes Leinentuch von seinem Adjutanten entgegen, das dieser ihm wortlos von der Seite ins Blickfeld hielt. Als nächstes säuberte er damit seinen blutigen Dolch, während er mit noch immer starrem Blick auf das offene Meer blickte, als könne er etwas sehen, das allen anderen verborgen war.

Natürlich gab es nur die beiden kleineren Inseln zu sehen, die östlich vor Malkining lagen, wie kleine Geschwister, die Angst hatten, sich allzu weit von ihrer Mutter zu entfernen. Doch für Marcus gab es noch weitaus mehr zu sehen.

Er sah *Möglichkeiten*. Die fünf *Pilgrim*, wie sie sich scheinbar nannten, zu finden war eine willkommene Abwechslung von seinen langweiligen Strafexpeditionen in die Falkthringe. Darüber hinaus genoss er es sehr, endlich einen Fuß auf Hellnor zu setzen. Natürlich war das nur deshalb so einfach gewesen, weil Malkining nicht besonders hoch in der Gunst des Fürsten in Westwart stand. Dem Kaiserlichen Spionagenetzwerk war nicht entgangen, dass die Insel einige Sonderrechte beanspruchen konnte, welche damit einhergingen, dass Schiffe hier kaum kontrolliert wurden und die Beamten des Königs gerne wegschauten, wenn sie denn überhaupt da waren. Der Grund dafür, dass das toleriert wurde, war ohne Zweifel, dass Kalladan von den Freibeutern profitieren wollte, die in vindicanischen Gewässern ihr Unwesen trieben, ohne dafür beschuldigt werden zu können. Der Preis für dieses Vorgehen war nun bezahlt: Er hatte einen Brückenkopf auf Malkining errichtet, der für eine spätere Invasion hilfreich sein würde.

Hilfreich, aber keine Garantie. Das einzige, was das überlegene kaiserliche Militär bislang davon abgehalten hatte Hellnor zu erobern, waren die überlegenen Schiffe der Kalladani und Nordmänner. Sie würden mir ihren mächtigen Galeonen Treibholz aus seinen Triremen machen, noch bevor sie Land erblicken konnten. Doch ihm würde schon etwas einfallen und von Malkining aus war das Festland wenigstens deutlich näher gerückt.

Die Flüchtigen aufzuspüren war nun lediglich eine Fingerübung, die zwischen ihm und einem Eroberungsfeldzug stand, den es seit der Vernichtung der freien Stämme nicht mehr gegeben hatte.

Eine Fingerübung, die ihm durchaus Freude bereitete, das wollte er gar nicht leugnen. Es war natürlich lästig, so viel reisen zu müssen und es würde lästig sein, sich die Schimpftiraden seines Vaters anzuhören, wenn er erfuhr, dass sein Sohn Waderstade geschliffen hatte. Doch wenn Vindictus ihn für diese Aufgabe ausgewählt hatte, dann musste er auch gewusst haben, welche Konsequenzen zu erwarten waren.

Der unruhige Fackelschein hinter ihm warf lange Lichtkegel auf die dunklen Fluten vor ihm, in denen ein Teil seiner Beute entkommen war.

Er blickte nachdenklich zu der Leiche des blonden Mädchens mit den vielen Sommersprossen hinab, deren leblose Augen in den stillen Nachthimmel starrten.

Ihre Miene war in flehender Verzweiflung erstarrt, wie es stets der Fall war, wenn seine Opfer dachten er würde sein Versprechen halten und sie gehen lassen.

Menschen in Todesangst waren so berechenbar, dass es ihn nach all den Jahren schon fast langweilte ein Leben zu nehmen. Zumindest dann, wenn es nicht in der Hitze der Schlacht geschah.

Natürlich packte ihn nach wie vor eine tiefe Faszination, wenn er diesen Mahlstrom aus Emotionen in ihren langsam brechenden Augen sah, die so Vieles auf einmal auszudrücken schienen und doch nicht die Kraft hatten, es über die Lippen zu bringen.

Es war als wollten sie das Schicksal, ihre Götter, oder wen auch immer dafür verantwortlich machen, dass ihnen dieses Ende beschert wurde und doch war es lediglich seine Hand, ein kurzer Streich, nicht mehr. Kein Schmerz, keine Worte, kein Schicksal.

Was ihn so faszinierte war die Tatsache, dass er die Einfachheit des Lebens und seiner Gesetze mit jedem Leben, das er nahm, deutlich vor Augen geführt bekam.

Es gab keine Götter, keine Geister, keine höhere Macht und keinen Exesor, auch wenn er das natürlich zu keinem Zeitpunkt öffentlich äußern würde.

Es gab lediglich ein Geflecht aus Ursache und Wirkung, das komplex genug war, dass die Menschen es etwas Großem, das sie nicht verstehen können, zuschreiben mussten. Wenn er genauer darüber nachdachte, waren Menschen sogar das simpelste Puzzlestück dieses Geflechts.

Was waren sie denn schon mehr, als fragile Ansammlungen von Fleisch und Blut, die von Knochen und Muskeln aufrecht gehalten und von rosafarbener Haut zusammengepresst wurden?

Es blieb nicht viel Übernatürliches, oder Komplexes an einem Menschen, wenn man ihn der Länge nach aufschlitzte und dadurch einsehen musste, dass sie mehr Ähnlichkeit mit einem gefüllten Weinschlauch hatten, als mit einer göttlichen Schöpfung.

Die Überzeugung, dass ihre Existenz etwas Besonderes war, dass sie eine Bedeutung haben müssten in einem großen göttlichen Plan, dass das Leben gerecht ist und jemand oder etwas seine schützende Hand über sie hält, widerte ihn an. Es war wie eine Seuche, die den Großteil der Menschheit befallen hatte und diese Seuche nannte sich Hilflosigkeit.

Seiner Erfahrung nach waren Gerechtigkeit und Vorsehung die Produkte von Macht und Stärke und die gab es nicht geschenkt - sie mussten verdient werden. Macht und Stärke gingen Entscheidungen voraus. Entscheidungen, die die Menschen in Wölfe und Lämmer teilte und vor denen die meisten sich sträubten, sei es aus religiösen, moralisch-verklärten, oder charakterlichen Gründen wie Angst und Behäbigkeit, die er besonders verachtete.

Die Erkenntnis, dass Ursache und Wirkung die Triebfedern seiner Welt bildeten, hatte ihn schon früh von lästigen Selbstzweifeln und Sorgen befreit. Eine wahre Befreiung, die das Leben einfach und verständlich machte.

Er verspürte keinen Hass auf seine Beute, er verspürte auch kein Vergnügen an dem Tod der jungen Fatja zu seinen Füßen, die seiner Befragung so lange standgehalten hatte, dass er fast so etwas wie Respekt für sie hätte empfinden können, *wenn* er denn etwas empfunden hätte.

Doch die einzige Regung in ihm war diese leise Faszination gewesen, die kurz aufgeflammt war, als er ihr in die Augen geblickt hatte, während sie ihr kurzes Leben auf dem kalten, matschigen Boden des Dorfplatzes vergoss.

Wahrscheinlich war es ein letzter Funke des Fühlens gewesen, dessen, was ihn mit seinen blinden Mitmenschen noch verband, von denen er sich so entfremdet fühlte, mit all ihren Ängsten, Befürchtungen, niederen Freuden und dem Hin und Her aus Heiterkeit und Leid. Es widerte ihn so sehr an, dass er sich allein bei dem Gedanken daran am liebsten gewaschen hätte.

Natürlich suchte jeder Mensch nach seiner Bestimmung, nach seinem Sinn auf dieser Welt. Doch wie sie darauf kommen konnten, dass ständiges Kreisen um eine Wolke kurzlebiger Gefühle und Bedürfnisse sie ihrem Sinn zuführen konnte, war ihm ein Rätsel, das er gar nicht erst lösen wollte.

Er hatte seinen Weg gefunden. Er war schon immer in zwei Dingen gut gewesen: dem Kampf und dem effizienten Erledigen von Aufgaben, die ihm von seinem Vater anvertraut wurden, dem einzigen Menschen, dem er aufgrund seiner nüchternen Klarheit und Intelligenz so etwas wie Respekt entgegen bringen konnte.

Also handelte er nach diesen Ursachen in Form von Talenten und brachte sie damit zur Wirkung.

Mehr gab das Leben nicht her und es entspannte ihn, dass er das schon früh erkannt hatte, während seine Soldaten um ihn herum durch ihre Lebensjahre liefen wie kopflose Insekten, die nicht erkannten, dass sie in einem umgestülpten Glas von immer gleichen Tätigkeiten und kurzfristiger Bedürfnisbefriedigung gefangen waren.

Als der Dolch endlich wieder sauber war, steckte er ihn zurück in die verzierte Scheide an seinem Oberschenkel und wandte sich vom Meer ab.

Die erste Kohorte der zweiten Legion des Westens, seine Leibgarde, stand überall in Ilmenheim verteilt, wie ein Schwarm Fliegen, der sich gerade auf ein sterbendes Tier gesetzt hatte und nur darauf wartete, mit dem großen Fressen beginnen zu können.

Ihre schwarzen Mäntel tanzten düster im kalten Wind, der den Schein ihrer Fackeln zu einem unruhigen Lichtspiel werden ließ, das die Schatten der Häuser um sie herum zum Leben erweckte.

Die harten Mienen seiner treuen Soldaten waren wie immer ernst und abwartend.

Nur die besten Legionäre wurden seiner Kohorte zugeteilt und das war auch gut so, denn Marcus hatte keine Geduld mit Schwäche und duldete keine Männer an seiner Seite, die seine kostbare Zeit verschwendeten.

Falls es doch einmal passierte, wurden alte Zöpfe schnell abgeschnitten und neue Rekruten angefordert. Eine Praxis, die jeden Soldaten nur noch mehr zu motivieren schien und sich durchaus bewährt hatte.

Doch alles in allem waren sie gute Werkzeuge in seinen fähigen Händen. Für seine Leibgarde wurden nur Legionäre mit mindestens fünf Dienstjahren, diversen Auszeichnungen und den besten Vergleichskämpfen in Betracht gezogen und dann in einem brutalen Auswahlverfahren getestet, das nur die Besten der Besten übrig ließ, denen es nicht einmal in der Hölle des Exesor zu heiß wurde.

Die Befragung der Ilmenheimer war ähnlich verlaufen wie in den anderen Küstensiedlungen im Norden. Natürlich wollte niemand etwas über Fremde gewusst haben, die sich auf der Flucht befanden.

Also hatte Marcus alle jungen Männer und Frauen zusammentreiben lassen, die in etwa dem Alter seiner Beute entsprachen und sie nacheinander ausbluten lassen, bis ihre Eltern und Verwandten ihm schließlich mit sich überschlagenden Stimmen von den beiden Neuankömmlingen berichtet hatten.

In den anderen Dörfern war das nicht passiert, aber immerhin hatten die Toten ihm damit verraten, dass ihre Mitmenschen tatsächlich nichts gewusst hatten.

In Ilmenheim lagen die Tatsachen freilich etwas anders.

Schreiende Mütter hatten ausgeplaudert, dass ein junger Mann namens Magnus und ein älterer Pilgrim namens Raynor mit ihrem Dorfvorsteher und zwei Fischern nach Hellnor geflohen waren.

Die Beschreibung des hochgewachsenen Fremden mit dem langen Schnurrbart hatte Marcus aufhorchen lassen, denn sie passte wie eine Schablone zu Berichten seiner Männer: dass ein unbewaffneter Mann, auf den diese Beschreibung zutraf, in Waderstade acht Soldaten getötet habe und dann durch eine Wand entkommen sei.

*Durch eine Wand.*

Zuerst hatte er geglaubt es handle sich um Übertreibungen oder die typischen Ausreden von Soldaten, die ihre eigene Unfähigkeit nicht zugeben wollten, schließlich hatte es sich lediglich um reguläre Truppen der fünften Kohorte gehandelt.

Doch die Aussagen deckten sich mit Erzählungen seiner Offiziere, die den Angriff auf die Taverne angeführt hatten und hielten sich seitdem hartnäckig.

Dass dieser mysteriöse Krieger scheinbar auch hier aufgetaucht war, störte ihn nicht weiter. Es war lediglich eine weitere Zahl in einer Gleichung, die er am Ende lösen würde. Nur dass er mit etwas Glück einen Gegenspieler vor sich hatte, der ihm wenigstens ein Grundmaß an Gegenwehr bieten würde. Das gefiel ihm.

Er rieb sich so fest die Hände, dass seine gewachsten Lederhandschuhe knarzten und blickte auf seine Männer, die zwischen den verdrehten Leichen jener Dorfbewohner standen, die es nicht bis in ihre Häuser geschafft hatten, um sich dort zu verbarrikadieren.

»Männer«, bellte er in die Dunkelheit hinein. »Es ist kalt in der Nacht.«

Seine Soldaten verstanden und nickten knapp, bevor sie sich mit lodernden Fackeln zwischen den Häusern verteilten und die dichtgedeckten Reetdächer anzündeten, während andere die Türen der einfachen Behausungen mit Brettern und Balken verkanteten.

Marcus drehte sich wieder zum Wasser und fixierte den düsteren Horizont, als könne er seine Beute allein mit der Kraft seiner Augen packen und zurück zerren.

»Macht mein Flaggschiff klar, wir brechen im Morgengrauen auf«, befahl er seinem Adjutanten und verschränkte gelassen die Arme hinter dem Rücken. Eine wohlige Wärme, die sich dank der auflodernden Flammen hinter ihm ausbreitete, legte sich angenehm auf seinen Rücken.

Bald schon wurde sein starrer Blick in die Ferne von den panischen Schreien der verbarrikadierten Dorfbewohner begleitet, die sich langsam zu Asche verwandelten - genau wie ihre Häuser. Eben noch eine Zuflucht, waren sie jetzt zu ihren Gefängnissen geworden.

Die *Schwarze Mähre* befand sich in einem miserablen Zustand. Der Hauptmast war notdürftig repariert worden, hielt die Last der vollen Segel aber noch nicht aus, weshalb Graubart nur mit halber Kraft fahren konnte.

Lecks an Steuerbord, die von fingerdicken Rissen bis hin zu fassgroßen Löchern reichten, sorgten für stetigen Wassereinfall und beschäftigten ein ganzes Drittel seiner verbliebenen Mannschaft, die rund um die Uhr damit beschäftigt war, die salzige Brühe wieder hinauszubefördern.

Ein weiteres Drittel war mit Reparaturarbeiten beschäftigt, um die Schäden möglichst schnell einzudämmen, während das restliche Drittel sich um das

Vorankommen des Schiffes, die vielen Verletzten und den reibungslosen Ablauf der einzelnen Arbeitsschritte kümmerte.

Für Schlaf und Erholung war dazwischen wenig Zeit.

Seine Männer gingen seit der Schlacht deutlich entschlossener und fleißiger zu Werke, als er es jemals gesehen hatte und er wusste genau woran es lag. Der offensichtliche Einsatz von Magie, die mächtiger und verheerender gewesen war als jedes Märchen, jede Legende, oder jeder Aberglaube es hätte beschreiben können, hatte seine treue Mannschaft tief erschüttert. So sehr, dass sie sich beinahe schon dankbar auf die vor ihnen liegende Arbeit stürzten, um nicht über die Konsequenzen dessen was sie gesehen hatten, nachdenken zu müssen.

Er schätzte, dass es ihnen dabei genauso erging wie ihm. Einerseits war er froh, mit dem Leben davon gekommen zu sein, als er schon sicher war, das Licht des nächsten Tages nicht mehr zu erblicken. Andererseits wurde er das Gefühl nicht los, dass sie einen brodelnden Vulkan mit sich führten, der jeden Moment erneut ausbrechen konnte um sie alle zu verschlingen. Sie hatten das Unmögliche vollbracht und überlebt. Doch zu welchem Preis?

Magie war eine Sache für Kindergeschichten, mit denen man ihnen am Lagerfeuer Angst einjagen konnte. Auch wenn Seemänner besonders abergläubisch waren und weitaus mehr Dinge für möglich hielten als gesund war, trat ihr offensichtlicher Einsatz in einem solch großen Stil ihr gesamtes bisheriges Glaubenssystem mit Füßen.

Felix mochte sie alle gerettet haben, doch hatte er sie gleichzeitig zu Opfern eines neuen Weltbildes gemacht, in dem sie keinen Platz für sich selbst mehr sahen.

Wozu über das Alte Meer fahren, wenn ein einzelner Mensch den gesamten Ozean verdampfen kann? Wozu eine Kanone abfeuern, wenn ein einzelner Mensch ganze Flotten versenken kann? Wozu die Kraft der eigenen Arme einsetzen, wenn ein einzelner Mensch sie mit der Macht seiner Magie obsolet macht?

Seine Männer waren auf dem Schachbrett des Lebens mit einem Schlag vom König zum Bauer geworden und damit konnten und wollten sie sich nicht anfreunden.

Graubart jedoch war stur genug, um an einem Sinn für sein Dasein als Kapitän des gefürchtetsten Piratenschiffes des Alten Meeres festzuhalten.

Er wusste nicht, wozu der Junge noch in der Lage war, ob er der einzige von den überlebenden Pilgrim war, der Magie wirken konnte, ob es wirklich an dem Kristall lag, den er in der Hand gehalten hatte, oder ob alles nur ein kosmischer Zufall gewesen war. Mittlerweile hielt er *alles* für möglich und genau *das* war sein Problem.

Nachdem Felix zusammengebrochen und unter Deck getragen worden war, hatte Graubart den Kristall aufgehoben und seither versucht sein Geheimnis zu ergründen. Doch es wollte sich ihm nicht erschließen.

Vielleicht war er eine Art Energiespeicher, der jetzt leer war? Vielleicht konnte er auch nur von einem Pilgrim benutzt werden. Vielleicht hatte er aber auch gar nichts mit den Ereignissen zu tun. Er wusste es einfach nicht.

Sowieso hatte er das unangenehme Gefühl, dass er in letzter Zeit so gut wie gar nichts mehr mit Sicherheit wusste und das passte ihm ganz und gar nicht in den Kram.

Das Einzige was er hatte herausfinden können war, dass der Kristall sich in seine Träume zu schleichen schien, was natürlich vollkommen unmöglich war und trotzdem fühlte er sich in seiner Gegenwart nicht mehr wohl und hatte ihn deshalb wegsperren lassen.

Als er das rätselhafte Ding die ersten Tage mit in seine Kabine genommen hatte, um es vor den neugierigen Fingern seiner Mannschaft zu schützen, hatte er jede Nacht geträumt. Es war stets der gleiche Traum gewesen.

Er stand allein an Deck der *Mähre* und blickte in den Horizont, von wo mit beängstigender Geschwindigkeit der unnatürlich aussehende Berg heranjagte, den er als Auge der Zeit kannte.

Doch der spitz zulaufende Fels war nicht der gleiche, den er bei seiner Flucht gesehen hatte. Es handelte sich jetzt um eine reine Kristallformation die in drohendem Rot pulsierte und ihn mit hypnotischer Stimme zu sich lockte.

Nach der dritten Nacht mit demselben Albtraum, hatte er sich schließlich dabei ertappt, dass er Tandossa nach dem Aufstehen den Befehl geben wollte, Kurs auf das Auge der Zeit zu nehmen.

Glücklicherweise hatte sein Erster Maat ihm Verstand eingebläut und davon abbringen können, bevor er ihm schließlich befohlen hatte, das unheimliche Ding aus seiner Kabine in eine Metalltruhe zu schließen und dann in die Brigg zu sperren.

Viele Alchimisten, Händler, obskure Seher und vor allem die Schamanen der Nordmänner redeten schon seit jeher von der mystischen Macht besonderer Gesteine und Kristalle, doch hatte Graubart sie stets nur belächelt, da er trotz seines Piratendaseins noch nie viel auf abergläubisches Geschwätz gegeben hatte.

Er war vielmehr ein Mann der Tat, traute nur dem, was er mit seinen Augen sehen und mit seinen Händen anfassen konnte. Leider konnte er nun etwas sehen und anfassen, das er zuvor noch ohne zu Zögern als Aberglaube abgetan hätte.

»Gott vor Della«, fluchte er vor sich hin und lehnte sich noch tiefer über die Reling zum Oberdeck, während er seinen Männern dabei zuschaute, wie sie dicke Holzstapel hochwuchteten und zu den Lecks transportierten. Glücklicherweise hatten die Wracks der vindicanischen Triremen mehr als genug Material für die Reparatur der *Mähre* hergegeben. Natürlich war alles was sie tun konnten nur provisorischer Natur und sie würden nicht an einer langen Zeit in den Docks von Gorgul vorbei kommen. Es ging bei den Arbeiten lediglich darum, überhaupt Gorgul erreichen zu können.

»Wieso kann dieser ganze Rotz nicht passieren, *nachdem* ich meinen stinkenden Leib unter die Erde gebracht habe?«

Murrend schlug er nach Tanta, der schon wieder an seinem Ohr pickte und hielt ihm daraufhin versöhnlich einige Körner hin, die er ungeschickt aus seiner Gürteltasche fischte.

»Käpt'n?«

Es war Ubbo sein Schiffsmedicus, mit den schmalen Augen und dem schlaksigen Körper. Sein unrasiertes Gesicht war für einen Piraten recht bleich und faltenfrei, wahrscheinlich weil er sich die meiste Zeit unter Deck aufhielt.

»Was gibt es, Ubbo?«, fragte Graubart müde und starrte weiterhin auf das geschäftige Treiben auf dem Oberdeck hinab.

»Felix hat sich von seinem Fieber erholt und ist jetzt wach. Er ist noch etwas wackelig auf den Beinen, aber ich denke, morgen dürfte er wieder wohlauf sein«, erklärte der Medicus langsam und ruhig, wie er es immer tat. Falls sich für ihn nach der Schlacht irgendetwas geändert hatte, ließ er sich nicht anmerken und Graubart hielt es auch für sehr unwahrscheinlich.

Er drehte sich zu dem schmächtigen Heiler um, der seinen Blick geduldig erwiderte, die Arme hinter dem Rücken verschränkt.

»Dich beeindruckt das alles gar nicht, hm?«, fragte Graubart tonlos.

»Dass uns das Kaiserreich im Nacken sitzt? Dass wir einen Fremden an Bord haben, der anscheinend echte Magie wirken kann und gefährlicher ist als die gesamte Piratenflotte Gorguls?«, fragte Ubbo unnötigerweise und dachte kurz nach, bevor er mit den Schultern zuckte. »Nein.«

»Warum nicht?«

»Meine Aufgabe ist es, unsere Mannschaft zusammenzuflicken, nachdem ihnen jemand ans Leben wollte. Ob es die Kurzschwerter der Kaiserlichen sind, magisches Feuer, Kanonenkugeln oder Pfeile - eine Verletzung ist eine Verletzung und ein Medicus heilt Verletzungen. Woher sie stammen ist mir einerlei, ich kenne meine Aufgabe und die hat sich nicht geändert. Wo wir gerade dabei sind: Eure Aufgabe hat sich auch nicht geändert und ich hoffe um unser aller Willen, dass euch das klar ist. *Käpt'n.*«

Das letzte Wort betonte er seltsam präzise und machte unvermittelt auf dem Absatz kehrt, um mit staksigen Schritten zu seinen Patienten zurück zu gehen.

*Frecher Umgangston! Aber ich will verdammt sein, wenn er nicht Recht hat*, dachte Graubart mürrisch und schlug mit der behandschuhten Faust auf das dunkle Holz der Reling, bevor er sich aufrichtete und zu Tandossa drehte, der stoisch hinter dem Steuerrad stand und ab und zu kleine Korrekturen vornahm. Das notdürftig geflickte Ruder ließ sich einigermaßen lenken, erreichte aber längst nicht die Präzision des zerstörten Originals, das nun vor Malkining auf dem Grund des Meeres lag und für immer verloren war.

»Kurs halten«, befahl er und sein Erster Maat salutierte knapp.

Dann stapfte er zur Heckreling, schnappte sich sein Fernglas und hielt es vor sein verbliebenes Auge.

Etwa eine Handvoll Triremen folgte ihnen noch immer in etwa fünf Meilen Entfernung. Sie waren zwei Tage nach der Schlacht zum ersten Mal aufgetaucht und hielten diesen Abstand seitdem penibel bei. Das täuschte aber nicht darüber hinweg, dass sie keine Mühe haben würden, die fünf Meilen innerhalb kürzester Zeit zu verringern, wenn ihnen der Sinn danach stand, denn die *Mähre* machte in ihrem jetzigen Zustand keine fünf Knoten.

Die Vindicaner hatten wahrscheinlich Angst und waren nicht sicher ob das, was ihren Brüdern und Schwestern vor Malkining widerfahren war, ein einmaliges Ereignis gewesen war, oder es sich wiederholen würde wenn sie ihnen zu nahe kämen.

*Gut so*, dachte er bissig. *Ansonsten wären wir nämlich schneller Fischfutter, als wir unsere verbliebenen Kanonen laden können.* Vielleicht wollten sie auch einfach nur im Auge behalten, was sie nicht verstanden.

Es waren grausame Zeiten für Piraten, wenn sie schon an einem Punkt angekommen waren, an dem sie fürchten mussten von Triremen des Kaiserreichs eingeholt zu werden.

Doch fürs Erste trauten sie sich nicht heran, also hatte er noch etwas Zeit um nachzudenken.

Er stopfte sein Fernglas zurück in das Futteral an seinem Gürtel und stapfte über das Achterdeck und dann die Treppe hinunter, wo er in den Abgang zum Mitteldeck ging und sich auf dem letzten Absatz kurz umschaute.

Er befand sich unter etwa zwanzig Seemännern, die gerade aus groben Holzstücken Bretter zurechtsägten, um damit die klaffenden Löcher in der Bordwand auszubessern und weiter hinten in großen Kesseln Teer kochten, um die entsprechenden Stellen hinterher abzudichten.

Als er an ihnen vorbei ging, tippten sie sich wie üblich zum Salut an die linke Augenbraue und fuhren dann in ihrer Arbeit fort, die so wichtig für das Überleben seines Schiffes und seiner gesamten Mannschaft war.

Doch ihm entgingen ihre Blicke nicht. Sie zeigten eine tiefe Verstörtheit, in die sich beinahe kindliche Hoffnung mischte, als sie ihn ansahen.

*Das hat mir gerade noch gefehlt*, dachte er und schnaubte vernehmlich. *Jetzt bin ich der verdammte letzte Hoffnungsschimmer für sie. Nur kein Druck.*

Er duckte sich unter einem schweren Querbalken hinweg, an dem allerlei Werkzeuge wie Sägen, Hämmer, Kalfateisen, Zangen und Dweidel hingen, die gemächlich im Takt der Wellen hin und her schwangen und ihn beinahe den Kopf kosteten.

Es erinnerte ihn abermals daran, dass er viel zu selten unter Deck war und das auch gerne beibehalten wollte.

Endlich stand er vor der Tür zum Lazarett, glättete noch schnell seinen nach der Schlacht grob geflickten Mantel, bevor er sich selbst dafür schalt und eintrat.

Als er über die Türschwelle hinweg setzte, schlug seiner Nase ein unangenehmes Gemisch aus Schweiß, Blut und Kräutern entgegen, das ihn beinahe erbrechen ließ.

Wie Ubbo den ganzen Tag in dieser Umgebung arbeiten konnte, war ihm ein Rätsel.

Überall in dem langgezogenen Raum, der sich bis zur Verjüngung des Bugs hinzog, lagen verletzte Seemänner ausgestreckt auf vernieteten Holzpritschen oder notdürftig zusammengesteckten Feldbetten.

Sie waren in ordentlichen Reihen aufgestellt worden, sodass der Medicus und seine beiden Helfer Wigor und Rastin schnell von Notfall zu Notfall eilen konnten, ohne über Patienten zu stolpern.

Letzteren ging es teilweise schlechter, als er erwartet hatte. Einigen fehlten ganze Gliedmaßen, andere wurden gerade zur Amputation vorbereitet und wieder andere lagen mit Kopfbandagen und fiebrigen, vom Schweiß glänzenden Gesichtern danieder, ohne dass er hätte sagen können, ob sie tatsächlich noch am Leben waren oder nicht.

Er machte sich so klein es ging, um Ubbo nicht im Weg zu stehen, oder die Kranken und Verletzten zu stören. Doch so sehr er sich auch bemühte, konnte er dem einen oder anderen Blick nicht entgehen und schon wieder sah er diese Hoffnung darin, die immer dann aufblitzte, wenn sie ihn mit letzter Kraft grüßten.

Er fühlte sich so unwohl wie schon lange nicht mehr und wäre am liebsten schreiend direkt zum Achterdeck zurückgelaufen, denn er war es gewohnt seine Mannschaft anzubrüllen, auch wenn er mit niemand anderem segeln wollte. Er war es aber nicht gewohnt, den Vater zu spielen und ihnen Hoffnung auf eine bessere Zukunft zu machen, die nicht einmal er selbst sehen konnte.

Gleichzeitig wollte er genau *das* für sie tun. Doch er hatte weder Übung darin, noch eine grundsätzliche Idee, wie er das anstellen sollte und das traf ihn so tief, wie er es gar nicht für möglich gehalten hätte.

Als er endlich mit gesenktem Blick die Pritsche erreichte, auf der Felix saß und mit ausdruckslosem Gesicht zu Boden starrte, machte er sich wieder ein wenig größer und straffte die Schultern.

»Geht's dir wieder gut, Junge?«, fragte er mit ehrlicher Besorgnis, die sich allerdings nicht nur um das Wohl des jungen Pilgrim drehte, sondern vor allem um das seiner Mannschaft. Sie hatten nun ein schlummerndes Mysterium an Bord, das jederzeit gefährlich werden konnte.

Felix hob leicht den Kopf und schaute ihn mit einem so leeren Blick an, dass er unwillkürlich zurückschreckte.

»Kannst du dich an etwas erinnern?«, hakte Graubart schließlich nach und warf einen kurzen Blick zu Ubbo, der ein paar Pritschen weiter stand und gerade eine grobe Säge zur Hand nahm, während er seinerseits den Kapitän musterte. Doch er zuckte nur mit den Schultern und machte sich an seine blutige Arbeit.

Felix murmelte etwas Unverständliches und räusperte sich dann heiser, bevor er seine Lippen befeuchtete und es mit schwacher Stimme erneut versuchte: »Tasha?«

»Ich weiß es nicht, Junge«, antwortete der Pirat mit ehrlichem Mitgefühl. »Wir sind mit Mühe und Not dabei, das Schiff über Wasser zu halten.«

Felix sank daraufhin wieder in sich zusammen und starrte zu Boden, als könne er dort die Antworten finden, die er sucht. Doch er fand höchstens geronnenes Blut und von Körperflüssigkeiten durchnässten Sand.

»Wir müssen uns unterhalten«, fuhr Graubart fort und schnappte sich die Wolldecke, die auf der Pritsche lag. Er warf sie dem Pilgrim über die Schultern und nahm ihn bei den Ellenbogen, um ihm beim Aufstehen zu helfen.

Der schwarzhaarige Magier ließ es über sich ergehen und folgte seiner Führung ohne Widerstand.

*Den Jungen hat es echt schwer getroffen*, dachte Graubart erschüttert, während er ihn wie einen Greis aus dem Lazarett geleitete. *Ich hoffe er kommt wieder auf die Beine, sonst wird er noch zu einer echten Gefahr für die Männer. Wenn er eines nicht ausstehen konnte, waren es Unberechenbarkeiten.*

Er hatte dieses Verhalten schon häufiger bei Seeleuten beobachtet, die nach ihrem ersten Gemetzel auf See ihren Lebenswillen verloren hatten und langsam an ihrer eigenen Trauer zugrunde gegangen waren.

Den Weg durch das Mitteldeck und die Treppe hinauf auf das Oberdeck schien der vollkommen abwesende Felix gar nicht bewusst zu gehen und ließ sich von dem alten Pirat direkt in seine Kabine führen.

Graubart setzte ihn auf dem ausladenden Daunenbett ab und ging hinüber zu seiner Vitrine, aus der er sich zwei Pokale und eine Flasche Rum schnappte, die er auf dem Tisch in der Mitte abstellte. Dann schenkte er großzügig ein und stürzte den Inhalt des ersten Gefäßes in einem Zug hinunter, bevor er Felix den anderen hinhielt während er sich bereits nachgoss.

»Trink das. Wird dich wieder etwas klarer denken lassen«, befahl er und kippte erneut seinen eigenen Rum hinunter.

Felix hob wie schlaftrunken den Kopf und nahm den Rum mit schwachen Händen an, bevor er den Pokal an die bleichen Lippen hielt wie mechanisch zu trinken begann.

Sehr zu Graubarts Verwunderung hörte er weder Husten noch anschließendes Klagen, wie es bei den Pilgrim sonst stets der Fall gewesen war.

Er wusste nicht, ob es tatsächlich an dem Rum lag, oder doch an etwas anderem, das außerhalb seines Vorstellungsvermögens lag, aber Felix blickte ihn zum ersten Mal seit er an Deck zusammengebrochen war, mit klarem Blick direkt in die Augen.

»Wir müssen umkehren, Graubart«, sagte er eindringlich und ohne das Zittern in der Stimme, das ihn zuvor hatte unverständlich klingen lassen. »Sie ist vollkommen allein und hilflos in den Händen dieser Barbaren.«

Der Ausdruck in seinen blauen Augen wandelte sich plötzlich von bittendem Flehen zu fiebrigem Hass, der beinahe körperlich im Raum spürbar wurde, als er das Wort *Barbaren* förmlich über die Lippen presste.

»Ich verstehe deinen Schmerz und ich verstehe auch deinen Zorn, Junge«, sagte Graubart so mitfühlend, wie er es eben zustande brachte und legte dem Pilgrim eine Hand auf die Schulter, bevor er vor ihm in die Hocke ging. Wie ein Vater, der seinem Sohn erklären musste, dass er heimlich sein geliebtes Haustier fortgebracht hatte. »Aber die *Mähre* ist ein einziges Wrack. Sie haben uns zusammengeschossen wie ein verdammtes Schwein auf der Schlachtbank. Wenn du nicht gewesen wärst...« Er holte tief Luft und versuchte den Kloß in seinem Hals herunterzuschlucken, der sich unweigerlich in seiner Kehle festsetzte, sobald er an die schreckliche Flammenhölle dachte, die sie eingeschlossen und Hunderte, wenn nicht gar Tausende in den Tod geschickt hatte. Auch wenn es sich um den Feind gehandelt hatte und Graubart ihr massenhaftes Ableben keinesfalls bedauerte, war es doch der schockierendste Anblick, der sich seinen nicht gerade zimperlichen Augen je geboten hatte. »...dann würden wir jetzt alle auf dem Grund des Ozeans verrotten. Dafür bin ich dir sehr dankbar. Die ganze Mannschaft ist dir dafür dankbar, Felix.« Er versuchte ein Lächeln, konnte seinen Argwohn aber nicht komplett verbergen. Doch der Pilgrim behielt seine reglose Miene bei. Er schien es gar nicht bemerkt zu haben. Stattdessen stand er so abrupt auf, dass Graubart vor Schreck beinahe nach hinten gestürzt wäre und ging zu dem breiten Heckfenster mit seinen bunten Kacheln, durch die in der Ferne die weißen Segel der Triremen zu sehen waren, die sie beharrlich verfolgten.

»Ich *hasse* sie«, sagte Felix mit bebender Stimme, als er vor der ausladenden Glasscheibe ankam und es war klar wen er damit meinte. »Ich hätte in der Stadt bereits versuchen sollen ins Hatori zu gehen, um sie alle zu Asche zu verbrennen.«

»Wahrscheinlich hättest du Tasha nur in Gefahr gebracht«, versuchte der Kapitän ihn zu beruhigen und stand derweil auf, blieb aber vorerst wo er war.

»Du verstehst das nicht!« Felix wirbelte herum und fixierte Graubart mit stechendem Blick. In seinen Augen wogte ein Mahlstrom aus Wut und Trauer, der jegliche positive Stimmung aus seiner Kabine aufsaugte und verzehrte. »Erst vor ein paar Wochen bin ich durch die brennenden Ruinen meiner Heimat gerannt, als wären die Geister der Vorwelt selbst hinter mir her, nur um *sie* zu retten. Ich dachte ich hätte sie verloren, doch ich habe es irgendwie geschafft zu ihr zu gelangen und sie hat entgegen aller Wahrscheinlichkeiten überlebt. Dann lag sie in deiner nimbusverfluchten *Brigg* und litt an einer unbekannten Krankheit, sodass ich erneut um ihr Leben fürchten musste, sie aber zum zweiten Mal zurückbekam. Was denkst du, wie sich das anfühlt? Sie ist *alles* für mich, seit ich zehn Jahre alt bin. *Alles*. Als sie wieder gesund wurde, fiel mir ein Stein vom Herzen, der größer war als Pilgrim selbst. Dann sind wir in dieser verdammten Stadt und sie wird von brutalen Fremden entführt, die alles und jeden abzuschlachten scheinen, der ihnen vor die Nase kommt. Was für eine seelenlose Welt ist das? Sag es mir!«

Felix kam mit drohend erhobenem Finger näher und sein Gesicht war so rot angelaufen, dass Graubart schon fürchtete, sein Fieber sei wieder ausgebrochen.

»Ich...«, der Pirat rang um die richtigen Worte, konnte sie aber nicht finden.

»Sie wurde mir zum *dritten* Mal genommen und *wieder* war ich nicht bei ihr, als sie mich am dringendsten gebraucht hat.« Voller Bitterkeit in der Stimme wandte er sich von Graubart ab und blickte wieder aus dem Fenster, in das endlose Auf und Ab der Wellen.

Eine angespannte Stille legte sich über den Raum, wie ein Leichentuch, dem der stinkende Geruch von Gefahr anhaftete.

Graubart konnte es nicht fassen, dass er hier in seiner Kabine stand und Angst vor einem gerade erst erwachsen gewordenen Knaben hatte. Doch er konnte sein ungutes Gefühl nicht leugnen, so sehr es ihn auch ärgerte. Dieser junge Mann hatte eine ganze Flotte vindicanischer Triremen mit Hilfe einer Kraft vernichtet, von der Graubart nicht das Geringste verstand und er wollte verdammt sein, wenn nicht jeder Mann mit klarem Kopf ein gewisses Unwohlsein bei diesem Gedanken verspüren würde.

»Wo ist der Splitter?«, fragte Felix schließlich mit gefährlichem Unterton in der Stimme und zerschnitt die beklemmende Stille wie mit einer glühenden Klinge. Es war genau die Frage, von der Graubart befürchtet hatte, dass sie irgendwann kommen würde. Gleichzeitig hatte er naiver weise an der Hoffnung festgehalten, dass er sie niemals würde beantworten müssen.

Als er nicht sofort antwortete, drehte der Pilgrim sich langsam zu ihm um und heftete seinen unnachgiebigen Blick auf ihn.

»*Wo* ist der Splitter?«, fragte er erneut, diesmal jedoch mit offen drohendem Unterton in der Stimme. Felix kam näher und blieb nur wenige Handbreit vor dem wie festgewachsenen Piratenkapitän stehen, dem es die Sprache verschlagen hatte.

*Eine Drohung in meiner götterverfluchten Kabine? Auf meinem verdammten Schiff?* Graubart kochte innerlich.

Schneller als Felix reagieren konnte, versetzte er ihm eine schallende Ohrfeige, die ihn sogar durch den Handschuh in den Fingern schmerzte und rote Striemen auf der rechten Wange des Pilgrim hinterließ.

»Du *wagst* es, mir auf *meinem* Schiff zu drohen?«, schäumte Graubart und konnte sich nur mit viel Mühe davon abhalten, wild auf seinen Gegenüber einzudreschen. »Das ist immer noch *meine* verdammte *Mähre* und bei allem Respekt für deine Fähigkeiten, lasse ich mir so einen Madendreck nicht bieten. Dass du es überhaupt *wagen* kannst, nach all meiner Großzügigkeit in so einem Ton mit mir zu reden! Ich sollte dich jetzt gleich über Bord werfen lassen, wie eine verdammte Kombüsenratte, du kleines Stück Dreck!«

Felix schien vollkommen perplex von dem plötzlichen Wutausbruch, der zumindest erreicht hatte, dass der funkelnde Zorn aus seinen Augen verschwunden war. Er starrte Graubart konsterniert und ratlos an, wie jemand der unsanft aus dem Tiefschlaf geweckt worden war.

In dem Kapitän kämpften jetzt blanke Wut über das Verhalten des jungen Mannes und schwermütiges Mitgefühl über sein zweifellos hartes Schicksal miteinander.

»Hör mal«, sagte er etwas versöhnlicher und fasste den Pilgrim fest bei den Schultern. »Wenn wir die alte *Mähre* repariert haben, können wir unsere Verfolger mühelos abschütteln und uns heimlich nach Malkining durchschlagen, um nach deiner Freundin zu suchen. Wenn wir das schon jetzt tun, haben wir nicht einmal gegen *eine* ihrer Triremen eine Chance.«

»Du könntest mir einfach den Kristall geben, dann ändern sich die Chancen«, schlug Felix schwach vor, schien jedoch zu spüren, dass er bei diesem Thema den Kürzeren ziehen würde und sackte wieder in sich zusammen.

»Ich habe den Kristall wegsperren lassen, Junge«, entgegnete Graubart und machte sich auf lautstarken Protest gefasst, der jedoch ausblieb, da sein Gegenüber jeglichen Kampfeswillen für den Augenblick verloren zu haben schien und stattdessen mit einem Mal sehr erschöpft wirkte.

»Die Männer sind vollkommen verängstigt und verunsichert. Du bist vielleicht in einer Welt aufgewachsen wo diese Form der Magie alltäglich war, das glaube ich dir jetzt. Aber bei uns ist das ein Wunder, das unsere Welt vollkommen auf den Kopf stellt. Das musst du verstehen! Außerdem bist du in eine tagelange Bewusstlosigkeit gefallen und hast Fieber bekommen. Ich glaube nicht, dass dir das Ding gut tut.«

»Das liegt an dem Hatori«, murmelte Felix kaum verständlich und wie von sehr weit weg. »Es ist nicht die Weltenblume und in gewisser Weise doch. Es ist wie der Kampf mit einem Tier.Sobald ich nicht mehr achtsam genug war, hat es versucht in meinen Geist einzudringen. Ich muss meine Abschirmung ändern, denn sie ist für die Weltenblume gedacht, nicht dieses... Ding. Es ist als wolltest du ein um sich schlagendes Kind davon überzeugen, ein Puzzle zu lösen.«

Graubart verstand kein Wort und schob die unsinnigen Worte des Pilgrim auf sein scheinbar wiederkehrendes Fieber, das sich in Form dicker Schweißperlen auf seiner roten Stirn zeigte und seine Augen wässrig glänzen ließ.

»Das geht schon alles in Ordnung, Junge«, sagte er einfach und versuchte beschwichtigend zu klingen, obwohl er sehr wenig Übung darin hatte und sich dabei seltsam fehl am Platz vorkam.

*Hier stehe ich, der gefürchtetste Piratenkapitän des Alten Meeres und versuche einen jungen Kerl zu trösten und zu bemuttern,* dachte er und schüttelte sich unmerklich. *Ein toller Pirat bin ich geworden.*

Unbeholfen rieb er den Pilgrim an den Schultern, als könne ihn das wieder auf bessere Gedanken bringen.

»Aber was ist, wenn sie Tasha umbringen, während wir noch hier herumsitzen und das Schiff reparieren?«, fragte Felix schwach aber nachdrücklich und ignorierte die breiten Hände des Kapitäns auf seinen schmalen, aber sehnigen Schultern.

»Ich kann dir garantieren, dass sie deine Freundin nicht töten werden«, versicherte Graubart und brauchte sich gar keine Mühe geben, überzeugend zu klingen, denn davon war er so überzeugt, wie man es nur sein konnte. »Sie ist eine von sechs Überlebenden des größten Mysteriums, das unsere Welt kennt. Der Kaiser wird sie lebend haben wollen, um sie persönlich zu befragen und eure Geheimnisse zu enthüllen. Zur Hölle, es kann sogar sein, dass er sie aufgrund eurer Fähigkeiten für eine Heilige des Exesor hält oder so etwas.«

Felix Züge hellten sich ein wenig auf, ließen aber noch immer jede graue Regenwolke wie ein Ding der Heiterkeit erscheinen.

»Meinst du das wirklich?«

»Verdammt noch eins, das meine ich wirklich«, versicherte Graubart ihm rau und nahm seine Hände zurück, um sie mit den Daumen in seinem breiten Mantelrevers einzuhaken. »Der befehlshabende General auf Malkining wird sie mit einem Schiff nach Portus Nauclericus schicken und von dort nach Vindeum bringen lassen. Gib mir noch vier Tage, um die *Mähre* zu reparieren und dann drehen wir um, kapern eine Trireme vor der Küste der verfluchten Insel und befragen ihre Mannschaft mit Reißnägeln und Zangen, bis wir ganz genau wissen, wo sich Tasha befindet. Dann bringen wir die Schiffe auf, die deine Freundin nach Vindican verfrachten und holen sie uns zurück. Ich will verdammt sein, wenn ich sie oder ihr Talent zu solch verheerender Magie in die Hände des Kaisers fallen lasse.«

Das schien Felix endlich zu überzeugen und er nickte nach kurzem Überlegen.

»Vier Tage. Also gut.«

Der Pilgrim drehte sich in Richtung Tür und wollte gerade den Raum verlassen, als Graubart ihn am Ärmel packte und sanft aber bestimmt zurückhielt.

»Eine Sache noch, Junge«, sagte er bedeutungsschwanger und wusste, dass es wahrscheinlich nicht der beste Zeitpunkt für dieses Gespräch war, da er sich das Erreichte nicht wieder kaputt machen wollte. Doch es musste sein. »Ich glaube ich habe verstanden, dass deine Magie nur mithilfe dieses Kristalls funktioniert. Liegt es an genau *diesem* Kristall, oder gibt es noch mehrere davon?«

»Sie hat uns gesagt, dass es viele davon gibt, überall auf eurer Welt verteilt«, antwortete der Pilgrim müde und zuckte schwach die Schultern. »Ob es stimmt weiß ich nicht, man kann ihr nicht trauen. Dass Raynor diesen hier in Waderstade gefunden hat, spricht allerdings dafür, dass sie zumindest damit recht hatte.«

»Wenn es viele davon diesseits der Barriere gibt, warum hat es dann noch nie so etwas wie Magie bei uns gegeben?« Graubart rieb sich nachdenklich das Kinn und starrte auf das vergoldete Steuerrad, das an der Wand vor ihm über einer dunklen Kommode hing.

»Ich weiß es nicht. Vielleicht liegt es daran, dass sie das Geheimnis des Hatori nicht kennen. Obwohl es nicht gerade ein Geheimnis ist. Es ist vielmehr eine Geisteshaltung, die man üben muss, so wie ihr Fechten übt.«

»Also könnte möglicherweise jeder Mensch diese Magie einsetzen?« Dem Kapitän wurde sichtlich unwohl bei dem Gedanken und er atmete tief durch, als könne er damit die düsteren Gedanken vertreiben, die durch seinen Kopf waberten wie Gewitterwolken.

»Magie. Magieee«, krächzte Tanta auf seiner linken Schulter und rollte mit dem kleinen Kopf hin und her. »Magieee. Korrrn. Kooorrrn.«

»Was meinst du eigentlich die ganze Zeit mit *Magie*?«, fragte der Pilgrim irritiert und versuchte den schwarzen Raben zu ignorieren, der ihm auch nach so vielen Wochen immer noch nicht ganz geheuer war.

»Magie?« Graubart machte ein erstauntes Gesicht, setzte seinen ledernen Dreispitz ab und warf ihn auf sein Bett, bevor er auch das rote Kopftuch abzog und achtlos hinterherwarf. Er überlegte kurz und kratzte sich dabei über die glänzende Glatze. »Magie ist ein Wort für Dinge, die wir nicht verstehen und als außerhalb unserer Macht einordnen, die aus der Kraft von Armen und Beinen stammt. Es gab und gibt immer wieder Menschen, die behaupten, dass sie durch die Kontrolle irgendwelcher höheren Mächte unsere sichtbare Welt beeinflussen können.«

»Dann ist es aber keine Magie, was ich tat. Es ist lediglich eine andere Form der Wahrnehmung, die mehr sichtbar macht als unsere Augen uns zeigen. Wenn du eine Katze wie Bernadette wärst und unter einem Kirschbaum säßest, würdest du die Kirschen vielleicht nicht als rot wahrnehmen, sondern stattdessen als grün - ich weiß es nicht. Auf jeden Fall wärst du nicht dazu in der Lage, dir eine Kirsche zu pflücken, denn dafür wären deine Pfoten ungeeignet. Du als Graubart aber, siehst rote Kirschen und kannst nach ihnen greifen und sie anschließend essen, weil du das Werkzeug dazu hast - deine Hände.« Felix machte einige sparsame Gesten, um das Gesagte zu verdeutlichen und verschränkte die Arme dann vor dem Körper, als würde es ihn frösteln. Und tatsächlich sah er nicht besonders gut aus, wie Graubart fand. Trotzdem fuhr der Pilgrim fort, senkte aber ein wenig die Stimme, als koste es ihn unheimlich viel Anstrengung, sie zu benutzen.

»Bernadette und du befindet euch also unter demselben Kirschbaum, habt aber eine unterschiedliche Wahrnehmung davon und unterschiedliche Möglichkeiten, was das Pflücken angeht. Das Hatori ist nichts anderes, als sich die Wahrnehmung und die Hände eines anderen Wesens zu eigen zu machen und dann damit zu handeln. Stell dir also vor, Bernadette könnte plötzlich durch deine Augen sehen und deine Hände benutzen, während du in deinem Körper steckst und bemerkst, dass sie dich gerade benutzt. Ganz wie ein Werkzeug, während du in deinem eigenen Verstand eingesperrt und zum Zuschauen verdammt bist. Die Kunst des Hatori ist lediglich die Übernahme des Geistes, der in dem Kristall schlummert und eine weitaus bessere Wahrnehmung und eine für euch wahrscheinlich unvorstellbare Fülle an Möglichkeiten zur Veränderung der Umwelt mit sich bringt.«

Graubarts Verstand ratterte wie ein übergroßes Zahnrad in seinem Kopf, um das, was der Pilgrim ihm gerade so freimütig offenbarte, zu verarbeiten. Es klang unvorstellbar, machte aber innerhalb seiner eigenen Logik einen gewissen Sinn. Er hatte sich die ganzen letzten Tage den Kopf zermartert über das Wesen dieser seltsamen Magie und nun sagte Felix ihm einfach freimütig alles was er wusste. Es war gewissermaßen alles was er sich von diesem Gespräch erhofft hatte und gleichzeitig viel mehr, als er sich im Stande fühlte zu verarbeiten.

»Und wie kommt es, dass diese... *Wesen* sich nicht wehren können, wenn sie doch so mächtig sind?«, fragte er und dachte an den rot glühenden Kristall zurück, den er drei Tage in seiner Kabine aufbewahrt hatte. Ein kalter Schauer lief ihm über den Rücken, als er über die Albträume und die Möglichkeit nachdachte, dass er die ganze Zeit über ein fremdes Wesen mit unglaublicher Macht direkt neben seinem Bett liegen gehabt hatte.

»Oh, das können sie«, sagte Felix mit unverhohlener Bitterkeit in der Stimme. »Die Weltenblume, ein Kristall so groß wie der Berg Pilgrim selbst, hat zehntausend meiner Mitmenschen erst in den Wahnsinn und dann in den Tod getrieben und das in weniger als einer Stunde. Die Jahrtausende lange Unterdrückung ihres Geistes hat sie letztendlich rasend gemacht. Sie hat sich wie eine sprungbereite Katze auf alles vorbereitet und immer wieder ihre Fühler nach schwachen Menschen ausgestreckt, die sie für sich benutzen konnte, um den Ausbruch aus ihrem unsichtbaren Gefängnis zu wagen und mit unserer Hilfe hat sie es schließlich geschafft. Es war als wäre alles von Anfang an nach ihrem Plan gelaufen. Mittlerweile bin ich mir sogar sicher, dass es so ist.« Die Bitterkeit wurde noch schärfer und verlieh seiner Stimme einen unheimlichen Beiklang, der Graubart gepaart mit der erschreckenden Geschichte unwillkürlich frösteln ließ.

»Dieser neue Kristall, er ist in vielerlei Hinsicht genau wie sie, nur viel kleiner und weitaus unruhiger. Ich kann es schlecht beschreiben. Stell dir vor, du willst einem überaus klugen Menschen eine Falle stellen und bist besonders gut darin, weil du deiner Lebtage noch nie etwas anderes getan hast. Nun sollst du aber plötzlich eine wilde Katze einfangen. Obwohl du zuerst vielleicht denken würdest, dass es sich doch lediglich um eine Katze handelt und es weitaus schwerer ist, einen klugen Menschen zu fangen, wird dich die Katze vor eine schwierige Aufgabe stellen. Und zwar deshalb, weil du keine Erfahrung damit hast und ihr Verhalten nicht einschätzen kannst. Genauso ist es mit diesem kleinen Kristall. Ich konnte zwar das Hatori erreichen und damit auch das Wesen darin, doch ob es nun ein Fragment der

Weltenblume ist oder irgendetwas anderes - ich kann es nicht mit Sicherheit sagen. Es hielt auf jeden Fall nicht lange. Es hat meine Abschirmung auf eine wilde Art und Weise angegriffen, die ich noch nie erlebt habe. Als das verfluchte Ding sie zerstört hatte, hat es nicht etwa versucht meinen Verstand zu vergiften und mich flüsternd zu irgendetwas zu zwingen, sondern meinen Geist zu zerstören. Ich glaube, es hat versucht mich zu töten, aber da es ebenso wie ich keinerlei Erfahrung mit dem Vorgang hatte, ging es viel zu grob vor und ich habe das Bewusstsein verloren, bevor es erfolgreich sein konnte.«

Mit jedem Wort des Pilgrim wurde Graubart froher darüber, dass er diesen unheimlichen Kristall fortgesperrt hatte und dachte angestrengt darüber nach, ob es nach allem was er jetzt hörte nicht besser wäre, ihn direkt über Bord zu werfen.

»Ich...«, begann er leise, hatte jedoch wieder vergessen was er eigentlich sagen wollte.

*Ein Kristall, der eine bösartige Seele beherbergt, die unvorstellbare Macht besitzt und seine Umgebung mit Albträumen zu vergiften versucht*, dachte er und zeichnete einige Schutzzeichen vor sich in die Luft. Das hatte er schon lange nicht mehr getan, jetzt schien es ihm jedoch mehr als angebracht. Fast wünschte er sich, er hätte den Jungen nicht danach gefragt, denn in diesem Fall konnte Unwissenheit tatsächlich ein Segen sein. Wie sollte er je wieder ruhig schlafen, mit dem Wissen im Hinterkopf, dass es diese bösen Seelen wahrscheinlich überall auf der Welt verteilt gab, ohne dass die Menschen davon wussten?

»Ich glaube es ist besser, wenn ich jetzt gehe und etwas schlafe«, sagte Felix mit zitternder Stimme und Graubart sprang gedankenschnell an seine Seite, um ihn abzustützen, als die Knie des jungen Mannes nachgaben und er um ein Haar gestürzt wäre.

»Nulle, Spreizer!«, rief er laut in Richtung Tür und einen Lidschlag später standen die beiden ungleichen Piraten kampfbereit im Raum, wo sie sich hektisch umsahen. Als sie erkannten, dass es keinen Kampf auszufechten galt, erkannten sie die Situation und liefen an Felix' Seite, um ihn rechts und links abzustützen.

»Bringt ihn zu Ubbo, ich glaube er hat wieder Fieber«, befahl der Kapitän besorgt, denn das Mitleid mit dem unglücklichen Pilgrim überwog wieder, gerade nach seinen freimütigen Erläuterungen über die Kristalle.

Während die beiden Seemänner den Bewusstlosen aus seiner Kabine schleiften und die doppelflügelige Tür hinter sich schlossen, ging Graubart zum Tisch in der Mitte des Raumes und füllte seinen verwaisten Pokal mit dunklem Rum auf.

Zufrieden stürzte er die angenehm in der Kehle brennende Flüssigkeit herunter und ging hinüber ans Fenster, wo er gedankenverloren auf die Triremen am Horizont starrte.

*Das Geheimnis dieser Kristalle darf nicht bekannt werden*, entschied er und zog drohend die Augenbrauen zusammen, als er die Schiffe des Kaiserreichs fixierte.

*Und Tasha darf nicht in die Hände des Kaisers geraten, sonst wird er ihre Gabe missbrauchen und dann wird die kalladanische Flotte kein unüberwindbares Hindernis mehr für sie sein. Nur noch vier Tage. Noch vier verdammte Tage.*

Tzunai zog sich noch etwas tiefer unter das Blätterdach des Busches zurück, der ihr und Tomm zumindest ein Mindestmaß an Schutz vor dem prasselnden Regen bot. Mit klappernden Zähnen klammerten sie sich aneinander, um nicht zu erfrieren und starrten auf die trostlose Ebene, die sich vor ihnen als matschige Fläche ausbreitete, bevor sie unvermittelt in den grauen Ozean überging.

Wasser, das aus dem Himmel fiel, war für die beiden Pilgrim ein so einschneidendes Erlebnis, dass sie vollkommen verunsichert waren und zuerst befürchtet hatten, dass die Weltenblume sich irgendwie aus ihrem

Gefängnis im Meer befreit hatte, um die Welt endgültig zu vernichten, indem sie sie einfach ertränkte.

Doch falls dem so war, ließ sie sich damit scheinbar sehr viel Zeit, da es bereits seit vielen Stunden in Strömen regnete und am Himmel kein Ende der düsteren Wolkenberge in Sicht war.

Die überwältigende Nässe, die sich über die beiden Pilgrim legte und langsam aber zielstrebig bis in ihre durchgefrorenen Knochen kroch, war ebenso unangenehm wie kraftraubend.

Mindestens genauso schlimm war allerdings der veränderte Anblick der Landschaft, die jetzt seltsam farblos und deprimierend daherkam. Die Sonne war hinter einem dunklen Schleier verschwunden und lediglich eine dämmerige Helligkeit ließ erahnen, dass sie sich noch irgendwo darüber befinden musste, aber scheinbar ebenso kraftlos war, wie sie sich jetzt fühlte.

Sehr zu Tzunais Leidwesen spiegelte dieser neue, entmutigende Anblick um sie herum ihre innersten Gefühle wider und verstärkte sie in schlechten Momenten sogar. Und jetzt war einer dieser schlechten Momente.

Seit gut einer Woche waren sie nun unterwegs gen Süden, immer an der schier endlosen Bergkette entlang, die über ihnen den grauen Himmel durchschnitt wie eine Klinge und die Regenwolken am Weiterziehen hinderte.

Ihre Verfolger, mehrere Hundertschaften der Schwarzmäntel, ließen sie stets einen Tag hinter sich, obwohl die Soldaten auf eleganten, vierbeinigen Tieren ritten, die deutlich schneller waren als ein Mensch zu Fuß.

Doch bereits am dritten Tag hatten sie verstanden, weshalb die Invasoren trotzdem nicht aufholten: Zuerst hatten sie gedacht es handle sich um ein übergroßes Lagerfeuer, das die Patrouillen gerne zu benutzen schienen, wahrscheinlich um sich aufzuwärmen. Doch dann waren die Flammen immer größer geworden und hatten sich zu einer wahren Feuersbrunst ausgeweitet. Spätestens jetzt hatten sie verstanden, dass es sich um das kleine Fischerdorf handelte, das sie am Vortag an der Küste entdeckt hatten.

Das Schicksal der armen Männer und Frauen, die dort gestorben waren, versetzte ihr regelmäßig Stiche, die in ihrer Intensität nur von der Wut über die Grausamkeit ihrer Verfolger übertroffen wurden.

Sie konnte nicht verstehen, weshalb die fremden Soldaten alles in ihrem Weg niedermetzelten, ohne jeglichen Funken Gnade oder Anstand. Sie hatte immer gedacht die Weltenblume sei wahnsinnig und grausam, doch im Vergleich mit diesen grausamen Mördern schien sie beinahe vernünftig zu sein.

Sie mussten sich dadurch irgendeinen Gewinn erhoffen, doch es wollte ihr einfach nicht in den Kopf gehen was es sein konnte, das den Tod so vieler unschuldiger Menschen erforderte, die hier ohne allzu viel Kontakt zur Außenwelt friedlich vor sich hin gelebt hatten.

Es war kaum vorstellbar, dass die Bewohner des Dorfes etwas verbrochen haben könnten, das die Soldaten erzürnte, sodass sie auch eine Vergeltungsaktion ausschließen würde.

Zwei Tage später waren sie erneut auf eine Siedlung gestoßen und hatten entschieden ihre Bewohner dieses Mal zu warnen.

Was sie damit jedoch auslösten, war ein handfester Streit, der so ungefähr das Letzte war, das sie hatten erreichen wollen: Von den Bergen aus waren sie über die grünen Felder und Wiesen gelaufen. Ohne Deckung zu suchen, da sie sicher gewesen waren, dass ihre Verfolger noch weit genug entfernt waren und es wichtiger war schnell zu handeln, als unterwegs unentdeckt zu bleiben.

Die Bewohner hatten sie freundlich begrüßt und ihnen Nahrung und Getränke angeboten, die sie dringend hatten gebrauchen können, da sie halbverdurstet und verhungert gewesen waren.

Als sie einer besonders großzügigen Familie, die sie und Tomm in ihr Haus eingeladen hatte, von Waderstade und dem Fischerdorf erzählten, hatte der Familienvater sie gebeten, die gleiche Geschichte noch einmal vor der gesamten Einwohnerschaft zu erzählen. Das hatten sie daraufhin auf dem kleinen, matschigen Dorfplatz auch getan.

Die Reaktionen waren so unterschiedlich ausgefallen wie sie es nicht für möglich gehalten hätte. Die einen waren der Meinung, dass es sich lediglich um die Phantasien eines jungen Pärchens handle, denen langweilig war und dass es schließlich noch nie Soldaten des Kaiserreichs auf Hellnor gegeben habe. Die anderen waren überzeugt, dass es besser sei Vorsicht walten zu lassen, als am Ende das eigene Leben zu verlieren.

Nach einer stundenlangen Diskussion hatte sich das Dorf schließlich unter großem Streit aufgeteilt. Einige Familien packten ihr nötigstes Hab und Gut und verließen ihre Heimat mit den beiden Pilgrim in Richtung Süden. Alle anderen hatten ihre Prozession mit Kopfschütteln und Häme verabschiedet und ihnen zugerufen, dass sie schon bald zurückkommen und sich über sich selbst ärgern würden.

Doch am Mittag des nächsten Tages, als die ersten Flüchtlinge Zweifel an der Wahrheit ihrer Berichte zu äußern begannen, sahen sie ihre Siedlung am Horizont brennen und dicke Rauchschwaden in den Himmel aufsteigen.

Das war vor drei Tagen gewesen und so saßen sie nun mit etwa zwanzig Männern, Frauen, Alten und Kindern unter Büschen, undichten Zeltplanen und knorrigen Bäumen, um so wenig Regen wie möglich ausgesetzt zu sein. Sie alle schwiegen und hingen ihren trübseligen Gedanken nach, die sich um Angst, Tod, Ungerechtigkeit und Wut drehten. Ein Mahlstrom negativer Emotionen, der beinahe sichtbar über der ungleichen Reisegruppe hing, die schweigend in die trostlose Landschaft schaute, welche keinerlei Hoffnung mehr bot.

Am schwersten war für Tzunai der Anblick der teilweise noch sehr jungen Kinder zu ertragen, die sich weinend an ihre Mütter drängten. Sie verstanden nicht, was hier vor sich ging, spürten aber die Angst und Verzweiflung ihrer Eltern und Verwandten, welche sich zwar alle Mühe gaben ihre Hoffnungslosigkeit vor ihren Liebsten zu verbergen, doch letztendlich kläglich scheitern mussten. Sie waren schließlich auch nur Menschen und gerade die Angst um ihre Kinder entging ihren Sprösslingen zu keinem Augenblick.

Tomm war die meiste Zeit über genau wie der Rest von ihnen recht einsilbig geblieben, versuchte aber von Zeit zu Zeit in tröstenden Gesprächen bei einzelnen Familien neue Hoffnung zu wecken. Doch obwohl die meisten ihm danach sehr dankbar waren, handelte es sich doch um ein hoffnungsloses Unterfangen, da sie gerade erst wie aus dem Nichts ihre Freunde und Heimat verloren hatten. Ein Gefühl, dass die beiden Pilgrim nur zu gut kannten.

Natürlich hatten sie ihre eigene Herkunft als Pilgrim verschwiegen, da Graubart ihnen mehrfach dazu geraten hatte und sie keine weiteren Komplikationen gebrauchen konnten. Wer wusste schon wie diese Menschen darauf reagieren würden, wenn sie ihnen offenbarten, dass sie aus dem Auge der Zeit kamen, das für sie eine Art mystisches Artefakt zu sein schien?

Trotzdem fühlten sie sich ihren neuen Begleitern tiefer verbunden, als es die drei kurzen Tage hätten erahnen lassen. Wahrscheinlich weil sie im Grunde genommen das gleiche Schicksal teilten.

Die eigene Heimat in Flammen, der Tod so vieler Mitmenschen und das endgültige Aus ihres bisherigen Lebensentwurfs, das sie in eine neue Zeit der Ungewissheit stürzte, als wolle das Schicksal sie den Haien zum Fraß vorwerfen.

Ob sie ihren klaffenden Mäulern entkommen konnten, hing nun ganz davon ab, ob der Süden dieser überlangen Insel, die ihr beinahe wie ein eigener Kontinent vorkam, ihnen eine bessere Zukunft bescheren würde, als der Norden. Doch das stand noch in den Sternen, deren wunderbarer Anblick sie auf der Schwarzen Mähre so verzaubert hatte.

Im Prinzip gingen sie nur in diese Ungewissheit, weil die Gewissheit des Todes sie vor sich her trieb und es konnte niemals gut sein, wenn der Feind sie in eine bestimmte Richtung drängte. Gleichzeitig wusste sie aber nicht, was sie sonst hätten tun sollen.

Die Einheimischen aus dem vernichteten Dorf sagten auf Nachfrage lediglich, dass sie noch nie im Süden waren, dort aber angeblich andere Fischer wohnten. Denen könne man aber nicht trauen, weil sie gelegentlich Handel mit den *Sarnesh* trieben.

Warum Handel schlecht sein sollte, oder wer diese *Sarnesh* waren, wusste sie nicht und ehrlich gesagt interessierte es sie im Moment auch nicht besonders. Was sie allerdings interessierte, war die Tatsache, dass die Fischer für den Handel mit diesen Sarnesh hochseetaugliche Schiffe benötigten, da diese Fremden angeblich sehr weit entfernt lebten. Diese Art von Schiffen gab es außer dort im Süden angeblich nur in Waderstade, wie ihre Begleiter ihr versicherten. Ob das alles stimmte? Tzunai wusste es nicht, zumal keiner der Dörfler jemals einen Sarnesh gesehen zu haben schien. Woher wollten sie dann die Gewissheit nehmen, dass man den Menschen im Süden nicht trauen könne, wenn der Grund dafür gar nicht bekannt war? Woher sollte sie die Gewissheit nehmen, dass es dort tatsächlich große Schiffe gab, wenn sich scheinbar alles auf Gerüchte und Vorurteile stützte?

Doch gab es nun zumindest die entfernte, wenn auch diffuse Hoffnung, dass sie mit einem Schiff entkommen konnten, bevor die Truppen der Invasoren sie in ihre bereits blutigen Hände bekamen. Das war besser als gar nichts und damit vorerst ihre beste Option.

»Ich glaube der Regen hat ein wenig nachgelassen«, sagte Tomm plötzlich und streckte den Kopf ein wenig vor, um unter dem Blätterdach ihres Busches hervor lugen zu können und in den Himmel zu blinzeln. An dem stetigen Prasseln der fingernagelgroßen Tropfen, konnte sie aber hören, dass das ganz und gar nicht der Fall war.

Der blonde Hüne erkannte ihre berechtigten Zweifel nach einem kurzen Schulterblick und schüttelte dann schwach mit dem Kopf, an dem nasse Haarsträhnen klebten und ihn aussehen ließen, als hätte er gerade ein Bad genommen ohne sich abzutrocknen.

»Wir müssen weiter, Tzunai«, sagte er schließlich eindringlich und entschlossen, obwohl er sich bei dem Gedanken, durch den strömenden Regen zu marschieren, sichtlich unwohl fühlte. »Wir haben schon zu viel Vorsprung verloren durch unser stundenlanges Warten. Wer weiß schon, ob das Wetter sich tatsächlich in nächster Zeit ändert. Es könnte genauso gut noch tagelang so weitergehen.«

»Aber vielleicht suchen unsere Verfolger auch Schutz und kommen dadurch nicht voran«, warf sie halbherzig ein, wusste jedoch, dass es ein schwacher Versuch war, sich selbst von etwas zu überzeugen, an das sie eigentlich gar nicht glaubte.

»Also gut«, sagte sie schließlich resigniert und trat aus ihrem notdürftigen Unterschlupf hervor. »Ich sage den anderen Bescheid.«

Also machte sie sich an die undankbare Aufgabe, ihre vollkommen verängstigten und durchgefrorenen Begleiter zur Weiterreise zu bewegen und ihren Weg gen Süden fortzusetzen, der genauso trostlos aussah, wie sie sich fühlte.

## 4. Richtungen

Ein guter General hielt sich stets an seine Zeitpläne, denn die Hauptaufgabe eines jeden Kommandanten war seit jeher vielmehr die Organisation alltäglicher Abläufe, als das Schwingen heroischer Reden oder das Austragen großer Schlachten. Es ging um die perfekte Aneinanderreihung von logistischen Aufgaben, die perfekt aufeinander abgestimmt werden mussten, um eine Legion zum Sieg zu führen. Marcus Respharasan hatte diese Lektion auf der Akademie bereits früh verstanden und deshalb stets beste Beurteilungen von seinen durchaus strengen Lehrern erhalten.

Seine Mission auf Malkining stellte keine Ausnahme dar. Er jonglierte wie ein Akrobat, nur dass er keine Bälle zu kontrollieren versuchte, sondern zweitausend Soldaten, zweitausendfünfhundert Sklaven, einen Tross von eintausend Handwerkern, Köchen, Huren und Knechten und fünfhundert Seemännern. Sie alle benötigten Nahrung, aufeinander abgestimmte Einsatzpläne und Marschrouten, rotierende Wachschichten, ein funktionierendes Depeschennetz und eine reibungslose Befehlskette.

Marcus war ein besonders guter Jongleur und wahrscheinlich auch deshalb das Lieblingsinstrument seines Vaters, wenn das Kaiserreich Vindican das Schwert erhob.

Jetzt aber hatten sich seine sorgfältig ausgearbeiteten Pläne mit einem Mal geändert und er musste fieberhaft Anpassungen vollziehen, um sich nicht in ein strategisches Abseits zu manövrieren, das seiner Beute womöglich eine Flucht ermöglichen würde, die sie dauerhaft aus seiner Reichweite brachte.

Er stand in dem kargen Befehlszelt, das seine Leibgarde direkt neben den Ruinen Ilmenheims aufgebaut hatte, um ihn und seine Berater vor dem penetranten Dauerregen zu schützen, der sie jetzt schon seit zwei Tagen zu ertränken versuchte.

Hinter ihm saß auf seinem Bett das erste Pfand seiner Mission. Gefesselt und geknebelt, wie ein besonders ehrgeizig verschnürtes Paket.

Erst vor drei Tagen hatte er erfahren, dass seine Männer in Waderstade eine junge Frau hatten festnehmen können, die keine Einheimische war und bei ihrer obligatorischen Befragung seltsam weltfremd anmutete.

Auf genau dieses Muster hatte er seine Männer angesetzt, also hatte es nicht lange gedauert, bis die Inquisitoren seiner Legion sie zu ihm gebracht hatten. Wären sie nur ein paar Stunden später gekommen, hätte er sich bereits auf seinem Flaggschiff befunden, um nach Hellnor überzusetzen und seiner bisher einzigen Spur zu folgen.

*Das Glück ist eben mit den Tüchtigen,* dachte er zufrieden und schielte kurz durch den offenen Zelteingang auf die Überreste der kleinen Siedlung, die jetzt nicht vielmehr hergab als schwarze Asche, die sich unter dem ständigen Regen langsam grau färbte und damit zu einem irdischen Ebenbild des verhangenen Himmels wurde.

Seine Gegner im Senat würden ihm erneut Sadismus und das Überschreiten menschlicher Grenzen vorwerfen, wenn sie die Details seines Einsatzes erfuhren, doch er wusste es besser. Sadismus war eine Gefühlsregung, die er zwar intellektuell verstand, aber nicht als Eigenheit seines Charakters betrachtete und auch nicht recht nachvollziehen konnte. Sadismus war ineffizient, emotionsgesteuert. Beides Dinge, die er verabscheute.

Seine Motivation war eher eine nüchterne, nämlich die Erledigung seiner Aufgabe auf die schnellste und effektivste Art und Weise. Wenn er die Früchte seiner Arbeit von Zeit zu Zeit genoss, war das lediglich ein Nebenprodukt seines Erfolgs, nichts weiter.

Jetzt freute er sich zum Beispiel auf die Befragung dieser *Pilgrim.* Nicht weil es besonders blutig werden würde, denn das würde es so oder so, sondern weil er darin ein Zwischenergebnis für seine Mission sah, die Flüchtigen aufzubringen. Er sah hier keine junge Frau, sondern ein passendes Werkzeug.

Ein General, der nur auf das Endziel fixiert war, würde schnell Chancen und einmalige Gelegenheiten übersehen, wenn sie sich ihm als kleine Lichtblitze am Horizont offenbarten. In gewisser Weise war es wie das Hinauflaufen einer Treppe: jeder Schritt für sich genommen mochte klein und unbedeutend sein, aber in der Summe führten sie zur nächsten Etage und das Übersehen einer einzigen Stufe konnte einen Sturz nach sich ziehen, der wieder an den Anfang führt und im schlimmsten Fall Verletzungen mit sich bringen brachte.

Er hatte weder vor seinen Aufstieg von neuem zu beginnen, noch seine Legion geschwächt zu wissen, also ergriff er jede noch so kleine Möglichkeit, ein Zwischenziel zu erreichen.

Er stemmte seine mächtigen Fäuste auf die riesige Karte, die den gesamten Holztisch bedeckte, den seine Männer in der Nacht notdürftig zusammengezimmert hatten und beäugte die strategische Situation auf Malkining.

Seine verschiedenen Kohorten wurden durch kleine rote Steinquader repräsentiert, die sich frei verschieben ließen. Ebenfalls rote, fein geschnitzte Holzpferde zeigten die Positionen von Patrouillen und Kundschaftern, die vorwiegend die Bergkette durchkämmten, um mögliche Verstecke auszuspähen, in denen seine Beute sich verkrochen haben könnte.

Rote, oben abgeflachte Steinchen zeigten ihm die Positionen seiner verbliebenen Triremen, die sich wie ein Halbmond um die Nordspitze Malkinings bogen.

Bei dem Gedanken an den Verlust der Hälfte seiner Schiffe, regte sich ein entfernter Zorn in seinem Hinterkopf.

Nicht nur weil er damit auch rund die Hälfte seiner Streitkräfte verloren hatte und so einen großen Teil seiner Einsatzfähigkeit einbüßen musste, sondern weil er keinerlei abschließende Informationen darüber besaß, was mit der Flottille von Admiral Zevikus geschehen war.

Er hasste nichts so sehr wie fehlende Informationen, denn Informationen waren das Blut, das durch die Adern einer Legion floss und sie mit Leben und Energie versorgte. Ohne ausreichendes Wissen über die Standorte eigener Verbände und der Kräfte des Feindes, waren sie nur kraftlose Blinde, die ein Schwert in der Hand hielten und damit ziellos vor sich her fuchtelten, in der Hoffnung, mit etwas Glück jemanden zu treffen.

Mit zusammengekniffenen Augen löste er seinen Blick von der Karte und fixierte die fünf Zenturios dritten Grades, die seine verbliebenen Kohorten anführten und auf seinen Wunsch hin von ihren Pflichten abgezogen worden waren, um persönlich alle Fakten zusammenzutragen und sich neu zu beraten.

Natürlich fühlten sie sich dabei sichtlich unwohl und das war auch gut so. Es würde sie aufmerksamer machen.

»Admiral Zevikus hatte die Aufgabe, innerhalb eines zehn Meilen weiten Radius vor Malkining zu kreuzen und eine Seeblockade zu errichten, die flüchtende Schiffe aufbringt«, wiederholte Marcus die letzten Einsatzbefehle für seinen verstorbenen Admiral und beschrieb mit dem rechten Zeigefinger einen großzügigen Halbkreis vor dem großen roten Fleck auf der Karte, der mit dem Schriftzug *Waderstade* versehen war. »Keine allzu schwere Aufgabe, möchte man meinen.«

Seine Zenturios bewegten sich unruhig, was ihre matten Lederrüstungen zum Quietschen brachte. Ihre Helme mit den querverlaufenden Federkränzen hatten sie auf dem Tisch abgelegt und hielten stattdessen Weinpokale in den Händen, aus denen ein würzig-süßlicher Duft aufstieg und sich angenehm um seine Nüstern schmiegte.

»Möchte mir also jemand erklären, was vorgefallen ist?«, fragte er über das ohrenbetäubende Prasseln des Regens hinweg, der auf das Zeltdach hämmerte, als wolle er es in nächster Zeit einreißen.

Marcus hatte die Frage an keinen seiner Offiziere persönlich gerichtet, doch jeder der Anwesenden wusste genau, dass Zenturio Fargian gemeint war, denn er hatte den Befehl über das Einsatzgebiet des Hafenviertels. Damit fiel auch die obligatorische Korrespondenz mit Admiral Zevikus in seinen Aufgabenbereich.

Fargian war einer der jüngsten Zenturios dritten Grades, kaum über dreißig Jahre alt und hatte dementsprechend ohnehin einen schweren Stand neben den kampferprobten Veteranen, die um ihn herum mit peinlicher Genauigkeit auf die Karte starrten und nun den Blickkontakt mit ihm vermieden.

»Ich...«, begann der junge Offizier und der Weinpokal in seiner Hand zitterte leicht, als er kurz den Kopf mit dem kurzgeschorenen schwarzen Haar schüttelte und sich, sichtlich um eine Erklärung bemüht, über die Lippen leckte. »Das Piratenschiff, von dem der junge Matrose an der Hafenmauer uns berichtete...«

»Die *Schwarze Mähre*«, sagte Marcus ungeduldig und forderte Fargian mit einer knappen Geste auf, zur Sache zu kommen. »Sie ist entkommen. Sie hat noch im Hafenbecken zwei unserer Schiffe versenkt und auch die Schiffe vor der Hafeneinfahrt zerstört.«

Der Thronerbe zog blitzschnell seinen Dolch aus dem Gürtel und rammte ihn mit solcher Wucht in die Mitte der Karte, wo zuvor noch das Zeichen für eine Mine gewesen war, dass die verschiedenen Steine und Marken in die Luft flogen und zu tanzen begannen, als die Waffe im Holz nachvibrierte. Natürlich würden seine Zenturios nun denken, dass er einen Wutanfall habe, doch das war keineswegs der Fall. Berechnung war so viel sinnvoller als Emotion.

Der junge Offizier ließ vor Schreck seinen Pokal fallen, der scheppernd auf die Karte flog und einen schwall dunkelroten Weines über das zweidimensionale Land entließ, wie eine Woge aus dunklem Blut, das nun die Nordseite der Insel bedeckte.

*Irgendwie zutreffend*, dachte Marcus und fixierte sein Gegenüber mit einem emotionslosen Blick, der seinen Zenturio mit bleichem Gesicht und beinahe greifbarer Angst in den Augen zurückließ.

Die vier anderen Zenturios nippten derweil an ihren eigenen Pokalen und hielten sich vornehm zurück.

»Das weiß ich, Zenturio, denn ich war selbst an der Hafenpromenade und habe es gesehen. Warum verschwendest du meine Zeit?«, fragte Marcus tonlos und verschränkte die muskulösen Arme vor der Brust, wo sie über das gehärtete Leder seiner Rüstung kratzten.

Fargian starrte noch immer wie benommen auf den zitternden Dolch in der Mitte des Tisches, als sein Tischnachbar, der an den Schläfen bereits ergraute Zenturio Raphalis, ihn mit dem Ellenbogen in die Seite stieß und ihn damit aus seiner Starre befreite.

»Verzeiht, Herr«, sagte der junge Offizier daraufhin mit unterwürfiger, beinahe brechender Stimme und versuchte sich zusammenzureißen. »Es wäre meine Pflicht gewesen, dem Piratenschiff hinterher zu fahren und sicherzustellen, dass die Intervention von Admiral Zevikus erfolgreich verläuft. Allerdings waren alle Triremen im Hafen oder in Hafennähe zerstört oder kampfunfähig geschossen, sodass es mir nicht möglich war, dieser Pflicht nachzukommen.«

»Du befandst dich doch im Hafen, oder nicht?«, hakte Marcus mit gefährlich leiser Stimme nach und machte dabei ein scheinbar neugieriges Gesicht.

»Ja, Herr«, bestätigte Fargian nervös und blickte sich hilfesuchend zu den anderen Zenturios um, die allerdings teilnahmslos geradeaus starrten, als befürchteten sie, dass seine Ungnade ansteckend sei.

»Du bist doch ein Zenturio dritten Grades oder nicht?«

»Ja, Herr«, wiederholte der Offizier erneut, offenbar ratlos, auf was sein Befehlshaber hinaus wollte und wie er sich davor retten konnte.

»Ist es vermessen, von einem Zenturio dritten Grades zu erwarten, dass er im Angesicht der Schlacht improvisiert und seine vorhandenen Ressourcen optimal zu nutzen weiß?«, fragte Marcus im Plauderton, als redeten sie gerade über das Wetter, doch sein kalter Blick ließ Fargian immer kleiner werden.

»J-ja, Herr«, stotterte er erneut und seine Nasenflügel blähten sich dabei auf, wie bei einem aufgeschreckten Pferd.

*Was für ein nutzloser Jammerlappen,* dachte Marcus.

»Dann findest du es sicherlich nicht vermessen, wenn ich von dir erwartet hätte, dass du eines der vielen fremden Schiffe nutzt, die im Hafenbecken vertäut lagen und mehr als geeignet waren, ein bereits beschädigtes Piratenschiff zu verfolgen und sicherzugehen, dass Admiral Zevikus es versenkt oder aufbringt.«

Nun verlor der junge Offizier mit den zitternden Händen endgültig das letzte bisschen Würde, das Marcus ihm zugetraut hatte und ging auf die Knie, sodass er nur noch brustaufwärts über der Tischkante zu sehen war.

»Verzeiht, Herr. Ihr habt Recht. Ich habe in der Hitze der Situation falsch gehandelt und nicht daran gedacht, eines der fremden Schiffe zu benutzen. Außerdem können unsere Männer solch ein Schiff nicht segeln. Bitte, versteht doch, dass…«, bettelte Fargian auf Knien und schien Mühe zu haben, seine Augen trocken zu halten.

Wie eine solche Persönlichkeit es geschafft hatte, in die zweite Legion des Westens berufen zu werden, war Marcus vollkommen schleierhaft.

»Es wird nie wieder vorkommen, Herr«, versicherte Fargian stotternd.

»Nein, das wird es nicht«, stimmte der General ihm zu und richtete den Blick auf Zenturio Raphalis, der noch immer gehorsam geradeaus schaute und scheinbar so wenig wie möglich mit der Zurechtweisung seines jungen Kameraden zu tun haben wollte.

»Raphalis, ich möchte, dass auch der Süden Malkinings unser Schwert zu spüren bekommt«, sagte Marcus leichthin und deutete vage auf die Nordseite der Insel, die auf der Karte von dem roten Wein bedeckt war, der sich langsam in das Pergament fraß.

Der ältere Zenturio nickte knapp, bevor er Fargian im Nacken packte und mit überraschender Kraft auf die Beine zerrte.

Der junge Soldat schrie vor Überraschung auf, doch der unangenehme Ton wurde schnell von dem anhaltenden Prasseln des Regens verschluckt, der noch immer die Zeltplane über ihnen bearbeitete.

Zu mehr als dem Aufreißen seiner wässrigen Augen kam der junge Zenturio jedoch nicht mehr, da Raphalis ihn mit einer schnellen Drehung auf den Tisch wuchtete und mit einem blitzartigen Ruck nach rechts zog, sodass sein Hals mit einem ekelerregenden Laut in Marcus' scharfe Klinge glitt, die noch immer in der Mitte der Karte steckte.

Dunkles Blut quoll aus der halb durchtrennten Kehle und ergoss sich auf die Südhälfte Malkinings, die eben noch als bunter Teppich aus braunen Gebirgen, grünen Ebenen und blauem Wasser bestanden hatte.

»Damit das auch in der Realität so wird«, kommentierte Marcus den Anblick der rotgefärbten Karte, als plaudere er über nichts Besonderes, »erhaltet Ihr den zusätzlichen Befehl über Fargians vierte Kohorte, Raphalis. Findet heraus, ob es flüchtende Pilgrim im Süden gibt und dreht dabei jeden Stein um, wenn es sein muss. Irgendwo sind sie hin und wenn sie auf dieser Insel sind, dann dürfen sie sie nicht verlassen, es sei denn in Ketten auf einer unserer Triremen. Verbrennt unterwegs alle fremden Schiffe und Boote, nur um sicherzugehen. Ich schätze, die hiesigen Fischer werden sie nicht mehr benötigen. Wenn ich recht überlege, solltet Ihr sichergehen, dass sie sie nicht mehr benötigen.«

Das rief verhaltenes Gelächter bei seinen erfahrenen Zenturios hervor, die ihren Blicken zufolge zwar für einen kurzen Moment über das vorzeitige Ableben ihres Kameraden überrascht waren, aber keineswegs unzufrieden mit dem Endergebnis zu sein schienen. Wahrscheinlich waren sie froh, dass heute jemand anders den Kopf hatte hinhalten müssen.

In den Legionen einer jeden Streitkräftegruppe gab es keinen Platz für

Unfähigkeit vor dem Feind, sei es bei den Kavallerielegionen des Nordens, dem schweren Fußvolk der Legionen des Südens, den Schützenlegionen des Ostens oder den Marinelegionen des Westens. Besonders nicht in den ersten drei Ehrenlegionen. Die seit Jahrtausenden vorherrschende Doktrin der absoluten Disziplin gewährte nur einen geringen Spielraum für Fehler und Unzulänglichkeiten, die einen unberechenbaren Quell von Stolpersteinen darstellten, die jedweden Plan zu Fall bringen konnten.

Das Kaiserreich duldete keine Steine in den Zahnrädern seiner strengen Organisation, selbst wenn es sich nur um Kieselsteine handelte.

Befände er sich nicht inmitten eines Feldzugs, hätte er mit der spontanen Hinrichtung dieses Kieselsteins in Form von Fargian gleich mehrere Rechtsbrüche begangen, doch in einem Kriegsgebiet oblag die militärische Rechtsprechung im Zweifel einzig und allein dem Oberbefehlshaber der betroffenen Legion.

Dem winselnden Geräusch hinter sich konnte er entnehmen, dass seine Gefangene das scheinbar anders sah. Irrelevant. Seine Heimat war im Prinzip eine einzige Schande für modern denkende Menschen wie ihn. Eine mächtige Nation, die sich durch einen dümmlichen Aberglauben, wie ihn die Kirche des Exesors verbreitete, selbst klein machte. Technologisch waren sie den Kalladani, vielleicht sogar den Nordmännern mittlerweile deutlich unterlegen und ihre militärische Größe und Disziplin war wohl das einzige, was den Menschen auf Hellnor noch Respekt einflößte.

»Also, was wissen wir über Zevikus und seinen Verbleib?«, fragte er schließlich in die Runde und ignorierte das dünne Rinnsal Blut, das vom Tisch auf seinen linken Stiefel tropfte. Oder war es der Wein?

»Kapitän Villano ist mit fünf Triremen verschwunden und hat über seine persönliche Brieftaube eine Nachricht hinterlassen, die mich kurz vor meinem Aufbruch erreicht hat«, sagte Sekulla, ein kleiner, muskulöser Zenturio mittleren Alters, der wie ein gedrungener Kampfhund wirkte, der direkt aus einer der Arenen seiner Heimat entsprungen sein könnte. Der glatzköpfige Soldat kramte ein kleines Stück Pergament aus einer Gürteltasche und las vor.

»Kapitän Villanova, an Bord der XII an Legionsleitung. Feindliches Piratenschiff mit neuartiger Waffe entkommen. Verfolgung aufgenommen in Richtung Norden. Erbitte Verstärkung.«

»Neuartige Waffe?«, fragte Marcus nachdenklich und rieb sich über das überproportional große Kinn.

»Ich weiß es auch nicht«, antwortete Sekulla und zuckte mit den knotigen Schultern. »Von ihren Kanonen müsste er eigentlich wissen, also handelt es sich wahrscheinlich um etwas anderes. Seltsam ist, dass er nichts über den Verbleib von Admiral Zevikus schreibt.«

»Ich denke, dass er nichts darüber geschrieben hat, weil es offensichtlich ist was passiert ist«, wandte Raphalis ein und streckte seine sehnigen Arme, mit denen er Fargian, der noch immer auf dem Tisch lag, zuvor so mühelos getötet hatte.

Marcus bedeutete ihm mit einem kurzen Nicken fortzufahren und nahm einen Schluck aus seinem Pokal, an dessen Fuß jetzt das Blut des toten Offiziers klebte. Ein anderer Befehlshaber hätte Raphalis vielleicht frech gefunden, nicht jedoch Marcus. Falls sein Untergebener etwas besser verstand als er selbst, wollte er es wissen.

»Villanova kann nur von einer neuartigen Waffe wissen, wenn sie auch eingesetzt worden ist. Ich glaube nicht, dass er sich bei voller Fahrt an Bord eines Dreimasters schleichen kann, um ein bisschen herumzuschnüffeln. Er ist ihnen hinterher gesegelt, hat gesehen, wie sie mit einer neuen Waffe Admiral Zevikus und seine gesamte Flotte versenkt haben und ist ihnen daraufhin gefolgt, ohne sich zu nah heran zu wagen.«

»Deswegen hat er den Kurs angegeben und Verstärkung angefordert«, stimmte Sekulla zu und nickte langsam.

»In Anbetracht der wenigen Informationen aus erster Hand, die uns zur

Verfügung stehen, gehen wir also davon aus, dass dem so ist«, beschloss Marcus und wühlte kurz in einem Pergamentstapel an der rechten Tischkante herum, der glücklicherweise noch nicht vom Blut erreicht worden war. Nach kurzer Zeit fand er wonach er gesucht hatte und hielt ein kleines Blatt in die Höhe, auf die einige handschriftliche Notizen gekritzelt worden waren.

»Laut meinem Adjutanten haben wir noch acht Schiffe auf dieser Seite Malkinings, ich will, dass alle bis auf mein Flaggschiff klar gemacht und auf die Verfolgung dieses Piratenschiffes angesetzt werden. Sorgt dafür, dass sämtliche Mitglieder der Inquisition an Bord gehen, das dürfte eine Angelegenheit sein, die für sie äußerst delikat sein könnte.«

Er warf einen kurzen Blick über die Schulter zu der schwarzhaarigen Pilgrim, die erschöpft auf seiner Pritsche saß, den Kopf kraftlos von den Schultern hängend.

»Wegtreten. Ich erwarte euch in etwa einer Stunde zurück, um die genauen Befehle entgegenzunehmen. Ich werde mich jetzt um unseren Gast kümmern«, sagte er verschwörerisch und mit dem Anflug eines kurzen Lächelns, das beinahe als bösartig hätte durchgehen können, wenn es auch nur den Anflug einer Gefühlsregung offenbart hätte.

Nach einem weiteren Schulterblick sah er, dass die Gefangene ihn mit einem wehrhaften Blick fixierte und etwas Unverständliches in ihren Knebel nuschelte.

»Sagen wir in zwei Stunden«, korrigierte er sich selbst und die vier verbliebenen Zenturios lachten böse, während sie zum Salut die Fäuste nach vorne streckten und sich dann zum Zelteingang umdrehten.

»Nehmt den Abfall mit, wenn ihr hinaus geht«, fügte Marcus hinzu und wandte sich jetzt mit seiner gesamten Aufmerksamkeit der verängstigten Tasha zu, die sich alle Mühe gab, so weit von der Bettkante fort zu rutschen, wie es ihr mit Hand- und Fußfesseln möglich war. Hinter sich hörte er, wie seine Offiziere den Leichnam vom Tisch hoben und mit sich aus dem Zelt schleiften.

Er schritt auf Tasha zu, bis er nur noch einen knappen Schritt von ihr entfernt war und ging vor dem Bett in die Hocke.

Sie warf einen scheuen Blick über seine Schulter, woraufhin sich ihre Augen in unverhohlenem Ekel weiteten und schüttelte dann den Kopf, um sich einige vom Schweiß an die Stirn geklebte Haarsträhnen aus dem Gesicht zu befördern.

»So«, sagte er mit falscher Freundlichkeit und zog ihr mit einem unsanften Ruck den Knebel aus dem Mund, dessen heller Stoff einen leichten Rosastich bekommen hatte, da ihre Lippen mittlerweile bluteten. »Dann wollen wir mal. Ich bin ein Freund von Regeln und Disziplin und da du nicht von hier kommst, möchte ich dir erklären, wie die Dinge im Kaiserreich funktionieren. Schließlich wäre es nicht gerecht, wenn wir uns unterhalten, ohne über den gleichen Wissensstand zu verfügen, hm?«

Sie hielt den Mund geschlossen und funkelte ihn lediglich abweisend an. Hätte er mehr Interesse für Frauen entwickeln können, als ihren objektiven Wert für seine Armee, wäre sie sicherlich recht attraktiv, auch wenn sie mindestens zehn Jahre jünger sein musste als er.

»Regel Nummer Eins: Jede Frage, die ich dir stelle, wirst du nach bestem Wissen beantworten. Regel Nummer Zwei: Ich habe wenig Zeit, weil ich ein vielbeschäftigter Mann bin. Also komm direkt zu dem Punkt, den ich wissen möchte. Regel Nummer Drei: Wenn du lügst, tue ich dir weh. Wenn du nicht antwortest, benutze ich meinen Dolch und tue dir noch mehr weh, bis du antwortest. Ach so, damit du es gleich weißt, ich meine damit den Dolch, der dort oben in dem Tisch steckt. Hast du das verstanden?« Er machte eine kurze Pause und blickte ihr mit kaltem Lächeln in die rotgeränderten Augen, die jetzt ängstlich zum Tisch und der blutigen Klinge hinüber starrten, die noch immer im Holz steckte.

»Gut. Ich sehe, du verstehst mich ganz gut«, sagte er zufrieden. »Damit wären wir beide auf dem gleichen Stand und können uns entspannt unterhalten.«

»Ihr seid ein widerliches Scheusal, das unschuldige Menschen abschlachtet. Wir verstehen uns ganz und gar nicht«, gab Tasha giftig zurück und spuckte dem hünenhaften General vor die Füße.

Marcus seufzte kurz und betrachtete für einen Augenblick den kleinen Speichelfleck auf dem ohnehin schmutzigen Zeltboden.

»Beleidigungen interessieren mich nicht, also spar dir deine Mühe.«

Er kam aus der Hocke zum Stehen und packte ohne hinzuschauen den simplen Holzstuhl, den sie aus Ilmenheim gerettet hatten, bevor er verbrennen konnte. Ohne Mühe drehte er ihn aus dem Handgelenk so vor sich, dass er sich mit der Brust an die niedrige Lehne setzen und Tasha wieder direkt in die Augen sehen konnte.

»Erste Frage: Wie lautet dein Name?«

»Tasha«, sagte sie knapp und schluckte mit verzerrtem Gesicht. Anscheinend war ihre Kehle ausgetrocknet. Gut so.

»Mit wie vielen Gefährten bist du vom Auge der Zeit entkommen?«

»Mit einem und er ist längst fort«, antwortete sie nach einem kurzen Husten, als die Hand des Generals blitzschnell vorschnellte und sie so hart ohrfeigte, dass sie zur Seite geschleudert wurde und mit dem Kopf hart an die Bettkante stieß. Mit einem kurzen Handgriff richtete er sie wieder auf und sie blickte ihn mit benebeltem Blick völlig orientierungslos an. Ein Rinnsal dunklen Blutes ergoss sich aus einer leichten Platzwunde oberhalb ihrer linken Schläfe und tropfte vom Ohr auf ihre zierliche Schulter.

»Wir wollen doch bitte unsere Regeln nicht vergessen. Du hast gegen Regel Nummer Drei verstoßen und ich glaube nicht, dass du sie so schnell vergessen hast. Sich vier einfach formulierte Regeln zu merken, ist jedem Menschen zuzutrauen, auch wenn er vom ach so legendären Auge der Zeit stammt.«

Tasha murmelte etwas, doch er verstand es nicht.

»Ihr seid sechs Flüchtige«, stellte er fest und massierte seine rechte Hand, die von der Härte seiner Ohrfeige noch immer angenehm prickelte. »Ich muss mich entschuldigen, ich war nicht ganz ehrlich zu dir. Ich wusste bereits, wie viele ihr seid, weil ich mich schon mit ein paar Einheimischen unterhalten habe, die klüger waren als du. Sie haben die Regeln recht schnell begriffen. Ich wollte nur überprüfen, wie es um deine Ehrlichkeit bestellt ist und ich muss sagen, ich bin nicht gerade erfreut.« Mit gespielter Enttäuschung schüttelte er den Kopf und packte sie am Kinn, um ihr Gesicht wieder auf seine Höhe zu bringen.

»Kommen wir direkt zur Sache. Ich denke, wir brauchen keine Tests mehr, weil du mit ein wenig Hilfe doch recht gelehrig zu sein scheinst. Weißt du, wo deine Freunde sich im Moment aufhalten?« Er schlug ihr beinahe sanft auf die Wange. »Schön bei mir bleiben!«

»Tzunai, Tomm und...« Benommen strich sie sich mit zitternden Händen, die noch immer vor dem Körper gefesselt waren eine weitere Haarsträhne aus dem Gesicht und staunte abwesend über das Blut auf ihrem Handrücken, das von der Platzwunde stammte. »Ich blute ja.«

*Ich sollte nicht so fest zuschlagen wie bei den Männern,* schalt er sich innerlich. *Eine Gefangene mit wirrem Kopf kann ich nicht gebrauchen.*

»Und?«, half er ihr auf die Sprünge und hoffte, dass sie trotz ihrer Verwirrung noch einen letzten Rest Verstand bei sich behalten hatte.

»Und?«, wiederholte sie und blickte ihn aus halbgeschlossenen Augen an, als sähe sie ihn zu ersten Mal.

»Ob du weißt wo sich deine Freunde aufhalten. Du sprachst von Tzunai und Tomm und wolltest noch einen dritten Namen nennen«, erinnerte er sie und wartete geduldig, während sie überlegte.

»Felix«, jammerte sie und dicke Tränen kullerten über ihre blassen Wangen. »Felix hat es auch auf die *Mähre* geschafft. Oh, Felix.«

Nun brach sie in ungehemmtes Schluchzen aus und stammelte etwas von *Liebe, Schicksal, Nimbus* und vielen anderen Dingen, die er nicht verstand. Von ihr würde er in diesem Zustand nichts mehr erfahren, egal wie überzeugend er mit seinem Dolch sein konnte.

Doch wenn er recht überlegte, brauchte er das auch gar nicht. Um ehrlich zu sein, hatte er sogar mehr gehört, als er sich ursprünglich erhofft hatte.

Sein Verstand arbeitete einige Zeit lang unter Hochdruck und dann war sein Plan vollkommen.

Er steckte den kleinen Finger seiner linken Hand zwischen die Lippen und stieß einen lauten Pfiff aus, der seine Wachen auf den Plan rief, die jetzt ihre Köpfe ins Zelt steckten. Von draußen drang das Prasseln des Regens an seine Ohren und ein kalter Windzug brachte einige Blätter auf der Kommode zum Tanzen.

»Gebt den Zenturios Bescheid, dass sie ihre Pferde bereit machen und eines extra bereitstellen sollen, wenn sie sich auf den Weg zu den Schiffen machen, die das Piratenschiff verfolgen. Sie werden eine weitere Person und zusätzliche Befehle mit an Bord nehmen«, befahl er barsch und stand geschmeidig von seinem Stuhl auf, während die vollgerüsteten Wachen zackig salutierten und das Zelt wieder verließen.

Tzunai, Tomm und Felix, wiederholte er im Geiste und ging hinüber zum Tisch, wo er seinen Dolch mit einer fließenden Bewegung aus dem robusten Holz zog und an dem gleichen Leinentuch säuberte, das er schon beim Niederbrennen Ilmenheims benutzt hatte und das seitdem an seinem Gürtel hing.

*Eine neue Waffe also...*

Ein sanftes Rütteln an seiner beinahe verheilten Schulter weckte Magnus aus einem unruhigen Schlaf. Ständige Gischt Spritzer hatten ihm eine dringend benötigte Ruhepause versagt und sich mit dem ewigen Auf und Ab der Wellen verbündet, an das er sich noch immer nicht gewöhnt zu haben schien.

Als er die Augen öffnete, musste er sich erst einmal klebriges Salz von den Lidern reiben, das unangenehm brannte. Dann erst sah er in das haarige Gesicht von Wolf, der ihn munter angrinste.

»Aufwachen, Schlafmütze. Land in Sicht!«

Als nächstes kam Pampalantata vom Heck angetrabt und machte sich über Magnus her, in dem sie ihn mit wedelndem Schwanz ansprang und ihm mehrfach über das Gesicht leckte, als wolle sie ihm beim Entfernen des Salzes behilflich sein.

»Pampa! Aus!« Magnus versuchte die feuchten Liebesbekundungen der fröhlichen Hündin mit den Armen abzuwehren, ging dabei aber nur halbherzig vor, da er das Tier mit dem weiß-goldenen Fell so liebgewonnen hatte, dass es ihm schwer fiel sie zurückzuweisen.

Als sie endlich von ihm abließ und sich stattdessen hechelnd vor ihn hin setzte um ihn erwartungsvoll aus ihren dunklen Knopfaugen anzuschauen, erhob er sich mühevoll aus seinem kleinen Deckenlager am Bug und kam auf die Knie, um über die Reling nach Osten zu schauen.

Und tatsächlich: Am Horizont konnte er nach einem kurzen Blinzeln das Relief einer fernen Küstenlinie erkennen, die sich in der aufgehenden Sonne aus dem Meer schälte.

»*Das* ist die gute Nachricht«, kommentierte Wolf seinen Blick und trat neben ihn, um einen bestiefelten Fuß auf die Reling zu stellen und mit einer Hand an der Stirn in die Ferne zu starren.

»*Das* wiederum«, fügte er dann hinzu und drehte einen Arm in Richtung Heck, »ist die schlechte Nachricht.«

Magnus folgte dem Blick des verschrobenen Jägers, der jetzt auf die Horizontlinie im Osten deutete, konnte jedoch nichts entdecken.

Doch gerade, als er sich abwenden wollte, um Wolf zu fragen, welche

Geister ihn jetzt schon wieder plagten, sah er es auch: ein einzelnes weißes Großsegel, das sich wie ein ferner Stecknadelkopf aus dem Übergang zwischen blauem Meer und ebenso blauem Himmel auf sie zu kämpfte.

»Beim Nimbus, ist das eine dieser Trarimen? Wie sind die uns so schnell gefolgt?«, fragte Magnus entsetzt und tätschelte Pampa gedankenverloren den Kopf, da sie den plötzlichen Stimmungsumschwung zu spüren schien und zu winseln begann.

»*Trireme* heißt das. Ich weiß nicht wie. Sicher ist aber, dass sie ihre Ruderer ziemlich hart angetrieben haben müssen, denn auch wenn wir mit diesem Schoner hier nicht besonders schnell unterwegs sind, sollten wir doch zumindest genauso schnell sein wie sie«, antwortete Wolf ernst und machte ein unglückliches Gesicht, das den Pilgrim sofort alarmierte.

»Woher...«, begann er die Frage, welche beinahe greifbar zwischen ihnen schwebte, die aber keiner von ihnen aussprechen wollte.

Wolf bedeutete ihm mit einer kurzen Handbewegung zu schweigen. Stattdessen nahm er seinen breitkrempigen Lederhut vom Kopf, von dem jetzt lange zottelige Haare auf seinen schmalen Rücken fielen, bevor er in Richtung Heck nickte. Dort kauerten Torben und seine beiden Helfer unter dem behelfsmäßigen Unterstand und unterhielten sich leise, aber offensichtlich hitzig. Raynor saß derweil neben dem Mast auf seiner Decke und war scheinbar in tiefe Meditation versunken.

»Genau das fragt sich Torben auch und ich bin mir sicher, dass er die Antwort genau wie wir schon längst kennt. Es gab etwa fünfzig Menschen, die wussten, wohin wir aufbrechen und jeder dieser fünfzig Menschen befand sich in Ilmenheim und geht auch so gut wie nie von dort fort. Schon gar nicht, um jemandem zu erzählen, dass Torben mit seinem Boot rausgefahren ist«, erklärte Wolf mit bitterem Unterton in der Stimme und seufzte lang.

»Oh nein«, hauchte Magnus. Die Bewohner Ilmenheims hatten ihm zum ersten Mal in dieser fremden neuen Welt das Gefühl gegeben, dass das Gute im Menschen doch noch existierte. Sie waren ihnen ohne jeglichen Argwohn, dafür aber mit einer großen Portion Freundlichkeit und Hilfsbereitschaft begegnet, ohne sie zu kennen. Seine und Raynors fremde Herkunft hatten sie ohne weiteres akzeptiert und sich dann ohne Nachfragen um ihre Rettung gekümmert. Zumindest dachte er bisher, dass es so gelaufen war. Für sie schien es selbstverständlich gewesen zu sein, ihnen unter die Arme zu greifen, ganz einfach, weil sie ohne Unterstützung nicht überlebt hätten.

*Ihr seid verdammte Schafe*, geisterten Graubarts wütende und gleichzeitig mahnende Worte durch seine Gedanken. *Darf ich niemandem mehr trauen?*

Dass nun genau das eingetreten war, was er in seinen schlimmsten Vorstellung befürchtet hatte, erfüllte ihn mit tiefster Trauer über den möglichen Tod der Ilmenheimer, die möglicherweise für einen Akt der Herzlichkeit dem Schicksal den höchsten Preis gezahlt hatten.

»Vielleicht sind sie noch am Leben und wurden nach ihrer Befragung gefangen genommen«, gab Wolf zu bedenken, als habe er die düsteren Gedanken des Pilgrim gelesen, klang aber selbst nicht besonders überzeugt.

»Ich kenne die Gnade dieser Fremden.« Magnus knirschte mit den Zähnen und spürte, wie seine anfängliche Trauer von einer unbändigen Wut verdrängt wurde, die kribbelnd durch seine Glieder fuhr, wie flüssiges Feuer. »Sie haben den Ilmenheimern die Gnade ihrer Schwerter erwiesen und zwar weil sie nach *mir* gesucht haben. Wir hätten Torben niemals um Hilfe bitten dürfen.«

Er ballte seine Fäuste, dass die Knöchel weiß hervortraten und starrte voll Bitterkeit auf das ferne Segel, dessen alleinigen Anblick er jetzt regelrecht hasste.

Wolf packte ihn beinahe väterlich an den Schultern, bevor er ihn zu sich drehte und ihm direkt in die Augen schaute. Wäre die Situation nicht so schlimm gewesen, hätte es sicherlich amüsant ausgesehen, da Wolf mindestens einen Kopf kleiner war als Magnus. Doch sein fester Blick machte jeden Größenunterschied vergessen.

»So darfst du nicht reden, hörst du?«, schimpfte er mit bemüht leiser Stimme und schielte argwöhnisch zu ihren Gefährten auf der anderen Seite des Boots. »Jeder Mensch hat das Recht, genau das zu tun, was er für richtig und anständig hält. Manchmal gehen unsere Entscheidungen mit Konsequenzen Hand in Hand, die wir vorher nicht absehen können und selbst wenn wir sie absehen können, nehmen sie uns unsere Entscheidungen nicht ab. Torben hat sich dazu entschieden, zwei Fremden zu helfen so gut er kann, weil er weiß wie es ist, wenn jemand als Außenseiter in eine neue Welt geworfen wird. Er ist als Säugling von den Sarnesh entführt und von einem Westwarter Fischer gerettet worden, der dafür auf langsame und grausame Art und Weise mit dem Leben bezahlen musste, weil er sich einen vergifteten Pfeil eingehandelt hatte. Denkst du nicht, dass es unsere Welt zu einem besseren Ort macht, wenn wir nicht in Angst vor möglichen Konsequenzen leben, sondern im Hier und Jetzt genau das tun, was gut und recht ist? Aus Nächstenliebe zu handeln, statt aus Furcht und Argwohn? Torben hat entschieden, nach seinem Gewissen zu handeln. Selbst zu handeln, nicht auf das Handeln anderer zu reagieren, wie ein verängstigtes Schaf.«

*Ihr seid verdammte Schafe…* Magnus fröstelte.

»Das ist es was ihn zu einem selbstbestimmten Menschen macht und das kann ihm niemand auf der Welt nehmen. Also sage nicht so etwas Dummes, wie dass du an allem Schuld bist. Jeder von uns trifft seine Entscheidungen und wenn wir aufhören Entscheidungen mit unserem Herzen abzustimmen und stattdessen auf den lähmenden Dämon der Furcht in unserem Kopf hören, dann will *ich* zumindest kein Teil davon sein.«

Magnus blickte in die glänzenden grünen Augen des Jägers und ärgerte sich kurz darüber, dass er ihn die meiste Zeit ihrer Reise über für verrückt gehalten hatte. Vielleicht bildete er sich ein, dass seine Hündin mit ihm sprechen könne, oder dass Bauernweisheiten die glaubwürdigsten Erklärungen für die Beschaffenheit der Welt lieferten. Trotzdem gingen scheinbar weitaus mehr tiefsinnige Gedanken in diesem kleinen Mann mit dem ungepflegten Erscheinungsbild umher, als bei ihm selbst.

*Ich bin noch immer ein verdammtes Schaf*, fluchte Magnus innerlich.

Erneut nahm er sich vor, Wolf nicht mehr zu unterschätzen, oder ihn gar zu belächeln. Wenn er jemanden belächeln sollte, dann sich selbst.

Die Worte seines zerzausten Gefährten klangen in seinem Kopf nach und berührten ihn auf eine Weise, die seine Wut auf sich selbst langsam versickern ließen. Zurück blieb allerdings noch immer das stechende Mitgefühl für Torben und seine Helfer, die ihre Familien höchstwahrscheinlich für sein persönliches Wohlergehen an den Tod verloren hatten.

Der Gedanke, dass sein eigenes Schicksal, das er auf schmerzliche Art und Weise auf Pilgrim hatte erleben müssen, ihm scheinbar auf dem Fuße folgte und jeden Ort, den er auf seinem Weg besuchte, in dasselbe grausame Schicksal trieb, machte ihn wahnsinnig. Vielleicht war es auch eine Bestrafung dafür, dass ihn das Schicksal seiner Heimat nicht so sehr plagte, wie es das eigentlich müsste. Doch er hatte seine Schwester an einen Vater verloren, den er zur Rechenschaft gezogen hatte und würde auch heute noch so entscheiden. Schließlich hatte er seinen Vater weniger gut gekannt, als seine Nachbarn und die waren für ihn schon Fremde. Ohnehin gab es in seiner Erinnerung ausschließlich Fremde auf Pilgrim, abgesehen von seinen Freunden, die überlebt hatten.

Torben, Ugwart und Ruben kannten ihn nicht einmal und er fühlte sich ihnen schon näher. Wolf hatte vielleicht Recht damit, dass es ihre Entscheidung gewesen war und er das respektieren musste, doch das hieß noch lange nicht, dass Magnus die Konsequenzen gefallen mussten.

Der Jäger blickte ihn noch immer auffordernd an, bis Magnus endlich schwach nickte.

»Na also. Wir tun gut daran, das Opfer der Ilmenheimer zu betrauern und gleichzeitig zu würdigen. Respekt zollen wir ihnen am besten damit, dass wir euch Pilgrim in Sicherheit bringen, denn nach allem, was ich von dir gehört habe, dürfen wir dem Kaiserreich nicht erlauben, euch in seine Finger zu bekommen. Abgesehen davon wäre es doch schade, diese Teufel nach dem was sie Ilmenheim angetan haben könnten, gewinnen zu lassen.«

Schon wenige Tage nach ihrer Abfahrt von Malkining hatte Wolf damit angefangen, ihn und Raynor über Pilgrim und das Leben dort auszufragen. Dabei stellte sich heraus, dass der Waldläufer aus dem Fürstentum Forstholm nicht minder abergläubisch war, als es die Piraten an Bord der *Schwarzen Mähre* gewesen waren. Sie waren bereits in allerlei Abwehrgesten verfallen, wenn nur die Schiffskatze um Mitternacht an Deck erschienen war oder sich einmal zu oft auf den Rücken gewälzt hatte.

Für ihn war das Auge der Zeit scheinbar so etwas wie eine Legende, von der er zwar wusste, dass sie tatsächlich existierte und sich inmitten des Alten Meeres befand, die er jedoch noch nie zu Gesicht bekommen hatte. Dementsprechend konnte er viele Geschichten und Gerüchte rezitieren, die von einem Hort feuerspuckender Drachen, über einen Riss zu einer fremden Dimension, bis hin zu einem Loch reichten, durch das man in die Endlosigkeit des Jenseits blicken konnte.

Als Magnus ihm dann schließlich vom Leben auf dem echten Pilgrim erzählte, vom Hatnam und Hatori und der dreigeteilten Weltanschauung, fühlte Wolf sich natürlich absolut bestätigt und hielt all das für noch weitaus fantastischere Ideen, als er sie sich in seinen kühnsten Träumen hätte ausmalen können.

Besonders die Möglichkeiten des Hatori hielt er zuerst noch für *Seemannsgarn*, wie es Sneeper gern von sich gegeben hatte, wenn er von zwölfarmigen Kraken, meilenlangen Seeschlangen oder fleischfressenden Pflanzen im Süden erzählt hatte.

Doch als Raynor schließlich genug von den kindlichen Neckereien des Jägers hatte, ging er in seiner humorlosen Art dazwischen und erklärte ihm, dass Magnus nichts als die Wahrheit erzähle.

Die Worte aus dem Mund des Hatnamlehrers, der niemals scherzte - das wusste mittlerweile auch Wolf - überzeugten ihn endlich.

Nachdem er sich eine Weile zurückgezogen hatte, um über die Konsequenzen dessen, was er gehört hatte, nachzudenken, setzte er sich fortan zu stundenlangen Gesprächen mit den Pilgrim zusammen.

Er fragte nach der Weltenblume, den Kristallen und was ihr Plan für die Zukunft vorsehe. Als Magnus ihm von seinen Plänen berichten wollte, stellte er jedoch mit einigem Staunen fest, dass der Jäger bereits seine eigenen Pläne für sie geschmiedet hatte und von seinen Ideen weitaus mehr als begeistert war als von den ihren.

Er wollte sie nach Kalladan führen, der Hauptstadt des gleichnamigen Königreichs auf dem Kontinent Hellnor, da er dort den persönlichen Jagdführer des Königs kannte. Von dieser Verbindung erhoffte er sich, dass sie bei dem Herrscher eine Audienz bekommen könnten, ohne direkt als Geisteskranke gebrandmarkt zu werden, die meinten, sie kämen aus dem Auge der Zeit.

Unterwegs wollte er in Westwart, der Hauptstadt des Fürstentums Westwart und dem Sitz des Großfürsten Alexander Westerling Halt machen und dem Regenten von der Bedrohung durch die Vindicaner berichten.

Magnus verstand von all diesen Namen und Orten nicht das Geringste und wimmelte Wolf mit einstudiertem Nicken ab, da er in diesem Moment jede Idee als gut ansah, die auch nur annähernd die Konturen eines echten Plans aufweisen konnte. Es half ihm dabei, sich nicht so ziellos zu fühlen - ein Gefühl, das weitaus schlimmer war, als mit Feinden im Nacken um sein Leben zu laufen.

Als er jedoch den Einwand einbrachte, dass er von der Weltenblume angehalten worden war, die Splitter einzusammeln, die Fragmente ihrer Seele in sich trugen, erwies sich Wolf als durchaus nützlich und gut informiert: Er erzählte ihm von den vielen roten Kristallen, die in seiner Heimat als verfluchte Artefakte böser Geister galten, die des Nachts über die Welt wandelten und die Menschen mit Albträumen terrorisierten.

Etwas Ähnliches hatte Magnus bereits befürchtet. Die Weltenblume war nicht gerade zimperlich und sicherlich keine Seele, die sich nur für Nächstenliebe interessierte. Abgesehen davon hatte sie diese Splitter sicher nicht freiwillig erschaffen, also mussten sie gewaltsam von ihrem Hauptkörper, dem Kristall unter Pilgrim entfernt worden sein, was auf keine gute Ausgangssituation für die Entstehung freundlicher Seelensplitter hindeutete.

Nach mehrmaligem Nachfragen konnte er schließlich aus Wolf herauskitzeln, dass besonders die Clans der Nordmänner dafür bekannt waren, diese Artefakte an den Handelsstationen des nördlichen Kalladans für gutes Gold und Silber einzutauschen. Diese Stationen seien aber seit einigen Wochen geschlossen, da sich die Stämme der Whallnir und Swartnir zum ersten Mal in der Geschichte Hellnors zusammen getan hatten, um nach Süden zu ziehen und Kalladan zu erobern.

Als Magnus an dieser Stelle nachhaken wollte, stellte sich jedoch heraus, dass der Forstholmer sich nicht besonders für Politik zu interessieren schien und dementsprechend wenig darüber zu berichten hatte. Er wusste lediglich, dass die Nordmänner, die er jedoch noch nie zu Gesicht bekommen hatte, sich normalerweise untereinander bekämpften und normalerweise nur selten zu kleineren Raubzügen in den Süden vorstießen.

Immerhin wusste Magnus seither, dass die meisten Splitter dieses Kontinents sich im Norden befinden mussten und damit war sein Weg vorgezeichnet. Denn wenn er neben der Wiedervereinigung mit seinen Freunden überhaupt noch einen Sinn sah, dann diese letzte Bitte der Weltenblume zu erfüllen, oder zumindest vorzubereiten, sollte an ihrer Warnung vor der Gefahr am Himmel etwas dran sein. So würde er zumindest den Menschen diesseits der Barriere noch einen Gefallen tun. Auch wenn selbst das alles andere als sicher war.

Nachdem er jetzt allerdings von dem Schicksal Ilmenheims hören musste, das wahrscheinlich ebenso wie Waderstade vernichtet worden war, weil *er* sich dort befunden hatte, war er sich nicht mehr so sicher, ob das wirklich sein einziger Lebenssinn sein durfte. Was auch immer das Schicksal mit ihm vorhatte, wenn es beinhaltete, dass er alles und jeden in seiner Umgebung nach kurzer Zeit in einen grausamen Tod führen würde, dann wollte er kein Teil dieses Schicksals sein. Keine Gefahr am Himmel, die es vielleicht überhaupt nicht gab, konnte es wert sein, dass er eine Schneise der Vernichtung hinter sich her zog.

Im Heck regte sich etwas und Magnus hob instinktiv den Blick.

Es war Torben, der gerade Ugwart und Ruben fort scheuchte, die sich eifrig daran machten, die Pinnen für die Langruder vorzubereiten.

»He, Magnus, Raynor, packt mal mit an. Wenn wir das Festland mit etwas Vorsprung vor diesen Unholden erreichen wollen, müssen wir uns etwas in die Riemen legen«, rief der Dorfvorsteher, welcher möglicherweise kein Dorf mehr hatte, zu dem er zurückkehren konnte. Seine Miene hatte sich zum ersten Mal seit er ihn kennengelernt hatte so sehr versteinert, dass sie fast an Raynor erinnerte, der sich gerade aus seiner Mediation löste.

Wolf kümmerte sich um Pampa, welche die Aufregung der Menschen spürte und unruhig hin und her zu springen begann, bevor der Jäger sanft auf sie einredete und sie dazu brachte, sich im Bug niederzulassen, damit sie den arbeitenden Männern nicht zwischen den Beinen herumlief.

Nach kurzer Zeit hatten sie die Schoten gesichert und die Ruder zu Wasser gelassen, an denen sie jetzt so gleichmäßig zogen wie möglich, um dem kleinen Schoner mehr Geschwindigkeit zu verleihen.

Bald schon schwitzte Magnus aus jeder Pore, obwohl ein frischer Wind wehte. Seine stattlichen Arm- und Rückenmuskeln brannten, als hätte sich alles Blut, das durch seine Adern schoss, zu Essig verwandelt.

Da Raynor und er deutlich besser in Form waren als die beiden Fischer aus Ilmhenheim, die fleißig mitruderten so gut sie konnten, saß einer von ihnen steuerbords und einer backbords, um kein zu großes Ungleichgewicht zu schaffen.

Daher konnte er mit einem kurzen Seitenblick erkennen, dass sein Mentor zwar keine Miene verzog, aber sich ähnlich viele Schweißperlen auf seiner hohen Stirn gesammelt hatten und auch seine Arme leicht zu zittern begannen.

*Hoffentlich erreichen wir bald das Festland*, dachte Magnus während er heftig atmete. *Sonst werden wir nicht einmal mehr genug Kraft haben, um an Land zu springen.*

Glücklicherweise dauerte es nicht mehr allzu lang, bis Torben das Heckruder drehte und das Boot in eine scharfe Rechtskurve brachte, bevor er »Ruder einholen« rief.

Gehorsam zogen sie die langen Hölzer ein und hoben sie aus den Riemen, um sie wieder auf dem Deckboden zu verstauen. Ugwart und Ruben waren derweil hektisch damit beschäftigt, das Segel einzuholen, während Magnus besorgt nach ihren Verfolgern Ausschau hielt.

Der Abstand betrug noch immer mindestens acht bis zehn Meilen, wenn er sich nicht stark verschätzte und war in etwa gleich geblieben.

*Und das bei all der Anstrengung.* Er brummte hörbar, um seiner Enttäuschung Luft zu machen und konnte an den Blicken der anderen sehen, dass es ihnen ähnlich ergehen musste.

Immerhin war der Vorsprung nicht kleiner geworden, dafür war er vorerst dankbar. Er wollte gar nicht wissen, wie stark die Vindicaner ihre eigenen Ruderer angetrieben haben mussten.

Als er sich wieder umdrehte, war das Ufer nur noch wenige Dutzend Schritte entfernt und verlief entlang der Backbordseite, da ihr Schoner erstaunlich schnell wendete.

Der Anblick des nun seit knapp zwei Wochen so heiß ersehnten Festlands erfüllte ihn mit einer seltsamen Enttäuschung, da es im Grunde genommen auch Malkining hätte sein können.

Würde Torben ihm im nächsten Moment beichten, dass sie die ganze Zeit im Kreis gefahren waren und wieder in seiner Heimat anlanden würden, hätte er es ihm geglaubt.

Was bei einem zweiten Blick jedoch fehlte, waren die majestätischen Berge: Das Land war flach und besaß auch keinen Sandstrand wie die Westseite Malkinings. Stattdessen standen, soweit das Auge reichte, mächtige Bäume mit runden Blättern direkt am Ufer und beugten sich dabei soweit über das vom Wind gekräuselte Meer, dass die unteren Äste durch die Wasseroberfläche stachen.

Generell wirkte der Wald so dicht und düster, dass es den Anschein hatte, als gebe es zwischen den einzelnen Bäumen und Sträuchern ein so dichtes Gedränge, dass die ersten Pflanzen bald ins Wasser stürzen würden.

Weiter rechts sah er in einigen hundert Schritten Entfernung eine kleine Bucht mit matschigem Sand, der in eine Wiese überging, die V-förmig in den dichten Mischwald führte und scheinbar das Ziel von Torbens Manövriertätigkeiten war.

»Und Ihr kennt euch dort ganz sicher gut aus?«, fragte Raynor an Wolf gewandt und starrte ungläubig zwischen die überall gleich aussehenden Bäume. Es gab keinerlei Landmarken wie Hügel oder Berge zu sehen, die einen Anhaltspunkt zur Orientierung geboten hätten.

»Aber natürlich«, antwortete Wolf vom Bug her und schien einigermaßen empört über das fehlende Vertrauen des Hatnamlehrers. »Pampa und ich haben hier schon oft genug gejagt und kampiert, um jeden einzelnen Stein zu kennen.«

Als er Magnus und Raynors skeptische Blicke bemerkte, setzte er sich pikiert seinen gewachsten Lederhut auf den Kopf und reckte schmollend das

Kinn vor.

»Ihr glaubt mir nicht, was?«

Magnus traute dem Jäger sehr wohl eine gute Ortskenntnis zu, bezweifelte aber, dass er sie zu den Orten führen würde, die sie würden finden müssen, da er sich scheinbar lieber in der Wildnis aufhielt als in den Städten. Genau dort sah er jedoch seine größten Chancen, in den Besitz eines Kristallsplitters zu gelangen, den er studieren konnte.

*Und mit dem ich meine Freunde finden kann.* Er dachte zurück an die Nacht, in der er zum ersten Mal die Verlagerung abgewandt hatte. Das Hatori, wenn ein Splitter denn einen Zugang bot, war seine einzige Hoffnung sie zu finden.

*Tzunai. Halte aus, nur noch ein wenig länger.*

Er dachte an ihre höhnischen Blicke, wenn sie mal wieder eine ihrer Neckereien gegen ihn losgelassen hatte und lächelte in sich hinein. Ein emotionales Kleinod, das sich tief in ihm geöffnet hatte und die schwere Last der letzten Tage und Wochen ein wenig leichter scheinen ließ. Wenn auch nur für einen Moment.

»Ich habe deinen Blick von eben gesehen, Magnus«, fuhr Wolf verschnupft fort und deutete auf den schlammigen Strand, der jetzt nicht mehr weit entfernt war. »Das ist nicht der Ort an dem wir anlegen werden, weil hinter dem kleinen Kapp dort vorne die Mündung des Königstroms zu sehen sein wird, in den wir natürlich reinfahren werden. Da siehst du mal wie gut ich mich auskenne. *Trifft der Bauer auf sein Land, sind ihm Stock und Stein bekannt.*«

»Ich dachte euer Land befindet sich weit im Osten?«, fragte Raynor skeptisch und erntete dafür ein genervtes Zischen von dem Jäger, der Magnus jetzt ganz an ein störrisches Kind erinnerte.

»Ist das denn zu glauben, Pampa?«, fragte er seine Hündin empört. Pampa bellte aufgeregt.

»Ja, das geht mir genauso. Er ist eben äußerst humorlos und weiß meine seit Generationen überlieferten Weisheiten nicht zu schätzen.«

Pampa bellte erneut und schnüffelte an seinen Hosenbeinen.

»Ja, genau, *deine* Weisheiten würde er natürlich begreifen«, schimpfte Wolf an das Tier gewandt und scheuchte sie von seinen Beinen fort. »Das glaubst du doch wohl selber nicht.«

Raynor und Magnus tauschten während dieses befremdlichen Schauspiels ratlose Blicke und schauten dann fragend zu Torben, der jedoch nur mit den Schultern zuckte und seinen ganz eigenen Gedanken nachzuhängen schien.

»Friede«, beschwichtigte der ältere Pilgrim ihren Begleiter schließlich und nahm beruhigend die Hände hoch, während der schmutzig anmutende Strand mit seiner großen Lichtung an ihnen vorbei zog und die beiden Ilmenheimer Fischer sich daran machten, wieder das Segel zu hissen.

»Ist schon gut«, sagte Wolf wieder gut gelaunt und warf Pampa ein Stück Trockenfleisch aus seiner Gürteltasche zu, das die Hündin geschickt aus der Luft schnappte. »Die Ehre eines Jägersmannes ist schnell angefochten, oder wie man das sagt. Ich sollte mich über so etwas nicht aufregen, schließlich seid ihr ja noch ungebildeter als ich und wisst rein gar nichts über die Welt und all so was. *Hat der Bauer zu viel Zorn, wächst ihm schnell des Nachts ein Horn.* Außerdem habt ihr ja nicht einmal Bauernschläue, ha!«

Noch während er seine Weisheit zitierte, machte er einen Satz an die Backbordreling, dass es wackelte, und bedeutete ihnen mit ausgestrecktem Zeigefinger, nach vorne zu schauen.

»Dort ist die Mündung des Königstroms!«, rief er munter, drehte sich, um den Abstand zu dem weit entfernten Segel der Trireme einzuschätzen und nickte dann zufrieden.

»Das sieht ganz gut aus, mit dem Wind in unserem Rücken können wir es einige Meilen ins Landesinnere schaffen. Ich denke, dass Torben dann einen kleinen Seitenarm des Flusses nutzen wird, um zurück aufs Meer zu gelangen, ohne den Vindicanern in die Arme zu fallen, sollten sie sich dazu entscheiden auch in den Königstrom einzubiegen.«

Und tatsächlich öffnete sich vor ihnen eine riesige Flussmündung, mindestens eine Meile breit, und ihr dickflüssig wirkendes, dunkelbraunes Wasser vermischte sich unter ihrem Bug mit dem eher bläulichen des Alten Meeres. So entstand um sie herum bis weit voraus eine Art Gemälde in den Fluten, auf dem die zwei Farben wie Wolkenformationen ineinander glitten und dabei ein sich ständig veränderndes Potpourri aus Blau und Braun erzeugten.

Als ihr Schoner in den atemberaubend großen Königstrom einbog und sich dank des kräftigen Windes durch die starke Strömung Landeinwärts kämpfte, nahm ihre Geschwindigkeit mit einem Mal drastisch ab.

»Denen wird es noch schlechter ergehen«, sagte Wolf unvermittelt und wandte gerade den Blick von Magnus ab, um wieder auf den Fluss zu schauen.

»Dieses Boot hier«, sagte der Jäger und klopfte mit den Knöcheln auf die Reling, »ist bestens für die Flussschifffahrt geeignet. Ein kurzer Kiel, darum war es auf See auch so gefährlich, vor allem für deinen Magen. Außerdem ein sehr geringer Tiefgang, das lässt uns mit der Strömung weitaus besser klarkommen, als diese schwerfällige Trireme. Zusätzlich werden ihre Ruderer nach der kraftzehrenden Reise hierher am Ende ihrer Reserven sein und sich keinen Kampf mit der Strömung mehr leisten können.«

Magnus nickte und bewunderte nun den Anblick der vielen Bäume, die ihr sattgrünes Blätterdach bis in die Fluten des Königstroms streckten und ihm das Gefühl eines Entdeckers vermittelten, der gerade Neuland bereiste.

Dieses Gefühl rührte wahrscheinlich auch daher, dass die Ufer soweit er geradeaus blicken konnte vollkommen unbewohnt zu sein schienen.

Lediglich der Gesang der Vögel, das Zirpen von Insekten und vielen anderen Tieren, von denen er nicht einmal aus den phantasiereichsten Geschichten der Vorwelt gehört hatte, erhob sich zu einem schrillen Chor der Natur, der ihre stumme Fahrt wie ein unsichtbarer Zeuge begleitete.

Diese Geräuschkulisse hatte er das erste Mal auf Malkining erlebt, als er mit Raynor aus Waderstade geflohen war. Zu dieser Zeit war es ihm natürlich auch aufgefallen, doch schnell wieder am Rande seiner Wahrnehmung verschwunden, weil er viel zu sehr damit beschäftigt gewesen war, die Ereignisse in der *Gekaperten Nymphe* zu verarbeiten und vor den fremden Soldaten zu fliehen.

Jetzt war die Gefahr jedoch weniger präsent und unmittelbar, als noch auf der großen Insel im Westen. Der überwältigende Klangteppich des Lebens, der sich hier um seine Ohren ausbreitete, ließ ihn voller Ehrfurcht in die dichten Wälder starren. Die Hoffnung, er könne darin die Hauptdarsteller dieser endlosen Symphonie des Tierreichs ausmachen, war natürlich vergebens. Pilgrim war immer so still gewesen. Still wie ein Meditationsgarten, hatte er immer gedacht. Nun war es dort still wie in einem Grab. Doch eigentlich war Pilgrim im Vergleich zu diesem tosenden Orkan des puren Lebens schon immer ein Grab gewesen.

»Das ist wirklich schön«, sagte er wie benommen und stützte sich neben Wolf mit beiden Unterarmen auf die Reling.

»Auf Pilgrim hat es keine Tiere gegeben, bis auf wenige Insekten und Würmer. Es war dort immer so still. Es ist unbeschreiblich«, wisperte er und beachtete die heißen Tränen auf seinen Wangen gar nicht.

»Das ist es«, stimmte ihm der Jäger verträumt zu und lächelte glücklich in den Wald hinein. »Das ist auch der Grund, warum ich mich mit Pampa für ein Leben in der Natur entschieden habe. Nirgendwo fühle ich mich so lebendig und gut aufgehoben, wie zwischen diesen uralten Bäumen. Mit saftigem Moos unter den Füßen, der lachenden Sonne über dem Kopf und unzähligen Pflanzen ringsherum, die genug Nahrung liefern um sich niemals sorgen zu müssen.« Er blickte Magnus von der Seite her an und schob seinen Hut ein wenig höher, da ihm die breite Krempe die Sicht versperrte.

»Die meisten Kalladani sagen, dass wir Forstholmer Landbevölkerung

Hinterwäldler und Taugenichtse seien, die sich auf Ackerbau und die Jagd verstehen, nicht aber auf Politik, Mode und Kultur. Da haben sie ganz Recht, mein junger Freund, da haben sie ganz Recht. Aber es ist keineswegs eine Schwäche, wie diese Miesepeter denken, es ist im Gegenteil eine Stärke. Die Natur ist komplexer und intelligenter als alle Gelehrten aus Hohenholm zusammengenommen und im Einklang mit ihr durch das Land zu streifen ist eine friedvolle und erfüllende Erfahrung. Eine Erfahrung übrigens, die meine Abneigung gegen zu viele Menschen und vor allem ihre geschwürartigen Ansammlungen namens Städte nur noch bestärkt.«

Magnus dachte über die energisch vorgetragenen Worte seines Begleiters nach und empfand eine warme Sympathie für diesen eigenartigen, dabei jedoch absolut selbstsicher und zufrieden wirkenden Eigenbrötler, der mal wie ein Verrückter, mal wie ein Weiser daher kam.

»...und manchmal wie ein Kind«, endete er seinen Gedankengang leise und machte unwillkürlich große Augen.

»Hm?«, machte Wolf blickte jedoch weiterhin in die Ferne.

»Nichts, ich habe mich nur an die Stärken meines Begleiters erinnert.« Magnus lächelte Wolf freundlich von der Seite her an und dieser nickte fröhlich.

»In meiner Welt gab es kaum Natur. Zumindest nichts wie das hier«, er machte eine vage Geste in Richtung Ufer. »Es gab die Grünterrassen, ja. Auch die Obsthaine und die Gemüsegärten, doch die waren alle weiter oben auf dem Berg. Näher am Palast. Die meiste Zeit haben wir zwischen Häusern verbracht. Keine Geräusche von Tieren, lediglich das leise Echo der Geschichten über die Wesen der Vorwelt, die uns aus dem Unterricht noch im Kopf umhergeisterten. Außerdem war ich auf Pilgrim nie allein. Immer sind andere Schüler oder Nachbarn um mich herum gewesen. Eure Welt hier ist beklemmend groß und... leer. Aber nein, auch das ist nicht richtig, ich kann die vielen Vögel singen hören und doch ist das alles so wenig greifbar.

Es ist fast wie die Barriere, die wir nie gesehen haben. Die ständig da war, aber trotzdem nicht fassbar. Alles hier ist so… chaotisch. Alles scheint einfach von selbst so an seinen Platz gelangt zu sein, während zuhause alles geplant und strukturiert war.« Er fühlte sich wie ein Kind, das sich plötzlich in einem Traumland wiederfand und erkennen musste, das seine Vorstellungskraft bei weitem nicht ausreichen würde, um in nächster Zeit alles zu erfassen, was es hier zu erleben und zu sehen gab. Doch wahrscheinlich würde er auch gar keine Zeit dafür haben, sich eingehend mit seiner neuen Umgebung zu beschäftigen, die ihm vor lauter Sinneseindrücken die Kinnlade herunterklappen ließ - schließlich wurden sie nach wie vor verfolgt.

Wolf ließ die nachdenkliche Stille zwischen ihnen bestehen, zerstörte sie nicht durch ein unpassendes Wort, eine unsensible Geste. Diese Stille war nicht unangenehm, sondern ein Ausdruck des Respekts. Respekts gegenüber schmerzhaften Erinnerungen, der Natur, sich selbst und untereinander. Magnus dankte dem Jäger im Stillen.

Nach einer ganzen Weile, die sie schweigend verbrachten, erreichten sie wie von Wolf vorhergesagt, einen kleinen Seitenarm des Königstroms, in den Torben geschickt abbog.

Die Mündung des gewaltigen Flusses, an der das schlammige braune Wasser in das weite Meer überging, war bereits hinter mehreren Biegungen als bloße Erinnerung verschwunden und die Essenz allein wusste, wie weit die Vindicaner bereits vorgedrungen waren.

Als ihr Schoner in den vielleicht zwanzig Schritte breiten Ableger des größeren Stroms einschwenkte, erhöhte sich ihre Geschwindigkeit mit einem Mal so drastisch, dass Magnus sich an der Reling festhalten musste, um nicht das Gleichgewicht zu verlieren.

Doch ihre rasante Fahrt mit der Strömung währte nur kurz, da Torben bereits nach wenigen Meilen eine kleine Ausbuchtung mit Sand ansteuerte und das Boot mit so viel Schwung anlandete, dass der Bug mehrere Schritte über das sachte Ufer knirschte.

Ugwart und Ruben sprangen mit zwei Tauen im Gepäck als erste an Land und befestigten sie an ein paar großen Findlingen, die den Rand der etwa kniehohen Uferböschung über dem Strand säumten.

Die beiden Pilgrim und Wolf warfen ihr Hab und Gut über die Böschung auf das dahinterliegende Gras, das sich als kleiner Streifen bis zum kurz dahinterliegenden Waldrand erstreckte.

Sie kletterten über den Bug an Land und Magnus genoss für einige Sekunden das Gefühl festen Bodens unter den Füßen, der sich nach erneuten zwei Wochen auf See seltsam ungewohnt anfühlte, besonders da die Nussschale, mit der sie unterwegs gewesen waren, deutlich stärker geschaukelt hatte als die *Schwarze Mähre.*

Torben folgte ihnen bis zum Bug, blieb dort jedoch stehen und nickte ihnen ernst zu.

»Ich wünsche euch viel Glück auf eurer weiteren Reise. Auch wenn wir nicht allzu viel Zeit miteinander hatten, war sie doch ausreichend um zu wissen, dass ihr gute Männer seid und ich zur Mutter beten werde, dass die Vindicaner euch niemals in die Finger kriegen«, sagte er freundlich und bemühte sich, aufmunternd zu klingen, auch wenn seine Stirn von denselben Sorgenfalten heimgesucht wurde, die nicht mehr gewichen waren, seit sie ihre Verfolger das erste Mal gesehen hatten.

»Ihr solltet mit uns kommen, guter Mann, es wird Euch nichts Gutes einbringen«, erwiderte Raynor ernst und allen Anwesenden war klar, was genau er damit meinte.

»Ihr wisst, dass ich das nicht tun kann«, entgegnete Torben und fuhr sich mit einer schwieligen Hand, die von einem Leben harter Arbeit gezeichnet war, durch die grauen Haare.

»Was auch immer geschehen sein sollte, ich muss es mit Sicherheit wissen.

Und ich muss meiner Verantwortung als Dorfvorsteher und Familienvater nachkommen, wie auch immer die nun aussehen mag, und wenn ich es für diese beiden tun muss.« Er nickte kaum merklich in Richtung Ruben und Ugwart, die sich noch immer an den Tauen zu schaffen machten und rieb sich die feucht gewordenen Augen.

Raynor und Torben blickten sich eine gefühlte Ewigkeit lang an, in der keiner von beiden oder den Umstehenden etwas sagte und dann nickten sie gleichzeitig, als habe es die ganze Zeit über ein stilles Gespräch gegeben.

Der Hatnamlehrer reichte dem Dorfvorsteher die Hand, welche dieser packte und kräftig drückte. Ein letzter respektvoller Blick und dann lösten sie sich voneinander. Raynor ging die Böschung hinauf und Torben schüttelte nacheinander auch Magnus' und Wolfs Hände.

»Pass gut auf die beiden auf, mein Freund«, sagte er an den Jäger gewandt und blickte kurz den Fluss hinauf, wie um sich zu vergewissern, dass dort nicht plötzlich eine große Trireme aufgetaucht war. »Es wäre nicht recht, wenn wir diese Fahrt umsonst unternommen hätten. Außerdem glaube ich, dass dieser junge Mann eine Menge Potenzial hat, wenn er denn endlich über seine Angst vor dem was in ihm schlummert hinwegsieht.«

Wolf nickte ernst und gefasst, auch wenn Magnus sehen konnte, dass er sich etwas zu schnell wegdrehte und dabei heimlich eine Träne aus den Augenwinkeln wischte. Er wusste, dass dies die letzte Begegnung mit seinem selbstlosen Freund gewesen sein würde.

Als Magnus an der Reihe war, blickte Torben ihm direkt in die Augen. Er war sicher, dass der alte Mann seine unübersichtliche Gefühlsmischung aus Schuld, Dankbarkeit und Ratlosigkeit lesen konnte.

»Ich weiß, Junge«, sagte Torben und legte ihm gutmütig eine Hand auf die Schulter. »Ich habe in den letzten zwei Wochen verstanden was dein Problem ist. Du kennst deinen Platz in dieser für dich neuen Welt nicht und suchst eine Richtung, eine Bedeutung. Deine Bestimmung kennst du erst, wenn du sie dir zu Eigen gemacht hast. Viele Menschen glauben, dass das Schicksal, die Götter, die Prinzipien oder andere Umstände außerhalb ihrer Reichweite ihnen schon zeigen werden, was es denn nun sei, für das sie gemacht wurden. Ich bin alt Magnus, deshalb weiß ich, dass die meisten Menschen ewig auf Antworten warten, außer sie antworten sich selbst. Deine Bestimmung ist immer das, was du mit deinem Herzen entscheidest und als deine Bestimmung *annimmst.* Entscheide dich für einen Weg und gehe ihn bis zum Ende, damit erschaffst du dir dein eigenes Schicksal. Das ist das Einzige, was dich auf der Welt glücklich machen wird, Junge. Außerdem hat es Kraft, weil es aus dir kommt und nicht von anderen. Sei kein Schaf gegenüber deinem Schicksal. Sei der Hirte. Ich habe mich früh dafür entschieden, das Geschenk der Hilfsbereitschaft, das ich als Kind erlebt habe, weiterzugeben und ich habe dadurch viel Glück erfahren und gesehen. Niemand hätte sich je mehr wünschen können und deshalb möchte ich nicht, dass du mir gegenüber Schuldgefühle hegst. Ganz im Gegenteil: Du hast es mir ermöglicht, meiner selbstgewählten Bestimmung zu folgen und Verantwortung zu übernehmen. Etwas von der Selbstlosigkeit, die mir wiederfahren ist, zurück zu geben. Wenn das Schlimmste passiert sein sollte, werde ich Trauern und die Mutter verfluchen, aber es ändert nichts an meinen Entscheidungen. Nimm einem alten Mann nicht seine Selbstbestimmung - es ist das einzige, was wir Menschen haben. Vielleicht ist für dich auch *Tzunai* die Antwort, so oft wie du diesen Namen im Schlaf wiederholst, he?« Damit wandte sich der grauhaarige Dorfvorsteher augenzwinkernd ab und ging vorsichtig balancierend zurück zu seinem Unterstand am Heck, wo er das Ruder verkeilt hatte.

»Eines noch«, rief er gedämpft, als Magnus sich gerade mit nachdenklicher Miene abwenden wollte, um die Böschung hinaufzuklettern. »Höre auf Raynors Rat. Es gibt nur wenige Männer von seiner Sorte. Menschen wie er können der rettende Anker eines Seemannes sein, der sich im Tosen des

Sturms zu verlieren droht.« Ein letzter aufmunternder Blick und dann waren auch schon Ugwart und Ruben dabei, sich gegen den Bug zu stemmen und eilig in das Boot zu springen, als es rückwärts in den schlanken Fluss glitt.

»Lebt wohl, Torben«, flüsterte Magnus. »Ich werde Euch nicht vergessen. Lauft nicht den Vindicanern in die Arme, bitte.«

„Werde ich nicht, keine Sorge. Ich kenne diese Gewässer besser als sie."

Dann scheuchte Wolf ihn auch schon die niedrige Uferböschung hinauf und in den Wald hinein.

»Auf, auf, junger Freund. Wir sollten so viele Bäume zwischen uns und die Kaiserlichen bringen, wie nur irgendwie möglich, auch wenn ich nicht glaube, dass sie uns hier finden werden. Immerhin haben sie sicherlich noch nie einen Fuß auf kalladanischen Boden gesetzt und ich bin ein guter Jägersmann, der hier in seinem Element angekommen ist.«

Also glitten sie in leichtem Laufschritt in den Wald hinein, der hier deutlich lichter und zugänglicher war, als es vom Fluss aus den Anschein gehabt hatte.

Wolf führte sie bald in einem langgezogenen Bogen in Richtung Norden und hielt regelmäßig an, um die Spuren der beiden Pilgrim, besonders die von Magnus, zu beseitigen. Er selbst bewegte sich zwischen den stacheligen Büschen, morschen Ästen und riesigen Bäumen hin und her wie ein Schatten, der weder einen Laut erzeugte, noch Zeichen seiner Durchreise hinterließ.

Die Aussage, er sei hier in seinem Element, hielt Magnus ermittlerweile für reichlich untertrieben, denn sein Begleiter hatte nun deutlich mehr Ähnlichkeit mit seinem Hund, als mit seinen beiden Mitmenschen. Magnus kam sich dagegen wie ein ungeschickter Stein vor, der krachend und ungestüm durch das Unterholz rollte.

Wolf dagegen lief geschickt umher, zählte unendlich viele Namen von den vielfältigen Pflanzen auf, an denen sie vorbeikamen und überschüttete sie mit Details, die Magnus sich nicht merken konnte, so sehr er sich auch anstrengte. Zu fremdartig waren die Wörter und ihre Bedeutungen.

Gehörte Wolfs Laune generell schon eher zu der besseren Sorte, befand sie sich jetzt auf dem Siedepunkt der Euphorie, die ihn wie ein Kind im Spielrausch wirken ließ. Scheinbar konnte er sich leicht von der Gewissheit ablenken, dass ihnen womöglich schon Verfolger im Nacken saßen. Magnus konnte es nicht und drehte sich nur allzu oft nach seltsamen Geräuschen oder verschwommenen Bewegungen im Unterholz um, von denen es eine unglaubliche Menge gab.

Als es schließlich nach einigen Stunden dämmerte, führte Wolf sie auf eine kleine Lichtung, die sich in einer sanften Mulde befand.

Nachdem sie ihre Decken ausgebreitet hatten und Raynor Steine und Feuerholz zusammensuchte, ging Magnus mit Wolf auf die Jagd, um ihre langweiligen Zwiebackvorräte etwas aufzubessern. Eine warme Mahlzeit würde ihnen nach zwei Wochen auf See, in denen sie von getrocknetem Fisch und jenem Zwieback gelebt hatten, äußerst gut tun.

Also schlichen sie gebückt durch das Unterholz und folgten einigen zweigeteilten Hufspuren, die sich nach einem kurzen Hinweis von Wolf tatsächlich deutlich vom Waldboden abhoben.

Pampalantanta schien genau zu wissen, um was es bei diesem kleinen Ausflug ging und lief geschickt und erstaunlich leise hinter ihnen her, ohne dabei auch nur so viel wie ein Rascheln zu erzeugen.

Nach nicht allzu langer Zeit bedeutete der Jäger ihm anzuhalten und sich zu ducken, als sie gerade um einen kleinen Hügel herumgeschlichen waren, der auf einer Seite durch einen Erdrutsch durchgebrochen war und nun eine schroffe Felswand offenlegte.

Dahinter befand sich eine langgezogene Wiese, auf der eine Gruppe graziler Tiere mit kleinen Hörnern und vier zierlichen Beinen beisammen stand und friedlich graste.

»Das sind Rehe«, flüsterte Wolf und nahm einen gefiederten Pfeil aus seinem Köcher. »Sie sind etwa zwanzig Schritte entfernt bei leichtem Wind.

Kein einfaches Ziel für einen Anfänger, aber gut zu schaffen.«

Er hielt beim Auflegen des Pfeils inne und wandte sich dann mit aufmunterndem Lächeln Magnus zu. »Ich denke, *du* solltest es versuchen, Junge. Du könntest ein recht talentierter Schütze sein, so wie ich dich einschätze. Ich habe dich auf dem Boot bei einigen dieser Hatnamübungen gesehen und denke, diese Art von Körperbeherrschung könnte dir beim Bogenschießen sehr nützlich sein.«

Er hielt ihm den langen Eichenbogen mitsamt Pfeil hin und half ihm beim korrekten Griff um die lederumwickelte Stelle in der Mitte.

»Du hältst ihn wie ein Schwert fest in der Hand«, erklärte Wolf so leise, dass Magnus ihn kaum verstehen konnte. »Jetzt legst du den Pfeil in das verstärkte Stück der Sehne und vorne auf das Stück Holz über deinem Zeigefinger. Ich möchte, dass du eine dieser Meditationsübungen machst, von denen du mir erzählt hast, denn Konzentration ist beim Schießen alles.«

Der Pilgrim nickte leicht und versuchte dann in die einfache Konzentrationsübung zu gleiten, die er beinahe immer anwendete. Die Blume, die ihre Blüten fallen lässt. Jede Blüte ein Gedanke. Es war wie eine Fingerübung. Nach wenigen Augenblicken war sein Geist ruhig und er konnte das gleichmäßige, beruhigende Auf und Ab seiner Brust spüren.

Er nickte kurz, um Wolf zu signalisieren, dass er so weit war.

»Gut«, kommentierte der Jäger und blickte unter seinem Schlapphut hinweg auf die Lichtung, wo noch immer die Handvoll Rehe stand und sie noch nicht bemerkt zu haben schien.

»Ich möchte, dass du mit drei Fingern an der Sehne ziehst, den Pfeil zwischen Zeige- und Mittelfinger. Der Daumen bleibt ausgestreckt. Wenn du die Sehne gleich zurückziehst, dann tust du das mit einem langgezogenen Ausatmen, bis dein Daumen die Wangenknochen berührt. Während du ziehst, legst du bereits an und zielst auf den Hals des ganz links stehenden Rehs. Wenn du deine Wange berührt hast, hast du deinen Ankerpunkt erreicht und lässt die Sehne am Ende des Atemzugs los.«

Magnus nickte erneut und tat wie ihm geheißen. Mit drei Fingern zog er an der Sehne und streckte den linken Arm mit dem Bogengriff nach vorne. Ein unwirkliches, aber auch kraftvolles Gefühl. Dann brachte er Pfeil und Auge auf eine Höhe, um das Reh anzuvisieren.

»Ziele etwa drei Finger über den Hals, weil der Pfeil sich im Flug etwas senken wird und zwei Finger nach rechts, wegen des Windes«, empfahl Wolf ihm flüsternd.

Magnus tat auch das und war beinahe am Ende seines Atemzugs angekommen, als das Reh ruckartig seinen Kopf in die Höhe reckte, die Ohren spitzte und in ihre Richtung starrte.

Endlich erreichte sein Daumen seine Wange und nach einer letzten Korrektur ließ er die Sehne los.

Der Pfeil sauste mit einem kaum hörbaren Zischen zwischen den Bäumen hindurch und auf die Lichtung, wo er mit einem unangenehmen Geräusch in die Flanke des Rehs einschlug und dem verletzten Tier ein gellendes Blöken entfuhr. Es schrie und schnaufte qualvoll, während seine Artgenossen auseinanderstoben und zwischen den Bäumen verschwanden. Magnus fühlte sich, als habe ihm jemand in den Magen geschlagen.

»Oh, nein, nein, nein!« Wolf riss ihm den Bogen aus der Hand und verschoss blitzschnell zwei weitere Pfeile, die innerhalb eines kaum merklichen Abstands im Hals der verletzten Kreatur landeten und sie zuckend zu Boden schickten. Das Wehklagen erstarb.

Entsetzt blickte Magnus zu dem kleinen Mann mit dem Rauschebart und den ungepflegten Haaren, der schneller geschossen hatte als er hatte zusehen können.

»Ein *sehr* guter Schuss, Junge, *sehr* gut! Es wäre schon nicht weit gekommen, wollte es nur nicht unnötig leiden lassen«, erklärte er und klopfte Magnus tröstend auf die Schulter. »Das war glaube ich der beste Schuss eines

Anfängers, den ich je gesehen habe. Außerdem hattest du überhaupt noch nie einen Bogen in der Hand. Aus dir mache ich noch einen waschechten Jägersmann!«

»Nein, mein Schuss war schlecht und dieses arme Tier hat so furchtbar geschrien. Ich dachte sie fühlen nichts?«

»Wer hat dir denn so etwas erzählt?«, fragte Wolf kopfschüttelnd.

»Die Piraten.«

»Pah! Wenn du willst, dass Piraten dir etwas über die Tierwelt erzählen, kannst du auch einen Eunuchen fragen, wie man eine Frau beglückt!« Wolf machte eine wegwerfende Geste. »Natürlich fühlen Tiere. Sie haben Angst, fühlen Schmerz, können sich freuen und sind erstaunlich intelligent. Denk nur an die gute Pampa!« Er deutete auf Pampa, die bereits bei dem erlegten Reh angekommen war und heftig daran schnüffelte.

»Beim Ausatmen habe ich diese Schnur leicht verzogen, weil mein Atem unruhig war. So etwas ist mir noch nie passiert«, sagte Magnus entschuldigend und warf einen weiteren verschämten Blick auf das tote Reh. »Ich scheine ein schlechter Schütze zu sein.«

*Ich bin ein schlechter Schütze*, wiederholte Magnus im Geist und ein tosender Gefühlssturm aus Selbstzweifeln, Verwirrung und Wut stieg in ihm auf, drohte alle anderen Regungen fortzureißen. Bilder schossen durch seinen Kopf, vom Hatnam Unterricht und den neidvollen Blicken seiner Mitschüler, weil er der beste gewesen war. Bilder von Meister Windings Hatori Stunden, in denen er Magnus als den besten Wirker seit Goyn dem Sehenden lobte. Die Blicke seiner Nachbarinnen, die ihn keck anlächelten und dann mit geröteten Wangen davonliefen. Alles was Magnus je angefangen und gelernt hatte, war ihm leicht gefallen, hatte er in weitaus kürzerer Zeit gemeistert, als irgendjemand sonst. Der Beste zu sein, war das, was er war, was ihn ausmachte, wofür er bekannt war.

*Der Beste*, dachte er seltsam träge und fühlte sich mit einem Mal noch verlorener als nach der Nacht in Waderstade. *Ein schlechter Schütze. Ein schlechter Magnus. Tzunai hätte besser geschossen. Ach, Tzunai. Wo bist du?*

Wolf bemerkte seinen traurigen Blick, verstand ihn jedoch falsch und klopfte ihm gutgelaunt auf die Schulter, bevor er auf die Lichtung zumarschierte und ununterbrochen die Schießkünste seines neuen Schülers lobte, als hätte es seine eigenen zwei Pfeile gar nicht gegeben.

Würde er sich jetzt ans Versagen gewöhnen müssen? An ein Mittelmaß? An alles, was er bisher immer verachtet hatte? Er wünschte, er könnte sich so abgeklärt und scharfsinnig verhalten wie Tzunai es stets tat.

Als sie später zurück zu der kleinen Lichtung kamen, die er ohne Hund und Jäger niemals wiedergefunden hätte, stand der Mond bereits seit einiger Zeit am Himmel und hatte die warme Abendsonne verdrängt.

Raynor hatte in der Zwischenzeit mit Feuerstein und Zunder aus Wolfs Gepäck ein stattliches Feuer entzündet, das warm und heimelig unter den unzähligen Sternen prasselte und ihren Lagerplatz reichlich einladend wirken ließ.

Der Hatnamlehrer war wie so oft in letzter Zeit in eine Meditation versunken, signalisierte ihnen mit einer angehobenen Braue jedoch, dass er sie bereits bemerkt hatte, als sie leise zwischen den Bäumen hervor auf die kleine Lichtung traten.

Es überraschte Magnus, dass er nicht einmal die Augen öffnete, um sicherzustellen, dass sie wirklich sie waren und nicht etwa kaiserliche Soldaten. Woher hätte er es wissen können?

»Hey, nicht einschlafen«, unterbrach Wolf seine Gedanken. Nach einem kurzen »drei, zwei, eins« wuchteten sie den dicken Ast von den Schultern, von dem das gehäutete Reh an den Füßen herabhing.

Das Tier hatte auf ihn zuerst sehr zierlich gewirkt, erwies sich jedoch als erstaunlich schwer, selbst ohne die vielen stinkenden Innereien, deren Anblick und Geruch ihn beinahe zum Erbrechen gebracht hätten.

Als der kopflose Leib des Vierbeiners auf dem Gras landete, machte Wolf sich sofort daran, mit seinem Gürtelmesser große Scheiben aus dem linken Hinterlauf zu schneiden. Die erste warf er Pampa zu, die ihn während der ganzen Arbeit bereits mit schiefgelegtem Kopf und bettelndem Blick angestarrt hatte und sich nun eifrig über das rohe Fleisch hermachte.

»Nur das beste für die feine Dame von Rosendorf«, sagte er und tätschelte der schmatzenden Hündin den Kopf.

Dann sammelte er einige dicke Zweige von dem Stapel neben dem Feuer, den Raynor zum Nachwerfen angehäuft hatte und befestigte daran die restlichen Scheiben, bevor er die Stöcker um das Feuer herum in die Erde zu rammte.

Als das Fleisch zu brutzeln begann, bat er Magnus, der ihm die ganze Zeit neugierig über die Schulter geschaut hatte, ihm dabei zu helfen ein großes Loch zu graben.

Also lockerten sie mit Messer und Dolch etwa zwei Schritte vom Feuer entfernt das Erdreich auf und buddelten dann mit den Händen weiter. Nach einiger Zeit bedeutete Wolf ihm schweigend, eine Hand in die ausgehobene Grube zu halten.

Es war dort noch deutlich kühler als ohnehin schon.

»Wir braten über Nacht den anderen Schenkel und den Rest des Fleisches wickeln wir in eine kleine Ledertasche aus meinem Gepäck. Dann legen wir das da rein, verschließen es gut und decken es ab, dann wird es schön kühl bleiben und morgen Abend können wir es dann immer noch ins Feuer halten, ohne dass es schlecht wird«, erklärte ihm der Jäger zufrieden und forderte ihn auf, beim Filetieren des restlichen Fleisches zu helfen.

Es war eine blutige und vor allem übelriechende Angelegenheit. Trotzdem erfüllte es Magnus mit einer simplen aber überaus tiefgehenden Zufriedenheit, dass er etwas mit den Händen erarbeiten konnte, das ihnen in diesem Moment beim Überleben half. Außerdem war er mit dem Messer scheinbar deutlich geschickter, als mit dem Bogen und stellte sich ganz passabel an.

Zum ersten Mal seit langem fühlte er sich nicht mehr nur als Klotz am Bein, oder wie ein unwissendes Kind, dem man alles erklären musste.

Zuerst hatte er bei den Piraten gelernt, was diese bereits als Kleinstkinder gelernt hatten, sofern sie denn jemals so etwas wie eine Bildung erfahren haben sollten. Er bezweifelte es. Dann war er in Waderstade auf Sneepers und Roderiks Unterstützung beim einfachen Einkauf neuer Kleidung angewiesen gewesen, weil er keinerlei Erfahrung mit dem Konzept von Zahlungsmitteln hatte. Auf Pilgrim war jeder seinen natürlichen, dem Alter entsprechenden Tätigkeiten nachgegangen, die der Gemeinschaft gedient hatten. Niemand wäre auf die Idee gekommen, Metall anzuhäufen und sich damit reicher als andere zu fühlen. Allein die Idee, dass ein ganzes Volk davon überzeugt war, mit einer Menge kleiner Metallstücke etwas in Besitz nehmen zu können, hatte er zuerst zum Lachen gefunden. Später, als er verstanden hatte, dass die Piraten andere Seeleute auf brutalste Weise abschlachteten, nur um mehr von diesen Münzen anzuhäufen, war er fassungslos gewesen.

Nach seinem Aufenthalt in Waderstade hatte er fliehen und auf die Hilfe des armen Torben hoffen müssen, um lebend zu entkommen. Jetzt befand er sich auf dem *Festland* und wäre ohne die Unterstützung von Wolf erneut ebenso hilflos wie ein Säugling. Er hätte nicht einmal gewusst, in welcher Richtung das Meer lag.

Also freute er sich über jede Kleinigkeit, die er beisteuern konnte, auch wenn sein Geruchssinn damit ganz und gar nicht einverstanden zu sein schien.

Als sie fertig waren, trugen sie das blutige Skelett des Tieres, das wegen seinem Versagen hatte Leiden müssen, einige hundert Schritte in den Wald hinein und gingen zurück zum Feuer, dessen Schein durch seine Lage in der kleinen Mulde der Lichtung kaum auszumachen war.

»Wir lassen die Überreste für die Wölfe liegen«, kommentierte Wolf ihren kleinen Ausflug. »Die werden sich über den Happen freuen. Es ist aber gut, ihnen ihr Festmahl weit genug entfernt vom eigenen Lager zu bereiten, da sie nicht gerne in der Gemeinschaft von Menschen fressen.«

Auf einen verständnislosen Blick von Magnus hin fügte er lächelnd hinzu: »Wölfe sind Raubtiere. Man könnte sie mit Hunden wie Pampa vergleichen, allerdings weitaus wilder und aggressiver. Sie fressen in der Regel alles was kleiner ist als sie und laufen kann und jagen in Rudeln.«

»Ich dachte Wolf ist ein Name? Der klingt jetzt irgendwie gefährlich.«

»Nee«, machte Wolf und winkte ab. »Die meisten Menschen haben in ihrem ganzen Leben noch keinen Wolf gesehen, selbst wenn sie in kleinen Siedlungen auf dem Land leben. Es sind sehr scheue Tiere, die gerne unter sich bleiben und mit uns nicht viel zu schaffen haben.«

Als sie wieder im Lager ankamen, hatte Raynor die Augen geöffnet und nickte ihnen mit einem Blick auf die herrlich duftenden Fleischstücke am Feuer dankbar zu.

»Ich hätte nicht gedacht, dass mich der Anblick eines toten Tieres jemals erfreuen würde«, kommentierte er zufrieden, auch wenn er gleichzeitig ein wenig argwöhnisch aussah.

»Gewöhnt euch besser nicht zu sehr daran«, warnte der Jäger und ließ sich im Schneidersitz vor dem Feuer nieder. »Auf Rehe trifft man nicht allzu oft und generell erjagt man nicht jeden Tag ein gutes Tier, zumindest nicht, wenn man keine Fallen aufstellt und sich dafür viel Zeit nimmt. Der beste Freund des Wanderers sind noch immer Wurzeln, Kräuter und Beeren.«

Er griff tief in seinen Rucksack, den er von der Seite zu sich gezogen hatte und hielt schließlich einen kleinen Beutel in der Hand, aus dem er mit zwei Fingern einige getrocknete und kleingehackte Gewürzpflanzen herausnahm und über drei der aufgespießten Fleischstücke streute.

»Sieht gut aus. Gutes Wild darf noch rosa sein«, sagte er und reichte den beiden Pilgrim jeweils ein Stück mitsamt des angekokelten Stocks.

Daraufhin machten sie sich schweigend über ihre Beute her, die zusammen mit den Gewürzen einen rauchig-saftigen Geschmack entfaltete, der sich angenehm in Magnus' Mund ausbreitete. Als er fertig war brummte er zufrieden und wischte sich mit einer Handvoll ausgerissenem Gras das glänzende Fett vom Kinn. Die sich ständig wiederholenden Bilder von seinem Fehlschuss mit dem Bogen und dem herzzerreißend wehklagenden Rehs wurden nach und nach von einer wohligen Müdigkeit verdrängt, wofür er nur allzu dankbar war.

Als auch Raynor fertig und Wolf noch mit seinem eigenen Stück beschäftigt war, von dem er immer wieder kleinere Brocken Pampa zuwarf, fixierte er seinen Schüler.

»Was Torben heute zu dir gesagt hat, war sehr wichtig, Magnus. Er ist ein guter Mann und du solltest auf das hören, was er zu sagen hatte. Damit meine ich nicht nur den Teil, dass du auf mich hören sollst.«

Magnus machte ein überraschtes Gesicht und rutschte dann unschlüssig auf seiner Decke hin und her. *Diesen verdammten Ohren entgeht auch gar nichts.*

»Es klang alles richtig was er gesagt hat«, antwortete er etwas unbeholfen und seufzte tief. »Allerdings weiß ich nicht was meine Bestimmung sein könnte. Ich weiß nicht einmal, warum ich noch lebe.«

»Es geht auch darum, was du zu deiner Bestimmung *machst*«, korrigierte Raynor ihn streng.

»Aber wie soll ich etwas zu meiner Bestimmung machen? Nach welchen Kriterien soll ich etwas auswählen, das zum Inhalt meines Lebens wird? Ich halte das für eine reichlich große Frage, schließlich bin ich noch ziemlich jung und mein gesamtes bisheriges Leben war eine einzige Lüge. Wo sollte ich da nach Anhaltspunkten suchen können? Außerdem bin ich absolut nutzlos, diesseits der nimbusverfluchten Barriere. Ein Stein erfüllt hier mehr Zwecke als ich!«, entgegnete er trotzig und wurde immer wütender, obwohl er merkte, dass diese Wut eher sich selbst als seinem Mentor galt. Dieses Gefühl der Nutzlosigkeit war neu für ihn und er konnte es nicht ausstehen. Was seine verdammte Bestimmung war? Auf Pilgrim war diese Frage stets leicht zu beantworten gewesen: viele Frauen verführen, der Beste im Hatnam und Hatori werden und wenn die ersten beiden Dinge einmal nicht mehr so zentral sein sollten, mit etwas Anstrengung die Verschmelzung erlangen. Diese Ausgangslage hatte sich jedoch radikal geändert, als seine Heimat in Flammen aufgegangen war und er sich in einer Welt aus brutalen Invasoren, brennenden Städten und schwimmenden Häusern wiederfand, in der nichts so war, wie er es kannte. Nicht einmal das Hatori, eine Art Schlagader seines bisherigen Lebensentwurfs, war ohne die Berührung der Weltenblume noch vorhanden.

»Ich wüsste nicht, dass ich dich in meinen Unterrichtsstunden Pessimismus gelehrt hätte«, riss Raynor ihn aus seinen düsteren Grübeleien und beugte sich ein wenig vor, bis seine Ellenbogen auf den aufgerichteten Knien ruhten.

»Frage dich: was kannst du der Welt geben, dass sie sich nicht selbst geben kann, das sie bereichern würde?«

Magnus wollte schon etwas Ungestümes erwidern, überlegte es sich im letzten Moment aber noch einmal, als sein Hatnamlehrer ihm mit stechendem Blick daran gemahnte, seine Worte weise zu wählen.

»Hm«, machte er nachdenklich, starrte eine Weile in das hypnotisch lodernde Feuer und lauschte dem stetigen Knistern und Knacken des brennenden Holzes. »Ich habe eine Aufgabe von der Weltenblume erhalten, die sie nur uns Fünf anvertraut hat und deren Erfüllung diese Welt möglicherweise vor einer Bedrohung aus dem Himmel beschützen könnte. Klingt das nicht reichlich bescheuert? Es könnte natürlich sein, dass sie Recht hat und wir dem Untergang geweiht sind, wenn wir es nicht tun. Dass tatsächlich etwas Böses aus dem Himmel fällt, immerhin haben wir schon schwimmende Häuser gesehen und Tiere gegessen. *Tiere!* Wie in der Vorwelt!

Es könnte aber auch sein, dass sie uns belügt und lediglich all ihre Splitter wiederhaben will, um ihre gesamte Macht zurückzuerlangen und dann auch uns letzte Pilgrim zu töten. Schließlich scheint das etwas zu sein, was ihr wirklich am Herzen liegt. Ich habe keine Lust ihr wie ein hirnloser Wächter in die Arme zu spielen. Und sowieso: Welchen Sinn macht es, fünf Pilgrim in eine fremde Welt zu schicken, um sich und unser aller Zukunft zu retten? Sie gibt uns die wichtigste Aufgabe überhaupt, ohne irgendeine Möglichkeit zu kontrollieren, ob wir auch das tun, was sie will? Ein Wesen von ihrer Macht wird doch wohl einen besseren Plan hervorbringen können. Das macht überhaupt keinen Sinn. Ich habe keine Lust ein verdammtes *Schaf* zu sein!«

Die letzten Worte hatte er beinahe geschrien, ohne es zu merken.

»Und woher weißt du, wie du dich entscheiden sollst?«, fragte Raynor unnötigerweise und erntete einen funkelnden Blick von seinem Schüler. Machte Raynor sich etwa über ihn lustg?

»Ich weiß es eben *nicht*, weil ich es nicht wissen *kann*.«, fauchte er erbost. Er war es leid, die in ihm schlummernde Wut und Verzweiflung zurück zu halten und ließ sie nun einfach aus sich heraus wie leckende Flammenzungen.

»So ist es.« Der ältere Pilgrim zwirbelte ungerührt seinen eindrucksvollen Schnurrbart und zuckte mit den breiten Schultern. »Du weißt nicht wie du dich entscheiden sollst. Dabei gibt es nur eine Entscheidung und das ist die Entscheidung selbst, das habe ich dir und deinen Freunden auch schon in der *Gekaperten Nymphe* gesagt. Dass du einen Splitter suchst, habe ich schon aus deinen Gesprächen mit Wolf herausgehört, also müsstest du doch schon eine Idee haben, wohin es dich treibt.«

»Wohin es mich treibt? Ich sage dir wohin es mich treibt: Ich will einen verdammten Splitter suchen, um damit Tzunai zu finden. Sie wird wissen, wie wir die anderen finden können. Das ist es, was zählt«, knurrte Magnus. Das Feuer in ihm war noch lange nicht erloschen.

»Versteh endlich: Es ist egal wofür du dich entscheidest, wichtig ist die

Entscheidung selbst. Wenn du Tzunai finden willst: so sei es! Morgen früh wirst du eine Entscheidung jedenfalls getroffen haben und ich will keine Ausflüchte oder Weinerlichkeiten mehr hören. Ich habe meine Entscheidung bereits nach dem Untergang Pilgrims getroffen und die lautet, dich und die anderen zu beschützen und zu unterstützen. Mir ist es egal wie deine Entscheidung aussieht, da es ganz allein die deine ist und mit meiner nichts zu tun hat. Aber du *wirst* dich gefälligst entscheiden, denn ich habe keine Lust den Leibwächter eines weinerlichen und vor allem unentschlossenen Jungen zu spielen. Nur weil du die Grenzen deiner eigenen Arroganz gezeigt bekommst, heißt das noch lange nicht, dass ich Lust habe, mich im Kreis zu drehen.«

Damit war das Gespräch für Raynor scheinbar beendet und er drehte sich wortlos mit dem Rücken zum Feuer, um sich ausgestreckt hinzulegen und zu schlafen.

Wolf hatte ihrem kurzen Gespräch schweigend gelauscht und hielt den Blick geradeaus in die Flammen gerichtet, während er gedankenverloren an einem letzten Stück Fleisch kaute und mit einer Hand Pampa kraulte, die neben ihm auf allen Vieren lag und ebenfalls zu schlafen schien.

An seiner Stelle hätte Magnus auch keine Lust, sich in ein derartiges Gespräch einzumischen und so verlor sich seine Wut nach und nach in der Endlosigkeit der funkelnden Sterne.

Magnus hatte nun die ganze Nacht über Zeit um seine Gedanken zu ordnen und ein Ziel zu finden, das er bedingungslos verfolgen würde. Wenn er es nicht tat, würde Raynor ihm das Leben zur Hölle machen, oder eine Entscheidung aus ihm herausprügeln, das traute er ihm allemal zu. Beides keine Schicksale, auf die er besonders erpicht war, je länger er darüber nachdachte.

Schließlich tat er es seinem Meister gleich und legte sich zum Schlafen auf die Seite, von der angenehmen Wärme des Feuers umspielt und dem nächtlichen Zirpen der Grillen besungen.

Als er über seine Möglichkeiten und ihr Für und Wider grübelte, wurde ihm bewusst, dass er sich schon längst entschieden hatte.

## 5. Zorn

Aus vier Tagen wurden sieben, was Felix sehr erzürnte, da er mit jeder verstrichenen Sekunde mehr in Sorge um Tasha geriet, die sich jetzt bereits seit fast zwei Wochen in den Händen der Vindicaner befand.

*Sie ist eine von sechs Überlebenden des größten Mysteriums, das unsere Welt kennt. Der Kaiser wird sie lebend haben wollen, um sie persönlich zu befragen und eure Geheimnisse zu enthüllen. Bis dahin wird man ihr kein Haar krümmen und das ist unsere Chance, sie zurück zu holen,* wiederholte er in Gedanken die Versicherungen Graubarts, an die er sich seit einer Woche klammerte wie ein Ertrinkender an ein Stück Treibholz.

Auch wenn die Angst um die einzige Liebe seines Lebens ihm jede Nacht den Schlaf raubte, konnte er die Logik in den Worten des Kapitäns durchaus erkennen. Trotzdem befürchtete er, sie könnte schlecht behandelt werden.

*Oh, Tasha…*

Diese Vorstellung machte ihn rasend und ließ ihm seither keine ruhige Minute. Wenn er es denn einmal schaffte einzuschlafen, wurde er von solchen Albträumen geplagt, dass die Angst um Tasha im Anschluss nur noch größer wurde und er sich bald nicht mehr traute, überhaupt die Augen zu schließen.

Stattdessen blieb er wach und handelte mit Graubart aus, dass er jeden Tag einige Stunden den Kristall untersuchen durfte, um seine besondere Beschaffenheit zu ergründen.

Er musste dem Einäugigen versichern, dass er dabei keine *Magie* einsetzte und sich von Branja und Gudrun bewachen ließ, die ihn von jedem *Hokuspokus* abhalten sollten, wie er sagte. Er wusste zwar nicht, was die beiden wuchtigen Frauen machen wollten, sollte er sie mit Hilfe des Hatori töten wollen, doch wenn der Pirat sich dadurch besser fühlte, war es ihm einerlei. Felix war natürlich bewusst, dass auch Graubart wusste, dass er und seine Piraten im Endeffekt machtlos sein würden, sollte Felix sich entscheiden den Kristall zu behalten. Er brauchte nicht viel über diese Welt zu wissen um zu verstehen, dass der Kapitän und seine Männer nur mit ihm nach Tasha suchen würden, um seinem Zorn zu entgehen. Ihm war es einerlei.

Er hatte jedoch vorerst nicht das Verlangen, den Seelensplitter wieder einzusetzen, da er beim ersten Mal knapper dem Tod entgangen war, als er seinen Kameraden an Bord der *Mähre* eingestanden hatte.

Fragment der Seelenblume oder nicht, was immer in dem Kristall lebte, erinnerte ihn an den wild gewordenen Hai, den Roderik einmal aufs Achterdeck gezogen hatte und der wie rasend nach allen Seiten geschnappt hatte.

Es gab keine schlummernde Größe und Weite, wie er sie bei der Weltenblume stets gespürt hatte. Kein Chor aus widerstreitenden Stimmen. Lediglich ein unsortierter Haufen niederster Emotionen, ein Wirbelsturm aus Wut, Trauer, Hass, Aggressivität und Rastlosigkeit.

Natürlich war Felix in seiner momentanen Verfassung empfänglicher als jemals zuvor für diese Art von Gefühlsregungen und nahm sie vielleicht deutlich stärker wahr als üblich.

Er brach seine Versuche des vorsichtigen Hatori-Kontakts stets nach wenigen Stunden ab, da er früh bemerkte, dass der Splitter versuchte, ihn mit seinem emotionalen Dauerfeuer zu vergiften und zu einer impulsiven Tat hinzureißen, die ihn das Leben kosten konnte.

Auch wenn dieser kleine Kristall in der Brigg im Vergleich zur Weltenblume geradezu mickrig erschien und seine geistigen Kapazitäten ihr gegenüber einem kosmischen Witz gleichkamen, war sein Widerstand doch deutlich stärker und entschlossener, als jener der Weltenblume gewesen war.

Der Unterschied war so groß, dass er ernsthaft daran zweifelte, dass die Weltenblume wirklich jemals versucht hatte, sich vor den geistigen Angriffen der Pilgrim zu schützen. Womöglich hatte sie es viel eher gebilligt. Wenn die Kraft und Qualität des Widerstands mit der Größe der Seele zusammenhing, hätte es der Weltenblume, gemessen an diesem kleinen Fragment, einem unbewussten Zwinkern gleichkommen müssen, alle zehntausend Pilgrim aus ihrem Geist auszusperren. Stellte sich bloß die Frage, weshalb sie es nicht getan hatte?

Nach einigen Tagen, in denen er seine geistige Abschirmung mehrfach überprüft und angepasst hatte, gelang es ihm endlich, sein Hatori gleichmäßig zu kontrollieren, auch wenn die ständigen Angriffe des Seelensplitters ihn zusehends wütender machten, da sie ihm keine Möglichkeit ließen, länger als wenige Minuten konzentriert zu bleiben.

Als er am Vortag bemerkt hatte, dass er im Kampf mit der Persönlichkeit des Fragments vor lauter Wut beinahe Branja und Gudrun gegen die Wand geschleudert hätte, um seiner angestauten Frustration Luft zu machen, entschied er sich, die einzelnen Einheiten deutlich zu verkürzen.

Jetzt, am siebten Tag nach seinem entscheidenden Gespräch mit Graubart, das durch den Nebel seines damaligen Fiebers seltsam unwirklich in seinen Erinnerungen waberte, musste endlich etwas geschehen. Wenn er noch länger untätig wartete, würde ihn die Sorge um Tasha wie ein unkontrollierter Flächenbrand verschlingen.

Also schwang er sich aus seiner Hängematte im Mitteldeck, wo mit ihm die etwa dreißig Matrosen der Nachtwache unter dem ständigen Rauschen der Gischt vor sich hin schnarchten. Am Anfang, nachdem Felix die Vindicaner vernichtet hatte, hatten viele von ihnen es vorgezogen auf Deck zu schlafen, statt in seiner Nähe. Doch die Macht der Gewohnheit und der Schutz vor Wind und Wetter hatten gegenüber ihrer Furcht scheinbar schnell die Oberhand gewonnen.

Mit steifen Gliedern, die ein täglicher Begleiter waren, seit er jede Nacht in einer Hängematte verbrachte, streckte er sich kurz und ächzte unter dem

Knacken seiner Gelenke.

Er zog sich die einfache Lederweste, die Roderik ihm geschenkt hatte, über den freien Oberkörper und stapfte durch das Mitteldeck den Treppenaufgang hinauf.

Die Reparaturen hatten sich aufgrund des hohen Krankenstands an Bord deutlich verzögert, doch beim Gang über die Holzbohlen unter Deck konnte er sehen, dass zumindest hier alle Lecks geflickt worden waren. In regelmäßigen Abständen verunstalteten krumm und schief genagelte Bretter und Platten die Bordwand, die zusätzlich mit klumpigem Teer überzogen war, der dem Ganzen einen geschwürartigen Anblick verlieh. Doch es hielt und das erste Mal seit einer gefühlten Ewigkeit konnten sie alle schlafen, ohne jede Nacht von Gischtspritzern oder fluchenden Seemännern geweckt zu werden, die eifrig versuchten, die undichten Stellen zu verschließen.

Doch war das eher ein Problem der anderen Piraten, da er ohnehin nicht mehr als ein oder zwei Stunden Schlaf finden konnte. Die gute Seite daran war, dass sie weniger Zeit hatten, ihm argwöhnische Blicke zuzuwerfen, die an Bord des Schiffes zu seinem ständigen Begleiter geworden waren.

Wenn er es genau nahm, konnte er es ihnen nicht verübeln, immerhin musste der Schock über eine solche Zurschaustellung von Macht und Fremdartigkeit für sie mindestens genauso schlimm ausgefallen sein, wie der seine über die Existenz dieser neuen, riesigen Welt, in der er sich die ganze Zeit befunden hatte, ohne es zu wissen. Es hatte ihn mit ein wenig Abstand selbst erschreckt, für welche Zerstörung das Hatori eingesetzt werden konnte. Trotzdem bereute er seine Tat zu keinem Zeitpunkt. Jeder dieser Verbrecher hatte den Tod in den Fluten mehr als verdient.

Als er barfuß die schlüpfrige, frisch geschrubbte Treppe zum Oberdeck hinaufging, hörte er lautes Gejohle von draußen und sobald er über den Absatz auf die Planken trat, wusste er auch weshalb: Der Mast war endlich zum letzten Mal geflickt worden. Das Ergebnis sah zwar nicht gerade schön, aber stabil aus und das würde für die Verfolgung einer Trireme hoffentlich ausreichen.

Etwa fünfzig Piraten standen um den mächtigen Mast herum und warfen fröhlich ihre Hüte und Kopftücher in die Luft, um ihr letztes Reparaturwerk nach so vielen Tagen harter Arbeit zu feiern.

Selbst Felix' Ankunft an Deck konnte ihre Stimmung nicht nachhaltig trüben. Zwar senkten sie auch jetzt unsicher die Augen, wann immer sich ihre Blicke mit den seinen kreuzten und grölten etwas verhaltener, doch sie murrten nicht oder gingen ihm aus dem Weg, wie es sonst der Fall war.

*Na immerhin*, dachte er ironisch und blinzelte gegen die Sonne zum Achterdeck hinauf, wo direkt über ihm Graubart an der Brüstung stand und seine feiernden Männer angrinste.

Als er den Pilgrim sah, bedeutete er ihm mit einem kurzen Wink zu ihm zu kommen.

Also ging er zum Backbordaufgang und erklomm im leichten Laufschritt die genau zwanzig Stufen zum Dach des turmartigen Aufbaus, den der Kapitän die ganze Woche über kaum einmal verlassen hatte.

Hinter dem Steuerrad stand wie immer Tandossa, der allerdings seit einigen Tagen ihren bisherigen Navigator Clavicus in den korrekten Umgang mit dem Ruder einwies, da er sich wieder seinen Aufgaben als Antreiber der Mannschaft widmen wollte.

Der Erste Maat machte die ganze Zeit über wilde Gesten in Richtung Bug und formte mit der linken Hand ein Ruder, das er hin und her kippte, um zu verdeutlichen, wann es sich wie zu drehen hatte. Clavicus lauschte den pantomimischen Darstellungen mit deutlicher Belustigung im Blick, aber auch einem wachen Ohr, für das der junge Vindicaner an Bord bekannt war.

»Gute Nachrichten, Felix«, rief Graubart, während er die letzte Stufe nahm und winkte ihn geradezu fröhlich zu sich heran. Als er näher trat, legte der Pirat ihm einen schweren Arm auf die Schulter, was den riesigen Raben auf dem kleinen Sitzpolster zu einem erbosten Flügelschlag verleitete. »Die *Mähre* ist wieder einsatzbereit. Ha! Ist nicht ganz die alte und ihre Knochen sind ein wenig lädiert, aber es wird reichen um jede Trireme zwei Mal einzuholen.«

»Gut«, sagte Felix einfach und schielte zu den ausgelassen jubelnden Seemännern unten auf dem Oberdeck.

»Gut? Das ist die beste Nachricht seit langem! Ich dachte schon, dass das alte Schätzchen es nicht mehr macht.« Graubart zischte in seinen Bart und schüttelte den Kopf. Er nahm den Arm wieder von Felix' Schulter und zog seine Augenklappe ein Stück weit ab, um sich an der knotigen Narbe darunter zu kratzen.

»Ich will nur nach Tasha suchen und sie befreien so schnell es geht. Ihr habt mir vier Tage versprochen, nun sind es sieben«, Felix verschränkte die Arme und stierte auf die Kanonen, die unter ihm fest vertäut über die Schanzen lugten.

»Ich weiß, Mann, ich weiß. Es ging nun mal nicht schneller. Glaub mir, die Männer haben so schnell gearbeitet wie sie konnten. Außerdem ist eine Woche Vorsprung für eine Trireme nicht viel. Sie brauchen bei normaler Fahrt etwa anderthalb Monate nach Portus Nauclericus. Ohne Flaute schaffen wir das in etwas über drei Wochen, also können wir sie schon bald einholen, wenn wir uns auf den Weg machen und ich kenne diese Route gut.«

Felix brummte nur und dachte an Tasha, die jetzt wahrscheinlich in Ketten im Bug eines dieser klobigen Schiffe lag und sich zu Tode fürchtete. Vielleicht wurde sie sogar misshandelt oder gefoltert, er traute den Menschen diesseits der Barriere mittlerweile alles zu.

Diese Gedanken quälten ihn und ließen jede Sekunde, die er nicht direkt an Tashas Befreiung arbeitete, wie eine Ewigkeit erscheinen, die schwer auf seinem Gewissen lastete.

»Dann können wir jetzt also endlich umdrehen und uns auf den Weg machen?«, fragte er drängend und an seinem Tonfall wurde deutlich, dass es sich mehr um eine Forderung als um eine Frage handelte.

»Wir brauchen von unserer Position aus etwa drei Tage zurück nach Malkining und bei Vollzeug einen Tag weniger um auf den direkten Seeweg nach Portus Nauclericus zu gelangen. Ich denke, dass sie direkt nach ihrer Gefangenschaft zum Kaiser gebracht wurde, oder wenige Tage danach, falls der dortige General sie persönlich... *befragt* haben sollte«, sagte Graubart und wirkte dabei fast verlegen, als würde er ihm etwas beichten, das allein seine Schuld war.

»Das macht Sinn, da sie nun bereits seit *zwei Wochen* in Gefangenschaft ist«, stimme Felix ihm mit unverhohlener Anklage in der Stimme zu.

Der Kapitän ignorierte seinen Tonfall mit scheinbarer Mühe, da sein Mund in kaum unterdrücktem Zorn zu zucken begann und wandte sich stattdessen an Tandossa, der immer noch eifrig auf Clavicus einredete.

»Tandossa, Kurs auf die Seeroute Waderstade – Portus Nauclericus«, befahl er, ohne den Blick seines grünen Auges von Felix zu nehmen, der zufrieden nickte und unwillkürlich mit der Hand über Entermesser und Parierdolch an seiner Hüfte strich. Eine unbewusste Geste, die Graubart nicht entging und ihn zu einem Kopfschütteln animierte.

»Ich weiß, dass du in Sorge bist und verdammt noch eins ich kann es auch verstehen, Junge«, sagte er beinahe verständnisvoll und sein Blick wurde ein wenig weicher. »Aber du darfst nicht zu blutgierig werden und einen zu heißen Kopf bekommen. Glaube mir, wenn sogar ein Pirat dir sagt, dass du einen kühlen Kopf bewahren sollst, tust du gut daran, auf ihn zu hören. Jeder der Matrosen dort wäre schon einhundert Mal ums Leben gekommen, wenn er nicht einen Kapitän gehabt hätte, der sein eigenes Feuer bei Bedarf löschen kann, um nicht die ganze Mannschaft ins offene Messer laufen zu lassen.« Der Pirat machte eine ausladende Geste über das belebte Oberdeck, auf dem sich die Seemänner langsam wieder verstreuten und eifrig den gebellten Befehlen Tandossas nachkamen. »Mach nicht den Fehler, deine Liebe für

Tasha gegen blinden Hass auf die Vindicaner einzutauschen. Wir werden tun was nötig ist und sie aus den Klauen des Kaisers befreien, aber wir werden es auf *meine* Weise tun. Ich bitte dich einfach, mir derweil zu vertrauen. Es ist nicht das erste Mal, dass ich ein Schiff mit wertvoller Fracht aufspüren und entern will.«

Felix ließ von seinen Waffen ab und strich stattdessen über seine linke Hosentasche, die sich an der Seite leicht ausbeulte.

»In Ordnung«, sagte er schließlich und nickte. »Ich will sie einfach finden, bevor sie ihr etwas antun und ich fürchte, je länger ihre Reise dauert, desto mehr wird sie unter ihrer Gefangenschaft leiden.«

»Vielleicht wissen wir schon bald mehr über ihr Schicksal«, schaltete sich Clavicus von weiter hinten in ihre Unterhaltung ein und sein übertrieben exakter Akzent, der für das Kaiserreich angeblich so typisch war, klang bemüht nüchtern, konnte aber eine Spur von Aufregung nicht verbergen.

Als Graubart und Felix sich fragend zu ihm drehten, hakte der blonde Offizier das Steuerrad ein, das er von dem fortgeeilten Tandossa übernommen hatte und deutete mit seinem Fernglas über die Heckreling.

Sie folgten seinem ausgestreckten Arm und erkannten am Horizont tatsächlich eine Handvoll weißer Segel. Ihre Verfolger, die erst vor zwei Tagen zurückgefallen waren, kamen zurück.

»So wie es aussieht, werden wir bald das erste Pfand des Tages in der Tasche haben, mein Freund«, raunte Graubart kämpferisch und gab dem Pilgrim einen rauen Klaps auf die Schulter, den dieser nur mit einem grimmigen Lächeln kommentierte.

»Alle Mann bereitmachen zum Gefecht! Ruder hart Backbord, Schoten sichern und Geschütze laden, ihr faulen Kielschweine«, brüllte der Kapitän über die Reling aufs Oberdeck und die Mannschaft geriet sofort in eingespielte Hektik.

Für Felix grenzte es jedes Mal an ein Wunder, dass dieser unorganisiert wirkende Haufen, der hier scheinbar planlos über das Deck huschte, so zielgerichtet und effektiv seiner Arbeit nachkam.

Die *Schwarze Mähre* wendete zuerst sehr behäbig, als müsse sie ihre eingeschlafenen Glieder erst wieder mit Leben füllen, doch als die halbgerefften Segel auf halber Drehung voll gesetzt wurden, der kräftige Nordwind in das schwarze Garn pustete und die Schoten zum Knattern brachte, ging ein Ruck durch das Schiff.

Bevor er sich versah, zeigte der massive Bug bereits auf die feindlichen Triremen und preschte mit aufgepeitschter Gischt durch die beachtliche Dünung. Die Takelage ächzte lautstark unter dem plötzlichen Druck des Windes und zerrte an den Scharnieren und Seilwinden, hoch oben an den Rahen.

Während Matrosen über die Wanten kletterten und das Vollzeug sicherten, peitschten die Kanoniere ihre Geschützmannschaften an, die eifrig damit beschäftigt waren, die Kanonen zu entsichern und in Schussposition zu bringen.

Graubart stierte derweil durch sein eigenes Fernglas in Richtung des Feindes und machte plötzlich ein erstauntes Gesicht.

»Was ist los?«, fragte Felix erregt und hätte dem Kapitän vor Neugier beinahe das Gerät aus der Hand gerissen.

»Die vorderste Trireme hat sich von dem Rest der Flottille abgesetzt und hält mit gehisster Parlamentärflagge auf uns zu«, antwortete der Pirat und rieb sich nachdenklich über die breite Knollennase. »Das habe ich bei einem Schiff der Kaiserlichen noch nie gesehen. Die ergeben sich nicht.«

»Was beim Nimbus ist eine verfluchte *Parlamentärflagge*?«, fragte Felix ungeduldig und kniff die Augen zusammen, um selbst etwas zu erkennen, doch er sah lediglich die weit entfernten Segel der feindlichen Schiffe.

»Das ist eine weiße Flagge, die signalisiert, dass sie keinen Kampf suchen und lediglich verhandeln möchten.«

»Also können wir mit ihnen aushandeln, Tasha freizulassen?«, fragte Felix hoffnungsvoll und seine Augen begannen zu glänzen.

Graubart machte ein mitleidiges Gesicht und bedachte ihn mit einem schiefen Blick.

»Du bist wirklich sehr fremd in diesen Gewässern, Bursche.«

»Aber...«

»Wir werden uns anhören was sie anzubieten haben. Wenn es uns nicht gefällt, schlitzen wir ihnen einfach ihre verräterischen Wänste auf. *So* machen wir Piraten das ohnehin immer«, versicherte ihm der Kapitän, als Felix gerade protestieren wollte. »Haben ziemlichen Mumm diese Schwachköpfe, mit der Parlamentärflagge auf ein Piratenschiff zuzusteuern. Die glauben doch wohl selbst nicht, dass sich Piraten an so einen Schwachsinn halten?«

»Bei meinem Volk weiß man nie«, widersprach Clavicus vom Steuer aus und zuckte mit den Schultern. »Die meiste Zeit über sind sie der Meinung, dass die ganze Welt nach ihren Vorstellungen zu funktionieren hat. Und wo sie es nicht tut, sind sie bestrebt, diesen Zustand schnellstmöglich zu ändern.«

»Deine Einschätzung?«, fragte Graubart seinen Navigator und neuen Steuermann und kniff erneut sein Auge zusammen, um mit dem Fernglas die einsame Trireme zu mustern, die noch immer direkt auf sie zuhielt und vor dem Bug immer größer wurde.

»Sie wissen von den Pilgrim und wollen sie in ihre Finger kriegen, um sie allesamt vor den Kaiser zu bringen. Die Generäle und Admiräle Vindicans sind ausnahmslos loyale Speichellecker des Herrscherthrons und würden sich um eine Gelegenheit wie diese reißen. Sechs Überlebende aus dem Auge der Zeit, die in Ketten vor den Thron geschleift werden? Das bedeutet für denjenigen, der diese Expeditionstruppen anführt, den Aufstieg nach ganz oben. Ich tippe auf ein Mitglied des Hauses Respharasan höchstpersönlich.«

»Denkt ihr, dass sie Tasha zu irgendwelchen Bedingungen herausgeben werden?«, fragte Felix mit der gleichen Hoffnung in der Stimme wie zu vor, klang jedoch selbst nicht mehr besonders überzeugt.

»Nein. Der Kaiser wird befohlen haben, alle Überlebenden zu ihm zu bringen und kein Offizier würde auch nur eine Nuance dieses Befehls missachten. Das bedeutet, dass der hiesige Befehlshaber nicht eher nach Vindican zurückkehren wird, bevor er nicht jeden von euch in seinen Fingern hat«, antwortete Clavicus ernst und spähte angestrengt über den oberen Rand des Steuerrads hinweg. Nach einer leichten Kurskorrektur blickte er Felix direkt in die Augen und lächelte ihm aufmunternd zu. »Die gute Nachricht ist, dass kein Offizier ihr etwas antun wird, weil es sich bei ihr um ein Geschenk für den Kaiser handelt.«

Felix nickte ein wenig erleichtert, doch noch immer mit unverhohlenem Misstrauen im Blick.

»Wir werden auf jeden Fall gleich erfahren, was sie uns mitteilen wollen.« Graubart presste sein dreigliedriges Fernglas zwischen beiden Händen zusammen und schob es zurück in das Futteral an einem seiner zahlreichen Gürtel. »Bring die *Mähre* längsseits, Clavicus.«

Der Kapitän beugte sich unterdessen mit abgestützten Armen über die Brüstung zum Oberdeck und begann mit seiner tiefen Reibeisenstimme neue Befehle zu bellen: »Streicht die Segel! Fallen und Schoten sichern! Alles bereitmachen für Andockmanöver mit feindlichem Schiff! Geschützmannschaften für Breitseite vorbereiten! Enterkommando Steuerbords bereithalten!«

Die meisten Matrosen, die jetzt hektisch den neuen Befehlen nachgingen, hatten das einzelne Schiff bereits gesehen, das jetzt nur noch wenige hundert Schritte entfernt war. In vielen Gesichtern konnte Felix ratlose Überraschung ausmachen.

Doch das präzise Uhrwerk, das die verbliebene Mannschaft der *Schwarzen Mähre* darstellte, funktionierte auch in reduzierter Zahl einwandfrei. Zwar zeigten sich dem geübten Auge hier und da kleinere Verzögerungen, doch im

Großen und Ganzen ging ihnen die Arbeit noch immer schnell von der Hand, sodass sie nach wenigen Augenblicken deutlich an Fahrt verloren und sich bald parallel zu der Trireme befanden, die jetzt alle drei Ruderreihen einholte und sich kaum noch bewegte.

Clavicus hatte derweil einige Mühe, das schwere und behäbige Piratenschiff präzise an die Steuerbordseite der Kaiserlichen zu lenken, ohne sie zu rammen, oder an ihr vorbeizufahren und leckte sich unentwegt mit sichtlicher Nervosität über die Lippen.

Hier galten scheinbar steile Lernkurven, wenn man sich für einen speziellen Posten qualifizieren wollte.

Graubart nahm Felix bei der Schulter und führte ihn mit sich in Richtung Treppenabgang, um sich auf dem Oberdeck ihren Besuchern zu stellen.

»Am besten überlässt du mir das Reden, ja?« Er zog den Pilgrim im Gehen ein wenig näher zu sich heran und senkte seine Stimme. »Was auch immer sie von uns wollen, wir hören es uns an und entscheiden dann was wir am besten tun. Die anderen Triremen dort hinten sind genau auf Fernglasreichweite geblieben und scheinen uns gut beobachten zu wollen.« Der Kapitän nickte mit wippendem Dreispitz über den Bug, an dem sich gerade die letzten Matrosen mit gezogenen Entermessern und Pistolen bereitmachten. Dahinter warteten in der Ferne die vier weiteren Schiffe des Kaisers.

»Sie möchten wahrscheinlich wissen, wie wir uns verhalten und ergründen, warum wir es geschafft haben, ihre Flotte vor Malkining zu... *versenken.*« Ihm war sichtlich unwohl bei dem Gedanken an die unnatürliche Flammenhölle, die ihre Feinde innerhalb weniger Augenblicke zu Asche verbrannt hatte. »Vielleicht legen sie es sogar darauf an, dass wir dieses Schiff hier zur Hölle schicken, nur um zu sehen, wie wir das anstellen.«

»Möglicherweise sollten wir uns ein paar von ihnen schnappen um sie zu verhören und dann den Rest mit euren Kanonen versenken«, schlug Felix mit unverhohlenem Hass in der Stimme vor, während sie die Treppe zum

Oberdeck hinabstiegen, wo bereits Enterhaken mit dem feindlichen Schiff ausgetauscht wurden, um die beiden Bordwände dichter aneinander zu ziehen. »Dann erfahren sie auch nicht, wie wir ihre Flotte vernichtet haben.«

Doch Graubart schüttelte energisch den Kopf und deutete in die Ferne zu den wartenden Triremen.

»Wenn sie dieses Verhalten von uns erwarten, ist es am besten, wenn wir genau das Gegenteil davon tun. Nichts ist für einen Piratenkapitän schlimmer, als berechenbar zu sein. Sie wollen herausfinden, wie sie uns einschätzen müssen und wir sollten alles dafür tun, dass sie das nicht können. Wenn wir das fertig bringen, werden sie Schwierigkeiten haben, uns Fallen zu stellen, oder uns in einen Kampf zu verwickeln, der nach ihren Bedingungen abläuft.«

Als sie die letzte Stufe genommen hatten und gerade das Fallreep auf das etwas niedrigere Deck des vindicanischen Gefährts geschoben wurde, packte Graubart ihn an beiden Schultern, sodass sie sich Auge in Auge gegenüberstanden. »Glaub mir einfach, Junge. Ich kenne mich mit solchen Angelegenheiten aus und werde mich darum kümmern. Halte du deinen Zorn derweil zurück, du wirst deine Rache schon noch bekommen, das schwöre ich bei allen Göttern.«

Felix nickte langsam und kämpfte das Verlangen nieder, den ersten Vindicaner, der ihm über den Weg laufen würde, direkt zu töten.

»Also gut. Aber vergesst Euer Versprechen nicht: Wir werden Tasha retten, das ist das dringlichste Ziel.«

Graubart nickte zufrieden und wandte sich dann zur Steuerbordreling, wo gerade die letzten Taue befestigt wurden.

Etwa einen Schritt niedriger als das Oberdeck, befand sich die Schanz der Trireme und zeigte eine dichtgedrängte Reihe vindicanischer Legionäre in braunen Lederpanzern und Helmen, die ein hellblauer Federschmuck zierte.

Ihre Blicke waren diszipliniert geradeaus gerichtet und ihre Speere hielten sie in pedantisch exaktem Winkel von sich gestreckt.

In der Mitte ihrer Aufstellung ließen sie eine kleine Gasse, die das schmale Fallreep frei hielt, das auf die *Schwarze Mähre* führte. Dort saßen die Geschützmannschaften bereits an den Lunten und eine ungeordnete Horde Piraten wartete mit gezückten Säbeln und Pistolen auf das Kommando für den Angriff. Ihre Mienen waren grimmig und entschlossen und in mehr als einem Gesicht sah er denselben Hass aufblitzen, den er selbst in seinem Herzen trug. Felix war nicht das einzige Mannschaftsmitglied an Bord, das in den vergangenen Kämpfen jemanden an den Kaiser verloren hatte.

Der Unterschied war nur der, das seine Freundin noch am Leben war und sich in Gefangenschaft befand, während viele der Seemänner ihre Kameraden und Freunde für immer verloren hatten.

Seine Finger begannen zu kribbeln, als hätten sie ein nervöses Eigenleben entwickelt. Mit zusammengebissenen Zähnen ballte er seine Hände zu Fäusten bis seine Knöchel weiß hervortraten, um den Impuls zu unterdrücken, sie im nächsten Moment für etwas Todbringendes einzusetzen.

Also positionierte er sich gemeinsam mit Tandossa schräg hinter Graubart, der etwa zwei Schritte von dem Fallreep entfernt Aufstellung bezogen hatte und mit seiner mordlüsternen Meute im Rücken geduldig auf den Abgesandten der Vindicaner wartete.

Die Daumen hatte er scheinbar entspannt in seinem breiten Ledergürtel eingehakt, der den schwarzen Wachsmantel an der Hüfte zusammenhielt und seine beiden langen Pistolen *Habgier* und *Völlerei* offen zur Schau stellte.

»*Rrruck!*«, krächzte Tanta von seiner Schulter und drehte den kleinen Kopf mehrfach hin und her, als wolle er dem feindlichen Schiff etwas mitteilen. »*Rrruck! Rrruck!*«

Dann ertönten plötzlich drei Trommelschläge von der Trireme, dessen Deck Felix von seiner Position aus nicht einsehen konnte, weil es dafür zu niedrig lag. Doch Clavicus und eine Handvoll Piraten auf dem weitaus höheren Achterdeck, hatten scheinbar alles im Blick und verhielten sich entspannt, sodass er vorerst keine unangenehmen Überraschungen erwartete.

Als der letzte Trommelschlag verklungen war, erstarb auch das Getuschel an Bord der *Mähre* und wich einer angespannten Stille, die sich unangenehm auf sie niederlegte und die Luft beinahe zum Knistern brachte.

Niemand schien zu wissen, was er von dieser neuen Situation halten sollte, dass der Feind, der ihnen so viel genommen hatte, nun scheinbar mit ihnen verhandeln wollte, obwohl es in den Augen der Piraten wahrscheinlich keinerlei Gründe für eine Verhandlung geben konnte. Und da gab Felix ihnen ganz Recht.

Trotzdem unterwarfen sie sich dem Urteil ihres Kapitäns, dem sie scheinbar blind vertrauten, was er ebenfalls gut verstehen konnte, da der alte Seebär mit dem breiten Rücken einen deutlich wacheren Verstand hatte, als alle seine Männer zusammengenommen. Ausgenommen vielleicht Clavicus und Tandossa.

Gerade als das erste nervöse Geraschel von Waffen und das Scharren von nackten Füßen auf den Planken zu hören war, erschien unter erneutem, nun langsamerem Trommelschlag der Abgesandte der Kaiserlichen auf dem Fallreep: Er trug ein weißes Stoffgewand, das in einem einzigen Stück um seinen Körper geschlungen war und an der Schulter von einer goldenen Brosche gehalten wurde. Seine nackten Füße steckten in braunen Sandalen und um seinen Hals lag ein massiver goldener Ring mit einem schmalen Schraubverschluss.

Felix schätzte den mittelgroßen Mann auf etwa vierzig Jahre, da er um die braunen Augen bereits faltig wurde und die kurzen schwarzen Locken hier und da graue Strähnen offenbarten.

Sein Gesichtsausdruck war schmieriger als ein Fass Öl, mit berechnenden Augen, einem spöttisch verzogenen, breiten Mund und hängenden Wangen.

Nach kurzem Zögern, währenddessen er argwöhnisch die verschmutzten Gesichter der grimmigen Piraten vor sich musterte, schritt er mit langen, bemüht würdevollen Schritten über das kurze Fallreep auf das polierte Deck der *Schwarzen Mähre* und gab sich alle Mühe, seine Nervosität zu verbergen. Keine leichte Aufgabe, wie Felix sich vorstellen konnte, da er sich einer mordlüsternen Meute von Seemännern näherte, die ihre Waffen bereits in den Händen hielten.

Etwa einen Schritt von Graubart entfernt, deutete er eine leichte Verbeugung an und nahm eine breite Pergamentrolle zur Hand, die bisher unter seinem linken Arm geklemmt hatte.

»Mein Name ist Eliolanus Portogriam, Diplomat erster Hand des Hauses Respharasan, im Dienste des Kaiserreichs Vindican. Ich trete vor euch im Namen Marcus Respharasans, General erster Hand und Kommandeur der zweiten Legion des Westens, im Auftrage des Höchsten, Kaiser Vindictus Resph...«, hob er zu seiner langen Kanonade an, bevor Graubart ihm grob dazwischen fuhr: »Wir pfeifen auf deinen diplomatischen Schnickschnack, du eitler Pfau. Sag was du von uns willst, bevor wir eure weiße Flagge abfackeln und euch rösten wie die räudigen Maden, die ihr seid!« Grimmig spuckte er dem sichtlich empörten Diplomaten vor die Füße und schniefte provokant, bevor er eine Hand betont langsam an den Griff von *Habgier* wandern ließ.

Der sichtlich pikierte Abgesandte schluckte seinen aufkeimenden Zorn nach einem Seitenblick auf die vielen Bewaffneten um sich herum mühsam herunter und nickte nervös, bevor er zwei Finger hob und ein kurzes Zeichen nach hinten gab.

Daraufhin erschienen drei kräftige Rudersklaven mit freien Oberkörpern und matten Eisenringen um die breiten Hälse, die dem des Diplomaten ähnelten, nur dass sie deutlich schwerer und weniger kunstvoll aussahen.

Jeder von ihnen trug eine kleine Holzkiste vor der Brust, die ziemlich schwer sein musste, da sich die Muskeln ihrer braungebrannten Träger unter der Last sichtbar spannten und dicker Schweiß ihre vernarbte Haut glänzen ließ.

Auf dem Oberdeck der *Mähre* angekommen, stellten sie auf einen kurzen Wink des Abgesandten hin ihre Last zwischen ihm und Graubart ab und postierten sich nach tiefen Verbeugungen hinter ihrem Herrn.

Beim Abstellen der Holzkisten hörte Felix deutlich das Klimpern von schweren Münzen, wie er es von den Goldsäcken der Piraten kannte, die sie geradezu eifersüchtig in ihren Plünderkisten horteten.

Auch den anderen Seemännern war dieser Ton keinesfalls entgangen und nach einem kurzen Seitenblick konnte er ihre vor Gier glänzenden Augen sehen.

*Denkt gar nicht erst daran,* dachte er grimmig und steckte eine Hand in seine linke Hosentasche, die sich unter ihrer Last noch immer leicht vorwölbte.

Graubart blieb derweil still und schaute dem Diplomaten, der die goldgierigen Blicke seiner Mannschaft mit einem süffisanten Lächeln zur Kenntnis nahm, direkt in die halbgeschlossenen Augen.

»Ich zähle bis Drei, dann werde ich den Feuerbefehl geben und euren lächerlichen Kahn auf den Grund des Meeres befördern, wenn ihr bis dahin nicht mit eurer Botschaft rausgerückt seid«, sagte der Kapitän mit offener Feindseligkeit in der Stimme, als der Vindicaner keine Anstalten machte, sein Schreiben vorzutragen.

Seine Warnung zeigte jedoch Wirkung und Portogriam entrollte eilig erneut sein Pergament, das er mit ausgestreckten Armen von sich streckte. Er räusperte sich kurz, bevor er mit öliger Stimme begann vorzulesen: »Kapitän Graubart, Neuigkeiten verbreiten sich bekanntlich schnell. Manchmal allerdings schneller, als die Welt für sie bereit ist. Ich denke, es liegt im Rahmen meiner Möglichkeiten, diese Neuigkeiten, von denen ich spreche, unter Verschluss zu halten und erst ans Tageslicht zu bringen, wenn die Welt bereit ist. Alles andere führt zu unnötigem Blutvergießen durch Konflikte, die weder Ihr noch ich heute im Stande sind zu begreifen. Ich weiß von Eurer Waffe und ich weiß, dass sie mit diesen Neuigkeiten zusammenhängt, die sich besser nicht zu schnell verbreiten. Darum mache ich Euch ein Angebot: Übergebt mir diese Neuigkeiten, von denen Ihr mindestens eine, vielleicht sogar drei an Bord habt und ich übergebe Euch die andere Hälfte von dieser kleinen *Aufmerksamkeit* vor Euch, die Eure Habgier über alle Maßen befriedigen und Eure Motivation anregen sollte, Euch mit mir zu treffen. Ich werde auf Malkining im Hafen von Waderstade auf Euch und die Übergabe der Pilgrim warten. Ihr solltet in Zukunft nicht zu sehr nach Gold streben, es macht nicht glücklich, heißt es. Gezeichnet Marcus Respharasan, General erster Hand, Kommandeur der zweiten Legion des Westens.«

Während die schmierige Stimme des Diplomaten, die in Felix den Wunsch erzeugte, sich umgehend zu waschen, endlich verklang, betrachtete der Gesandte zufrieden die immer gieriger gewordenen Blicke der umstehenden Piraten, die allesamt auf die schweren Kisten vor Graubarts Füßen gerichtet waren.

Der Befehlshaber der Kaiserlichen hatte scheinbar ganz genau gewusst, was er mit diesem Brief erreichen wollte und wenn der Kapitän nicht schnell eine Lösung aus dem Hut zauberte, würde er sie womöglich nicht davon abhalten können, sich auf die Kisten zu stürzen. Der Gedanke, sich das Gold zu schnappen und noch einmal genauso viel einzuheimsen, wenn sie Felix überwältigten und nach Waderstade verschifften, lag ihnen anscheinend nicht allzu fern.

Dem unruhigen Getuschel nach zu urteilen, das sich hinter ihm ausbreitete, hing die Rettung dieser Situation nun am seidenen Faden, der jeden Moment unter der schweren Last einer Habgier zu reißen drohte, die jeden Piraten innerhalb eines Wimpernschlages zu einem Mörder machen konnte.

*Neuigkeiten also*, dachte Felix bei sich. Natürlich war ihm sofort klar gewesen, wen der General mit *Neuigkeiten* gemeint hatte. Doch dass er der Überzeugung war, dass sie zu dritt an Bord sein würden, überraschte ihn. Scheinbar dachte sein Feind, dass Tzunai und Tomm es auf die *Mähre* geschafft hatten, was wiederum bedeutete, dass sie nicht in Respharasans Fänge geraten waren und sich wahrscheinlich noch auf Malkining befanden.

*Danke für diese Neuigkeit, General,* dachte er triumphierend und mit dem ersten Funken ehrlicher Freude, seit er Tasha, Tzunai und Tomm im Hafen dieser unglückseligen Stadt verloren hatte.

Die Meute hinter ihm wurde immer unruhiger, als Graubart sich endlich rührte.

»Gold, hm?«, fragte er gelassen, auch wenn Felix sicher war, dass er innerlich kochte, ob dieser Provokation des gegnerischen Generals, der genau auf diese Situation abgezielt zu haben schien. »Euer Gold nehmen wir gerne.«

Das Getuschel der Piraten schien sich etwas zu legen, zumindest für den Moment. Felix mahlte derweil mit den Kiefern und ballte seine Hände zu Fäusten.

An die drei Sklaven gewandt fuhr Graubart schließlich fort: »Aufmachen!«

Nach einem knappen Nicken des Gesandten, ging einer der spärlich Bekleideten vor jeder Kiste in die Hocke und löste die massiven Eisenspangen, die als Verschlüsse dienten.

»Ob ich die andere Hälfte davon haben möchte, weiß ich noch nicht, aber eines ist sicher: Ich schicke meine Männer nicht zurück nach Waderstade, um mich abschlachten zu lassen, wie ein verdammtes Stück Vieh, ich denke...« Gerade als die Stimme des Kapitäns immer energischer wurde, brach er mit einem Mal ab und starrte auf die nun geöffneten Kisten vor sich, von denen die Sklaven sich nach einer kurzen Verbeugung wieder entfernten.

»Was ist los?«, fragte Felix neugierig und schob sich an Graubarts breiter Silhouette vorbei, um selbst nachzusehen, was ihn und die Umstehenden so plötzlich zum Schweigen gebracht hatte. Was er zu sehen bekam, saugte ihm auf einen Schlag sämtliche Kraft aus den Beinen und er fiel hart auf die Knie.

In der mittleren Kiste lag auf einen Haufen Kupfermünzen gebettet das Antlitz seiner Geliebten, nur, dass es vollkommen mit Gold überzogen war, das bis in ihren wie zum Schrei geöffneten Mund und die weit aufgerissenen Augen reichte. Ihre für die Ewigkeit erstarrten Züge waren seltsam entfremdet und doch waren es unverkennbar die Züge Tashas, die ihn aus der Kiste heraus anstarrten. Anklagend. Die ebenfalls abgetrennten und vergoldeten Arme in der rechten und linken Kiste nahm er gar nicht mehr wahr, als ihn von hinten kräftige Arme aufrichteten.

Männer redeten auf ihn ein, doch es waren nur die ätherischen Laute entfernter Geister, ebenso kraftlos wie seine Glieder, denen jegliches Leben entzogen worden war, als habe sich in ihm ein Abfluss geöffnet, durch den jeglicher Lebenswärme entwich.

Seine schlimmsten Befürchtungen waren wahr geworden und was er sich die ganzen letzten Wochen als seine Reaktion auf das Schlimmste ausgemalt hatte, trat nicht ein. Er weinte nicht, er verlor nicht seinen Verstand und er schrie auch nicht. Das Einzige was er nach diesem eisigen Stich im Herzen spürte, den ihr erster Anblick verursacht hatte, war absolute Leere.

Die versammelten Piraten an Deck machten ähnlich entsetzte Gesichter wie Graubart und der vindicanische Diplomat, der anscheinend nicht gewusst hatte, welche Lieferung er da überbrachte, als Felix seine Hand in die linke Hosentasche schnellen ließ, sich verkrampfte und ruckartig aufrichtete.

Der Seelensplitter funkelte gierig in tiefem Rot, das wie ätherisches Feuer pulsierte, welches die glatte Kristallstruktur jeden Moment zum Zerspringen zu bringen schien.

Er trat ins Hatori ein und schirmte seinen Geist nicht einmal ab, als er die nächsten Gedankenimpulse folgen ließ: Mit gellenden Schreien gingen der Diplomat und seine drei Sklaven plötzlich in Flammen auf, als bestünden ihre Körper von einem Moment auf den anderen nur noch aus gleißendem Feuer. Nach wenigen Lidschlägen entsetzter Stille zerplatzten ihre Leiber nacheinander in roten Wolken und es wurde wieder ruhig, als hätte es sie niemals gegeben. Noch immer regte sich niemand. Kein Laut war zu hören.

»Vernichtet sie«, sagte Felix kalt und bar jeder Gefühlsregung in die Stille hinein.

Erst folgte Schweigen, dann ertönten die ersten zögerlichen Vorderladerschüsse, bis immer weitere Piraten sich aus ihrer Schockstarre lösten und die Abzüge drückten.

Nun brüllten auch die Kanoniere ihre Befehle und das brachiale Donnern der massiven Rohre überdeckte das stakkatoartige Fauchen der Pistolen um ihn herum, das die an der feindlichen Schanz stehende Reihe von Legionären innerhalb kürzester Zeit durchsiebte.

Da beide Schiffe direkt miteinander vertäut waren und nur durch wenige Schritte Luft voneinander getrennt wurden, durchschlugen die Kugeln der massiven Geschütze das gesamte feindliche Schiff und rissen gewaltige Löcher in seinen Rumpf.

Scharfkantige Holzsplitter flogen an Felix vorbei und schnitten hier und da durch seine Kleidung, ohne dass er die Schmerzen wahrgenommen hätte.

Stattdessen hoben seine Füße von den Planken ab und er schwebte langsam in die Höhe, bis er über das gesamte Deck der Trireme blicken konnte, an deren Deck absolutes Chaos herrschte.

Das ständige, erdbebenartige Zucken, das bei jedem Kanoneneinschlag durch die Planken des Einmasters ging, schickte die vindicanischen Matrosen und Soldaten jedes Mal zu Boden, wenn sie gerade versuchten sich wieder aufzurappeln.

Gleichzeitig wurden sie von wild schreienden Piraten beschossen, die von den Bug- und Heckaufbauten aus ihre Pistolen abfeuerten oder mit kurzen Wurfspeeren nach den feindlichen Seemännern warfen.

Einzelne, niederschwellige Gedanken durchzuckten Felix' Hatori, als gehörten sie jemand anderem und jeder von ihnen ließ einen seiner Feinde in einer Wolke aus Blut zerbersten.

Wie immer im Hatori nahm er scheinbar alles gleichzeitig wahr. Er roch den Schweiß und Urin der Kämpfenden und Besiegten, hörte die leisen Gebete der Sterbenden, das Flüstern des Windes, der wie ein stiller Beobachter um sie herumschlich und sah auch die beiden Pistolen, die Graubart mit trauriger, aber entschlossener Miene gerade auf ihn richtete.

Ein kurzer Gedanke und die Läufe der Vorderlader zerschmolzen wie Kerzenwachs, als der Kapitän gerade die beiden Abzüge drückte.

Durch die Explosion des Schießpulvers, dessen beißender Geruch unangenehm in Felix Nase eindrang und der Wucht der Kugel, die keinen Ausgang aus ihrem Rohr finden konnte, zerplatzten die Pistolen förmlich und verbrannten die Hände des überrascht aufschreienden Kapitäns.

Um sicherzugehen, dass nicht noch weitere seiner Kameraden auf die Idee kamen, ihm ans Leben zu gehen, verhärtete er die Luft um sich herum zu einem unsichtbaren Schild, auf den bald die ersten Kugeln und Speere aus den eigenen Reihen einprasselten. Wirkungslos prallten sie ab, oder fanden sogar den Weg zurück zu ihrem Ursprung.

Die glücklose Trireme wurde mit dem Ende der Breitseite vollkommen zerfetzt und war kaum noch als Schiff zu erkennen, da vernichtete Felix die letzten Überlebenden an Deck, indem er einfach ihr Blut zum Kochen brachte. Daraufhin drehte er sich zu der eigenen Mannschaft um, während das feindliche Gefährt hinter ihm tosend ihn den Fluten des Alten Meeres versank.

»Ihr habt es mir *versprochen*!«, zischte Felix an Graubart gerichtet, der sich unter ihm mit schmerzverzerrtem Gesicht die verbrannten Hände hielt. »Ihr habt mir *versprochen*, dass sie sie nicht töten würden und wir genug Zeit haben, noch einige Tage zu warten.«

»Ich wusste nicht...«, begann der Kapitän verzweifelt und wirkte zum ersten Mal, seit er ihn kennengelernt hatte, vollkommen hilflos. Ein ganz neuer Anblick für Felix, der ihn nur als rauen Haudegen kannte, der nie um eine Beleidigung verlegen schien. Nun zeigte der Feigling also sein wahres Gesicht.

»Ihr habt mich *angelogen*«, fuhr Felix ihm dazwischen. Weit entfernt spürte er eine finstere Wolke aus Wut, Trauer und Verzweiflung in sich aufsteigen, die jedoch von einem inneren Gefängnis aus reiner Kälte aufgehalten wurde, das sich um jegliche Gefühlsregung legte, lange bevor sie sich endgültig ausdrücken konnte.

»Damit ist jetzt Schluss«, bestimmte er kühl und musterte die teilweise ehrfürchtigen, aber vor allem angsterfüllten Gesichter der Piraten um sich herum, die unsicher zwischen ihm und ihrem verletzten Kapitän hin und her wanderten.

»Ich übernehme hiermit die *Schwarze Mähre* und es wird ab heute keine Fehler mehr geben. Wir werden jedes vindicanische Schiff vernichten, das wir finden können und wir werden diesen General in Waderstade einen Besuch abstatten und ihm das Gleiche antun, dass er *ihr* angetän hat.« Er vermied bewusst den Blick zu den drei Kisten, die einige Schritte unter ihm noch immer ihren schrecklichen Inhalt offenbarten.

»Kapitän Graubart wird für seinen Verrat bezahlen und nicht mit uns segeln. Ihr da!«, er deutete herrisch auf eine Handvoll Seemänner, die an einem der vertäuten Beiboote standen, die zwischen Haupt- und Vorsegel an kleinen Kränen hingen. »Lasst eines dieser Dinger herab. Jeder von euch, der sich ihm bis in den Tod verpflichtet fühlt, darf ihn gerne begleiten, bis das Ding voll ist. Das Geschenk des Generals möchte er ja so gerne behalten, also soll er es bekommen.«

Damit ließ er sich wieder auf die Füße herabsinken, hielt seinen Schild vorsichtshalber aufrecht und ging an einem ungläubig dreinschauenden Graubart vorbei, der sein nahendes Schicksal scheinbar noch nicht fassen konnte.

Als er die Treppe zum Achterdeck erklommen hatte, spürte er die ersten Bilder seiner Zukunft in sich aufsteigen und sie handelten von Tod und Feuer. *Er* war Tod und Feuer, die gekommen waren um jeden dieser

Menschen leiden zu lassen, für all das, was sie über ihn und seinesgleichen gebracht hatte. Er war die lebendige Rache und das würde von nun an der einzige Inhalt seines restlichen Lebens auf dieser verkommenen Welt sein.

## 6. Entscheidungen

Tzunai erwachte mit trockenem Husten aus einem unruhigen Schlaf, in dem sie wieder einmal Magnus gesehen hatte. Sie erinnert sich nicht an Details, doch sie wusste genau, wie es sich anfühlte. Seit ihrer Flucht von Pilgrim hatte es zwischen ihnen eine Veränderung gegeben und was auch immer es sein mochte, es fühlte sich an wie eine kleine Perle tief in ihrem Herzen. Eine Perle, die eine wohlige Wärme durch ihre Glieder sandte, selbst wenn kalter, unbarmherziger Regen auf sie niederprasselte, Soldaten nach ihrem Leben trachteten, oder sie sich einfach einsam fühlte. Letzteres kam seit einigen Tagen öfter vor, nachdem die Flüchtlinge sie wieder verlassen hatten.

Nach etwa einer Woche hatten sie nachts keine Lagerfeuer mehr hinter sich gesehen und befürchteten zuerst, dass ihre Verfolger näher gekommen waren und sich dabei nicht verraten wollten.

Als sie sich aber dazu entschlossen hatten, der Sache auf den Grund zu gehen, stießen sie bei ihren Erkundungen auf hektisch abgebrochene Nachtlager und mehrere Dutzend Hufspuren, die sich in Richtung Waderstade entfernten.

Anscheinend waren die Soldaten des Kaisers zurückbeordert worden, auch wenn Tzunai nicht einleuchten wollte weshalb.

Es war ihr im Grunde genommen aber auch einerlei, schließlich war das möglicherweise die einzige Wendung zum Guten, die sie in den letzten Wochen gesehen hatte. Ganz anders als dieser leidige Regen, der vier Tage lang nicht abgerissen war und eine eisige Kälte bis in ihre Knochen geschickt hatte, die sie kaum wieder los wurde.

Die Bewohner des unglücklichen Dorfes, das sie vor seiner Zerstörung durch die Vindicaner gewarnt hatten, wollten nach dem Abzug der feindlichen Patrouillen unbedingt zurückkehren und nach Überlebenden suchen. Alle Versuche sie davon abzubringen schlugen fehl, was sie allerdings auch nicht besonders wunderte, denn wenn sie eines über die Menschen auf Malkining gelernt hatte, dann, dass sie äußerst stur waren. Sie konnten sogar einen Stein Unbeweglichkeit lehren.

Also hatten sie sich von den verängstigten Familien wieder verabschiedet und reisten seit etwa einer Woche allein in Richtung Süden weiter.

Der Weg blieb beschwerlich, da es immer weniger Wege oder Trampelpfade gab, die ihren Marsch durch die wilde Vegetation erleichtert hätten.

Durch den Wald an den Hängen des Gebirges kamen sie noch am schnellsten voran, da die grünen Ebenen zwischen Fels und Meer von dichtem Gestrüpp und piksenden Dornensträuchern übersäht waren, die eine Durchquerung beinahe unmöglich machten.

Ihr erster Versuch hatte jedenfalls in zerschlissener Kleidung und zahllosen Schnitten geendet, die nun fürchterlich auf ihren Beinen brannten. Der Nimbus mochte wissen, warum es solch schreckliche Pflanzen gab.

Seither nahmen sie lieber das ständige und äußerst anstrengende Auf und Ab der hügeligen Vorläufer des schier endlosen Gebirgszuges in Kauf, der hoch über ihnen durch die tiefhängenden Wolken schnitt.

Sie waren glücklicherweise nicht mehr von einem solch dunklen Grau, dass sie fürchten mussten vom nächsten Regenschauer endgültig ertränkt zu werden, doch immer noch grau genug, um die Landschaft in ein deprimierendes Zwielicht zu tauchen.

»Du solltest nicht immer so ein verkniffenes Gesicht machen«, riss Tomm sie aus ihren schwermütigen Gedanken. Er hatte sie von der Seite aus heimlich gemustert, während sie zügig über den matschigen Reisigteppich stapften. »Nachher fühlen sich diese Falten auf deiner Stirn allzu wohl und bleiben für immer.«

»Sehr lustig«, erwiderte sie säuerlich und ihr Blick zuckte schreckhaft nach vorne in das düstere Unterholz, als sie ein lautes Knacken hörte. So sehr sie sich auch bemühte, konnte sie sich nicht an die vielen Geräusche des Waldes gewöhnen, der voller Leben und Gefahren zu stecken schien.

Die allumfassende, tiefe Stille auf Pilgrim war hier einem ungeordneten Allerlei aus Tierstimmen, knackendem Holz und pfeifendem Wind gewichen, der ihre Sinne überlastete. Wenn sie nicht bald ein wenig Ruhe bekam, würde sie noch verrückt werden. Seit vor einer Woche, kurz bevor die Familien sie verlassen hatten, eine Horde gedrungener Vierbeiner aus dem Wald gebrochen war und sie beinahe über den Haufen gerannt hätte, war sie ständig angespannt und das machte sie immer müder und kraftloser.

Die *Wildschweine,* wie die Flüchtlinge sie genannt hatten, waren äußerst aggressiv und stämmig und konnten sie jederzeit wieder überraschen. Vielleicht würden sie dann weniger Glück haben.

Schlimmer war jedoch, dass sie keine Ahnung hatte, was unter dem dichten Blätterdach noch alles auf zwei Fremde warten mochte, die von all den neuen Eindrücken ohnehin schon überfordert waren.

»So schreckhaft kenne ich dich ja gar nicht.« Tomm legte ihr im Gehen eine Hand auf die Schulter und drückte sie freundschaftlich.

»Ich schlafe schlecht«, erklärte sie kurz angebunden und versuchte das Thema bereits im Keim zu ersticken, weil es zu etwas führen konnte, das sie seit ihrer Flucht von Pilgrim um jeden Preis hatte vermeiden wollen.

»Ich weiß, dass du von ihm träumst.«

Erschrocken hielt sie an, als hätte sie einen Geist gesehen. Doch es war lediglich der Geist der Erkenntnis, dass sie scheinbar noch immer ein offenes Buch für Tomm war.

»Ich... Wie...«, stotterte sie und ballte dann wütend ihre zarten Hände zu Fäusten.

*Jetzt fange ich wegen Magnus schon an zu stammeln wie ein junges Mädchen*, dachte sie säuerlich und setzte sich ruckartig wieder in Bewegung.

»Du sprichst im Schlaf und ich bin auf der *Schwarzen Mähre* nicht blind gewesen. Es ist in Ordnung, Tzunai«, versicherte er ihr und hielt sie mit sanftem Druck wieder an, indem er sie an beiden Schultern fasste und zu sich drehte.

Sie musste ihren Kopf in den Nacken legen, um in seine kleinen, gütigen Augen schauen zu können, in denen ein leichter Schmerz aber auch ehrliches Mitgefühl lag.

»Was sich bei uns angebahnt hat, damals auf Pilgrim, war für den Moment das Richtige und es hat mein Herz erwärmt«, fuhr er beinahe rührselig fort. »Doch unsere Welt hat sich verändert und mit ihr auch wir selbst. Allen voran Magnus, den ich schon immer als Freund geschätzt habe, seit unserer Flucht jedoch umso mehr, da er den Schleier seiner Arroganz endlich abgelegt zu haben schien.«

»Zu haben *scheint*«, korrigierte Tzunai ihn etwas strenger als beabsichtig und seufzte entschuldigend. Sie weigerte sich zu akzeptieren, dass er und Raynor in der *Gekaperten Nymphe* ums Leben gekommen sein könnten. Wenn jemand ihn aus einer unmöglichen Lage befreien konnte, dann ihr Hatnammeister, davon war sie noch immer überzeugt.

»Entschuldige.« Tomm hob beschwichtigend seine wuchtigen Hände und bedeutete ihr weiterzugehen, bevor er ihre eigenen Gedanken in Worte fasste: »Ich denke, dass er mit Raynors Hilfe tatsächlich entkommen sein könnte. Der Alte ist ein verdammt zäher Knochen mit äußerst wachem Verstand.«

Tzunai nickte hin und her gerissen, während sie über einige knorrige Wurzeln hinwegstieg, die vor ihr aus dem aufgeweichten Waldboden ragten.

In ihr rangen die aus ihren innersten Wünschen entsprungene Überzeugung, dass Magnus überlebt hatte und ihr Verstand miteinander, der ihr sagte, dass die Wahrscheinlichkeit dafür sehr gering war. Es war dieser ständig tobende innere Kampf, der ihr nachts den Schlaf raubte, wenn der Pessimismus die Oberhand gewann und ihr weismachte, dass er ganz sicher tot war.

Das Schlimmste daran war, dass sie nicht nach ihm suchen konnte, da sie keinerlei Idee hatte, wohin er entkommen sein könnte, falls er es denn geschafft haben sollte.

*Wo bist du nur, Magnus?*

Die Idee nach Süden zu gehen hatte sich nur durchgesetzt, weil der Süden so gut wie jede andere Himmelsrichtung gewesen war, solange es keine Anhaltspunkte für den Verbleib ihrer Freunde gab.

Zumindest von Felix wussten sie, dass er es auf die *Mähre* geschafft haben musste, während sie glücklos ins Hafenbecken gestürzt waren. Tasha widerum war gefangen genommen worden. Doch wie sollten sie ihre Freundin befreien? Ohne Hatori? Sie hatte die Worte Graubarts nicht vergessen: *Ihr seid verdammte Schafe.* Je länger sie mit Tomm durch diese Wälder streifte, desto mehr verstand sie, dass der Kapitän recht gehabt hatte. Sie war ein verdammtes Schaf. Sie wusste rein gar nichts. Nichts über diese Welt, nichts über ihre Situation, nichts über den Aufenthaltsort von Magnus oder Tasha. Sie wusste nicht einmal was sie tun sollte und das musste sich schleunigst ändern. Wenn es stimmte, dass es im Süden eine größere Siedlung gab und die Soldaten hinter ihnen tatsächlich abgezogen waren, musste sie versuchen, dort Hilfe zu holen.

»Danke«, sagte sie endlich schlicht und Tomm bedachte sie mit einem erneuten Seitenblick.

»Wofür?«

»Dass du versuchst, es zu verstehen«, antwortete sie mit leiser Stimme, da die Worte ihr einen tiefen Stich versetzten, obwohl sie von Herzen kamen. Er tat ihr leid, da sie seine hoffnungsvollen Erwartungen nicht erfüllen konnte, die sie selbst geschürt hatte, als sie noch auf Pilgrim ihrem immer gleichen Tagwerk nachgegangen waren.

»Das Leben geht scheinbar immer seinen eigenen Weg und das ist auch gut so. Ich habe anderen immer geraten, sich ihm nicht entgegen zu stellen, weil es sich zu nichts zwingen lässt. Wieso sollte ich jetzt damit anfangen, meine eigenen Ratschläge zu missachten?«

»Das klingt ja richtig poetisch«, sagte sie spöttisch, aber mit einem warmen Unterton in der Stimme. Ein kurzer Moment nur, indem sie sich fühlen konnten, als sei alles so wie früher.

»Erinnerst du dich an die Worte von Meister Winding über das Leben und das Schicksal?«, fragte er und überging ihre Neckerei mit einem Lächeln.

»Ich glaube nicht.« Sie überlegte kurz, wusste jedoch nicht worauf er hinaus wollte. »Nein.«

»Ich habe seine Worte nie vergessen und seit dieser fürchterlichen Nacht auf Pilgrim rufe ich sie mir jeden Tag wieder ins Gedächtnis, da sie mir zeigen, dass ich nur meinen eigenen Blick auf das Geschehen habe und nicht das ganze Bild sehen kann. Es ist also möglich, dass der Blick auf das große Ganze gar nicht so pessimistisch ist wie mein persönlicher Ausschnitt davon.«

»Welche Worte sind es denn nun?«, fragte sie ungeduldig.

»Das Gras wächst, jeder Halm an seinem Platz.«

Sie dachte eine Weile über diesen Satz nach, der ihr zuerst seltsam unspektakulär vorkam, doch dann lächelte sie. Typisch Meister Winding.

»Nur weil wir als einzelner Halm nicht die Ordnung eines Gartens erkennen können, heißt es nicht, dass sie nicht da ist und unser Platz falsch wäre«, erklärte Tomm, obwohl Tzunai es längst verstanden hatte. Doch sie hörte ihm trotzdem aufmerksam zu und nickte zustimmend. »Wer weiß also, ob es Magnus und Raynor nicht sogar besser geht als uns? Wenn ich uns so anschaue, denke ich, dass die Chancen gut stehen, dass diese beiden Grashalme zum Beispiel deutlich mehr Sonne abbekommen haben als wir.«

Tzunai lachte zum ersten Mal seit ihrem Landgang ausgelassen und vergaß für einen kurzen Moment die Schwere in ihrem Herzen, die sich seit ihrer Flucht unangenehm in ihr festgekrallt hatte.

»Danke«, sagte sie erneut. »Für alles.«

»Solange du mich mit deinem Mitleid verschonst: herzlich gern geschehen«, frotzelte er und streckte ihr die Zunge heraus, wie sie es als Kinder getan hatten, wenn sie bei der Ernte geholfen und sich gegenseitig Äpfel gestohlen hatten, um die eigenen Körbe schneller voll zu bekommen.

Für einen Moment fühlte sie sich wie zuhause, als es noch keine Sorgen außer der fernen Hoffnung auf Verschmelzung gab.

Doch diese Zeit fühlte sich bereits so weit weg an, als handle es sich um ein vollkommen anderes Leben, das lediglich in ihren Träumen stattgefunden und dann in einem Albtraum geendet hatte.

Dass Tomm ihre aufkeimenden Gefühle für Magnus einfach so akzeptierte, machte Tzunai auf eine seltsame Art und Weise neidisch. Er konnte das, was richtig und vernünftig war, immer akzeptieren, egal ob es im ersten Moment gut oder schlecht für ihn war. Viele Menschen redeten immer von der richtigen, menschlichen Lösung für ein Problem, besonders wenn sie das als Außenstehende und wohlmeinende Ratgeber taten. Doch wenn eigene Betroffenheit hinzukam, handelte jeder nach seinen unkontrollierten Gefühlen und strebte nach dem, was sich am besten anfühlte - ohne die Konsequenzen für die Mitmenschen im Auge zu behalten.

Nicht jedoch Tomm, der immer zu tun schien, was richtig war, während sie selbst mit dem Kopf durch die Wand rannte und dabei jede Menge Trümmer hinterließ.

Von ihm konnte sie noch einiges lernen, nicht zuletzt von seiner Reaktion auf ihre neu entstandene Nähe zu Magnus, die sie sich einfach nicht erklären konnte.

*Bitte sei in Sicherheit*, dachte sie energisch und klammerte sich an das innere Bild des blonden Schönlings mit den kecken Augen, die seit ihrer Flucht von Pilgrim deutlich an Tiefe gewonnen hatten, wie ein seichter Teich, der durch eine Sturmflut zu einem dunklen See geworden war. Ein See der

Verletzbarkeit, von dem sie ihren Blick nicht mehr abwenden konnte.

Den Rest des Tages verbrachten sie schweigend und marschierten bis es dunkel wurde und sie an einem kleinen Steinbruch vorbeikamen, unter dessen Überhang sie in der Nacht vor erneuten Regenfällen geschützt sein würden.

Die Flüchtlinge aus dem Fischerdorf hatten ihnen aus Dankbarkeit für ihre Warnung etwas Trockenfleisch, Wasser und zwei Decken überlassen, über die sie jetzt, da die Tage kälter wurden, besonders dankbar waren. Sie hätte nicht gedacht, dass Luft sich so sehr abkühlen kann. Von den immer gleichen, angenehmen Temperaturen auf Pilgrim war hier nichts mehr zu spüren.

»Was denkst du, wie lange sind wir nun schon unterwegs nach Süden?«, fragte Tomm, als sie in ihre Filzdecken gehüllt an der rauen Felswand saßen und auf ihrem salzigen Trockenfleisch herumkauten.

»Es müssten drei Wochen sein, wenn ich mich nicht verzählt habe«, schätzte sie und brummte missmutig, als das leidlich bekannte Prasseln des Regens wieder einsetzte. Erst vereinzelt, dann stetig, bis das Blätterdach vor ihrem Unterschlupf vollkommen durchnässt war und die Tropfen schließlich auch den Waldboden erreichten. »Ist es nicht wundersam, dass wir auf Pilgrim auch in Wochen und Monaten die Zeit gerechnet haben?«

»Schon. Allerdings hilft uns das jetzt auch nicht weiter.« Tomm griff nach seinem Wasserschlauch, hielt ihn ihr hin und trank ein paar Schlucke, als sie den Kopf schüttelte.

»Wenn es so wäre, dass drei Wochen vergangen sind, hätten uns die Flüchtlinge vor etwa einer Woche verlassen«, dachte sie laut und zog ihre Füße näher an sich, als die Spritzer der Regentropfen immer weiter in ihren Unterschlupf vordrangen. »Da sie uns gesagt haben, dass die Südspitze noch etwa eine Woche entfernt ist, müssten wir bald da sein.«

»Was wollen wir dann eigentlich genau tun?«, fragte Tomm beinahe beiläufig.

»Wir bleiben bei unserem Plan und versuchen mit einem Schiff von hier zu verschwinden.« Sie hatte zwar noch keinerlei Idee, wie sie das anstellen sollten, da sie weder Münzen mit sich führten, noch über die Fähigkeiten verfügten, es zu steuern. Auf die Hilfsbereitschaft der dortigen Einheimischen zu setzen, schien ihr reichlich naiv. *Wir können es uns nicht mehr leisten, Schafe zu sein.*

»Unser Plan entstand allerdings aus der Situation heraus, dass wir vor diesen nimbusverfluchten Soldaten aus dem Kaiserreich geflohen sind und sicher waren, sie würden versuchen, die gesamte Insel zu unterwerfen«, gab er zu bedenken. »Am Ende macht es doch keinen Unterschied, ob wir hier bleiben, oder mit einem Schiff in irgendein anderes, ebenfalls vollkommen fremdes Niemandsland fahren. Wahrscheinlich ist im Gegenteil die Chance noch deutlich größer, dass wir uns immer weiter von Felix, Magnus und Tasha entfernen.«

»Hm«, brummte Tzunai und strich sich nachdenklich durch ihre roten Locken, die mittlerweile reichlich verfilzt waren und ihr beim nächsten Bürsten höchstwahrscheinlich ausfallen würden. »Du vergisst da eine Sache.«

»Und die wäre?«, fragte er neugierig.

»Die Kristalle.«

»Hm.« Nun war es an ihm nachdenklich dreinzuschauen.

»Wenn Meister Raynor in Malkining einen Splitter finden konnte, wird es noch weitere geben und als wir das letzte Mal mit den anderen gesprochen haben, war unser Plan, dass wir die Fragmente suchen und zusammenführen«, sagte sie beinahe drängend. Sie hatte während ihrer langen Flucht kaum noch darüber nachgedacht, doch nun da sie sich alles in Erinnerung rief, konnte es ihr kaum schnell genug gehen, sich auf die Suche nach den roten Kristallen zu machen.

»Du meinst, dass wir das tun, was die Weltenblume uns aufgetragen hat, als wären wir ihre Dienstboten«, sagte er grimmig und warf mit zusammengekniffenen Lippen einen kleinen Stein ins Unterholz, welches keine zehn Schritte entfernt bereits unter dem erneuten Regen aufweichte.

»Ja«, stimmte sie mit bitterem Unterton in der Stimme zu, blieb aber nach wie vor entschlossen, als sie sich zu ihm drehte und seinen schweren Arm packte, mit dem er gerade den nächsten Stein werfen wollte. »Aber es ist unser einziger Anhaltspunkt. Außerdem würde ich mich deutlich wohler fühlen, wenn ich das Hatori an meiner Seite hätte. Diese Welt ist verdammt gefährlich, Tomm! Ohne das *Wahre Sein* ist es doch nur eine Frage der Zeit, bis wir aus Unwissenheit sterben und dann sind wir Magnus, Felix und Tasha bestimmt keine Hilfe mehr. Wir suchen einen Stein und nutzen ihn, um die anderen aufzuspüren und zu überleben.«

Der blonde Hüne schaute auf ihre kleine Hand herab, die noch immer auf seinem mächtigen Oberarm ruhte und blickte dann seufzend wieder in den grünen Wald, der scheinbar geduldig den endlosen Regen ertrug.

»Wenn das Hatori durch die Splitter überhaupt zugänglich ist«, gab er zu bedenken. »Vergiss nicht, dass das Wissen der Weltenblume und ihre Wahrnehmung das Tor zum Hatori sind. Wenn diese verstreuten Kristalle lediglich Bruchteile ihrer Persönlichkeit beinhalten, kann es gut sein, dass sie gar nicht die Macht oder das Wissen haben, einen Zugang zum *Wahren Sein* herzustellen.«

»Wenn Meister Faungar und Meister Winding uns eines gelehrt haben, ist es doch die Befähigung unseres eigenen menschlichen Geistes, dieses Tor aufzustoßen und ins Hatori einzutreten. Nur weil die Weltenblume das Tor ist, heißt es noch lange nicht, dass sie es selbst erschaffen hat.«

»Vielleicht«, sagte er, klang jedoch nicht besonders überzeugt.

»Warum bist du mit einem Mal so pessimistisch?«, fragte sie mit zusammengezogenen Brauen und unverhohlenem Ärger. »Ich habe gerade ein klein wenig Hoffnung, dass wir eine Entscheidung treffen, die nicht von einem Schaf stammt und und eine Richtung vorgibt. Und da entscheidest du dich plötzlich all deinen Optimismus über Bord zu werfen?«

*Warum muss er unbedingt jetzt anfangen, nur die Risiken und Gefahren zu sehen,* dachte sie und nahm schaubend ihre Hand von seinem Arm.

»In diesem Plan kommt mir einfach zu häufig das Wort *vielleicht* vor«, erklärte er und warf einen weiteren Stein ins Unterholz, wo er raschelnd in einem Busch verschwand.

»Wenn wir es nicht tun, fahren wir vielleicht mit einem Schiff in einen Sturm und entdecken eine Küste in der alles friedlich und sonnig ist. Vielleicht aber auch nicht. Vielleicht gehen wir auch in einem Sturm unter. Wenn wir hier auf dieser Insel bleiben, treffen wir vielleicht nette Menschen und werden als Fischer oder nimbusverfluchte Schafe alt und weise, vielleicht sterben wir aber auch durch die Schwerter dieser fremden Soldaten«, äffte sie seine besorgte Stimme nach. »Klingt das nach weniger *vielleicht* für dich?«

»Du hast recht«, sagte er grinsend und deutete einen zackigen Salut an, wie er bei den Piraten üblich gewesen war, wenn Graubart einen Befehle gebellt hatte.

»Dann ist es vielleicht also doch die beste Idee, wenn wir nach diesen verdammten Splittern suchen. Entweder es funktioniert, oder eben nicht, auf jeden Fall wird es uns nicht schaden, es auszuprobieren. Eine bessere Idee liegt eh nicht auf dem Tisch.«

»Sture Zicke.« Er streckte ihr erneut die Zunge raus, wie sie es seit Kindertagen kannte und grinste breit.

»Blöde Fettbacke«, schimpfte sie und streckte ihm ihrerseits die Zunge raus, bevor sie beide in Gelächter verfielen. Dieses Gelächter war warm und ehrlich und trug den Klang der Befreiung mit sich in die Kälte der Dämmerung hinaus.

Sie wusste gar nicht, wann sie das letzte Mal eine solch ausgelassene Fröhlichkeit in sich gespürt hatte - jedenfalls nicht mehr seit ihrer Zeit auf Pilgrim.

Sie genoss dieses Gefühl so lange es dauerte, denn sie wusste genau, dass das nicht lange sein würde. Das wäre nämlich nur unter einer einzigen Bedingung möglich, auf die sie kaum zu hoffen wagte.

*Halte durch!*

Als sie am nächsten Morgen erwachte, fand sie ihre wenigen Habseligkeiten, die sie in einem Tuch eingewickelt und zu ihren Füßen abgelegt hatte, völlig durchwühlt vor. Die Beeren und Früchte, die sie die vorherigen Tage so mühsam gesammelt hatte, waren verschwunden. Ihre Ersatztunika und der Schal – Geschenke der Flüchtlinge - lagen einige Schritte entfernt zerfetzt im Unterholz.

»Was beim Nimbus?«, flüsterte sie erschrocken und all ihre morgendliche Schläfrigkeit war sofort verschwunden.

»Was ist denn los?«, gähnte Tomm und stemmte sich mühsam von seiner Decke auf die Ellenbogen. Müde rieb er sich die geröteten Augen und schirmte sie gegen das aufkommende Tageslicht ab.

»Unsere Sachen«, fluchte sie und tastete langsam nach ihrem Schwert, das glücklicherweise noch immer neben ihr lag.

Tomm folgte ihrem Blick und erschrak ebenfalls, als er ihre Habseligkeiten vor dem Unterschlupf verteilt liegen sah.

»Verdammt, wer war das und warum sind wir nicht wach geworden?«

»Irgendjemand muss sich heute Nacht an uns herangeschlichen haben.«

»Um unsere Ersatzkleidung zu zerstören und unseren Proviant zu stehlen? Warum haben sie die Kleidung nicht mitgenommen? Oder unsere Waffen?«

»Es macht wenig Sinn, aber so sieht es nun einmal aus.«

Gemeinsam standen sie auf und gingen mit fest umschlossener Klinge und Axt auf die kleine Lichtung vor ihrem Unterschlupf hinaus.

Eine Weile standen sie einfach still da und lauschten dem ständigen Gezeter der Tierwelt, das sie nun schon so lange begleitete und ihre Sinne noch immer überforderte.

Dann raschelte es plötzlich rechts von ihnen und Tzunai durchzuckte ein kalter Schauer des Erschreckens. Als sie in Richtung des Geräuschs herumfuhr, war es jedoch schon wieder verschwunden.

»Wer auch immer da ist, komm raus!«, rief Tomm mit bemüht fester Stimme in das dichte Unterholz hinein, doch seine eigene Unsicherheit entging ihr nicht. Es gab bereits zu viel Fremdes, zu viel Eigenartiges, zu viel Gefährliches auf dieser Insel. Ein mysteriöser Diebstahl während der Nacht war das letzte, was sie jetzt noch gebrauchen konnten.

Gerade als sie etwas zu Tomm sagen wollte, ertönte das Rascheln erneut und zwar viel lauter und näher als noch zuvor.

Es hörte sich an, als renne da eine ganze Hundertschaft Soldaten auf sie zu.

Von einer instinktiven Angst erfüllt schnappten sie nach ihren Decken und rannten so schnell es das Unterholz zuließ in die entgegengesetzte Richtung davon.

Panisch hetzte sie an dicken Baumstämmen vorbei, über abgebrochene Äste hinweg und durch dichte Büsche hindurch, die ihr schmerzhaft ins Gesicht peitschten. Sie wollte sich nach Tomm umsehen, doch das Rascheln und Knacken in ihrem Rücken wurde immer lauter. Was auch immer da hinter ihr her stürmte, war deutlich schneller als sie.

Während sie einen steilen, zerklüfteten Abhang umrundete, wagte sie einen kurzen Seitenblick, weil sie meinte, aus den Augenwinkeln eine Bewegung wahrzunehmen.

Und tatsächlich, etwa zwanzig Schritte über ihr hastete Tomm über den Kamm des Abhangs hinweg. Scheinbar hatten sie sich unterwegs getrennt, ohne es zu bemerken.

»Tomm!«, schrie sie ihm entgegen, als sie mit voller Wucht gegen etwas Hartes krachte und nach einem widerlichen Knirschen ein flammender Schmerz in ihrem Gesicht explodierte.

Mit einem schrillen Aufschrei stürzte sie rücklings zu Boden und japste keuchend nach Luft, während sie sich wimmernd mit einer Hand an die gebrochene Nase fuhr und warmes Blut ertastete. Vor ihrem Gesicht tanzten helle Sterne, während sie sich mit tränenschweren Augen mühsam aufrichtete.

Das Rascheln, dachte sie entsetzt und fuhr mit erneut aufflammender Panik so schnell herum, dass ihr Kopf protestierend dröhnte.

Sie wollte schreien, doch ihr Mund blieb lediglich offen stehen, ohne einen Laut hervorzubringen.

Einige Schritte entfernt stand ein Monster, das ihre schlimmsten Alpträume übertraf und direkt den Chroniken der Vorwelt entsprungen sein könnte: Über zwei Schritte groß, mit riesigen, klauenbewehrten Tatzen, hatte es sich auf seine muskulösen Hinterläufe gestellt und breitete mit einem markerschütternden Brüllen zwei massige Vorderläufe mit messerscharfen Krallen aus. Dichtes, braunes Fell bedeckte einen massigen Leib, auf dem ein breiter Kopf mit kleinen Augen und einer langen, vor Sabber triefenden Schnauze saß.

»Oh, beim Nimbus«, wimmerte sie und wollte langsam nach hinten ausweichen, als sie an die kalte Rinde des Baumes stieß, mit dem sie bereits unangenehm zusammengeprallt war, als sie zu Tomm hinaufgeschaut hatte. Sie presste sich gegen den feuchten Stamm und spuckte metallisch schmeckendes Blut auf den Waldboden, das ihr stetig aus der zerstörten Nase in den Mund lief.

Das Monster kam langsam näher und brüllte wütend in ihre Richtung, bis es so nahe kam, dass ihr der stinkende Speichel von den Lefzen ins Gesicht flog. Gerade als sie sich langsam aus ihrer Schockstarre zu lösen versuchte, schlug das Tier mit einer seiner riesigen Pranken nach ihr.

Es erwischte sie so schnell, dass sie in ihrem Zustand nicht einmal mehr reagieren konnte. Sie wurde gegen die scharfkantigen Steine des steilen Abhangs geschleudert, auf dessen Spitze sie eben noch Tomm gesehen hatte. In ihrer Schulter explodierte ein scharfer Schmerz und ihren Lungen entwich sämtliche Atemluft, sodass ihr nicht einmal ein Schrei entfuhr.

Ihre Lider begannen unkontrolliert zu flattern, während sie um ihr Bewusstsein rang und panisch nach Luft schnappte, während das Ungetüm ihr hinterher setzte.

Dann ertönte plötzlich ein langgezogenes Brüllen, das ebenfalls kaum menschlich klang. Es kam von über ihr. Die Kreatur schien davon genauso überrascht wie sie und ließ sich bedrohlich brummend auf alle Viere nieder, während sie mit ihren dunklen, winzigen Augen den Abhang hinauf starrte.

Ächzend tat Tzunai es ihr gleich und sah etwas verschwommen Tomm mit erhobener Axt in einer Wolke aus kleinen Steinen den Abhang hinunterrutschen. Sein Schrei klang dabei mehr nach Schmerz als nach allem anderen, während sein massiver Körper bergab immer schneller wurde.

Kurz bevor er bei ihnen ankam richtete sich das braune Monster wieder zu voller Größe auf und stieß ein lautes Brüllen aus, das unverkennbar nach einer Drohung klang. Doch selbst wenn Tomm wollte, hätte er seinen Weg den Abhang hinab nun nicht mehr stoppen können.

Wie der rauschende Wind selbst schoss er über die kleine Kante am Fuß des Abhangs hinweg direkt auf die unheimliche Kreatur zu, die noch versuchte, nach dem Pilgrim zu schlagen. Doch sie war zu langsam und Tomm zu schnell. Mit einem letzten Aufschrei landete er direkt im Bauch des Monsters und vergrub dabei das Axtblatt bis zum Holz in seinem Hals.

In einem Ball aus Haut und Fell purzelten sie einige Schritte weit zurück ins Unterholz, wo sie nach einem letzten Brüllen der Kreatur reglos liegen blieben.

»Oh Tomm, verdammt«, weinte Tzunai und stemmte sich mit letzter Kraft auf die Beine. Ihre Schulter spürte sie kaum noch, obwohl ein kurzer Seitenblick ihr verriet, dass sie anzuschwellen begann, aber nicht besonders stark blutete. Ihr Kopf jedoch fühlte sich an, als habe sie eine Woche auf blankem Stein gelegen und sandte unbarmherzige Schwindelattacken durch ihren Geist.

Schritt für Schritt kämpfte sie sich zu Tomm vor, bis sie bei seinem reglosen Körper ankam, der auf dem blutüberströmten Bauch der Kreatur ruhte.

Als sie auf ihn herabblickte, fing sie ungehemmt an zu weinen.

Sein gesamter Rücken und seine Beine waren der Länge nach von dem Geröll auf dem Abhang aufgeschürft. Er blutete zwar nicht lebensbedrohlich stark, doch seine Schmerzen mussten so furchtbar sein, dass sie es sich kaum ausmalen wollte.

»Oh, nein, nein, nein«, heulte sie und drehte ihn sanft auf die Seite.

Mit wässrigen Augen und flatternden Lidern erwiderte er ihren Blick. Seine Zähne hatte er tapfer aufeinander gepresst, ohne einen Laut hervorzubringen. Doch sein bebendes Gesicht, das vor Anspannung zu platzen schien, verriet eine unbeschreibliche Pein.

»Ist schon gut, ist schon gut«, flüsterte sie und presste seinen Kopf an ihren Bauch, während sie durch sein verklebtes Haar strich und beruhigend auf ihn einredete. Bald schon schrie er seine Schmerzen ungehemmt in die Welt hinaus. In eine Welt, die so ungerecht war, dass sie nicht wusste, worüber sie eigentlich weinen sollte: Über ihre eigenen Schmerzen, das Elend, in dem sie sich befanden, oder die Qualen ihres Freundes, die er für ihre Rettung in Kauf genommen hatte.

Magnus schnupperte an dem kleinen Kräuterzweig, den Wolf ihm unter die Nase hielt und nickte anerkennend. Die zarten Blüten des Gewächses sandten ein angenehmes Aroma durch seine Sinne, das in ihm sofort ein starkes Hungergefühl auslöste.

»Schade, dass ich erst jetzt etwas davon gefunden habe. Nennt sich Katzenfaun und hätte herrlich zu unserem Rehbraten gepasst«, sagte Wolf mit echtem Bedauern in der Stimme und steckte den zarten Zweig in seinen

Kräuterbeutel, der mittlerweile so prallgefüllt war, dass er weit von seinem Gürtel abstand. Zum ersten Mal, seit er ihn kennengelernt hatte, ging nun ein angenehmer Geruch von dem Jäger aus. Lediglich Pampa, die jedes Mal vernehmlich schnaufte, wenn ihre feuchte Nase zu nahe an den Beutel kam, schien es nicht zu gefallen.

Zuerst hatte Magnus noch versucht seinen Begleiter zu einem schnelleren Marschtempo anzutreiben, da er seine Entscheidung, in der nächsten Stadt mit der Suche nach einem Splitter zu beginnen, möglichst schnell in die Tat umsetzen wollte.

Doch der Jäger war so begeistert von den vielen Kräutern und Heilpflanzen, die er unterwegs fand, dass er es kaum übers Herz brachte, ihn in seinen ausschweifenden Ausführungen über die Eigenheiten der einzelnen Blätter und Knollen zu unterbrechen.

Was er über die heimische Flora lernte, war außerdem höchst nützlich, da Wolf ihm beispielsweise diese eine Pflanze mit den gezackten langen Blättern gezeigt hatte, die angeblich dabei half, Blutungen zu stoppen, wenn man sie zu einem Brei zerkleinerte und dann auf die Wunde schmierte. *Weyerkraut?*

Mit den ansässigen Tieren kamen sie zwar nicht ganz so schnell voran, da die meisten vor ihnen flüchteten, bevor er sie sehen konnte, doch er hatte bereits *Kaninchen*, *Tauben* und *Eichhörnchen* gesehen.

Leider handelte es sich in den meisten Fällen um tote Exemplare, die sie abends über dem Lagerfeuer rösteten, doch er lauschte Wolfs Ausführungen über ihre Lebensweise und die beste Art sie zu jagen, trotzdem aufmerksam und wissbegierig.

Die letzten Reste des Rehs, das er unter der Mithilfe seines neuen Gefährten geschossen hatte, waren bereits in ihren hungrigen Mägen verschwunden und eben jenen neuen Tieren gewichen, die Wolf allerdings alleine jagte, da sie für Magnus Fähigkeiten im Fallenstellen und Bogenschießen noch deutlich zu geschickt oder eben zu klein waren.

Außerdem hatte er vorerst keine Lust mehr, sich als Versager herauszustellen.

Darum übte er jeden Abend, bevor die Sonne unterging und schoss Pfeil um Pfeil auf kleine Ziele, die Wolf zuvor in die Bäume ritzte.

Das tat er so lange, bis seine Arme so sehr schmerzten, dass er dachte, seine Muskeln würden beim nächsten Sehnenzug reißen wie Papier.

Jeden Morgen, während Wolf noch lautstark schnarchte, weckte ihn Meister Raynor, um mit ihm gemeinsam Hatnam zu trainieren. Noch immer verweigerte sein Lehrer jeglichen Waffengebrauch und setzte sein erbeutetes Schwert lediglich zum Holzhacken, dem Anspitzen von Ästen oder zum Graben ein, wenn sie eine Mulde für das Lagerfeuer aushoben.

Magnus jedoch kämpfte mit seinen zwei Dolchen, um seine Balance und sein gesamtes Körpergefühl auf die neue Gewichtsverteilung in den einzelnen Figuren abzustimmen. Bei den Übungskämpfen wurde deutlich, dass er sich dafür schämen musste, bisher so viel auf seine Hatnamfähigkeiten gegeben zu haben. Raynor war nicht nur weitaus schneller, konzentrierter und präziser als er selbst, sondern spielte in einer vollkommen anderen Klasse, die seine eigenen Angriffe wie stümperhafte Fuchtelei aussehen ließen. Er konnte nur den Kopf darüber schütteln, dass er auf Pilgrim in all seiner Überheblichkeit gedacht hatte, beinahe Raynors Niveau erreicht zu haben.

Nachdem er es geschafft hatte seinen verletzten Stolz herunterzuwürgen und die Fähigkeiten seines Meisters stattdessen staunend anzuerkennen, konnte er seiner Unterlegenheit allerdings auch etwas Gutes abgewinnen: Er kämpfte ohne die üblichen Beschränkungen eines Übungskampfes, der nur leichten Körperkontakt vorsah, als ginge es um Leben und Tod, da er ohnehin nie einen Treffer landete. So war das Trainingsergebnis für ihn weitaus größer als normal, da seine Angriffe und Verteidigungen deutlich realistischer ausfielen.

Raynor gab ihm nach jedem Kampf wertvolle Hinweise und Lektionen, die er bis zum nächsten Morgen verinnerlichen sollte und diese Vorgehensweise zeigte Wirkung.

Er verbesserte sich Tag um Tag spürbar und gewann immer mehr Vertrauen in seine beiden langen Dolche, die sich zu Beginn noch ungewohnt schwer angefühlt hatten, mittlerweile jedoch zu natürlichen Bestandteilen seiner Arme wurden.

Überhaupt war sein Mentor überraschend geduldig mit ihm und arbeitete sehr konzentriert und gewissenhaft an der stetigen Verbesserung seines Schützlings.

Selbst wenn er mit dem Bogen übte, oder sich von Wolf stundenlang etwas über Pflanzen und Tiere erzählen ließ, sagte er nichts, obwohl offensichtlich war, dass er selbst von Zeit zu Zeit genervt war von dem dauerquasselnden Jäger, der in seinen Erzählungen kein Detail ausließ.

Magnus war sicher, dass dieses neue Verhalten mit ihrem Gespräch zusammenhing, das sie nach Raynors eindringlichem Appell an seine Entscheidungsfähigkeit geführt hatten.

Er hatte befürchtet, dass sein Meister Einwände gegen seine Ideen haben würde, sie für naiv hielt, oder ihn nur testen wollte, ob er in der Lage war klar zu denken. Sehr zu seiner Überraschung schien jedoch nichts davon der Fall zu sein.

Magnus hatte ihm eröffnet, dass er in Westwart, der scheinbar nächsten Stadt, nach einem Kristallsplitter suchen wollte, um damit Tzunai aufzuspüren - ob sich das nun als klug herausstellen würde oder nicht. Er war jedoch überzeugt, dass Tzunai es entweder auf die Mähre geschafft, oder zumindest den Rest der Gruppe zusammengehalten hatte. Und wenn das der Fall war, würde er durch sie auch mit seinen restlichen Freunden wiedervereint sein.

Raynor hatte ihm einfach lange in die Augen geschaut und dann genickt. Seitdem verlor er kein einziges Wort mehr über das Gespräch oder seine Entscheidung, sondern tat einfach sein Bestes, ihn im Hatnam zu unterrichten.

Einen sehr zentralen Teil seines noch ziemlich unpräzisen Plans hatte er jedoch nicht erwähnt, weil sein Mentor es nicht verstehen würde: An diesem drängenden Gefühl in seinem Herzen gab es aber kein Vorbei. Felix, Tasha, Tomm und Tzunai. Bevor er nicht dafür gesorgt hatte, dass sie wieder zusammen waren und in Sicherheit, würde er gar nichts mehr entscheiden.

*Wo immer ihr seid, ich werde euch finden und uns wieder zusammenbringen,* dachte er entschlossen. *Tzunai wird wissen, was am besten zu tun ist.*

Diese Welt, in die das Schicksal sie geworfen hatte, war schon für sich genommen so fremdartig, dass sie regelmäßig seinen Verstand durcheinanderwirbelte. Doch die Tatsache, dass er sie allein durchstreifen musste, oder zumindest ohne seine Freunde, war für ihn nur schwer zu ertragen.

Alles was sie gemeinsam durchgemacht hatten, alles was sie hier in der Fremde noch stärker zusammengebracht hatte, die durchgestandenen Gefahren und die Aufregung des Neuen, war für ihn zu einem unsichtbaren Band geworden, das nun stärker war als je zuvor.

Es war dieses Band, diese Nabelschnur, die ihn wie eine unsichtbare Kraft zu ihnen zog. Besonders eines dieser Bänder zog mit solcher Wucht an ihm, dass er es beinahe körperlich spürte. Er konnte es nicht erklären, doch seit sie getrennt worden waren und ihn der entsetzte Blick aus ihren Augen getroffen hatte, war es da. Es war dieser Blick aus ihren großen, feurigen Augen, den sie ihm in der Gekaperten Nymphe zugeworfen hatte, als Magnus gedacht hatte, sterben zu müssen. Dieser Blick zwischen ihnen, fühlte sich in seiner Erinnerung an wie ein besonders kostbarer Moment im Fluss der Zeit. Lang und bedeutungsschwanger, wenn auch er nur Sekunden gedauert haben mochte.

»Ich werde dich finden«, flüsterte er entschlossen, als stünde Tzunai nur einen Schritt weit entfernt und könne ihn hören.

Er hoffte nur, dass sie mit den anderen zur *Schwarzen Mähre* entkommen und längst viele Meilen Wasser zwischen sich und die Invasoren gebracht hatte.

Fest stand für ihn lediglich, *dass* sie es geschafft hatte zu fliehen. Wenn es jemand schaffen konnte, dann Tzunai.

Ob seine Freunde nun auf Graubarts Schiff waren, noch auf Malkining oder so wie Raynor und er zum Festland übergesetzt hatten, wusste er nicht, doch er war fest entschlossen, es so schnell wie möglich herauszufinden.

Mit dem *Wahren Sein* auf seiner Seite würde es deutlich einfacher werden, seine Entscheidung bis zum Ende zu bringen und sie alle wieder zu vereinen. Denn dann konnten sie immer noch überlegen, ob sie der Weltenblume letztendlich helfen wollten oder nicht.

Westwart war also das Ziel. Angeblich waren sie dort in Sicherheit vor ihren Verfolgern. Eine Sicherheit, von der Wolf ihn jeden Tag zu überzeugen versuchte, da die Stadt im Gegensatz zu Waderstade angeblich hohe Mauern und eine starke Armee aufbieten konnte. Die Entschlossenheit ihrer Verfolger ließ bei Magnus allerdings Zweifel aufkommen, ob überhaupt irgendetwas sie stoppen konnte. Klar war jedoch auch, dass sie überall sicherer waren, als in diesem Wald, der überhaupt keinen Schutz vor den Legionären bot.

Außer vielleicht Wolf selbst, der sich sichtlich Mühe gab ihre Spuren zu verwischen und damit scheinbar auch Erfolg hatte, schließlich waren sie noch keinem Vindicaner begegnet.

Allein die Tatsache, dass sie bereits seit einer Woche durch denselben Wald gingen, ohne auf Siedlungen, Landmarken oder Flüsse zu treffen, machte klar, dass es ein sinnloses Unterfangen war, hier jemanden aufspüren zu wollen, der nicht gefunden werden wollte. Noch dazu hatten sie mit Wolf einen ortskundigen Führer, der sich vortrefflich auf das Leben in der Wildnis verstand, während die Vindicaner sich hier wahrscheinlich ähnlich fremd fühlten wie Magnus.

All das führte dazu, dass er sich mit jedem Tag etwas mehr entspannte und ihm erst jetzt klar wurde, dass er die ganzen letzten Wochen gelebt hatte wie eine sprungbereite Katze.

Die Folge war eine tiefe Erschöpfung, die er in dieser Form niemals für möglich gehalten hätte. Es war ein Gefühl, das weit über körperliche Müdigkeit hinausging, als wäre er ein zu häufig ausgewrungener Lappen, den man in der Sonne liegen gelassen hatte, bis er spröde und brüchig wurde.

Doch für Müdigkeit hatte er keine Zeit, bis er Tzunai und die anderen fand, darum übte und lernte er so viel und so häufig es ihm möglich war.

Nach einigen Tagen – Magnus hatte durch die immer gleichen Tagesabläufe den Überblick verloren, wie viele es tatsächlich waren – erreichten sie in der Dämmerung ein gewaltiges Trümmerfeld, das sich unvermittelt vor ihnen ausbreitete.

Es handelte sich um eine Lichtung von gewaltigen Ausmaßen, die von eingestürzten Türmen, verwitterten Plätzen und uralten Grundmauern ehemaliger Steinhäuser übersäht war.

Der dunkle Granit dieser ehemaligen Stadt war von Moos, Schlingpflanzen und Unkraut überwuchert, das wie eine gierige Hand nach den toten Gebäuden griff.

Am Waldrand, direkt vor ihren Füßen beginnend, zog sich eine ehemalige Pflasterstraße schnurgerade durch die Ruinen, die sich meilenweit in jede Himmelsrichtung erstreckten.

Die einzelnen Pflastersteine waren unter dem wuchernden Unkraut nur mit viel Mühe oder ausreichender Phantasie auszumachen und an vielen Stellen bereits durch die nach oben drängenden Pflanzen zerbrochen.

Über der seltsam mystischen Szenerie lag eine geisterhafte Stille, die lediglich von dem ständigen Hintergrundlärm des Waldes durchbrochen wurde und dafür sorgte, dass sich die Haare auf seinen Armen aufstellten, als lauere in diesen eingestürzten Gebäuden eine unsichtbare Gefahr.

Eine Weile lang sagte niemand etwas und sogar die sonst immer fröhliche Pampa drückte ihren Kopf winselnd an Wolfs Oberschenkel.

Der Jäger selbst war kaum nervös, spuckte jedoch auf die verwitterten Pflastersteine vor seinen Füßen, rupfte dann einige Halme des allgegenwärtigen Unkrauts mit den Händen heraus, warf sie sich rechts und links über die Schulter und drehte sich dann einige Male im Kreis.

»Prinzip des Mutes, leite meinen Weg. Prinzip der Angst verschone diesen Körper«, murmelte er unverständlich in seinen Bart hinein.

»Was war denn *das*?«, fragte Magnus irritiert über den kleinen Zirkus, den der Waldläufer da veranstaltete. Es erinnerte ihn an die abergläubischen Rituale der Piraten.

Wolf schien überrascht und musterte den Pilgrim, als wäre dieser nicht ganz bei Sinnen.

»Ich habe die beiden Prinzipien um Hilfe, beziehungsweise Nachsicht, gebeten, was denn sonst?«

»Prinzipien?«

»Natürlich«, sagte der Jäger nun seinerseits irritiert, bevor sich seine zusammengezogenen Brauen etwas entspannten. »Ich vergesse immer, wie wenig ihr weltfremden Burschen doch über diese Welt wisst.«

Nachdem er die beiden Pilgrim nachdenklich gemustert hatte, lachte er so plötzlich schallend auf, dass Magnus, der ob dieser unheimlichen Ruinen noch immer etwas nervös war, unwillkürlich zusammenzuckte.

»Witzig, dass ich mal jemand anderen weltfremd nennen würde. Haha!«

»Diese Prinzipien, von denen Ihr gesprochen habt«, erinnerte Raynor ihn ungeduldig an das eigentliche Thema und blickte konzentriert in das tote Gerippe dieser einstmals großen Stadt, vor deren Überresten sie standen.

»Äh, ja«, beeilte sich Wolf und zuckte mir den Schultern. »Also die ganze Welt wird von unzähligen Prinzipien angetrieben, die zwei Richtungen nehmen können: Gut und Böse. Beide Richtungen sind für die Menschen wichtig und haben ihren Wert. Beispielsweise Mut und Angst, die ich eben angerufen habe. Mut ist die Grundlage großartiger Leistungen und Verdienste, während Angst uns vor Dummheiten schützt, die wir vielleicht begehen würden.«

»Ihr betet *Gefühle* an?«, fragte Raynor halb erstaunt, halb entsetzt und forschte angestrengt nach Schalk in Wolfs Augen, den er aber anscheinend nicht finden konnte, da er kurz darauf ungläubig den Kopf schüttelte.

»In gewisser Weise schon, ja. Es gibt die Nordmänner und die Sarnesh, die ihre Götter anbeten, aber das ist alles reiner Aberglaube, sage ich euch. Es ist doch verständlich, dass wir uns lieber an die in uns wirkenden Prinzipien wenden, wenn wir sie gerade benötigen«, bestätigte der Jäger leichthin und musterte nun seinerseits Raynor, da er scheinbar nicht verstand, wieso dieser dafür kein Verständnis aufbringen konnte. »Ihr seid nicht gerade offen für andere Kulturen was? Schaut mich an, ich rufe manchmal sogar die Götter der Nordmänner an, wenn es gerade angebracht ist!«

Der Hatnammeister brummte lediglich und starrte wieder auf das Trümmerfeld verwitterter Ruinen, das in dem immer spärlicher werdenden Tageslicht von Augenblick zu Augenblick geisterhafter wirkte. Das Gespräch war für ihn offensichtlich beendet, was nun wiederum Wolf zu einem verständnislosen Kopfschütteln bewegte.

Magnus legte ihm eine Hand auf die Schulter und drehte ihn sanft zu sich herum.

»Ist schon gut«, sagte er leise und nickte unauffällig in Richtung seines Mentors, der seinen eigenen Gedanken nachzuhängen schien und dabei nicht gerade glücklich wirkte. »Du musst wissen, dass wir in einer Welt aufgewachsen sind, die Gefühle und ihre vielen Facetten als schädlich für den geistigen Aufstieg betrachtet hat. Wenn nicht als schädlich, dann doch zumindest als hinderlich. Vor einigen Wochen haben wir dann erfahren, dass unser gesamtes Weltbild eine einzige Lüge war und damit auch irgendwie unser gesamtes Leben. Gib ihm ein wenig Zeit sich an all das hier zu gewöhnen.«

Wolf verzog nun seinerseits nachdenklich das Gesicht und wollte sich ebenfalls zu der Ruine umdrehen, als Magnus ihn mit einem erneuten Griff zur Schulter davon abhielt.

Zwei alte Männer, die nachdenklich in eine Geisterstadt starrten und dabei die Zeit vergaßen, wollte er sich lieber ersparen, zumal ihm dieses düstere Massengrab noch immer nicht geheuer war.

»Was hat es mit dieser Ruine auf sich?«, fragte er den Jäger leise, als könne er etwas zwischen den alten Steinen wecken, das er besser schlafen ließ.

»Das verrate ich dir, wenn wir uns bei einem warmen Feuer in einem der Häuser befinden.«

»Du willst *da rein* gehen?«, fragte Magnus etwas lauter als beabsichtigt, und erntete dafür einen tadelnden Blick von seinem Mentor, der kritisch eine Braue in seine Richtung hob.

»Das kannst du nicht ernst meinen. Hier finden wir doch niemals einen ruhigen Schlaf«, fuhr er etwas leiser fort und deutete auf die gähnende Schwärze in den Türen und Fenstern der verfallenen Türme und Häuser, deren Schatten in der untergehenden Sonne immer länger und bedrohlicher wurden.

»Hier lebt seit Jahrhunderten niemand mehr, Junge. Falls es hier Geister geben sollte, was ich nicht ausschließen will, dann sind es keine bösen. Ich habe hier schon häufig übernachtet und die Mauern bieten uns guten Schutz vor der Witterung. Ich dachte Aberglaube läge euch beiden Helden fern?«

»Ja, schon«, sagte Magnus etwas pikiert und schaute unruhig zu dem Trümmerfeld hinüber. »Aber das da... Das ist wie das absolute Gegenteil des Ortes, von dem wir stammen. Wir haben mit so vielen Menschen in einer Stadt aus Stein gelebt. Es war ein stiller Ort, ja. Aber diese Stille hier ist eine tote Stille. Es ist dort so… leblos. So leer.«

»Ich verstehe. Aber mach dir keine Sorgen. Leer ist gut auf dieser Welt, glaub mir.«

»Aber warum dann dieser Zirkus?«, fragte Magnus und äffte das vorangegangene Ritual des Jägers nach, indem er ausspuckte und etwas Unkraut über seine Schultern warf.

»Pffft«, machte Wolf schnippisch und verschränkte die Arme vor der Brust. »Es kann schließlich nicht schaden, auch einige der nordischen Götter zu besänftigen, falls sich hier Geister aus ihren Gefilden herumtreiben sollten. Man weiß schließlich nie!«

Er strich Pampa über den Kopf und stapfte dann ohne ein weiteres Wort die Pflasterstraße entlang, die mitten in das düstere Herz der Stadt führte, oder zumindest das, was die Zeit davon noch noch übrig gelassen hatte.

»Versteh einer diesen Menschen«, schimpfte Magnus gerade, als auch Raynor sich wortlos in Bewegung setzte.

*Na toll, ich bin mit den beiden sturşten Köpfen jenseits der Vorwelt unterwegs und muss in einer nimbusverfluchten Ruine schlafen, weil keiner von ihnen bereit ist zuzugeben, dass er sich bei dem Gedanken daran unwohl fühlt,* dachte er kopfschüttelnd.

Mit einem ergebenen Seufzer warf er die Hände in die Luft und hastete ihnen mit schnellen Schritten nach, als er hinter sich etwas im Unterholz knacken hörte. Das passierte ständig und noch immer erschreckte es ihn. Wahrscheinlich war es mal wieder nichts, doch an diesem Ort wollte er nicht alleine zurückbleiben um es herauszufinden und beschleunigte sein Tempo. Ein kurzer Blick über die Schulter und er sah einen kleinen Schatten davonhuschen – scheinbar ein Kaninchen oder ein Fuchs.

Nach einigen Augenblicken wurde er wieder langsamer und heftete sich hinter Wolf und Raynor, die schweigend durch die breite Gasse gingen und dabei genauestens die Ruinen musterten, an denen sie vorbei kamen.

Magnus wusste auch weshalb: In den teilweise zwei- bis dreistöckigen

Häuserskeletten, die eng beieinander standen und kaum etwas Licht von der gerade untergehenden Sonne auf das überwucherte Pflaster sickern ließen, starrte sie aus gähnenden Türöffnungen und Fenstern eine so tiefe Schwärze an, dass es ihn fröstelte.

Hier und da vernahmen sie leises Rascheln und das Knacken von morschen Holzbalken.

*Das sind wahrscheinlich Kleintiere, die hier ihre Lager aufgeschlagen haben,* redete er sich innerlich ein, doch seine Hände tasteten suchend nach den Griffen seiner beiden Dolche.

Dann erklangen plötzlich das Rauschen einer Windbö und ein lautes Krachen direkt über ihnen.

Wolf hatte blitzschnell einen Pfeil aufgelegt, während Raynor und Magnus instinktiv in eine Hatnam-Verteidigungshaltung glitten und ihre Blicke nach oben zuckten.

Der Wind hatte im obersten Stockwerk einer dreistöckigen Ruine, die vollständig von schwarzem Schimmel übersäht war, einen alten Fensterladen gegen die Hauswand geschleudert. Das Holz war mehrfach gesplittert und hing nur noch mit Mühe und Not in den verrosteten Scharnieren, von denen jetzt alter Schmutz bröckelte und neben ihnen auf die maroden Pflastersteine prasselte.

Langsam entspannten sie sich wieder, Wolf ließ jedoch den Pfeil auf der Sehne, auch wenn er sie erst einmal entspannte.

*So viel zu unseren beiden furchtlosen Sturköpfen*, dachte er lakonisch und setzte sich wieder in Gang, als Jäger und Hatnam-Meister mit argwöhnischen Blicken ihren Weg fortsetzten.

Dass es sich bei dem plötzlichen Lärm lediglich um einen maroden Fensterladen gehandelt hatte, der Opfer des Windes geworden war, beruhigte ihn zwar etwas, doch sein Körper vibrierte beinahe vor Anspannung.

Also folgte er Wolf und Raynor mit leicht zitternden Gliedern und aufgestellten Nackenhaaren, als könne es nur eine Frage von wenigen Wimpernschlägen sein, bis wieder etwas geschehen würde.

Der Himmel war mittlerweile in ein tiefdunkles Blau getaucht und mit etwas Phantasie ließen sich bereits die ersten Sterne erkennen, die wie weiße Nadelköpfe im Firmament steckten.

Ihr fahles Licht, das sich mit den kläglichen Resten der untergehenden Sonne vermischte, trug ihr Übriges dazu bei, sein ungutes Gefühl noch zu verstärken.

Überhaupt schien diese Straße, auf der sie schweigend dahinschlichen und jedem noch so kleinen Geräusch lauschten, endlos zu sein. Als er sich einmal umdrehte, lag ihr Ausgangspunkt am Waldrand bereits als düsteres Loch am Ende des Weges weit zurück.

Er wandte sich wieder nach vorne und wäre beinahe mit Wolf und Raynor zusammengestoßen, die vor einer großen Kreuzung stehen geblieben waren und nicht sicher zu sein schienen, wohin der weitere Weg sie führen sollte.

An den Eckpunkten des kleinen Platzes, von dem aus vier breite Straßen, die allesamt identisch aussahen, in alle Himmelsrichtungen führten, standen vier trutzige Türme, beziehungsweise das, was von ihnen übrig war. Ihre einstmalige Größe war nur noch zu erahnen und wahrscheinlich konnte selbst seine Phantasie lediglich einen Schatten ihrer einstmaligen Pracht wiedergeben.

Jetzt handelte es sich um viereckige schwarze Ruinen, die wie kräftige Arme nach den Sternen zu greifen schienen, aber in einiger Höhe vom Wind fortgerissen worden waren und jetzt als traurige Überbleibsel eines gescheiterten Versuchs über ihnen aufragten.

Immerhin hatten sie keinerlei Fenster, aus denen Magnus sich beobachtet fühlen konnte, sonst hätte er den Blick schon längst wieder von diesen düsteren Monstrositäten vergangener Baukunst abgewendet, welche wie die anderen Gebäude um sie her von Schlingpflanzen, Moss und schwarzem

Schimmel bedeckt waren.

Er fragte sich wofür diese Vierlinge damals wohl erbaut wurden, immerhin fielen sie mit ihrer Architektur deutlich aus dem Rahmen der restlichen Ruinen. Wo die meisten der Häuser, an denen er vorbei gekommen war, verzierte Balkone, mit alten Fresken übersäte Dachfirste und brüchige, aber einstmals aufwändig geschwungene Türrahmen aufwiesen, wirkten diese Kolosse von Türmen geradezu grobschlächtig und unpassend.

»Das sind die *Fackeln von Hellnoria*«, erklärte Wolf plötzlich, als hätte er die lautlose Frage des jungen Pilgrim erhört. »Sie waren vor vielen hundert Jahren der ganze Stolz des Reiches *Hellnoria*, das unseren Kontinent vom Frostforst im Norden, bis zum Zwillingsgebirge im Süden umspannte. Die Ruinen dieser Stadt, die damals *Fallmoria* hieß, sind einer der letzten verbliebenen Beweise der Größe und Pracht einer einst stolzen Nation. Die vier Türme, eben jene Fackeln von Hellnoria, waren die höchsten Bauwerke ihrer Zeit. Sie ragten über einhundert Schritte hoch in den Himmel und entzündeten den Legenden nach jede Nacht riesige Feuer auf ihren Spitzen, um weithin gesehen zu werden.«

»Aber zu welchem Zweck?«, fragte Magnus interessiert und starrte nun beinahe ehrfürchtig zu den abgebrochenen Mauerresten am oberen Ende der Türme hinauf.

»Fallmoria war einst der Sitz des *Ordens der Heiligen Klinge*, der Leibgarde des Königshauses Alkantras und gleichzeitig die Sommerresidenz des Königs. In den Sommermonaten durfte jeder Bürger mit seinem Anliegen an diesen Ort reisen und seine Wünsche vortragen. Die Unkosten für die Reise wurden ihnen großzügig vom Herrscher erstattet, der mit dieser Maßnahme immer über die Bedürfnisse und Sorgen seiner Untertanen unterrichtet sein wollte. Damit sie ihren Weg durch den damals noch weitaus größeren Wald finden konnten, ließ er diese vier Türme mit ihren riesigen Feuerschalen auf der Spitze errichten. Denn dass dieser Wald zum Verirren einlädt, dürfte euch beiden ja bereits aufgefallen sein.«

»Hellnoria? Ich erinnere mich daran, dass ihr euren Kontinent Hellnor nennt, stammt der Name von dieser untergangenen Kultur?«, fragte Raynor mit ebenfalls auf die Ruinen gerichtetem Blick. Magnus konnte schwören, dass sich ihr Anblick selbst in der so begrenzten Phantasie seines Meisters zu einer epischen und majestätischen Pracht verändern musste und die Erzählungen Wolfs damit zum Leben erweckte.

»So ist es. Hellnoria war lange Zeit die einzige Nation unseres Kontinents, noch bevor wir unseren Schwesterkontinent Gleve überhaupt entdeckt haben. Lediglich die verseuchten Länder der Sarnesh, südlich des Schwertwalls gehörten nicht zum Herrschaftsbereich des Königshauses Alkantras. Es gab also keinen Grund, einen anderen Namen für dieses Stück Erde zu wählen, als den des Reiches. Hellnoria bedeutet in der Alten Sprache Schmuckstück und den Legenden zufolge trifft dieses Wort durchaus zu. Die Geschichtsbücher sprechen zwar von einem grausamen Reich der Unterdrückung und der gierigen Herrschaft der Königslinie Alkantras, die von Missgunst, Angst und Armut geprägt war. Doch die Legenden der einfachen Bürger sprechen eine ganz andere Sprache: Abseits des heute herrschenden Adels, flüstern die Menschen in den Gassen und auf den Feldern über die Größe und Pracht Hellnorias, das von Gerechtigkeit und Weisheit angetrieben wurde, von gütigen Herrschern, die sich einzig und allein dem Wohl ihrer Nation verschrieben hatten. Ihre Armeen dienten neben dem Schutz der Grenzen im Süden und der Seerouten vor allem der Hilfe im Inland, bei Überschwemmungen, Erdbeben, Hungersnöten oder Nachbarschaftsstreitigkeiten. Sie wurden von der rechten Hand von König und Königin angeführt, dem Hochmeister des Ordens der Heiligen Klinge, der beim Volk überaus beliebt war. Es gab angeblich keine Armut, weil das Königshaus die Steuern so umverteilt hatte, dass niemand Hunger leiden oder in Elend leben musste. Kein Wunder also, dass die Legenden dieses untergegangenen Märchenreiches noch immer in den Gute-Nacht-Geschichten der einfachen Familien umhergeistern und von einer besseren Zeit berichten.«

Wolf nickte wie zu sich selbst und wandte sich dann dem Turm links vor ihnen zu, in dessen Erdgeschoss zur Straße hin ein großes Loch klaffte, das mit viel Phantasie einmal eine Tür gewesen sein konnte.

»Wir sollten erst einmal ein Dach über dem Kopf haben, so brüchig es auch sein mag. Außerdem gibt es doch wohl kaum einen geeigneteren Ort für ein warmes Feuer, als eine der Fackeln von Hellnoria, hm?«, scherzte der Jäger gutgelaunt und schien durch seine eigenen Erzählungen einigermaßen beflügelt.

Während sie also auf die Turmruine zuhielten, blickte sich Magnus noch ein letztes Mal eingehend um. Was er sah, veränderte sich mit der Legende eines ehemals großen Reiches, das diese einstmals prachtvolle Stadt gebaut hatte, zu einem neuen Anblick: Statt des gruseligen Gerippes einer untergegangenen Zivilisation, die ihm mit ihrer Grabesstille und den steinernen Zeugen eines gewaltsamen Untergangs die Haare zu Berge stehen ließ, sah er jetzt die Überreste eines Ortes der Größe und Güte, den das Schicksal zu einer langsam verblassenden Erinnerung verdammt hatte.

Wenngleich sich seine Gänsehaut noch nicht gänzlich wieder legen wollte, rührte sie doch zumindest nicht mehr nur von dem mulmigen Gefühl her, das diese Geisterstadt in ihm auslöste, sondern auch von der Vorstellung einer beeindruckenden Stadt, die dem Wohl eines glücklichen Volkes gedient hatte. Beinahe so etwas wie ein Gegenentwurf zu Pilgrim, wo all das nur eine Lüge gewesen war. Es war verlockend glauben zu können, dass es tatsächlich einmal einen Ort der Gleichheit und Güte gegeben haben könnte.

Kurz bevor sie durch die breite Türöffnung schreiten konnten, die eher wie der verwitterte Eingang zu einer Höhle aussah, bedeutete Wolf ihnen innezuhalten und schlüpfte allein in die tiefschwarze Dunkelheit hinein, die ihn lautlos zu verschlucken schien.

Nach einigen Augenblicken sprangen Magnus und Raynor instinktiv zur Seite, als eine ganze Horde quiekender Ratten aus dem Inneren auf die Straße rannte, als sei ihnen die Weltenblume selbst auf den Fersen, bevor sie zwischen den Häusern verschwanden.

Schnaufend versuchte Magnus seinen Atem wieder zu beruhigen, als aus dem Turm das vertraute Geräusch von Feuerstein und Stahl erklang, gefolgt vom kurzen Aufblitzen der Funken, die den ausladenden Innenraum kurzzeitig sichtbar machten. Pampa bellte aufgeregt.

Nach einigen Versuchen knisterte endlich ein kleines Feuer und die beiden Pilgrim folgten dem Jäger in ihre neue Unterkunft.

Das Erdgeschoss des Turms war quadratisch angelegt, hatte einen Durchmesser von etwa zwanzig Schritten und eine hohe Decke, die noch einmal mindestens fünf Schritte höher lag, als Magnus seine Arme ausstrecken konnte.

Ansonsten gab es in diesem Raum absolut gar nichts zu sehen, bis auf einen zerstörten Tisch, dessen Holzreste Wolf gerade zu einem winzigen Feuer aus uralten Strohresten schleifte, das in ihrer Mitte auf den schmutzigen Steinplatten nach neuer Nahrung gierte.

Ein im ersten Moment unaufdringlicher, aber mit der Zeit doch penetranter Geruch legte sich in seine Nase, den er nur allzu gut von der *Schwarzen Mähre* kannte: Rattenkot.

Scheinbar war diese Turmruine nicht nur für Menschen eine mehr oder weniger einladende Möglichkeit, eine ruhige Nacht zu verbringen.

»Besser als unter freiem Himmel zu schlafen«, stellte der Jäger zufrieden fest und fütterte das spärliche Feuer mit den Resten des Tisches. Magnus und Raynor breiteten derweil ihre Decken vor dem Feuer aus und setzten sich so hin, dass sie jederzeit den Eingang im Blick hatten.

Während sie sich den Staub des Tages von der Kleidung klopften und an ihren Wasserschläuchen nippten, verteilte Wolf einige Beeren, Wurzeln und Wachteleier, die er unterwegs gesammelt hatte.

Für Magnus hatte es sich bewährt, die Beeren als letztes zu essen, da die Wurzeln zwar bitter, aber doch recht schmackhaft waren, die rohen Wachteleier aber so widerlich waren, dass er ihren Geschmack mit der Süße der Früchte wieder vertreiben musste.

Kauend und schlürfend schwiegen sie eine Weile, bevor seine Neugier schließlich über den Hunger obsiegte.

»Dieses Hellnoria von dem du erzählt hast, wieso existiert es nicht mehr, wenn es den Menschen doch so gut gefallen hat?«, fragte er an Wolf gerichtet und zerkaute dabei die letzte Waldbeere, deren angenehmer Geschmack sich süß um seinen Gaumen legte.

»Niemand kann es heute noch beweisen, doch der Legende nach hat der Adjutant des Großmeisters vom Orden der Heiligen Klinge seinen Herrn vergiftet und Befehle gefälscht, nach denen der Hauptteil der Ritter nach Neverdingen, dem heutigen Niederholm ausrücken sollte, um einen handfesten Streit zwischen zwei Adelshäusern zu schlichten. Also wurde die Leibgarde des Königs für diese Zeit von regulären Einheiten der Armee unterstützt, die der Hochmeister empfohlen hatte. Wie sich herausstellte, waren allerdings auch diese Befehle von seinem verräterischen Adjutanten gefälscht und die Soldaten waren in Wirklichkeit Anhänger der sechs Großfürsten, die sich gegen das Königshaus verschworen hatten. Warum sie das taten, weiß heute niemand mehr. Was man sich aber erzählt ist, dass Prinzessin Fasayne eine heimliche Liebe mit dem Sohn des Großfürsten von Neverdingen verband, der vor seinem Vater floh um sie vor dem Verrat zu warnen. Das tat er auch und die Stadt Fallmoria wurde abgeriegelt, nachdem der Geliebte der Prinzessin sie wieder verlassen hatte, um seinen Vater und die anderen Fürsten mit ihren nahenden Heeren zum Ende ihrer Rebellion zu bewegen. Obwohl Fallmoria mit seinen gewaltigen Mauern als uneinnehmbar galt, hätte es doch sehr lange gedauert, bis der Orden der Heiligen Klinge aus Neverdingen zurückkommen konnte um Entsatz zu leisten. Dabei waren sie die einzigen, die das gewaltige Heer der sechs Großfürsten noch stoppen konnten. Nach einem halben Jahr der Belagerung drang ein Brief des Geliebten am Fuß einer weißen Schwalbe zu seiner Fasayne durch und bat um ein heimliches Treffen an einem der Ausfalltore an der Westmauer. Nachts schlich sie sich also davon und redete einigen Wächtern gut zu, damit sie ihr langersehntes Gespräch mit dem Sohn des Fürsten nicht verrieten. Als sie die Tür öffnete, kam er herein und beteuerte ihr seine Liebe. Doch anstatt bei ihr zu bleiben, in Sicherheit vor seinem verräterischen Vater, überwältigte er die Wachen und öffnete dem feindlichen Heer das Tor, durch das sie zahllos hindurchströmten, um die Haupttore für das Hauptheer zu öffnen. Das Ergebnis dieses Verrats habt ihr draußen gesehen. Die Prinzessin hatte ihre Familie und ihre ganze Nation durch eine heimliche Liebe unwissentlich ans Messer geliefert. Innerhalb einer Nacht wurde die schlafende Königsfamilie mitsamt ihrer einstmals großen Stadt ermordet und zu Asche verbrannt.« Wie um seine Geschichte zu verdeutlichen, stocherte Wolf mit einem langen Stock in dem nun stattlichen Feuer herum und wirbelte knisternde Funken auf.

»Woher der plötzliche Sinneswandel ihres Geliebten?«, fragte Raynor mit wie immer ausdrucksloser Miene und kaute auf der letzten Wurzel herum, die der Jäger ihm gereicht hatte.

»Darüber gibt es viele Legenden. Die hartnäckigste besagt, dass er nichts von den nachrückenden Ordensrittern wusste und sicher war, dass die Stadt auf kurz oder lang fallen müsste. Mit seiner Tat hatte er angeblich das Leben Fasaynes verschont wissen wollen, doch der Großfürst von Neverdingen, sein Vater, hielt sich nicht daran und ließ sie von einem dieser Türme werfen, um die Linie des Königshauses vollständig zu vernichten und keine Zeugen seiner Tat übrig zu lassen«, erklärte Wolf und zuckte mit den Schultern. »So ist eben die Legende. Wissen tun wir es nicht, da Geschichte ja bekanntlich von den Siegern geschrieben wird. Alle schriftlichen Zeugnisse Hellnorias wurden systematisch von den Großfürsten vernichtet, wenn ihr mich fragt. Wie sollte es sonst möglich sein, dass keinerlei Dokumente aufzufinden sind, welche die Existenz dieser Legende bestätigen? Alles Wissen, das wir heute noch über Hellnoria besitzen, ist mündlich weitergegeben worden.«

»Vielleicht weil es tatsächlich nur eine Legende ist?«, gab Raynor zu bedenken, doch Wolf schüttelte sofort energisch mit dem Kopf.

»Glaubt mir, das Gedächtnis des einfachen Volkes vergisst nicht. Wir Landbevölkerung leben seither mit der mündlichen Überlieferung, was auch damit zusammenhängt, das nicht viele von uns lesen können. Bei uns ist es Brauch, das Wissen einer Familie im Einzelnen und einer Gemeinde im Allgemeinen an die jüngeren Generationen weiterzugeben, sodass es sich immer fortsetzt und nicht in Vergessenheit gerät. Darum kennt auch jedes Kind die Legenden von Hellnoria und dem Orden.«

»Aber ihr habt doch immer von einem König gesprochen, der heute über Kalladan herrscht«, wunderte sich Magnus mit einem Mal, denn der Name dieses Landes war für ihn seit Graubarts Unterricht eng mit dem Titel *König* verknüpft.

»Ja, den gibt es. Ich werde dir auch sagen weshalb: Um nicht die gesamte zivile Bevölkerung gegen sich aufzubringen, haben sie eine Marionette auf den Thron in Kalladan gesetzt. Der heutige König, Mineas der Dritte, ist nichts weiter als ein Spielball der Großfürsten, die ihre Gebiete eigenständig regieren und den Herrscher nur vordergründig unterstützen, damit das Volk nicht aufbegehrt, das seit Jahrtausenden an eine Königsfamilie gewöhnt ist. Außerdem ist der König so etwas wie ein Puffer zwischen den Adligen, die den Großen Rat in Kalladan dazu nutzen, unter sich Frieden zu halten und ihre Streitigkeiten am Tisch zu lösen, statt auf dem Schlachtfeld. Krieg ist nämlich schlecht fürs Geschäft und nur darum geht es diesen reichen Ochsen in ihren Palästen schließlich.«

»Ihr klingt nicht gerade begeistert von Euren Herrschern. Wenn es so vielen so geht wie Euch, warum erhebt ihr euch dann nicht gegen diese Großfürsten?«, fragte Magnus.

»Nun ja...« Wolf glättete seinen zerzausten Bart, der ihm bis auf die Brust hing, als Pampa gerade mit einer toten Ratte im Mund hereintrottete und sich kauend zwischen ihm und Raynor am Feuer niederließ. »Im Prinzip geht es uns ja nicht allzu schlecht. Zumindest leidet niemand unter Hunger oder Krieg, der sich meistens nur im Norden abspielt und das auch nie für längere Zeit. Für eine handfeste Rebellion müssen die einfachen Menschen schon arge Probleme haben, oder um ihre unmittelbare Zukunft bangen. Solange das nicht geschieht, wird sich niemand der Gefahr aussetzen wollen, Heim und Hof an irgendein vages Ideal zu verlieren. Außerdem sind die Großfürsten nicht sadistisch oder allzu ausbeuterisch. Sie wissen schon sehr gut, wie sie ihr Volk bei Laune halten und durch die recht gleichmäßige Machtverteilung im Adelsrat bleibt es immer einigermaßen friedlich.«

Das ergab für Magnus Sinn. Auf Pilgrim war es ihm schließlich ganz ähnlich ergangen. Wie alle anderen auch, hatte er alles was man ihn lehrte und was er sah, als gegeben betrachtet und nicht hinterfragt, da es ihm gut ging und er um nichts bangen musste. Das hatte sich erst mit der Verhaftung seiner Schwester und den damit verbundenen Einflüsterungen der Weltenblume geändert. Dabei war er sich nicht einmal sicher, ob er wirklich etwas Endgültiges unternommen hätte, wenn seine Schwester nicht unter seinen Augen gefoltert worden wäre. Dass die Kalladani also nicht einfach eine Rebellion im Namen einer Legende begannen, war durchaus nachvollziehbar. Eine Sache interessierte ihn aber dennoch.

»Wieso hält sich diese Legende von einem strahlenden Reich, das durch Verrat untergegangen ist, dann so hartnäckig, obwohl es den Menschen scheinbar gut geht?«, fragte er neugierig und blickte durch die tanzenden

Flammen ihres improvisierten Lagerfeuers in Wolfs hell erleuchtetes Gesicht, mit diesen fröhlichen grünen Augen und den vielen Krähenfüßen um sie herum.

»Das kann ich natürlich nur raten«, gab Wolf zu bedenken und kraulte Pampa, die ihre Mahlzeit beendet hatte und jetzt ihren Kopf auf seinen Schoß legte. »Aber ich denke, dass es drei Dinge sind: Erstens handelt es sich um ihre Vorfahren, die eine offensichtlich goldene Zeit erlebt haben und jeder sehnt sich nach besseren Zeiten, egal wie gut es ihm jetzt geht. Zweitens ist Kalladan längst nicht so stark, wie viele glauben. Im Süden wüten die Sarnesh und sind eine konstante Bedrohung für das Großfürstentum Seestadt, Schwertwall hin oder her. Im Norden formieren sich angeblich die Clans der Nordmänner für einen Einfall und im Westen wartet das Kaiserreich Vindican wie eine lauernde Raubkatze auf seine Gelegenheit, uns unter das Schwert ihres tyrannischen Gottwesens zu zwingen. Keine gute Konstellation für das Königreich, zumal die Legionen Respharasans ihre Fühler ja bereits auszustrecken scheinen. Drittens merkst du doch gerade selbst, dass eine gute Geschichte über die Helden unserer Vorzeit sich am nächtlichen Lagerfeuer ziemlich gut macht, oder?«

Wolf grinste ihn schalkhaft durch die Flammen hindurch an und auch Magnus konnte sich ein Lächeln nicht verkneifen.

»Erwischt«, sagte er und hob die Hände, als wäre er gerade von den Wächtern verhaftet worden. Den kalten Stich, den ihm der Gedanke an die Wächter versetzte, vertrieb er mit einem Kopfschütteln und musterte stattdessen Wolf.

»Die Menschen brauchen Träume und etwas Besseres, Höheres, nach dem sie streben können«, fuhr der Jäger etwas ernster fort. »Und was könnte geeigneter sein für eine uneinige Nation aus sechs einzelnen Großfürstentümern, als eine Vision von Einigkeit und Ehre, die es schon einmal gegeben hat. Es ist immer verlockender und leichter, sich nach etwas zu sehnen, das es schon einmal gegeben hat, als nach einem unrealistischen Tagtraum. Der Traum von Hellnoria ist also sowohl eine logische, als auch menschliche Konsequenz.«

»Es ist verblüffend, dass sich eine solche Legende über so viele Jahrhunderte hinweg halten kann, ohne dass es schriftliche Überlieferungen davon gibt«, staunte Magnus mit glänzenden Augen. Er kam nicht umhin, diese ganze Geschichte von einer einstmals großen, gerechten Nation zu bewundern und in seinem Kopf durchzuspielen. Vielleicht lag es daran, dass diese Legende von Mut, Ehre und Güte handelte, von großen Schlachten, Verrat und Liebe. Dingen, von denen er auf Pilgrim in dieser Form niemals gehört hatte. Die Chroniken der Vorwelt waren lediglich dazu gedacht gewesen, die jungen Schüler auf den Pfad der Verschmelzung zu führen und von Gefühlen zu befreien, um ganz auf den geistigen Aufstieg fokussiert zu bleiben. Diese Geschichten von ganz großen Gefühlen, die er jetzt verschlang wie ein Fass ohne Boden, waren für ihn wie eine verbotene Frucht. Sie faszinierten ihn, beflügelten ihn jetzt, schockierten ihn später. Es war wie ein neues Lebensgefühl, von Hochs und Tiefs durchzogen, das Gegenteil der Gleichförmigkeit, die auf Pilgrim oberstes Gebot gewesen war. Er hatte Angst vor diesen Gefühlen und fühlte sich gleichzeitig stark zu ihnen hingezogen.

»Das stimmt, zumal die Herrschenden Kalladans alles daran setzen, diese Legende auszumerzen«, stimmte Wolf ihm zu und kramte mit einer freien Hand in seinem alten Lederrucksack herum. »Eine Sache gibt es allerdings, die sie nicht ausmerzen können. Eine Art handfesten Beweis.«

Endlich hatte er gefunden wonach er gesucht hatte und zog seine langstielige Pfeife hervor. Magnus seufzte ungeduldig und warf seinem Begleiter auffordernde Blicke zu, um ihn zur Eile anzutreiben.

*Welcher Beweis könnte das sein? Vielleicht ein Buch, das von einer Art Geheimbund vor der Vernichtung geschützt worden war und heute als eine Art Legende in der Legende existierte und nur von Eingeweihten eingesehen werden konnte?* Seine Phantasie drehte weite Kreise und mit jeder neuen Idee wurden sie abenteuerlicher.

Doch Wolf ließ sich nicht aus der Ruhe bringen, stopfte seine Pfeife mit saftigem Tabak und wollte Raynor gerade etwas davon zum Kauen anbieten, doch dieser lag bereits ausgestreckt auf seiner Matratze und schien zu schlafen. Magnus wusste es natürlich besser. Der Hatnammeister schlief so gut wie nie, sondern meditierte stattdessen stundenlang, um seinen Geist auszuruhen. Er behauptete stets, dass ein Körper nur etwa eine Stunde Schlaf benötigte und der Rest der Zeit lediglich dem seelischen Ausgleich diene.

Ruhe hin oder her, er wollte jetzt wissen, um welchen Beweis für die Existenz Hellnorias es sich handelte.

Wolfs Gelassenheit machte ihn beinahe wahnsinnig, als der Jäger mit einem glimmenden Holzspan seine Pfeife entzündete und schmauchend einige Züge tat, bevor er zufrieden nickte und sich noch weiter zu entspannen schien.

Pampa brummte missmutig, als sie den ausgeatmeten Qualm ins Gesicht bekam, hielt es aber scheinbar nicht für nötig, dafür die Augen zu öffnen und schlief einfach weiter.

»Der Orden der Heiligen Klinge«, sagte Wolf schließlich und stieß einige perfekt geformte Rauchringe aus, die sich über seiner breiten Hutkrempe verflüchtigten und als dünner Nebel zur morschen Decke über ihnen emporschwebten.

»Das war die Leibwache des Königs, richtig? Was ist mit ihr?«, hakte Magnus eilig nach, bevor der Forstholmer Jäger sich wieder in die Betrachtung seiner Pfeife vertiefen konnte.

»Das war nicht nur die Leibwache des Königs, mein junger Freund. Der Orden der Heiligen Klinge war gleichzeitig die höchste geistliche Instanz des Reiches und vertrat die Prinzipien Mut und Ehre. Sie verehrten, genau wie fast alle anderen Kalladani auch, den Gründer und ersten Herrscher Hellnorias, Gottfürst Ezekiel Tarraddon, der seit seinem Tod in der Schlacht von Pur'tak'tesch südlich des heutigen Seestadt als Erzengel Tarraddon angebetet wurde und auch heute noch wird.«

»Auch heute noch? Ich dachte ihr betet zu diesen unzähligen Prinzipien menschlichen Handelns von denen du erzählt hast und nicht zu Göttern?«, wunderte sich Magnus und beugte gespannt seinen Oberkörper vor, bis die Wärme des prasselnden Feuers zu intensiv wurde.

»Genau hier kommt der Orden der Heiligen Klinge ins Spiel. Er existiert nämlich noch.«

»Es gibt ihn noch?« Er konnte kaum glauben, was er da hörte. Dieser mystische Bund, von dessen großem Glanz Wolf ihm während ihres Weges durch die Ruinen Fallmorias erzählt hatte, sollte die Rebellion und die Herrschaft der Großfürsten überlebt haben? Wie?

»Ja es gibt ihn noch. Natürlich ist er nur noch ein Schatten seiner einstigen Größe und von den Fürsten nicht gerade gerngesehen. Allerdings befinden sich viele seiner Mitglieder im höheren Adelsstand, also sind den Herrscherhäusern die Hände gebunden. Sie können es sich nicht leisten, an der Adelsstruktur zu sägen, die auch ihren Machtanspruch aufrechterhält«, erklärte Wolf geduldig und grinste spöttisch über die entfachte Begeisterung für Legenden und Politik, die Magnus entwickelt hatte.

»Aber sie müssten doch gegen diese Großfürsten aufbegehren, die ihr geliebtes Hellnoria verraten haben. Wie kann es sein, dass sie einfach so Schulter an Schulter neben den Nachfahren ihrer Feinde leben?« Magnus bemerkte den belustigten Blick des Kalladani gar nicht und starrte stattdessen in das Feuer, das für ihn zur Projektionsfläche seiner Gedanken wurde, die sich nun um diesen seltsamen Orden drehten, der sich für ihn gerade als lebendiges Relikt einer vergangenen Zeit entpuppte. Streiter einer gerechten Sache, genau so, wie er sich und seine Freunde auf Pilgrim auch gerne gesehen hätte. Sie hatten ihre Stadt und Heimat genau so verloren wie die Männer und Frauen dieses Ordens.

»Das tun sie nicht. Sie nehmen nicht an Adelsversammlungen teil und regieren ihre Ländereien weitgehend unabhängig von den Großfürsten«, erklärte Wolf.

»Und warum tun die Großfürsten nichts dagegen?«

Nun lachte der Jäger schallend und konnte seine Belustigung über das Unwissen des Pilgrim nicht mehr zurückhalten. Doch es war wie immer ein gutmütiges Lachen, in dem kein echter Spott lag.

»Das kann nur jemand fragen, der noch nie einen Ordensritter gesehen hat«, griente er. »Das weiß selbst Pampalantanta und sie interessiert sich eigentlich nicht besonders für die Belange von uns Menschen.«

Magnus grummelte lediglich über die ihm versagte Antwort und warf seinem Gesprächspartner einen bösen Blick zu, der diesen zu einer abwehrenden Geste animierte.

»Friede, mein Freund, Friede. Die Ordensritter sind die stattlichsten Kämpfer, die Kalladan seine Bürger nennt. Sie tragen jahrhundertealte Rüstungen aus feinstem Fjardinger Stahl, den es heute gar nicht mehr zu kaufen gibt, da das Wissen um seine Verarbeitung mit Hellnoria verloren gegangen ist. Außerdem leben sie für den ehrenvollen Kampf und sind ihr ganzes Leben lang damit beschäftigt, den Umgang mit ihren Schwertern zu meistern. Hinzu kommt natürlich noch ihre ständige Suche nach der Heiligen Klinge Tarradons, die dem Orden seinen Namen gab und seit dem Untergang Fallmorias verschwunden ist. Ehrlich gesagt wundert es mich, dass wir hier keine Abteilung von ihnen angetroffen haben. Normalerweise graben und suchen sie hier das ganze Jahr über, um ihr geliebtes Schwert zu finden. Vielleicht haben sie es ja mittlerweile aufgegeben.«

»Und sie beten diesen *Erzengel* Tarraddon an?«, wechselte Magnus das Thema, da er die Glaubensstrukturen dieses Königreichs durch das er streifte, noch immer nicht begreifen konnte. *Erzengel*, was für ein seltsamer Titel.

»Ja«, sagte Wolf und zog beide Brauen hoch, bis sich seine Stirn noch stärker in Falten legte als ohnehin schon. »Tarraddon hat in der entscheidenden Schlacht von Pur'tak'tesch die damals übermächtigen Sarnesh besiegt, die in das Kernland des gerade gegründeten Hellnorias vorgedrungen waren. Er kämpfte sich mit den legendären Zweihundert, seiner damaligen Leibgarde, durch die Horden der Mutanten und schaffte es bis zu deren Stammeshäuptling Rahkrosha, den er trotz zahlreicher erlittener Wunden erschlug. Die Sarnesh zogen sich daraufhin wieder zurück und gaben den Hellnorianern damit genug Zeit, den Schwertwall zu errichten, der die Mutanten seitdem fernhält. Noch am selben Abend erlag Ezekiel Tarraddon seinen schweren Verletzungen und sprach seine letzten Worte, die noch heute jeder Kalladani rezitieren kann: *Mut und Ehre sollen euch leiten und keine Angst vorm Tode. Ich werde bei euch sein.*«

Nachdenklich sog Wolf an seiner Pfeife und ließ ihren schlanken Kopf rot aufglühen. Er kaute mit entrücktem Blick auf dem Qualm herum, bis er ihn schließlich durch die Nase wieder entweichen ließ.

»Heute streiten sich die Menschen darüber, ob die Aussage, dass er bei uns sein würde, wörtlich gemeint war, oder sich darauf bezog, dass seine Ideale uns weiterhin begleiten. Die Großfürsten haben natürlich letzteres bekräftigt und stattdessen die *Erhabene Wahrheit* ins Leben gerufen, die besagt, dass es keinerlei übernatürliche Vorgänge auf der Welt geben könne, sondern lediglich die menschlichen Handlungsprinzipien über das Wohl und Wehe unserer Welt entscheiden.«

»Das klingt auch nicht besser oder schlechter als jede andere Idee«, sagte Magnus und nickte gedankenversunken.

»Ja, vielleicht«, meinte Wolf zustimmend und sog erneut an seiner Pfeife, die ihr süßlich-würziges Aroma mittlerweile im gesamten Raum verteilt hatte. Ein recht starker Geruch, allerdings weitaus besser als der bisherige Duft nach Rattenkot. »Ich weiß es nicht und verlasse mich auf meinen eigenen Verstand, der mir sagt, dass es gut ist, sich an die Prinzipien zu halten, die mir nahe liegen. Die Ordensbrüder sehen das natürlich anders. Sie sind schon ein recht arroganter Haufen kann man sagen, aber man kann ihnen keine Bösartigkeit oder Unehrenhaftigkeit vorwerfen und das können die meisten Adeligen nicht von sich behaupten.«

»Diese Heilige Klinge, die sie hier suchen«, wechselte Magnus erneut das Thema und rief damit zum wiederholten Male Belustigung bei Wolf hervor. »Das ist also das Schwert dieses Erzengels Tarraddon?«

»Kluger Junge«, bestätigte der Jäger. »Aber jetzt sollten wir ein wenig schlafen, sonst palavern wir noch die ganze Nacht und haben morgen nicht genug Kraft für unseren Marsch. *Hat der Bauer keinen Schlaf gefunden, dreht der Ochse keine Extrarunden.*«

»Wie weit ist es denn noch bis Westwart?«, fragte Magnus neugierig und mit der Hoffnung, dass es nicht mehr so viele Tagesmärsche entfernt sein würde, denn er hatte das wochenlange Wandern mittlerweile satt.

»Wenn wir schnell vorankommen, könnten wir die Stadt morgen Abend erreichen. Ansonsten übermorgen in der Früh. Es sind nicht mehr viele Meilen bis Westwart, aber dieser Wald ist so dicht und unwegsam, dass es einfach lange dauert ihn zu durchqueren. Außerdem mussten wir ja unsere Spuren verwischen. Aber keine Sorge! Ich denke, morgen Abend sind wir dort und können die Suche nach deinen Steinchen beginnen«, versicherte Wolf und zog sich dabei seine weichen Lederstiefel mitsamt den karierten Socken von den erstaunlich zierlichen Füßen, die so voller Hornhaut waren, dass sie wie bepuderte Steine aussahen. Er wollte gar nicht wissen, wie viele Meilen der Jäger in seinem Leben bereits zu Fuß zurückgelegt hatte.

Wie der Forstholmer so dort saß und unbeschwert seine Füße massierte, spürte Magnus erneut eine tiefe Sympathie für den etwas sonderbaren, aber durch und durch herzensguten alten Kauz in sich aufsteigen. Er kam ihm zusammen mit Torben vor wie ein Leuchtfeuer der Menschlichkeit, in einer neuen Welt, die sich ihm bisher größtenteils als dunkler Ort der Gewalt und

Missgunst präsentiert hatte. Graubart und einige seiner Offiziere, wie Sneeper zum Beispiel, gehörten vielleicht ebenfalls zu diesen Ausnahmen, auch wenn er sicher war, dass auch sie häufiger in Gewalttätigkeiten verfallen waren, als ihm lieb sein würde. Doch selbst der Steuermann war bereits durch das Schwert gestorben, was Magnus noch immer schwer auf der Seele lastete.

Der Anblick von Wolf, der sich gerade unbeobachtet fühlte und flüsternd auf die schlafende neben sich einredete, beruhigte Magnus allerdings auf eine heimelige Art und Weise. Er vermittelte ihm das Gefühl, dass es auch in dieser Fremde vieles geben musste, für das es sich zu kämpfen und zu leben lohnte.

Von Zeit zu Zeit dachte er, dass es eine Erlösung wäre, wenn diese tödliche Gefahr am Himmel, von der die Weltenblume gesprochen hatte, tatsächlich existierte und sie alle in den Tod schickte.

Meister Winding hatte in einer seiner Hatoristunden einmal gesagt, wer kämpft würde auch durch den Kampf sterben. In diesem Sinne würde er diese kämpfende Welt lediglich ihrem logischen Schicksal zuführen. Natürlich nur, falls die düstere Prophezeiung des Kristallwesens überhaupt der Wahrheit entsprach und nicht einem weiteren Lügengeflecht entsprungen war.

Ein Blick auf Wolf, der unbeschwert in den Tag hineinlebte und ihn und Raynor unterstützte, ohne etwas dafür zu verlangen, belehrte ihn jedoch eines besseren und erinnerte ihn an die Abschiedsworte von Torben, die ihn noch immer sehr nachdenklich stimmten.

*Deine Bestimmung ist das, was du mit deinem Herzen entscheidest und als deine Bestimmung festlegst. Entscheide dich für einen Weg und gehe ihn bis zum Ende, damit erschaffst du dir dein eigenes Schicksal und übernimmst Eigenverantwortung. Das ist das einzige was dich auf der Welt glücklich machen wird, Junge*, hatte der Dorfvorsteher zu ihm gesagt, bevor er seinem wahrscheinlichen Tod entgegen gesegelt war.

Dieser Rat war es gewesen, der seine von Raynor geforderte Entscheidung begründet hatte und ausschloss, dass er diese Welt ihrem Schicksal überlassen würde, falls diese Gefahr am Himmel denn nun existieren sollte. Er konnte sich nicht über die Bösartigkeit vieler Menschen ärgern und gleichzeitig mit der gleichen Klinge, die sie ihm an den Hals setzten, auf sie einschlagen. Wolf war in gewisser Weise so etwas wie ein lebendes Mahnmal dafür, dass es Dinge gab, die es zu beschützen galt.

»Danke, dass du uns hilfst, mein Freund«, sagte er aus seiner sentimentalen Laune heraus und lächelte dem Jäger dankbar zu.

Wolf hob das schmale Gesicht mit dem Rauschebart und den lebendigen braunen Augen und musterte den Pilgrim mit einem warmen Lächeln.

»Gern geschehen. Von dem was du mir erzählt hast, habt ihr eine Aufgabe zu erledigen, die wichtiger ist als ein paar Felle mehr oder weniger, die ich auf den Märkten verkaufen kann. Außerdem kann ich euch gut leiden und sehe, dass ihr aus einem guten Holz geschnitzt seid, auch wenn er hier«, er deutete mit dem Daumen auf Raynor, der noch immer meditierend aus seiner Decke lag, »ein wenig humorlos zu sein scheint.«

»Wieso glaubst du uns eigentlich? Fast alle denen wir begegnet sind, besonders die Piraten, haben unsere Geschichte von der Gefahr am Himmel gar nicht erst ernst genommen und alles für Seemannsgarn gehalten«, sagte Magnus.

»Du kannst dir vorstellen, dass ich schon häufiger mit Titeln wie *Spinner, Idiot, Kindskopf, Verrückter* oder *Hinterwäldler* geehrt worden bin, als mit meinem eigentlichen Namen, oder?«, fragte Wolf amüsiert zurück.

Der Pilgrim druckste ein wenig herum, konnte sich ein Grinsen aber nicht verkneifen, als sein Gegenüber wieder einige Sätze mit Pampa wechselte.

»Ja, schon«, gab er zu.

»Siehst du? Ich habe also verständlicherweise ein großes Herz für andere Hinterwäldler wie euch!«

Nun lachten sie beide ungehemmt los, was jedoch wie eine Art gedämpftes

Husten klang, da sie angestrengt versuchten, Raynor nicht aus seiner Meditation aufzuschrecken – falls das überhaupt möglich war.

»Davon abgesehen kann ich ein bisschen Abwechslung ganz gut vertragen«, gluckste Wolf fröhlich. »Außerdem ist es doch so: wenn es nicht stimmt, was euer seltsames Bergwesen gesagt hat, dann haben wir vielleicht einige Monate oder Jahre mit ziellosem Herumreisen verbracht. Wenn es aber doch stimmt, haben wir einige Monate oder Jahre mit der Rettung unserer Welt verbracht, die schließlich auch uns hübsche Burschen hervorgebracht hat. So schlecht kann sie also nicht sein. Außerdem bin ich Jäger und habe keine feste Bleibe. Ich reise dorthin, wo es Jagdgenehmigungen gibt.«

»Du hast Recht. Gute Nacht Wolf«, wiederholte Magnus und rieb sich die müden Augen. »Und danke nochmal.«

Damit ließ er sich auf seiner Decke nieder und legte den Kopf auf seinen angewinkelten Arm, der durch seine noch immer kräftige Muskulatur angenehm weich war. Nach einigen gleichmäßigen Atemzügen und mit der angenehmen Wärme des Feuers vor sich, schlief er zum ersten mal seit langem schnell ein.

In einem Haus zu schlafen, so verfallen es auch sein mochte, hatte einige Vorteile, die nicht von der Hand zu weisen waren. Wärme zum Beispiel, weil es ein Dach über dem Kopf gab. Kein kalter Wind, dank vierer Wände aus Stein und dem einfachen Gefühl von Schutz und Geborgenheit, das sie vermittelten.

Aber es gab auch einen Nachteil, denn der Waldboden war weitaus weicher und anschmiegsamer, besonders, wenn man einen Untergrund aus Moos finden konnte.

Als Magnus erwachte und die Traumbilder von Tzunai sich langsam auflösten, ging ihm genau diese Überlegung durch den Kopf, während er ächzend seine plattgelegenen Glieder streckte, die sich anfühlten, als wären sie die ganze Nacht über mit Knüppeln bearbeitet worden.

Blinzelnd öffnete er die Augen. Die Überreste des ehemals stattlichen Feuers schwelten nur noch als schwach glimmende Erinnerung vor sich her und spendeten kaum Wärme.

Aus dem höhlenartigen Eingang ihres Unterschlupfs drang fahles Morgenlicht herein und kroch gemächlich immer weiter in Richtung seiner ungemütlichen Schlafstelle.

Die ersten Vogelrufe ertönten bereits und wurden bald von einem ganzen Chor ihrer Artgenossen beantwortet, der sich wie eine kollektive Schimpftirade über diese frühmorgendliche Störung anhörte.

Schläfrig stemmte er sich auf beide Ellenbogen und lugte zu Raynor herüber, der mit überschlagenen Beinen auf seiner Decke saß und sich nicht regte.

Er ließ seinen schummrigen Blick zu Wolfs Lagerstätte schweifen, sah jedoch nur den unordentlich gefalteten Schlafsack und seinen uralten Rucksack, der einsam vor der Glut des Feuers stand.

Brummend schüttelte er den Kopf, in der Hoffnung ihn etwas schneller klar zu bekommen und ging dann gemächlich in die Hocke, bevor er sich erneut die Augen rieb und ein stattliches Gähnen von sich gab.

»So früh schon auf?«, kam es von der Tür und Magnus zuckte zusammen, als habe ihn der Blitz getroffen.

Wolf stand zusammen mit einer hechelnden Pampalantanta im Eingang und lächelte fröhlich. Seinen Hut hatte er tief ins Gesicht gezogen und seine karierten Hosen waren noch verschmutzter als sonst.

Der Jäger folgte dem langsamen Blick des Pilgrim und zog kritisch die buschigen Augenbrauen hoch, als er seine eigene vor Dreck starrende Kleidung musterte.

»Hm«, machte er und hob dann wieder den Kopf. »Dafür habe ich unser Frühstück gefunden. Feinste Waldbeeren. Gibt ein ganzes Feld davon südlich der Stadtgrenze.«

Wie als Beweis hielt er einen prallgefüllten weißen Beutel in die Höhe, der an mehreren Stellen rote und blaue Flecken aufwies.

»Das klingt hervorragend«, freute sich Magnus, dessen Magen ihm mit einem lauten Knurren zustimmte.

Wolf nickte zufrieden und folgte seiner Hündin, die aufgeregt hüpfend zu ihrem Platz an der Feuerstelle lief und sich dort mit ausgestreckten Pfoten fallen ließ, als habe sie mit einem Mal sämtliche Kraft verlassen.

Als auch ihr Herrchen seinen Platz einnahm, öffneten sich mit einem Schlag auch Raynors Augen, die, ohne den Kopf zu bewegen, nach rechts und links wanderten.

»Guten Morgen«, sagte der Hatnamlehrer gewohnt steif aber freundlich und nickte ihnen nacheinander zu.

»Guten Morgen«, gluckste Wolf amüsiert. »Habt Ihr gut meditationiert?«

»*Meditiert*«, korrigierte Raynor ihn gleichmütig und streckte sich mit hinter dem Rücken verschränkten Armen. »Und ja, ich fühle mich ausgeruht. Außerdem denke ich, dass dieser Boden nicht allzu gut zum Schlafen geeignet ist.« Wie um seine Aussage zu bekräftigen klopfte er mit den Knöcheln seiner rechten Hand auf den unnachgiebigen grauen Stein unter seinem Hinterteil.

Magnus brummte zustimmend und rieb sich die Hüfte, welche sich auf der linken Seite noch immer platt und durchgelegen anfühlte.

»Stimmt. Dafür haben wir die ganze Nacht über kaum gefroren und wissen den Wald ab sofort wieder mehr zu schätzen, das ist doch auch etwas. *Des Bauern liebste Frau, ist der Wald mit Wies' und Au'*!« Wolf bedeutete ihnen mit den Händen eine Schale zu formen und beugte sich dann vor um sie ihnen nacheinander mit bunten Waldbeeren zu füllen. Sie verströmten einen angenehm süßen Geruch, der Magnus das Wasser im Mund zusammenlaufen ließ.

»Ihr könnt auch wirklich alles in Eurem Leben zum Guten interpretieren, hm?« Raynor kaute nach einem dankbaren Nicken auf den Beeren herum und brummte anerkennend.

»Warum nicht? So bereitet das Leben eben mehr Freude und genau darum geht es doch, oder nicht?«, fragte Wolf nuschelnd durch den Früchtebrei hindurch, den er gerade genussvoll zerkaute.

»Ich denke schon«, pflichtete der Pilgrim ihm bei und fügte halblaut hinzu: »Wahrscheinlich seid Ihr *Bauern* der Verschmelzung damit näher, als alle Pilgrim zusammengenommen.«

»Hm? *Ver*-was?«, fragte der Jäger, der ihn anscheinend nicht verstanden hatte, und hielt kurz im Kauen inne um besser lauschen zu können.

»Schon gut«, sagte Raynor, legte den Kopf in den Nacken und verleibte sich den Rest seiner Beeren mit einem Rutsch ein. »Vielen Dank für das Frühstück, Wolf.«

»Gern geschehen. Wir sollten allerdings bald weiterziehen. In der Nähe des Feldes, auf dem ich die Dinger gesammelt habe, fand ich frische Fuß- und Hufspuren. Ich glaube, wir sind nicht allein in der Gegend, auch wenn es sich wohl nicht um Vindicaner handelt, da sie wahrscheinlich keine Pferde mitgebracht haben.«

»Wer könnte das sein?«, fragte Magnus halb neugierig, halb alarmiert und folgte dem Beispiel seines Mentors, in dem er den Rest der süßlichen Früchte in seiner Hand verschlang und sich dann kurz mit dem Handrücken über den Mund wischte.

»Ich weiß es nicht«, gab Wolf mit einem Schulterzucken zu und begann seine Sachen zu packen. »Könnte eine Patrouille des Großfürsten sein, ein Trupp Schatzsucher, die diese Ruinen durchforsten, Banditen, Grabräuber, oder sogar Ordensleute, die alle anderen vertreiben wollen.«

Da mindestens die Hälfte der genannten Möglichkeiten in Magnus kein gutes Gefühl auslöste, begann er seine Brigantine anzulegen, die er in der Nacht ausgezogen hatte, weil die Metallplatten ihn penetrant in die Seite gedrückt hatten.

Als nächstes schnallte er sich seinen breiten Ledergürtel mit den beiden Langdolchen um, schulterte seinen Rucksack und zog die schmutzigen, aber robusten Handschuhe über, die auf dem Gürtel gelegen hatten.

Als sie marschbereit waren hielt Wolf eine flache Hand über die Asche des Feuers, um sicherzugehen, dass es nicht mehr heiß genug war um etwas zu entzünden und deutete nach einem kurzen Rundumblick zu dem klaffenden Loch in der Wand, das einmal eine Tür gewesen war.

»Frisch ans Werk.«

Als sie mit Sack und Pack aus dem schummrigen Licht der Turmruine auf die gepflasterte Kreuzung traten, mussten sie erst einmal ihre Augen bedecken, da die Sonne sich gerade über die eingestürzten Häuser vorankämpfte und sie dabei blendete.

Das beinahe kniehohe Unkraut auf dem weitläufigen Platz mit seinen vier eingestürzten Türmen neigte sich unter dem frischen Südwestwind, als würde es von einer unsichtbaren Hand niedergedrückt und ließ ein stetes Rauschen ertönen.

»Ich denke wir sollten nach Norden gehen und einen kleinen Umweg in Kauf nehmen, weil wir dort auf eine Straße tre...«, setzte Wolf munter an, stockte jedoch plötzlich und starrte die breite Hauptstraße in Richtung Norden hinauf, welche mindestens zwei Meilen weit bis zum Wald führte und von den selben moosbewachsenen Ruinen gesäumt war, wie die Straße von der sie gekommen waren.

»Was ist denn?«, fragte Magnus, dessen Augen noch immer Mühe hatten, sich an die Helligkeit anzupassen.

Kurze Zeit später schaute er mit einer Hand an der Stirn erneut gen Norden und nun erkannte auch er, warum der Jäger nicht weitergesprochen hatte.

Mehrere hundert Schritte entfernt kam eine ganze Schar Reiter auf sie zu, die in glänzendes Metall gehüllt waren, das an mehreren Stellen unangenehm intensiv das Sonnenlicht reflektierte und in seinen Augen brannte.

»Wer ist das?«, fragte er vorsichtig und seine Hände wanderten unwillkürlich zu den Griffen seiner beiden Langdolche.

»Scheint als sei deine Geschichtsstunde noch nicht vorbei, mein Freund«, antwortete Wolf mit ungewohnt nichtssagender Stimme und bedeutete ihm mit einer kurzen Geste, die Hände von den Waffen zu nehmen. »*Das* sind Ritter vom Orden der Heiligen Klinge.«

»Wird es ein Problem geben?«, fragte Raynor, der die Neuankömmlinge gleichmütig musterte und trotzdem wie immer wirkte, als könne er sich jeden Moment in eine um sich schlagende Furie verwandeln.

»Ich denke nicht.« Wolf pfiff Pampalantanta zurück, die mit wedelndem Schwanz auf die Reiter zustürmen wollte und befahl ihr mit einem gezischten »Sitz«, bei ihm zu bleiben.

»Wichtig ist, dass ihr höflich seid, denn wie die ganzen anderen adeligen Vogelscheuchen legen auch sie Wert auf Respekt und ihre affigen Gepflogenheiten. Außerdem solltet ihr niemals einen von ihnen anlügen. Wenn sie es rausbekommen, töten sie euch nach einer sehr kurzen Gerichtsverhandlung noch an Ort und Stelle.«

»Das klingt ja beruhigend«, sagte Magnus ironisch und musterte die Reiter, die ohne Eile auf sie zu hielten und dabei die gesamte Straße ausfüllten. Mittlerweile konnte er auch schon mehr Details erkennen, als noch zuvor: Etwa ein Dutzend von ihnen bildete die erste Reihe und ließ dem Pilgrim bald vor Staunen den Mund offen stehen. Die Pferde waren riesig, beinahe zwei Schritte hoch und in kunstvolle Überzüge gekleidet, die in hellem Weiß erstrahlten und mit goldenen Wappen und Symbolen verziert waren.

Auf ihnen saßen die Ritter, komplett in blankpolierten Stahl gekleidet, der so stark glänzte, dass er seine Umgebung spiegelte und ein ständiges Muster aus den grünen und braunen Reflektionen um ihn herum erzeugte.

Die ausladenden Schulterpanzer verliehen ihnen überdimensional breite Schultern und dienten als Befestigungspunkt für flatternde Stoffbänder, auf denen in goldener Schrift lange Sätze zu sehen waren, die er auf diese Entfernung allerdings nicht entziffern konnte.

Ihre Helme hatten geschlossene Visiere, die eine T-förmige Öffnung für Augen und Nase offen ließen und wurden von einem Kamm aus schmalen Klingen verziert, der von der Stirn bis in den Nacken zu reichte.

Je näher die majestätischen Reiter kamen, welche direkt aus einer überbordenden Kindheitsphantasie entsprungen sein konnten, desto deutlicher wurde, dass sich hinter ihnen ein ganzer Tross anschloss. Dutzende langer Wimpel knatterten farbenfroh im Wind, rechteckige Banner zeigten das Bild eines Schwertes auf einer goldenen aufgehenden Sonne und einen stilisierten Raubvogel, der mit seinen Krallen auf der Spitze der Schneide saß und seine mächtigen Flügel ausbreitete. Weiter hinten konnte Magnus auch Standarten erkennen, an deren Enden goldene Statuetten aufgepflanzt worden waren, die den gleichen Raubvogel darstellten, der auch auf den Bannern und Wimpeln zu sehen war.

Als sie nur noch wenige Schritte von den Ordensrittern trennten und er schon befürchtete, sie würden einfach über ihn und seine Begleiter hinwegtrampeln, hob einer der vorderen Reiter seine stahlbewehrte Faust.

Die ganze Kolonne kam daraufhin abrupt zum Stehen und fächerte sich vor ihnen auf der Kreuzung auf. Ein weiteres Dutzend Ritter erschienen, die sich in ihrer Aufmachung kaum von jenen aus der ersten Reihe unterschieden. Dann folgten die Träger der mindestens zehn Fuß hohen Wimpel, Banner und Standarten hinzu, die in schwere Kettenhemden, Arm- und Beinpanzer und offene Helme gekleidet waren. Als nächstes kam eine Handvoll Männer in ebenfalls blankpolierten Lamellenpanzern und goldenen Hüten, unter deren Rüstungen roter Stoff hervorlugte. An ihren Schulterpanzern waren ebenfalls Spruchbänder befestigt, die anders als bei den Rittern jedoch rot und deutlich zahlreicher waren. Sie trugen keine langen Schwerter an ihren Hüften, wie der Rest der Prozession, sondern schwere Hämmer mit langen Schäften, die sie sich über ihre gepanzerten Schultern gelegt hatten.

Dahinter wartete noch eine ganze Reihe anderer Krieger, die er durch die dichte Reihe vor sich jedoch nicht genau ausmachen konnte.

Wolf trat einen Schritt vor und hob grüßend eine Hand.

Ein Anblick, der in einer anderen Situation sicherlich komisch gewirkt hätte, da der schmächtige Jäger in seiner verschmutzten Lederkleidung wie ein kleines Kind aussah, das sich vor seinen strengen Eltern für einen Streich rechtfertigen musste.

Einer der Ritter ließ sein Pferd ein paar Schritte nach vorne machen, bis es mit der Nase nur noch eine Armlänge von Wolf entfernt zum Halten kam und schwang sich dann trotz der sicherlich bleischweren Rüstung überraschend geschickt aus dem Sattel.

Mit lautem Scheppern landete er auf seinen Stahlstiefeln und warf achtlos die Zügel über den Rücken seines riesigen Schlachtrosses, das geduldig wartete und grauen Dunst aus seinen Nüstern schnaubte.

Als nächstes machte er einen Schritt auf den wie festgewurzelten Jäger zu, was Magnus zu einem unwillkürlichen Satz nach vorne animierte, bevor Raynor ihm blitzschnell eine Hand vor die Brust hielt und ihn damit zum Stehen brachte.

Sehr zu seiner Beruhigung blieb das Schwert des Ritters in seiner goldverzierten Scheide stecken. Stattdessen nahm er mit beiden Händen seinen Helm vom Kopf und klemmte ihn sich zwischen Arm- und Brustpanzer.

Der Anblick eines menschlichen Gesichts unter diesem Ungetüm aus blankem Stahl beruhigte Magnus etwas, da von den Reitern zuvor eine seltsame Ausstrahlung ausgegangen war, die nicht an Mitmenschen, sondern vielmehr an zum Leben erweckte Metallstatuen erinnerte.

Der Ritter hatte kurzgeschorenes schwarzes Haar, einen penibel gepflegten Spitzbart, in den goldene Perlen eingeflochten waren und hellbraune Haut. Seine grünen Augen waren groß und leuchteten aufmerksam und streng.

Magnus schätzte ihn auf dreißig bis vierzig Lebensjahre, auch wenn eine schmale Narbe, die von seiner Stirn bis zum Unterkieferbogen einen rosafarbenen Strich durch sein Gesicht zog, ihn durchaus älter wirken lassen konnte, als er tatsächlich war.

»Wen haben wir denn hier?«, fragte der hochgewachsene Ritter zackig und musterte zuerst den Jäger, der vor ihm wirkte wie ein kleines Kind, bevor sein Blick kurz über die beiden Pilgrim glitt, die schweigend einige Schritte dahinter warteten. »Dich habe ich hier schon lange nicht mehr gesehen, Wolf.«

Wolf deutete eine ungeschickte Verbeugung an und erntete dafür ein mildes Lächeln von seinem Gegenüber.

»Ich grüße Euch, Großmarschall Mero von Weydensteyn. Ich war eine Zeitlang auf Malkining und habe ein paar Freunden in Ilmenheim ausgeholfen. Wie Ihr wisst, bekommt man nicht jeden Tag eine Überfahrt zurück ans Festland geschenkt.«

»Verstehe«, sagte der Großmarschall und gab seinen immer noch wartenden Männern hinter sich ein kurzes Handzeichen. Die anderen Ritter schwangen sich daraufhin aus ihren Sätteln und verfielen in entspannte Gespräche, während sie ihre Helme abnahmen und sich scheinbar auf eine längere Rast vorbereiteten.

»Wer sind deine Begleiter?«

Wolf drehte sich zu den beiden Pilgrim um und deutete zuerst auf Raynor und dann auf Magnus, dem er aufmunternd zuzwinkerte.

»Das sind Meister Raynor und Magnus«, stellte er sie schlicht vor und versuchte Pampa zurückpfeifen, die aufgeregt an der Rüstung des Ritters schnüffelte.

Mero von Weydensteyn tätschelte der Hündin mit sparsamen Bewegungen den Kopf und wirkte selbst dabei, als handle es sich um einen hochherrschaftlichen Akt.

»*Meister* Raynor? Ein Handwerker also?«, fragte der Riese in Plattenrüstung und nickte dem Hatnamlehrer respektvoll, aber auch leicht herablassend zu. »Ich bin Baron Mero von Weydensteyn, Großmarschall des Ordens der Heiligen Klinge Hellnorias, ergebener Diener Erzengel Tarraddons, möge sein Vorbild uns ewig leiten.«

Bevor sie etwas erwidern konnten, drehte er sich zu vier jungen Männern in schweren Kettenhemden und konischen Helmen um, die hinter ihm Aufstellung bezogen hatten.

»Ich möchte hier speisen und in Ruhe ein Gespräch führen. Ermöglicht das und bringt warmes Wasser und Waschlappen, damit diese Bauern dort sich waschen können, bevor sie sich zu mir setzen«, befahl er ruhig und wandte sich wieder den drei Reisenden zu, während die vier Männer nach einem kurzen Salut in der Menge verschwanden.

Die zuvor noch so geisterhafte Ruine Fallmorias, die Magnus einen Schauer nach dem anderen über den Rücken gejagt hatte, verwandelte sich innerhalb weniger Augenblicke in einen Ort pulsierenden Lebens. Ritter führten ihre Pferde zu tiefen Balustraden und banden sie dort fest, Knechte schafften Wasser herbei um die Tiere zu tränken und ein ganzes Heer von Knappen in schweren Kettenmänteln baute eifrig Sonnensegel auf, die bald überall auf dem Platz und bis tief in die umliegenden Straßen hinein aus dem Boden sprossen und angenehmen Schatten spendeten.

Was zuerst wie eine unwillkürliche Anordnung aussah, entpuppte sich bald als ein sternförmiges Muster, das in der Zeltplane mit den vier dicken Pfosten ihren Mittelpunkt hatte, die gerade hinter dem Großmarschall errichtet wurde.

Zwischen Gerüsteten und Bannerträgern, die ihre Standessymbole nun an den Eingängen zu ihrem improvisierten Lager aufpflanzten, eilten viele

Dutzend in einfache, weiße Kleidung gehüllte Frauen und Männer umher, die Nahrungsmittel und Getränke verteilten.

Ein paar Augenblicke des Schweigens später, in denen Mero von Weydensteyn seinen vor Gold starrenden Waffengurt mit Schwert und Streitkolben ablegte, war das große Sonnensegel mit dem Banner des Ordens auch schon aufgebaut und mit einem schweren Brokatteppich ausgelegt.

Der Großmarschall nickte seinen Knappen zu, trat scheppernd auf den Teppich und ließ sich dann überraschend mühelos nieder. Als nächstes legte er mit sparsamen Bewegungen seinen beeindruckenden Helm neben sich und nahm einen gefüllten Pokal entgegen, den ein Zivilist in rotem Seidengewand ihm reichte.

»Das ist für euch, Bauer«, riss eine harte Stimme von links Magnus aus seinen faszinierten Beobachtungen.

Als er sich umdrehte, sah er einen der Knappen im Kettenhemd, der ihm, genau wie Raynor auf der anderen Seite, eine Schale mit Wasser hinhielt, die nach Holunderblüten roch.

*Daraus kann man Limonade machen*, erinnerte sich Magnus an eine der Pflanzenlektionen Wolfs. *Was ist Limonade nochmal?*

»Äh, danke«, sagte er unbeholfen und nahm die angenehm warme Gabe entgegen. Der Knappe verschwand ohne ein weiteres Wort im Getümmel, das langsam wieder abebbte.

Während er sich also Gesicht, Haare und Nacken wusch und hier und da Flecken aus seiner Brigantine und den Arm- und Beinschienen rieb, fiel ihm jetzt, da sich die meisten der Ordensangehörigen niedergelassen hatten auf, dass der Großmarschall mit mehreren hundert Gefolgsleuten unterwegs sein musste. Er konnte von ihrem zentralen Punkt aus auf alle vier ehemaligen Straßen schauen und es wimmelte nur so von Menschen.

»Das genügt. Ihr dürft vortreten und euch setzen«, schallte Meros Stimme unter dem Sonnensegel hervor.

*Das meinte Wolf also mit arrogant.*

Doch die Chance, das lebendige Überbleibsel einer waschechten Legende kennenzulernen, von der er gerade erst am Vortag erfahren hatte, wollte er sich um keinen Preis entgehen lassen. Immerhin war ihm selbst des Öfteren Arroganz nachgesagt worden, was selbstverständlich nicht gestimmt hatte.

Der Jäger war noch immer emsig dabei sich zu waschen, was Magnus nicht besonders wunderte, da er der schmutzigste und ungepflegteste Mensch war, den er bisher kennengelernt hatte.

Also gingen Raynor und er mit den typischen geschmeidigen Schritten erfahrener Hatnamkämpfer auf den Teppich unter dem flatternden Sonnensegel zu und ließen sich an ihrem Ende, etwa zwei Armlängen vom Großmarschall entfernt nieder.

Mero zog eine Augenbraue hoch, als sie sich setzten und ließ seine Schultern kreisen, was von lautem Quietschen seiner mächtigen Stahlrüstung begleitet wurde.

»Seid ihr hungrig, Bauern?«, fragte er seine beiden Gäste und strich seinen geölten Spitzbart glatt.

»Nein, danke«, antwortete Raynor mit dem ihm eigenen Gleichmut und fügte schmallippig hinzu: »Wir sind keine Bauern.«

»Wir sind keine Bauern, *Großmarschall*«, korrigierte ihr Gastgeber mit gefährlich leiser Stimme, die so gar nicht zu seinem freundlichen Lächeln passen wollte.

»Dass dies euer Titel ist, ist mir bewusst«, antwortete Raynor ebenso emotionslos wie zuvor, doch da Magnus ihn kannte, bemerkte er den leichten Spott in seiner Stimme sofort.

Gerade als einer der Knappen, die rechts und links neben dem Ordensritter standen, mit einer Reitgerte ausholte und damit nach dem Hatnamlehrer schlagen wollte, hob Mero wie beiläufig eine Hand und brachte seinen Untergebenen damit zum Innehalten.

»Das ist nicht nötig, Gunhard. Ich habe bereits erfahren, was ich wissen musste.« Der Großmarschall lächelte mit schmalen Augen und nickte Wolf zu, der sich frisch gewaschen zu ihnen gesellte und sich mit Pampa neben Magnus niederließ.

»Ihr stammt nicht von Hellnor«, stellte Mero fest und nickte einer Dienerin in weißer Seide zu, die einen tiefen Knicks machte und dann ein Tablett vor ihm abstellte. Bunte Früchte, saftiges Fleisch und grünes Gemüse stapelten sich darauf und sandten köstliche Gerüche aus, die in ihren Nasen um die Gunst der Geschmäcker kämpften.

Magnus blickte seltsam ertappt zu Raynor, der aber weiterhin den Ritter fixierte und drehte sich dann zu Wolf, der wiederum vollkommen gebannt auf das Tablett und seine Köstlichkeiten starrte.

»Woher wollt Ihr das wissen, *Groß, äh, Marschall?*«, fragte er. Ein wenig Höflichkeit konnte nicht schaden, außerdem hatte Wolf sie doch darauf hingewiesen, dass der Orden viel Wert auf Förmlichkeiten legt. Warum musste Raynor gerade jetzt anfangen einen beinahe jugendlichen Hochmut an den Tag zu legen?

»Ah, Landvolk mit Manieren«, sagte Mero zufrieden und schob das Tablett mit einem seiner massiven Panzerhandschuhe in Magnus' Richtung. »Du bist mein Gast, also iss dich ruhig satt.«

Magnus nickte ihm dankend zu und griff nach einem Apfel. *Immerhin etwas, das mir an diesem Ort nicht fremd ist,* dachte er.

»Zu deiner Frage«, fuhr der Großmarschall fort. »Natürlich seid ihr keine Bauern. Du trägst die leichte Rüstung eines Freischärlers und zwei Langdolche vindicanischer Machart. Dein Freund würde in seiner einfachen Leinenkleidung schon eher als Bauer durchgehen, hat aber den typischen Gang eines Kriegers, der auf ständige Wachsamkeit und Balance trainiert wurde. Genau wie du, was das angeht. So wie sich eure Art sich zu bewegen ähnelt und du ihn ständig ansiehst, schätze ich er ist dein Lehrmeister. Euer

Akzent ist seltsam breit, nicht so gestochen scharf wie jener der Kaiserlichen, aber auch nicht so zerfahren wie der kalladanische. Alles in allem habe ich hier zwei fremde Krieger unter meinem bescheidenen Dach sitzen, die mit einem der begabtesten und verschrobensten Jäger des Königreiches unterwegs sind und deren Ursprungsort ich nicht erraten kann.« Der Großmarschall kaute gedankenverloren auf seiner schmalen Unterlippe und zog dann seine Panzerhandschuhe aus, die fast bis zum Ellenbogen reichten und darunter ein dichtes Kettenhemd zum Vorschein brachten.

»Also klärt mich auf, denn ich bin gerne im Bilde darüber, mit wem ich es zu tun habe, wenn ich schon großzügig meine Verpflegung teile«, fügte er freundlich aber bestimmt hinzu und seine stechenden Augen machten deutlich, dass dieser Mann keinen Widerspruch gewöhnt war und auch nicht vor hatte, daran etwas zu ändern.

Magnus blickte zuerst zu Raynor, der seinen Blick allerdings nicht erwiderte und dann zu Wolf, der mit den Schultern zuckte und ihm aufmunternd zunickte, während er sich ein Stück Fleisch vom Tablett stibitzte.

*Na toll*, dachte er resigniert. *Mein Mentor will, dass ich lerne Entscheidungen zu treffen und mein Begleiter ist mehr an einer stattlichen Mahlzeit interessiert, als an einer möglicherweise entscheidenden Unterhaltung.*

Im Prinzip war alles wie immer: Es gab zwei mögliche Entscheidung und ob richtig oder falsch würde sich erst im Nachhinein offenbaren. Er konnte den Ritter anlügen und sagen er käme aus Malkining und habe dort als Söldner gearbeitet. Seine spärlichen Kenntnisse über Malkining reichten möglicherweise gerade aus, um eine passende Geschichte zu erfinden, in der Hoffnung, dass die Insel tatsächlich so gut wie nie Besuch von Festländern bekam. Damit würde er vielleicht verhindern, dass der Großmarschall ihm entweder das Geheimnis über die Kristalle entreißen, ihn von seinem Vorhaben sie zu sammeln abhalten, oder ihn als bösartigen Fremden töten würde. Den undurchsichtigen Glaubenshintergründen dieser Welt entsprechend, würde ihn nichts von alledem wundern. Doch dann war da natürlich die Gefahr, dass der Ritter seine Lüge durchschaute und in dem Fall, hatte Wolf ihn ja gewarnt, würde er getötet.

Die andere Möglichkeit war, ihm die Wahrheit zu sagen und darauf zu hoffen, dass er ihm glaubte, so verrückt es sich für seinen Gastgeber auch anhören mochte. Vielleicht würden sie sogar Hilfe von den Rittern bekommen und das konnte ihnen in Hinblick auf ihre Verfolger sicherlich zugute kommen.

Gerade als der Großmarschall fragend eine Braue hob, wurde Magnus klar, dass es nur eine Entscheidung gab, schließlich hatte er einen Beweis für seine Geschichte mitgebracht.

»Also gut. Wir stammen von einem Ort namens Pilgrim, den ihr das Auge der Zeit nennt. Vor etwa acht bis zehn Wochen ist die Barriere, die uns von Eurer Welt trennte, gefallen«, setzte Magnus an und erzählte seine gesamte Geschichte seit dem Untergang Pilgrims, ohne dabei auf Details von seiner Heimat einzugehen, oder auf die Kristalle. Er log nicht, ließ aber das meiste aus, da er nach seinen Erfahrungen mit den Piraten nicht ein weiteres Mal von den Kristallen und der Weltenblume erzählen mochte. So vertrauensselig würde er sich nicht so schnell wieder zeigen. Einige Dinge würde er aber trotzdem der Wahrheit entsprechend vorbringen müssen, da er sich eine Ausrede, die mit dieser neuen Welt zu tun hatte, gar nicht ausdenken könnte, ohne sich im eigenen Lügennetz zu verheddern. Zu lückenhaft war sein Wissen über sie. Hier und da nahm er einige Änderungen vor, die nicht gelogen waren und so bezeichnete er unter anderem die Piraten einfach als Seefahrer.

Mero lauschte ihm die ganze Zeit über schweigend, hob ab und an überrascht die Augenbrauen, oder spitzte nachdenklich den Mund, verhielt sich ansonsten jedoch ruhig und unterbrach ihn nicht.

An der Stelle, an der die Vindicaner und die Vernichtung Waderstades ins

Spiel kamen, entging Magnus jedoch nicht, dass sein Gegenüber die mächtigen Fäuste ballte, bis das Weiß seiner Knöchel hervortrat.

Er endete schließlich mit ihrer gerade verbrachten Nacht in Fallmoria und wartete dann auf die Reaktion des Ritters.

Das Tablett war mittlerweile fast leer, sogar Raynor hatte sich nach kurzer Zeit bedient und die Sonne stand bereits ein ganzes Stück höher am blauen Himmel, als noch zuvor.

Mero drehte leicht den Kopf, der von einer breiten Halsberge geschützt wurde und bedachte Wolf mit einem fragenden Blick.

Als dieser nickte winkte er einen seiner vier Knappen heran, welche die ganze Zeit über hinter ihm gestanden hatten, ohne sich zu regen.

»Gunhard, schicke unsere Späher nach Süden und Westen. Wir haben es möglicherweise mit Vindicanern auf königlichem Boden zu tun«, befahl er grimmig und wandte sich wieder Magnus zu. »Ich kann in deinen Augen keine Lüge erkennen, auch wenn deine Geschichte durchaus meine recht sparsame Phantasie fordert. Doch die Wege Tarraddons sind für uns Normalsterbliche häufig nicht nachvollziehbar, also will ich fürs Erste damit vorlieb nehmen, deine Geschichte zu überprüfen. Ich werde die Berichte meiner Kundschafter abwarten. Falls du die Wahrheit gesagt hast und du von Vindicanern verfolgt wirst, werden wir uns erneut unterhalten. Du sagst also, du warst ein Prinz?«

Magnus wollte bereits abwinken, da er den Titel *Prinz* lediglich als Spott seiner Freunde gehört hatte und am liebsten nicht darauf angesprochen wurde, weil seine Abstammung ihm auf Pilgrim häufig keinen Respekt, sondern lediglich vorsichtigen Argwohn eingebracht hatte.

Doch Mero ließ sich nicht abwimmeln.

»Es ist wichtig seinen Stand offen zu zeigen. Wir wissen nicht, was Tarraddon mit unserer Geburt als Hochgestellte bezweckt, darum müssen wir seinem Urteil vertrauen und mit den Gaben und Pflichten in die Welt gehen, die er uns mitgibt. Es ein schwerwiegendes Vergehen, seinen Stand vorzutäuschen. Sollten wir Beweise für die Anwesenheit der Vindicaner finden, dürfte zusammen mit Wolfs Wort, das ich für das eines Bauern sehr hoch schätze, die Wahrhaftigkeit deiner Worte bewiesen sein, Magnus. Außerdem könnten deine Umgangsformen und deine kriegerische Ausbildung darauf hinweisen. Sollte dem so sein, werde ich meine Männer anweisen, dir den Respekt eines jeden Fürstensohnes zu erweisen. Sollte dem jedoch nicht so sein, werde ich dich in Westwart der Gerichtsbarkeit überstellen und die sind nicht besonders freundlich zu Lügnern, besonders wenn es sich um das Ergaunern von Adelsprivilegien handelt.«

Den Widerspruch, der ihm auf den Lippen lag, erstickte der Ritter mit einem gehobenen Zeigefinger und deutete auf seine Männer, die ringsherum unter ihren eigenen Sonnensegeln saßen, oder hin und her liefen um ihren jeweiligen Aufgaben nachzukommen.

»Wir haben in der Gegend einige Banditen festgesetzt und ihrer gerechten Strafe zugeführt. Ich hoffe, dass ihr euch in Zukunft nicht mehr mit Piraten abgebt, denn Tarraddons Wille sind Ehrenhaftigkeit und Ordnung, nicht Chaos und Habgier. Bürger unter königlichem Recht müsste ich für die Unterstützung von Piraterie normalerweise hängen. Aber ihr konntet ja schlecht wissen, dass es sich bei diesen Seefahrern um Piraten gehandelt hat, hm? Geschweige denn, dass Piraten Verbrecher sind«, erklärte Mero schlicht, als ginge es um eine Nichtigkeit. »Allerdings seid ihr möglicherweise keine Bürger unter königlichem Recht. Dann gibt es euch eigentlich gar nicht vor dem Gesetz. Also nehmt meinen Rat und meine Warnung als gut gemeinten Hinweis an, den ich euch gebe, weil ihr es nicht besser wissen konntet. Wie dem auch sei, wir werden sehen, was meine Kundschafter mir berichten. Dann werden wir auch wissen, ob ihr für die zweifelhafte Wahl eurer Freunde vor Gericht büßen müsst.«

»Hm«, machte Magnus schlicht, da er nicht so recht wusste, was er dazu sagen sollte. Einerseits war er den Piraten dankbar, ihre Gewalttätigkeit und

Gier verschreckten ihn aber nach wie vor. Abgesehen davon, dass er irgendwie ihr Gefangener gewesen war, auch wenn es sich bisweilen nicht immer so angefühlt hatte.

Er würde ihnen ihre Hilfe nicht vergessen, ob sie nun aus selbstsüchtigen Motiven heraus geleistet worden war oder nicht, spielte keine Rolle.

»Gut. Damit hätten wir eure Zukunft erst einmal geklärt, zumindest bis ich die Berichte meiner Kundschafter vorliegen habe«, fuhr Mero im Plauderton fort und warf einen fingergroßen Knochen, den er gerade abgenagt hatte, zurück auf das Tablett. »Kommen wir also zu dem Punkt eurer Reise. Natürlich seid ihr vor den Vindicanern geflohen, die euch angeblich jagen. Bleibt die Frage, wohin ihr unterwegs seid und was euer Ziel ist. Wolf hier ist ein Landstreicher und geht wahrscheinlich wie immer einfach der Nase nach. Ihr zwei aber«, er spreizte zwei Finger, sodass er mit einer Hand direkt auf Raynor und Magnus zeigen konnte, »seht mir alles andere als ziellose Landstreicher aus. Besonders unser *Meister* hier ist ganz sicher kein Freund des Zufalls, sondern eher der Berechnung und Geradlinigkeit. Neben schlechten Manieren natürlich.«

Magnus verzog das Gesicht, bevor er es überhaupt registrieren konnte und bemühte sich dann schnell wieder um eine gelassene Miene.

Dieser Ritter war scharfsinniger, als sein Erscheinungsbild im ersten Moment vermuten ließ. Kein Wunder, dass Wolf ihm zu absoluter Ehrlichkeit dem Orden gegenüber geraten hatte. Diesem Großmarschall, der hier so selbstgefällig und doch irgendwie mit unterkühlter Höflichkeit vor ihm saß, entging anscheinend nicht einmal das kleinste Detail.

»Wenn du denkst, dass ich nicht auf den Kopf gefallen bin, hast du ganz Recht, Magnus von Pilgrim. Auch wenn das streng genommen schon häufiger vorgekommen ist«, nun zeigte Mero zum ersten Mal seit Beginn ihrer Unterhaltung ein schmales Lächeln, das akribisch gepflegte, weiße Zahnreihen offenlegte und wirkte, als habe man einem Stein ein Lächeln aufgemalt. »Falls du befürchtest, dass der Orden deinem Ziel im Weg stehen könnte, solltest du dir zweier Dinge sicher sein: Wenn dein Ziel nicht unehrenhaft ist, oder den Bürgern dieses Königreiches schadet, hast du von uns nichts zu befürchten. Sollte doch eines von beidem zutreffen, hast du in uns die erbittertsten Feinde gefunden, die du dir vorstellen kannst. In diesem Fall rate ich dir, es lieber gleich offenzulegen und die ganze Sache kurz zu machen, da wir mit Verbrechern und Schattenanbetern wenig Geduld haben.«

Magnus schluckte schwer, als das Lächeln des Ritters erstarb und einem ernsten Gesichtsausdruck wich, der durch die rosafarbene Narbe, die sein Gesicht senkrecht durchschnitt, mit einem Mal wieder gefährlich wirken ließ.

Doch woher sollte er wissen, ob sein Ziel und Ansinnen in den Augen dieses Mannes rechtschaffen oder bösartig sein würde? Vielleicht würde er das Hatori und damit auch die Splitter als bösartig ansehen. Wolf hatte ihn davor gewarnt, dass die meisten Kalladani magische Steine verteufelten, weil die Nordmänner sie sammelten und ihre Schamanen als Dämonenanbeter verdammt wurden.

Es lief also wieder einmal auf die Entscheidung zwischen zwei Wegen hinaus. Entweder er vertraute diesem völlig Fremden, dessen Motive er nicht einschätzen konnte, oder er tat es nicht und riskierte damit, sofort umgebracht zu werden.

*Warum kann Raynor nicht endlich ein einziges Mal seinen nimbusverfluchten Mund aufmachen?* Frustriert schaute er zu seinem Mentor, der seinen Blick erwiderte und lediglich mit den Schultern zuckte.

*Wenn nicht einmal er weiß welches der richtige Weg ist, woher soll ich es dann wissen?*

Plötzlich kam ihm eine Idee. Vielleicht gab es einen dritten Weg.

»Dürft ihr in eurem Orden lügen?«, fragte er den Ritter schlicht und richtete sich ein wenig auf, wodurch er dank seiner eigenen stattlichen Größe beinahe auf Augenhöhe mit seinem Gegenüber war.

»Nein«, antwortete der Großmarschall schlicht. »Ich habe noch nie in meinem Leben gelogen und werde es auch nicht tun. Eher würde ich mich freiwillig richten lassen.«

»Hütet ihr in eurem Orden Geheimnisse, von denen Ihr denkt, dass es besser ist, dass sie vor der Welt verborgen bleiben?«

»Nein.«

Magnus witterte eine Lüge, besann sich aber nach einem prüfenden Blick in die ehrlichen Augen des Ritters eines Besseren.

»Hütet ihr in eurem Orden Geheimnisse, von denen ihr denkt, dass sie nicht vor der Welt verborgen bleiben sollten, der Zeitpunkt ihrer Offenlegung aber gut gewählt sein sollte?«

Mero von Weydensteyn musterte ihn, als sehe er den jungen Pilgrim zum ersten Mal richtig und lächelte dann anerkennend.

»Ja.« Er nickte knapp und sein Lächeln verblasste. »Ich weiß was du hier versuchst und ich hoffe sehr, dass es uns an ein Ziel führt, das uns beiden gefällt. Wo ich herkomme gilt es nämlich als unfreundlich auf eine Frage mit einer Reihe von Gegenfragen zu antworten.«

»Verzeiht, Großmarschall«, sagte Magnus entschuldigend. »Wie Ihr wisst bin ich mit Euren Bräuchen noch nicht vertraut und werde versuchen, mich Euch so schnell es geht anzupassen. Ich hoffe, dass wir was das angeht gegenseitig voneinander lernen können.«

Nun lachte der Ritter so laut auf, dass die Knappen hinter ihm sich überrascht rührten. Er schlug sich mit den Händen auf die stählernen Knie und griff dann nach einem Bund Trauben, die auf dem Tablett übrig geblieben waren.

»Ich habe dich unterschätzt, Magnus von Pilgrim, das passiert mir nicht häufig, aber es gefällt mir, denn es lässt mich lernen. Verzeihe mir mein Drängen, ich habe genau wie du nicht besonders viel Erfahrung mit Menschen aus einer völlig anderen Welt«, sagte er und steckte sich belustigt einige Trauben in den Mund. Er wirkte dabei allerdings nicht recht überzeugt, dass Magnus wirklich aus einer anderen Welt stammen könnte. Eher als amüsiere ihn dieses Schauspiel. »Also, fahr bitte fort.«

»Danke. Ein solches Geheimnis bewahre auch ich, darum denke ich, dass Ihr versteht, weshalb ich vorsichtig bin. Ich möchte ehrlich sein, brauche aber eine Versicherung von Euch, dass Ihr uns auf dem Weg zu unserem Ziel nicht behindert, da das für mich sehr wichtig ist. Ich weiß nämlich nicht, was das Wort Ehre für Euch umfasst, da ich nicht in Eurer Kultur aufgewachsen bin. Darum kann ich Euch nicht versichern, dass etwas von meinen Äußerungen Euch nicht als unehrenhaft erscheint.«

Raynor machte eine undeutliche Bewegung und Magnus wusste auch weshalb. Dieser Teil des Gesprächs fiel ihm recht leicht, da er sich auch im Hatnam Unterricht seines Meisters ständig hatte herausreden müssen, weil er zu spät kam, seine Kleidung nicht ordentlich war, oder dergleichen.

»Hm«, machte Mero derweil und nahm von einem seiner Knappen ein Tuch entgegen, um sich die feuchten Hände abzuwischen. »Das erscheint mir verständlich. Ich kann dir allerdings nicht zusagen, dass ich dich nicht festnehmen lasse. Ich habe genau wie alle anderen Ordensbrüder und Ordensschwestern geschworen, die Bürger Hellnorias, und das sind unter anderem alle Kalladani, auch wenn der Adel es vergessen zu haben scheint, mit meinem Leben zu beschützen. Wenn ihr also den unbescholtenen Menschen dieses Landes ans Wohl wollt, werde ich euch beide hinrichten. Es scheint mir jedoch gerecht, dass du mir dein Vorhaben nicht vorbringst unter dem Vorbehalt, dass du mir versicherst, dass du keine bösartigen Motive verfolgst.«

Magnus schluckte schwer, ob dieser harten Worte, erinnerte sich aber daran, dass er niemals vorgehabt hatte, Menschen in Gefahr zu bringen. Ilmenheim war ihm eine Lehre gewesen und er würde lieber sterben als erneut zuzulassen, dass die unschuldige Bevölkerungen irgendeines Landes seinetwegen ums Leben kamen. Was die Vindicaner anging, wusste er, dass sie ihm auf den Fersen waren und machte sich bezüglich ihrer Entdeckung durch den Orden wenig Sorgen.

»Ich schwöre Euch beim Nimbus, dass ich nichts gegen Euer Volk im Schilde führe«, versicherte er dem Ritter, der daraufhin zufrieden nickte.

»Nun gut«, stimmte Mero zu und blickte ihn erwartungsvoll aus seinen wachen grünen Augen an.

Magnus überlegte eine Weile und versuchte die Worte in seinem Kopf zu ordnen, von der Weltenblume, über ihren Wahnsinn, zu ihrem Wissen und dann zum Hatori und seinen Möglichkeiten. Zu ihrer Botschaft, zu seinen Zweifeln und den Splittern.

»Noch etwas: Als du von dem Auge der Zeit, Pilgrim gesprochen hast, erwähntest du eine *Weltenblume*?«, frage der Großmarschall interessiert.

*Wie soll ich das erklären, ohne mindestens so verrückt wie Wolf dazustehen, wenn er sich mal wieder mit Pampalantanta unterhält?* Also hielt er sich an unverfängliche Fakten, ließ dabei sich und seinen Plan vorerst außen vor.

»Unter dem Gestein Pilgrims lebt ein Kristall, oder besser gesagt lebt ein Wesen, das in einem Kristall gefangen ist. Dieses Wesen ist uralt und besitzt ein Wissen, das für unsere Vorstellungskraft kaum greifbar ist. In meiner Heimat haben wir gelernt, dieses Wissen zu benutzen, um uns Zugang zu einer höheren Form des Seins zu verschaffen, dem Hatori. Mein Vater hat diesen Zugang vor vielen tausend Jahren entdeckt und die Weltenblume, wie wir sie nennen, dazu gezwungen, ihn aufrecht zu erhalten. Mit diesem *Wahren Sein* an unserer Seite haben wir viele Dinge geschaffen. Alles was wir uns vorstellen konnten wurde mithilfe des Hatori wahr. Ob wir aus einem Strauch Flachs eine Tunika herstellten, ohne die Hände zu bewegen, oder aus einem Haufen Steine und Holz ein Haus formen wollten - die Grenzen unserer Möglichkeiten wurden lediglich durch die Grenzen unserer Vorstellungskraft und Konzentrationsfähigkeit bestimmt. Doch wie immer im Leben gibt es für alles einen Preis zu zahlen und wir erkauften unser beinahe unendliches

Potenzial mit der Unterdrückung der Weltenblume und damit verbundenen Angriffen auf unseren Verstand, da sie sich verständlicherweise von uns befreien wollte. Am Ende gelang es ihr und sie vernichtete in ihrer über Jahrtausende angestauten Wut alle zehntausend Pilgrim innerhalb nur einer Nacht. Das ist der Grund, warum ich heute hier sitze.«

Den Teil mit seinem Vater, von dem er erfahren hatte, dass er sie alle benutzt und belogen, um sie schließlich mit vierzig Lebensjahren zu töten, ließ er bewusst aus. Zum einen änderte es nichts am Endergebnis und zum anderen fühlte er sich alles andere als wohl bei dem Gedanken, darüber zu sprechen. Besonders mit einem völlig Fremden. »Bis auf sechs von uns. Uns gab sie den Hinweis, dass innerhalb eines Jahres das Zeichen eines nahenden Bösen am Himmel erscheinen werde und damit die Ankunft von etwas einleite, das sie und alle Menschen vernichten wird, wenn wir sie nicht mit ihren verlorenen Fragmenten wiedervereinen.«

»Verlorene Fragmente?«, fragte der Großmarschall überrascht und unterbrach ihn zum ersten Mal, obwohl Magnus eigentlich damit gerechnet hatte, nach jedem Atemzug unterbrochen zu werden.

»Ja«, nickte Magnus. »Sie hat uns gesagt, dass überall auf der Welt Splitter ihres Kristalls verteilt sind, die Fragmente ihrer Seele enthalten. Sie kann angeblich nur in Erfahrung bringen, wie sie aus ihrem Gefängnis entkommen kann, wenn sie all ihre Fragmente wiedervereint hat. Also hat sie uns aufgetragen, alle Splitter zu ihr zu bringen, damit sie uns und sich selbst vor diesem ominösen Bösen beschützen und dann verschwinden kann, wohin auch immer. Das ist allerdings nicht das, was ich gerade vor habe, falls Ihr das als nächstes fragen wolltet.«

»Ich schätze dein Dilemma ist, dass du nicht weißt, ob du diesem zwar mächtigen, aber auch rachsüchtigen Wesen vertrauen kannst?« Mero registrierte mit einem kurzen Seitenblick, wie zwei Diener in Rot das Tablett mit den Überresten ihrer Mahlzeit abtransportierten und heftete seine Augen dann wieder auf Magnus. »Entweder sie hat Recht und unsere Welt ist dem Untergang geweiht, wenn du es nicht tust, oder sie benutzt dich, um ihre Rache bei der Vereinigung mit dem Rest ihres *Körpers* in eine ganz neue Größenordnung zu heben. So in etwa, nicht wahr?«

»Dann glaubt Ihr mir also?«, fragte Magnus überrascht und traute seinen eigenen Ohren nicht. Er hatte sich schon auf schallendes Gelächter, eine Ohrfeige, eine steinerne Miene, oder sogar ein Schwert in seinen Rippen eingestellt, aber nicht auf *Verständnis*.

»Nein, das tue ich nicht«, enttäuschte der Ritter seine aufgekeimte Hoffnung und schüttelte den Kopf. Selbst diese Geste wirkte bei dem Großmarschall wie etwas Staatstragendes und verlieh ihm den Anstrich eines Mannes, der direkt einer Legende entsprungen war, was in gewisser Weise ja durchaus zutraf.

Magnus' Schultern sackten enttäuscht herab und er seufzte ergeben.

»Naja, ich habe es versucht, aber wahrscheinlich ist die Wahrheit nicht immer verständlich, wenn man aus vollkommen unterschiedlichen Welten stammt.«

»Ich sehe noch immer keine Lüge in deinen Augen, Magnus von Pilgrim, aber dennoch hat auch meine Vorstellungskraft Grenzen. Ich wurde in dem Glauben erzogen, dass alles Gute und Schlechte auf dieser Welt mit der Kraft unserer Arme beginnt und endet. Lediglich Tarraddons Geist konnte einst darüber hinausgehen und uns in Form eines Erzengels über die Jahrtausende beistehen«, erklärte Mero noch immer freundlich, aber deutlich kürzer angebunden, als noch zuvor. »Wenn das, was du mir gerade erzählt hast, tatsächlich wahr sein sollte, stünde unsere Welt vor einem Abgrund und keiner von uns kann wissen, was passiert, wenn sich dieser Abgrund auftut. Natürlich könnte eine solche Macht, wie diese Weltenblume von der du sprichst, alles zum Besseren wenden - aber diese Macht könnte auch zu unserem Untergang führen. Ich denke, ein Teil von mir ist aufgrund der

Komplikationen die das mit sich brächte, gar nicht gewillt dir zu glauben. Abgesehen davon, klingt das alles außerdem ein wenig zu phantasievoll in meinen Ohren. Ich fürchte also, dass unsere Begegnung nicht gerade ein glücklicher Zufall für dich ist.«

»Ich glaube ihm«, schaltete sich Wolf plötzlich ein und nahm seinen Schlapphut vom Kopf, um sich am Scheitel zu kratzen. »Schließlich hätte ich auch nie gedacht, dass ich einmal eine Hündin treffen würde, die sprechen kann. Oft ist also weitaus mehr möglich, als wir denken. Ja.«

Mero warf zuerst einen ungläubigen Blick auf den Jäger, der diesen allerdings vollkommen ernst erwiderte und dann einen eher ratlosen Blick auf Magnus, der einfach nur mit den Schultern zuckte.

»Die Lösung ist ganz einfach«, sagte der Großmarschall und überging Wolfs Einwand einfach. »Wir sind ohnehin auf dem Weg nach Westwart, weil wir Proviant einkaufen und die dortige Großschmiede aufsuchen müssen. Ihr werdet als unsere vorläufigen Gefangen mit uns kommen, dann solltet ihr auch vor den Vindicanern sicher sein, falls es sie tatsächlich hier auf dem Festland gibt. Falls nicht, wird dein Gerichtsurteil in Westwart meiner Erfahrung nach sehr schnell erfolgen, dann hast du das Weglaufen vor wem auch immer wenigstens hinter dir.«

*Wahrscheinlich denkt er, dass ich zwar ganz freundlich, aber doch ein Spinner bin, genau wie Wolf, mit dem ich praktischerweise ja auch unterwegs bin,* dachte Magnus frustriert, sah jedoch keinen Ausweg aus dieser Situation. Um ehrlich zu sein hätte er an Meros Stelle wahrscheinlich weitaus weniger Geduld mit einer solch abenteuerlichen Geschichte gezeigt. Also nickte er einfach resigniert und zuckte ergeben mit den Schultern.

»Gut.« Der Ritter erhob sich mit scheppernder Plattenrüstung, die ihn so breit und kräftig wirken ließ, dass selbst Tomm dagegen schmächtig wirken würde. Wolf stieß ihn in die Seite und sie standen ebenfalls hastig auf.

»Wir sind gleich marschbereit. Ich denke, dass wir noch am Abend in

Westwart ankommen werden. Ihr könnt euch jetzt dem Tross anschließen«, sagte er an Wolf und die beiden Pilgrim gewandt, während er sich seine Panzerhandschuhe überzog und den polierten Helm mit dem Klingenkamm aufsetzte, bis nur noch seine lange Nase und das stechend grüne Augenpaar zu sehen waren.

»Knappen, brecht das Lager ab und macht alles Marschbereit. Nehmt diese beiden fest«, befahl er seinen Männern zackig und ging mit schweren Schritten und wehendem Umhang zu seinem Schlachtross, das neben fünf weiteren Pferden an einer der Turmruinen stand und gerade aus einem großen Napf fraß.

Einer der Knappen blies daraufhin in eine Trillerpfeife, die einen schrillen Ton erzeugte, der Magnus schmerzhaft in den Ohren klingelte.

Wie auf ein Stichwort verfielen die zuvor noch rastenden Ritter, Knappen, Fußsoldaten und Diener in geschäftiges Treiben.

Sie verpackten übriggebliebene Nahrungsmittel, entfernten die Sonnensegel, sammelten Pfosten ein, machten die Pferde los, setzten ihre Helme auf und banden sich ihre Waffengurte um.

Sie gingen dabei mit einer ebenso beeindruckenden Präzision zu Werke, wie Magnus sie von Pilgrim kannte. Beispielsweise bei der Ernte auf den Grünterrassen, wenn alle Helfer im Hatori versunken waren und dadurch ein perfekt durchorchestriertes Bild der Zielgenauigkeit und Geschwindigkeit erzeugten, das jedem, der nicht im *Wahren Sein* verweilte wie ein Wunder vorgekommen wäre.

Doch diese Ordensmitglieder kannten kein Hatori, wahrscheinlich nicht einmal einfache Meditationsformen. Er schätzte, dass sie einfach durch hartes Training und jahrelangen Drill zu einer perfekten Einheit geworden waren, die sich blind verstand.

Wolf schien währenddessen in eines seiner Flüstergespräche mit Pampa vertieft zu sein und Raynor stand wie immer starr wie eine Statue einfach da und beobachtete das rege Treiben um sich herum mit stoischer Gelassenheit.

Magnus hingegen fühlte sich seltsam nutzlos, wie er so dastand und nichts Wichtiges zu tun hatte, während es um ihn herum von Arbeitenden nur so wimmelte. Aber schließlich war er nun ein Gefangener und wieso sollte er da überhaupt etwas beitragen wollen?

Der Eindruck wurde noch verstärkt, als ihm und Raynor von einigen Knappen schmerzhaft die Hände hinter dem Rücken zusammengebunden und ihnen ihre Waffen abgenommen wurden. Sie wehrten sich nicht. Warum auch? Wenn die Männer des Großmarschalls ihre Verfolger entdeckten, würde man ihnen wenigstens glauben und sie wieder freilassen.

*Wieder einmal Gefangene unter Fremden,* dachte er resigniert.

»Das lief nicht ganz so wie erhofft«, sagte er nach einigen Minuten des Schweigens an Raynor gewandt und folgte mit seinen Augen den seltsam gekleideten Ordensmitgliedern mit dem roten Stoff unter ihren Lamellenpanzern und den hohen goldenen Hüten. Sie gingen mit flatternden Spruchbändern, die mindestens armlang von ihren Schultern hingen, zwischen den Knappen umher und wechselten hier und da einige Worte mit ihnen, woraufhin diese dankbar nickten und noch eifriger als zuvor zu Werke gingen.

Selbst mit anzufassen, schien ihnen jedoch nicht in den Sinn zu kommen, da sie ihre mächtigen Zweihandhämmer dabei nicht ein einziges Mal von den Schultern nahmen. Interessant war an ihnen außer ihrer Kleidung auch ihr Alter. Es würde ihn nicht wundern, wenn er erfahren sollte, dass sie mindestens zehn Jahre älter als Meister Raynor waren, obwohl sie genau wie sein Mentor noch kraftvoll und rüstig wirkten.

»Es lief besser als erwartet, du hast viel dazu gelernt«, entgegnete der ältere Pilgrim knapp, sah am Gesichtsausdruck seines Schülers jedoch, dass ihn das nicht zufriedenstellte. »Vorerst ist dein Ziel nicht davon betroffen, also nehmen wir ihren Schutz doch an und machen weiter wie geplant. Sollte sich doch noch etwas ergeben, zum Beispiel, dass sie die Vindicaner finden - wovon ich ausgehe - kann sich ein ganz neues Bild ergeben. Bleib geduldig. Beobachte und lerne.«

Damit schien das Thema für Raynor erledigt und er richtete sein Gesicht wieder starr geradeaus, auch wenn Magnus sehen konnte, wie schnell sich seine Augen hin und her bewegten um möglichst viel gleichzeitig zu erfassen.

*Ein ganz neues Bild,* wiederholte er im Geiste die Worte des Hatnam Meisters. Je mehr er darüber nachdachte, desto mehr Sinn ergab es. Gestern noch hatte er sich nichts sehnlicher gewünscht, als dass die Vindicaner in ihrem Nacken verschwinden mögen und jetzt hoffte er genau das Gegenteil, nur damit der Großmarschall ihm Glauben schenkte. Das war so ironisch, dass er beine losgelacht hätte, befände er sich nicht in Gefangenschaft.

Lernen war eine gute Idee, deren Umsetzung ihm in seiner neu entfachten Neugier kaum schwer fiel. Außerdem würde es ihn ablenken. Also drehte er sich zu Wolf, der gerade vor Pampa kniete und der fröhlich hechelnden Hündin ein neues Lederhalsband umlegte, das mit einer gravierten Brosche verziert war.

»Diese fünf Männer dort mit den goldenen Hüten«, sagte Magnus und brachte den Jäger dazu sich umzudrehen und seinem ausgestreckten Zeigefinger zu folgen. Er zeigte genau auf die kleine Gruppe Ordensmitglieder mit den goldenen Hüten und den Hämmern, die gerade mit einer Abordnung von Dienern in roter Seide sprachen. »Wer ist das und warum sehen die so anders aus als die Ritter und ihre Knappen? Und was sind eigentlich *Ritter* und *Knappen* genau?«

»Du bist wahrlich ein Kind der Neugier, mein junger Freund«, lachte Wolf amüsiert, tätschelte Pampas Kopf, die das als Zeichen der Freiheit nahm und bellend davon lief, während er aufstand und sich die Hundehaare aus der Kleidung klopfte.

»Das sind *Kaplane.* So etwas wie die spirituellen Führer des Ordens. Sie zählen zu den ältesten und frommsten von ihnen, gehören aber nicht dem Adel an und können deshalb nur in den Ritterstand erhoben werden, wenn sie vier Pferde mit in den Orden bringen. Da das so gut wie niemand ohne die Mittel eines reichen Adelshauses vollbringt, dienen sie zuerst als junge, freie Krieger und falls sie ein hohes Alter erreichen und genug Weisheit erlangt haben, können sie zum Kaplan geweiht werden. Sie beraten die Ritter in Glaubens- und Gewissensfragen, da sie die Schriften Tarraddons in- und auswendig kennen und durch ihr Alter schon viel gesehen haben. Zu deiner zweiten Frage: Ein Ritter ist ein Krieger vom Adelsstand, der sein Leben seiner Klinge verschreibt und einem gewissen Ehrenkodex folgt. In den Fürstentümern gelten sie als rückständiges Relikt einer längst vergessenen Zeit und werden hinter vorgehaltener Hand nicht selten für ihren verstaubten Idealismus verspottet. Mit den stehenden Heeren der Fürsten und ihrer militärischen Struktur hat der Orden nichts am Hut. Dennoch gibt es viele Adelssprösslinge, die beim Orden eine Ausbildung als Knappe durchlaufen um einmal selbst zum Ritter geschlagen zu werden. Viele von ihnen bleiben nach ihrer fünf- manchmal auch zehnjährigen Ausbildung beim Orden, ganz zum Leidwesen der Fürsten und ihres niederen Adels, die dadurch viele Nachkommen an die Heilige Klinge verlieren. Der Glanz von Legenden über Ruhm, Ehre und Rechtschaffenheit strahlt für junge Männer eben heller als ein Leben am Hofe, so luxuriös es auch sein mag.«

Magnus rieb sich die gefesselten Handgelenke hinter dem Rücken und beobachtete einige der Knappen in ihren grauen Kettenhemden, die gerade die Pferde ihrer Herren sattelten und ihr schweres Gepäck schulterten, das aus einem breiten Rucksack, Schlafsack, einer Zeltplane und einem Pfosten bestand.

Sie schwitzten unter ihrer Last und verzogen hier und da angestrengt die Gesichter, doch keiner von ihnen schien sich beschweren zu wollen. Ganz im Gegenteil, wann immer sie verstohlene Blicke zu den prächtigen Rittern mit ihren polierten Vollrüstungen und den flatternden Spruchbändern warfen, füllten sich ihre Augen mit dem unverkennbaren Glanz der Ehrfurcht.

»Deshalb gehen die Fürsten nicht gegen den Orden vor«, mutmaßte Magnus schließlich und nickte wie zu sich selbst.

»Die Knappen sind so etwas wie freiwillige Geiseln, auch wenn sie das gar nicht wissen. Wenn sie gegen den Orden angehen würden, müssten sie gegen ihre eigenen Nachkommen und potenziellen Erben kämpfen.«

»Ein paar Tage mehr und wir machen noch einen echten Mann der Politik aus dir«, spottete Wolf und zwinkerte ihm verschmitzt zu. »Aber du hast Recht. Es ist ein kompliziertes Gefüge aus politischen Manövern, die für keine Seite viel Spielraum lässt. Natürlich möchte der Orden gerne Hellnoria zurückbringen und wieder einen echten König einsetzen. Doch die Großfürsten sagen zu Recht, dass es dem Land nicht schlecht geht und ein kriegerischer Ritterorden ein Relikt darstellt, das nicht mehr gebraucht wird. Der Schwertwall hält die Sarnesh seit Jahrhunderten erfolgreich zurück und der Norden war bisher immer sehr ruhig. Jetzt wo die Nordmänner sich formieren und nach Süden ziehen, ist die Lage natürlich etwas komplizierter, aber die kalladanischen Truppen sind stark genug um sie zurückzudrängen. Das lässt wenig Spielraum für den Orden, sich als wichtige Institution einer neuen Ordnung darzustellen. Wenn du mich fragst, sind diese Adligen doch alle gleich. Goldsäcke, die auf Kosten der ehrlichen Landbevölkerung in Saus und Braus leben.«

»Denkst du, dass ihre Kundschafter die Vindicaner entdecken werden?«, wechselte Magnus das Thema und deutete mit dem Kinn auf die Knappen, Knechte und Fußsoldaten, die beinahe marschbereit waren und sich bereits zu vierreihigen Kolonnen formierten.

»Ich weiß es nicht. Aber ihre Späher sind gut ausgebildet und ich schätze, dass unsere Verfolger mindestens eine Hundertschaft umfassen und die ist sehr schwer vor suchenden Augen zu verbergen, wenn du mich fragst. Auch wenn es sich um eine der Elitelegionen des Kaisers handeln sollte, können sie die einfachsten Tatsachen nicht umgehen und die sind schnell aufgezählt: Viele Menschen machen viel Dreck, viel Lärm und haben viel Hunger.« Wolf streckte nun seinerseits einen Finger aus und deutete auf die einfachen Fuhrknechte und Mägde, die sich ganz hinten im Tross einreihten. Sie gingen neben ausladenden Pferdewagen mit Säcken und Kisten voller Proviant einher, trugen Packrollen mit eingewickelten Flaschen und zogen kleinere Handkarren mit darauf aufgetürmtem Geschirr hinter sich her.

Magnus wollte gerade etwas erwidern, als vor ihm Mero und etwa zwei Dutzend Ordensritter auf ihren riesigen Schlachtrössern vorbeipreschten, um sich an die Spitze der wartenden Kolonne zu setzen, die sich mindestens eine halbe Meile weit auf der schnurgeraden Hauptstraße hinzog.

»Na dann wollen wir mal«, sagte Wolf mitleidig und folgte ihnen, während sie von einigen Knappen nicht grob, aber doch bestimmt, auf eine kleine Lücke zwischen den anderen Knappen und den dahinter marschierenden Waffenknechten zugeschoben wurden.

# 7. Fremde Ufer

Tzunai und Tomm stolperten gerade aus dem nassen Unterholz des schier endlosen Waldes heraus, durch den sie sich nun schon seit Wochen in Richtung Süden kämpften und trauten ihren Augen kaum.

Nach der Attacke des wilden Tieres, vor dem Tomm sie gerettet hatte, waren sie mit viel Mühe und letzter Kraft zur Küste aufgebrochen.

Von den Piraten wusste sie, dass sie Salzwasser für die Reinigung und Heilung ihrer Wunden und Alltagsverletzungen verwendeten. Da sie weder das Hatori, noch irgendwelche Materialen zur Verfügung hatten, um seine fürchterlichen Abschürfungen zu behandeln, war es ihre einzige Chance.

Als sie schließlich das Meer erreichten und Tomm vor lauter Schmerzen bereits anfing wirr und fieberhaft vor sich hin zu reden, tat es ihr unendlich leid, als sie ihn in das lauwarme Wasser tauchte. Wären sie zu dieser Zeit doch noch von Vindicanern verfolgt worden, wären sie spätestens jetzt entdeckt geworden. Seine Schmerzensschreie hallten weithin die Küste entlang und rissen erst ab, als er so heiser war, dass ihm die Stimme versagte.

Doch es half. Nach einigen Tagen, die sie stumm die Küste gen Süden entlangstapften und die Prozedur täglich zweimal wiederholten, sahen seine Abschürfungen bereits viel besser aus und auch ihre Nase und ihre Schulter fühlten sich nicht mehr an, als bestünden sie aus glühender Kohle. Ihre Schulter war zwar grün und blau und schmerzte bei zu heftigen Bewegungen, doch war offensichtlich nichts gebrochen. Sie kannte das Gefühl gebrochener Knochen nur zu gut aus dem Hatnam Unterricht und ihre Schulterverletzung war glücklichweise weit von den Schmerzen und Einschränkungen eines Bruchs entfernt.

Nachdem sie bald wieder in den zweifelhaften Schutz des Waldes zurückgekehrt waren, geschah das, was die beiden völlig verängstigten Pilgrim schon nicht mehr für möglich gehalten hatten: Sie erreichten die Südspitze Malkinings.

Vor ihnen fiel das Land in gefälligen grünen Hügeln langsam aber stetig ab und endete in einem runden Kap, an dessen Spitze sich derart hohe Wellen auftürmten, dass ihre aufgepeitschte Gischt weithin zu sehen war.

Einige Meilen links von der Südspitze, in einer gut geschützten Bucht, konnte Tzunai Häuser erkennen, von deren Schornsteinen sich dünne schwarze Rauchfäden in den Himmel zogen.

Sie schätzte die Entfernung auf mindestens zehn Meilen und rechnete darum mit etwa einem halben Tagesmarsch, da das Gelände sehr hügelig und unwegbar war.

Keine erfreuliche Aussicht, doch bei all den Strapazen, die sie bisher auf sich genommen hatten, würde ein weiterer Tag des Hungerns, klirrender Kälte und blutender Füße auch keinen merklichen Unterschied mehr machen.

Was sich seit der Trennung von den anderen Flüchtlingen abgespielt hatte, war ein einziger Albtraum gewesen. Zwar war der Regen zunächst verschwunden, jedoch nur um sich von einem heftigen Sturm ablösen zu lassen, der ihnen beinahe jegliche Hoffnung genommen hätte.

Die gewaltigen Böen hatten Bäume entwurzelt, Äste abgerissen, die sie mehrfach beinahe erschlagen hätten und eine Dunkelheit entfesselt, die es beinahe unmöglich gemacht hatte die eigenen Füße zu sehen. Ganz zu schweigen von den erneuten Regenmassen, die ihnen klirrende Kälte in die Glieder sandte.

Schutz zu suchen war eine Sache der Unmöglichkeit gewesen, da sie im Wald offensichtlich nirgendwo sicher gewesen wären und die schlechten Sichtverhältnisse jede Hoffnung auf das Finden einer geeigneten Höhle zu einer Träumerei hatten verkommen lassen.

Also hatten sie sich durch den peitschenden Sturm gekämpft, die Arme vor der Stirn, um sie vor den Regentropfen zu schützen, die mit solcher Wucht auf sie einschlugen, dass es sich anfühlte als würden sie ihnen noch die Haut von den Knochen schälen.

Sich durch das laute Tosen und Rauschen der gepeinigten Bäume zu verständigen, war ebenso unmöglich gewesen wie einen positiven Gedanken zu fassen, also hatten sie sich mehrere Tage lang schweigend vorangekämpft.

Weder hatten sie dabei etwas essen oder sich ausruhen können, da jede Atempause, jeder Stillstand, die Gefahr erhöhte von einem herumfliegenden Ast erschlagen zu werden.

Dass sie verdursten könnten, war in dieser Zeit die einzige Sorge, die sie nicht befallen hatte wie ein schleichender Parasit, da der Sturm sich alle Mühe gegeben hatte, ihnen sein kaltes Nass durch jede freiliegende Pore zu pressen, als wolle er sie ertränken.

Vor einigen Stunden war das Wetter endlich besser geworden und der Himmel hatte sich etwas geklärt. Aus dem scheinbar endlosen Regenguss war ein leichter Nieselregen geworden, der langgezogene Regenbögen mit sich brachte, als wolle das Schicksal sie verspotten.

»Wie auch immer Kaspan das Wetter unter der Barriere auf Pilgrim beeinflusst hat, es war eine seiner größten Taten«, befand Tzunai, während sie und Tomm auf die Knie gesunken Luft holten und sich erbarmungslose Erschöpfung in ihren Gliedern breit machte.

»Das kannst du laut sagen«, stimmte der blonde Hüne, dessen Gesicht von unzähligen roten Kratzern verunstaltet war, ihr krächzend zu. Der Marsch durch vom Sturm aufgepeitschte Sträucher hatte bei ihnen beiden seinen Tribut gefordert.

»Kaum zu glauben, dass wir das überstanden haben.« Er deutete den Waldrand entlang nach Westen.

Tzunai folgte seiner Geste und konnte nicht umhin, vor Ehrfurcht zu staunen. Was sich dort vor ihnen auftürmte, aber glücklicherweise von ihnen fortbewegte, sah aus wie der rollende Weltuntergang selbst: Riesige, tiefschwarze Wolkenberge, die einen tiefgrauen Schleier unter sich herzogen und das Meer aufwühlten. Ihr Inneres wurde in regelmäßigen Abständen von Kaskaden weißer Blitze durchschnitten, die an mehreren Stellen auf die Meeresoberfläche einschlugen, wie rasende Fäuste.

Aus dieser Entfernung schien es schwer vorstellbar, dass überhaupt etwas überleben konnte, das einer solchen Gewalt ausgesetzt wurde.

»Ab jetzt kann es ja nur besser werden«, sagte Tzunai in einem halbherzigen Versuch zuversichtlich zu klingen und wandte sich schaudernd von dem Gewittersturm ab.

Tomm bemühte sich gar nicht erst um unechte Zustimmung und richtete sich stattdessen wieder auf. Er hatte einiges von seiner Rundlichkeit verloren und sah jetzt beinahe drahtig aus. Ein Anblick, den sie bei ihrem Freund niemals für möglich gehalten hätte.

Sie wollte gar nicht wissen, wie sie selbst sich verändert hatte, seitdem sie hungernd, frierend und immer mit der Angst vor ihren Verfolgern im Nacken, aus Waderstade geflohen war.

Der einzige von ihnen, der das Ganze wahrscheinlich als strahlendes Abbild jugendlichen Glanzes überstehen würde, war Magnus, der es selbst nach einer langen Hatnamlektion stets schaffte, wie geleckt auszusehen.

Auf Pilgrim war sie fast jeden Tag mit ihren Freunden zusammen gewesen, sei es beim abendlichen Beisammensein auf der Kaimauer, oder beim Unterricht von Meister Faungar. Sie war das erste Mal, seit sie sie in den Vorbereitungsgruppen der Jünglinge getroffen hatte, länger als einen Tag von ihnen getrennt und die Folge war eine kriechende Sehnsucht, die sie nicht mehr losließ. Eine tiefe Traurigkeit, die wie ein Felsklumpen auf ihrem Herzen lastete und jeden Atemzug zu einem melancholischen Seufzen werden ließ. Ganz besonders schmerzte sie die Trennung von Magnus, auch wenn es ihr lange Zeit schwergefallen war, sich das einzugestehen.

Sie wollte nie von jemandem abhängig sein und hatte sich mit Absicht unnahbar verhalten, denn sie hatte sich geschworen, nicht so zu enden wie ihre Eltern, die erst eine Liebesbeziehung eingegangen waren, um sich dann für die Verschmelzung wieder zu trennen und jahrelang darunter zu leiden. Heimlich natürlich, weil sie nicht zugeben wollten und durften, dass sie von ihren Gefühlen befangen waren.

Liebe war in ihrer Familie immer gleichbedeutend mit Schmerz gewesen und darum hatte sie immer dankend abgelehnt. Das was sie auf Pilgrim noch mit Tomm verbunden hatte, war vielleicht so etwas wie ein zarter Versuch gewesen zu ertasten, ob Liebe sich auch ohne Schmerz entwickeln konnte. Doch besonders weit waren sie nie gekommen und sie hatte schon lange das Gefühl beschlichen, dass sie Tomm eher wie einen Bruder liebte.

Der Untergang Pilgrims und ihre anschließende Flucht ließen in ihrem Kopf jedoch keinen Stein auf dem anderen und brachten sie derart durcheinander, dass alte Überzeugungen über sich selbst und das Leben im Allgemeinen zusammen mit ihrer Heimat in Flammen aufgegangen waren. Sie musste sich genau wie ihre Freunde erst neu erfinden, um in dieser neuen Welt zu überleben und ihren Platz zu finden.

Vielleicht ging es Magnus ähnlich und sie hatten sich in der Not beide in die gleiche Richtung entwickelt, immerhin gab es bereits auf Pilgrim viele Parallelen zwischen ihnen. Manch einer hatte sogar behauptet, sie seien das jeweilige Ebenbild des anderen. Immer wenn die Bilder von ihrem letzten gemeinsamen Moment durch ihren Kopf schossen – und das geschah beinahe täglich – durchfuhr sie eine schmerzige Melancholie. Der Anblick Magnus', wie er verloren hinter einer Wand aus fremden Soldaten im Schankraum der *Gekaperten Nymphe* gestanden hatte. Wie er sie aus seinen tiefen, braunen Augen stumm, aber doch so voller Klarheit angeschaut hatte und die Leere in ihnen, als Tomm sie fortgezerrt hatte. Es war als hätte dieser eine Blick zwischen ihnen eine Tür aufgestoßen, die sie bisher immer verschlossen gehalten hatten. Verschlossen, weil hinter ihr Dinge zu finden waren, die sie sich nicht hatten eingestehen wollen, die sie nicht hatten erkunden wollen. Doch mit diesem einen Blick hatten sie gemeinsam diese innere Tür aufgestoßen, im Anblick des nahenden Todes, der Gewissheit sich nie wieder zu sehen. Was auch immer nun aus Magnus geworden war, sie hatte durch diese Tür geschaut und damit unzählige Türen in sich selbst geöffnet. Sie dachte gar nicht daran, es dabei zu belassen. Sie würde ihn finden, damit sie gemeinsam durch jede einzelne dieser Türen schreiten konnten. Etwas anderes würde sie nicht akzeptieren. Seinen Tod würde sie nicht akzeptieren, denn diese Türen ließen sich nun nicht mehr schließen und blieben sie offen stehen, würde sie von dem Sturm, der sich hinter ihnen sammelte, einfach fortgespült werden.

Wann immer sie sich das bewusst machte, kochte eine Wut in ihr hoch, die sie nur allzu gut kannte. Sie hatte auf Pilgrim jedes Mädchen verspottet, dass sich Blumen ins Haar steckte um einem Jungen zu gefallen und sich selbst nur deshalb derart aufreizend angezogen, um die versammelten Männer auf sich aufmerksam zu machen und dann grob wieder fallen zu lassen. Sie verachtete gefühlsduselige Oberflächlichkeit. Im Grunde genommen hatte sie damit wahrscheinlich versucht, auch andere mit ihrer Überzeugung anzustecken, dass Liebe schmerzhaft war.

Dass sie nun aber selbst zu einem ihrer ehemaligen Opfer geworden war und sich verhielt wie ein Dummchen, das einem Mann hinterher lief, führte zu dieser immer häufiger aufkeimenden Wut. Paradoxerweise fragte sie sich, um sich wieder zu beruhigen, was Magnus ihr in diesen Momenten wohl raten würde und entspannte sich dann wieder. Das war wiederum ein guter Grund erneut wütend über sich selbst zu sein. Innerlich fluchte sie darüber bereits so sehr, dass Graubart sicher stolz auf sie wäre.

»Mach nicht so ein saures Gesicht«, schimpfte Tomm und versuchte ein schwaches Lächeln zustande zu bringen, das die roten Striemen in seinem Gesicht auf seltsame Art verzog. »Immerhin haben wir unser Ziel erreicht und vielleicht sogar bald etwas zu essen im Bauch. Ich bin wirklich am verhungern.«

»Ja, nur noch ein kleiner Gewaltmarsch, der wird uns jetzt sicher gut tun«, brummte sie launisch und stapfte durch das kniehohe Gras drauflos, das sich vor ihnen meilenweit über die geschwungene Hügellandschaft ausbreitete.

Die langen Halme, die ihre Beine bis weit über den Knien kitzelten, beugten sich unter der Last des vielen Regenwassers herab, wie traurige Gestalten, die kraftlos ihre Schultern hängen ließen.

Trotzdem konnte sie sofort sehen, dass das Zentrum des Sturms hier nicht vorbeigezogen war, denn es gab keine tiefen Schneisen in der Vegetation, keine herumliegenden Äste von Bäumen, die eigentlich viele Meilen weiter nördlich stehen sollten.

Das hieß natürlich nicht, dass es nicht windig war. Als wolle der fortgezogene Sturm im Westen so viel Luft in sich aufsaugen wie möglich, um seine brachiale Gewalt noch zu verstärken, zog ein stetiger Ostwind hin zum Meer und den schwarzen Wolkenbergen, die wie ein bösartiges Geschwür über den Wellen hingen.

Fröstelnd zog sie die klamme Decke, die sie sich um die Schultern gewickelt hatte, enger zusammen und versuchte sich ein großes Feuer vorzustellen, das in dem kleinen Dorf im Süden auf sie wartete.

Leider half auch das Phantasieren ihr nicht weiter, da ihre Zähne nicht aufhören wollten zu klappern.

*Bei der ersten Gelegenheit werde ich meinen Kleidungsstil wechseln*, schwor sie sich in Gedanken und zog die Schultern hoch, um dem Wind möglichst wenig Angriffsfläche auf ihren schlanken Hals zu bieten.

Auf Pilgrim war ihre leichte Bekleidung, die den Männern regelmäßig den Kopf verdreht hatte, praktisch gewesen. Aber Pilgrim hatte weder echte Kälte noch Regen gekannt. In dieser neuen Welt war das Wetter allerdings ebenso chaotisch und unverlässlich wie seine Bewohner.

Die Siedler im Norden, die sie versucht hatten vor den Vindicanern zu retten, waren das beste Beispiel dafür gewesen: Die eine Hälfte schenkte ihnen Glauben, die andere Hälfte verteufelte sie als Unglücksboten und Panikmacher. Letztendlich spalteten sie sich dann auf und die sture Hälfte hatte für ihre Unnachgiebigkeit mit dem Leben bezahlt.

Tzunai hoffte nur, dass sie mit dem Dorf vor ihnen, das mit jedem Schritt durch das nasse Gras näher kam, etwas mehr Glück haben würden.

Es war allerdings zu befürchten, dass genau das Gegenteil der Fall sein würde, da sie genau wie zuvor als Unglücksboten kamen, die von der Vernichtung aller nördlichen Siedlungen zu berichten hatten.

Und wie die Überbringer von schlechten Nachrichten in dieser Welt behandelt wurden, wussten sie ja jetzt.

Mittlerweile war ihr jedoch so kalt und ihr Magen knurrte so laut, dass sie jedem, der sie fortschicken und beschimpfen wollte, eine Kostprobe von ihrem schlanken Säbel geben würde, den sie dem toten Raybyrn abgenommen hatte.

Der Moment ihrer letzten Übungseinheit, bei dem Tandossa ihr eine sehr ähnliche Waffe überlassen hatte, lag nur wenige Wochen zurück und doch fühlte es sich für sie wie eine Ewigkeit an. Beinahe wie ein vorheriges Leben, das bereits zu einer schemenhaften Erinnerung verblasste.

Beide Pilgrim hingen schweigend ihren Gedanken nach, sodass lediglich ihre vor Kälte klappernden Kiefer ein gutturales Gespräch aus den rhythmischen Schlägen ihrer Zähne zu formen schienen.

Nach vielen Stunden und einer im Osten untergehenden Sonne, erklommen sie endlich den letzten Hügel vor dem Dorf.

In ihren Stiefeln war es mittlerweile nass geworden und Tzunai wusste schmerzlich genau, dass es sich nicht um Wasser handelte. Jeder ihrer Schritte erzeugte ein hässliches Schmatzen, als trete sie in eine schlammige Pfütze.

Bei jedem Auftreten verzog sie das Gesicht, setzte aber mit eiserner

Entschlossenheit weiter einen Fuß vor den anderen.

Als sich ein ungeordneter Haufen runder Hütten mit dichten Reetdächern vor ihnen auftat, aus deren kleinen Butzenglasfenstern warmes Licht drang, liefen ihr bereits dicke Tränen über die Wangen. Die qualmenden Schornsteine, die den angenehmen Geruch torfiger Kaminfeuer in die Abendluft sandten, verhießen alles, nach dem sie sich die letzten Wochen so sehr gesehnt hatte. Fast alles.

Sie blieb stehen und schaute auf die heimelige Szenerie vor der ruhigen Bucht hinab, die sich blau und ruhig vor dem tiefroten Abendrot ausbreitete.

Tomm legte ihr einen Arm um die Schultern und drückte sie tröstend an sich.

Sie wusste nicht woher die Tränen kamen, es gab zu viele Gründe zum Weinen, sie liefen einfach wie ein steter Strom ihre zerkratzten Wangen hinab und brannten dabei höllisch, wann immer sie auf offene Stellen trafen.

Nach so vielen Wochen der Angst, Kälte, Sorge, Anstrengung und Hoffnungslosigkeit standen sie endlich vor ihrem Ziel. Jetzt wo es so weit war, fühlte es sich irgendwie unecht an, als wäre es gar nicht möglich, nach dieser grauenhaften Zeit etwas erreicht zu haben, das ihnen nicht noch weitere Trauer und weiteren Schmerz einbringen würde.

Sie fühlte sich, als habe sie die letzten Wochen verhungernd vor einem verrotteten Apfelbaum verbracht und nun mit letzter Kraft den einzigen Apfel gefunden, der noch genießbar war.

»Sag, dass dieses Dorf echt ist und ich es mir nicht einbilde«, bat sie Tomm mit Nachdruck und wischte sich entschlossen Tränen von den Wangen, die durch das Reiben nun noch stärker zu brennen begannen.

»Es gibt nur eine Möglichkeit das herauszufinden«, murmelte der Hüne erschöpft und führte sie mit sanftem Druck den Hügel hinab, der nach Links schnell abfiel und im Osten in ein weites Feld überging.

Anders als bei der letzten Siedlung gab es hier keinen Zaun und keine sichtbare Ordnung in der Anordnung der einzelnen Hütten. Sie standen kreuz und quer zwischen dem Hügel im Norden, einem kleinen Hain im Westen und dem riesigen Feld im Osten, auf dem sich lange Reihen grüner Pflanzen bis zum Horizont erstreckten.

Die Wege zwischen den Hütten waren mit Stroh ausgelegt, das aufgrund der vorherrschenden Nässe in ein schmutziges Braun getaucht war. Außer den beiden Pilgrim war draußen niemand zu sehen. Anscheinend nahmen diese Dorfbewohner ihre Nachtruhe recht ernst.

»Lass uns einfach irgendwo klopfen, sonst schlafe ich auf der Stelle ein«, murrte Tzunai und deutete auf eine Hütte rechts von ihnen, die auf einem etwa hüfthohen Holzfundament stand, das von dicken Holzbohlen getragen wurde. »Und dann bin ich morgen tot.«

Tomm nickte müde und ging den kleinen Treppenabsatz hinauf um mit letzter Kraft anzuklopfen.

Ihre eigenen halb erfrorenen Finger schmerzten schon von dem Gedanken, damit auf massives Holz schlagen zu müssen.

Die Tür wurde quitschend einen Spalt breit geöffnet und das dicke Gesicht einer in die Jahre gekommenen Frau kam zum Vorschein. Sie hatte eine rote Knollennase, bereits reichlich faltige Haut und herabhängende Wangen, doch ihre großen braunen Augen blickten keck und aufmerksam zu Tomm auf.

»Na sowas«, sagte sie mit überraschend jugendlich klingender Stimme. »Fremde in Ufersund?«

Sie zog die Tür ein wenig weiter auf und strich sich über ihr einfaches weißes Leinenkleid, das mit einem blauen Blumenmuster bestickt war und ihren molligen Körper noch runder wirken ließ.

»Entschuldigt die Störung, wir...«, begann Tomm höflich, doch die alte Frau schob den massigen Pilgrim einfach beiseite und musterte stattdessen Tzunai, die in ihre nasse Decke gehüllt bibbernd vor dem Treppenaufgang wartete.

»Ach du grüner Stör«, schimpfte die Dorfbewohnerin und zog drohend die

Brauen zusammen, als sie wieder Tomm fixierte. »Schaff das Mädchen gefälligst rein, du einfältiger Ochse. Die ist ja halb erfroren. Rumstehen und den Frauen beim Leiden zuschauen könnt ihr Männer ganz besonders gut, was?«

»Ich...«, begann der Hüne erneut und blickte sich hilflos nach Tzunai um.

»Ja genau, *ich*, immer nur *ich*. Das ist alles woran ihr denken könnt«, schimpfte die Frau und stach ihm mit einem krummen Finger in die muskulöse Brust. »Jetzt schaff sie endlich herein, bevor ich dir den Hosenboden versohle.«

Nun konnte Tomm sich ein schwaches Grinsen nicht mehr verkneifen, bei dem diese ihm eigene, unschuldige Art für einen kurzen Moment wieder zum Vorschein kam. Tzunai hatte dieses Glänzen in seinen Augen bereits verloren geglaubt.

Er wollte sie gerade hochheben, als sie seine Versuche halbstark abwehrte und sich aus eigener Kraft die Treppe hochschleppte, wo die fremde Frau sie an den Händen nahm und behutsam ins Innere ihrer Hütte führte.

Die Wärme, die ihr dabei entgegen schlug, raubte ihr fast den Atem, da der Unterschied zum kalten Wind vor der Tür gar nicht größer hätte sein können.

»Ich bin Halfor Hellenfellen«, begrüßte die alte Dame sie freundlich und führte sie vor einen großen Kamin aus grobem Naturstein, in dem ein stattliches Feuer prasselte.

»Ich bin Tzunai«, antwortete sie höflich und ein Schaudern durchfuhr ihren Körper, als sie sich die klamme Decke von den Schultern zog. Sie nutzte den Augenblick, um sich kurz umzuschauen.

Der Raum war, wie von außen bereits vermutet, rund, beherbergte ein großes Bett, einen Tisch mit zwei Stühlen, eine Werkbank mit lauter Garn, Stricknadeln, Mustern und jenen Kamin, vor dem sich ein verfilztes braunes Fell ausbreitete.

»Ich bin übrigens Tomm«, erklang es resigniert von hinter ihnen.

»Ihr seid ja ganz nass und zerzaust«, schimpfte Halfor aufgebracht und musterte sie beide von oben bis unten. Tzunai war schon klar, dass sie mit ihren ausgezehrten, von Striemen übersäten Körpern nicht besonders viel her machen konnten, doch mittlerweile war ihr das egal, solange sie nicht mehr frieren musste.

»Am besten zieht ihr eure Sachen aus. Ich gebe euch ein paar Decken und hänge eure Sachen vor den Kamin, dann sind sie bald wieder trocken.«

Sie kamen ihrer Aufforderung dankbar nach, was ihre Gastgeberin zu einem überraschten Gesichtsausdruck animierte.

Tzunai hatte ganz vergessen, dass es in dieser Welt alles andere als normal war, seine Mitmenschen nackt zu sehen. Da sie sich als Pilgrim stets in ihrem Mediationsgarten gewaschen hatte, der von überall aus einsehbar war, war es für sie absolut normal und alltäglich, nackte Menschen zu sehen. Für die seltsame Scham, die sie hier erlebte, hatte sie keinerlei Verständnis.

Nachdem Halfor ihre Überraschung abgeschüttelt hatte, lief sie zu einer kleinen Kiste vor ihrem Bett und zog zwei dicke Filzdecken daraus hervor, die sie den beiden Pilgrim zuwarf, die mittlerweile nackt vor dem Kamin standen und sich die halberfrorenen Hände rieben.

»Danke«, sagte Tomm freundlich und ließ sich zusammen mit Tzunai auf dem Fell nieder, nachdem sie sich die kratzigen Decken um den Leib geschlungen hatten.

»Gern geschehen«, antwortete ihre Gastgeberin, nahm ein Handtuch vom Tisch und ging hinüber zum Kamin, wo sie mit dem Handtuch nach einem pfeifenden Teekessel griff.

»Ich trinke jetzt noch einen Schluck Tee, der Rest ist für euch. Danach lege ich mich schlafen, denn ich bin schon alt, wie ihr seht. Ich schätze ihr seid zu zerschunden, um mich auszurauben. Morgen früh erzählt ihr mir dann was passiert ist und was ihr mit diesen Dingern da vorhabt, ja?« Sie deutete streng auf Tomms Äxte und den Säbel, die inmitten des nassen Kleiderhaufens vor dem Fell lagen, wartete aber nicht auf eine Erwiderung, sondern füllte stattdessen zwei Tonbecher mit dampfendem Tee und stellte sie vor den beiden Pilgrim ab.

»Gute Nacht.«

»Gute Nacht«, murmelten sie verwirrt und Tzunai kam nicht umhin, sich in ihrer Gegenwart wie ein kleines Kind zu fühlen.

»Die ist aber komisch«, flüsterte Tomm ihr zu, während er an der würzigen Flüssigkeit nippte.

»Ich glaube einfach, dass sie ziemlich geradlinig ist. Nichts, was wir hier allzu oft erlebt haben, das stimmt schon«, antwortete Tzunai und nahm ebenfalls einen Schluck Tee, der angenehm aromatisch schmeckte und beruhigende Wärme in ihre Eingeweide sickern ließ. »Was mich allerdings auch wundert, ist, dass sie uns gar keine Fragen stellt.«

»Ja. Wenn ich Fremde vor der Tür hätte, würde ich doch zumindest wissen wollen um wen es sich handelt, bevor ich sie in meinen vier Wänden schlafen lasse. Besonders in dieser Gegend.«

»Hm, ja. Sie ist tatsächlich ein wenig komisch. Aber vielleicht ist sie auch einfach nur nett und wir sind an nette Menschen einfach nicht gewöhnt?«

»Ich denke, dass wir morgen am besten...«, begann Tomm, doch sie hörte ihn schon nicht mehr, da sie mit einem Mal vom Schlaf übermannt wurde und wie ein Stein gegen seine Schulter sackte.

»Aufstehen!«

Durch einen dicken Vorhang aus Müdigkeit und steifen Gliedern hörte sie diese ferne Stimme mit dem viel zu drängenden Tonfall und drehte sich auf die Seite, um sich davon abzuwenden.

»Müßiggang ist aller Laster Anfang, junge Dame«, fuhr diese energische, nervtötende Stimme fort und riss Tzunai endgültig aus ihrem tiefen Schlaf.

»W-was ist los?«, fragte sie gähnend und versuchte blinzelnd ihre Augen zu öffnen, die so schwer waren, dass sie schon dachte jemand hätte sie nachts mit Harz zugeklebt.

»Die Sonne ist aufgegangen, das ist los«, antwortete Halfor laut. Die Frau stand putzmunter mit in die Hüften gestemmten Fäusten vor der schwelenden Glut des Kamins und blickte freundlich, aber bestimmt, auf sie herab. »Und mit der Sonne hat man aufzustehen, so ist nun einmal der Lauf der Dinge.«

Tomm räkelte sich neben ihr und fuhr mit seinen breiten Pranken durch die langen Haare des großen Fells, das ihnen als Nachtlager gedient hatte und erstaunlich gemütlich gewesen war. Allerdings war nach ihren unzähligen Nächten auf Stock und Stein alles gemütlich, was einigermaßen ebenerdig und weich war.

Mit einem eindrucksvollen Gähnen richtete Tzunai sich auf und zog sich nach einem tadelnden Blick ihrer Gastgeberin artig die Filzdecke über ihre stattlichen Brüste.

»T'schuldigung«, murmelte sie und rieb sich mit der freien Hand den Schlaf aus den Augen.

»Ich mache euch jetzt einen Tee und etwas zu Essen. In der Zeit könnt ihr euch eure trockenen Sachen anziehen«, schlug Halfor vor, obwohl es viel eher wie ein nett formulierter Befehl klang. »Auch wenn deine lederne Unterwäsche dir in diesem Dorf viele unzüchtige Blicke einbringen wird, du dummes Ding.«

»Ein Morgen, wie man ihn sich wünscht«, nuschelte Tomm aus seinem blonden Bart hervor und gähnte laut, dass sein Kiefer knackte. Er blickte sich aus geröteten Augen um und rieb sich abwesend über seine breiten Brustmuskeln, die seinem schmerzverzerrten Gesicht nach zu urteilen reichlich verspannt sein mussten.

»Beschwer dich nicht, immerhin leben wir noch«, schimpfte Tzunai und nutzte die Gunst von Halfors abgewandtem Blick, der gerade auf den Tisch gerichtet war, um aus ihrer Decke zu schlüpfen und ihren Lederrock, das Oberteil und ihr Kopftuch von einer dünnen Wäscheleine vor dem Kamin zu nehmen.

Eilig zog sie alles an und zupfte hier und da kleinere Falten aus dem Stoff, die sie unangenehm zwickten. Das Leder hatte unter der anhaltenden Feuchtigkeit stark gelitten und war an mehreren Stellen gesprungen.

Sie stieß ein tiefes Brummen aus und nahm ihren Gürtel mit Säbel und Messer vom Boden, um ihn sich um ihre breite Hüfte zu schnallen, während Tomm es ihr in seiner üblichen Langsamkeit gleichtat.

»Schon viel besser«, sagte Halfor mit einem zufriedenen Lächeln, das ihre schlaff herabhängenden Wangen in Bewegung versetzte und kleine Grübchen offenbarte.

In den von Altersflecken übersäten Händen hielt sie ein einfaches Holztablett, das sie sorgsam zwischen Fell und Kamin abstellte und dann näher zu den beiden Pilgrim schob. Sie selbst nahm sich einen Stuhl und setzte sich mit im Schoß gefalteten Händen vor sie.

Für Tzunai war es trotz ihrer Müdigkeit spannend, einen so alten Menschen zu sehen, also musterte sie ihre Gastgeberin neugierig. Sie musste noch älter als Meister Winding sein.

Mit geduldigem Blick beobachtete Halfor ebenfalls ihre beiden Gäste, die sich nach kurzer Zeit mit leuchtenden Augen über Gerstenbrot und Fleischpastete hermachten und alles mit leichtem Gewürzwein hinunterspülten.

»Ihr seid scheinbar ohne Proviant gereist, soviel steht fest«, kommentierte sie die eher zweckmäßigen Essmanieren der beiden Pilgrim mit unverhohlener Belustigung in der Stimme und lachte, dass ihre Wangen wackelten.

»Wir haben nicht gewusst, wie weit es bis hierher sein würde«, rechtfertigte sich Tzunai schmatzend und nahm einen weiteren Schluck vom leckeren

Wein, um den letzten Rest Pastete in ihren Magen zu befördern.

Es schmeckte ausgezeichnet, auch wenn sie sicher war, dass ihr mit ihrem Hungergefühl sogar Gras wie die feinste Schokolade vorgekommen wäre. Oh was hätte sie für ein Stück jener Schokolade gegeben, die Graubart ihnen ab und zu nach seinem Unterricht gegeben hatte.

»Dann seid ihr also aus dem Norden?«, mutmaßte Halfor unnötigerweise und überschlug ihre pummeligen Beine unter dem weiten Rocksaum, wie um es sich für ein längeres Gespräch gemütlich zu machen.

Tzunai schalt sich selbst für ihre unbedachten Worte und blickte hilfesuchend zu Tomm, der gerade in ein dickes Stück Brot beißen wollte und sie jetzt schulterzuckend mit über dem Laib lauernden Zähnen anschielte.

Fieberhaft versuchte sie sich an den Unterricht über die Länder und Kulturen Kalladans zu erinnern, um sich eine passende Rahmengeschichte auszudenken, die nichts mit Pilgrim zu tun hatte. *Diesen* Pfad würde sie nach den ausschweifenden Erklärungen gegenüber den Piraten und ihren verständnislosen Blicken nicht noch einmal beschreiten.

»Ich... Also wir, kommen aus dem Fürstentum Westerling, genauer gesagt einem kleinen Dorf im Westen von Westwarte«, erklärte sie und legte all die Selbstsicherheit in ihre Stimme, die sie jahrelang zu Perfektion gebracht hatte.

»*Westwart,* meinst du?«, korrigierte Halfor sie lächelnd und schien noch belustigter als zuvor.

»Ja genau. Wir haben im Westen einen etwas anderen Dialekt und hängen gerne ein E an viele Sachene«, sagte Tzunai und hörte wie sich Tomm an seinem Essen verschluckte, als er versuchte zu kauen und gleichzeitig ein Glucksen zu unterdrücken.

*Vielen Dank für deine Unterstützung*, wütete sie innerlich.

»Immerhin hast du den Anstand, ein paar phantasievolle Scherze in deine Lügen einzubauen.« Halfor schüttelte den Kopf, dass ihre faltigen Wangen bebten und lächelte dann mild. »Also gut, wenn ihr mir nichts über eure

Herkunft erzählen wollt, habt ihr sicherlich Gründe dafür. Aber vielleicht könnt ihr mir stattdessen erzählen, woher ihr gerade kommt, warum ihr Waffen tragt, wie sie auf dieser Insel niemand trägt und was euch nach Ufersund führt?«

Nun fühlte sich Tzunai aufgrund ihrer Unehrlichkeit irgendwie schlecht und machte eine entschuldigende Miene. Immerhin drang die rüstige alte Dame nicht weiter in sie ein und ließ sie ihr kleines Geheimnis bewahren, was sie erst einmal entspannte.

»Danke«, presste sie hervor und schlug entschuldigend die Augen auf.

»Ich bin kein Mann, Mädchen. Mit den Wimpern zu klimpern wird dir bei mir nichts einbringen, also erzähl schon.«

Tomm fing neben ihr an belustigt zu kichern und erntete dafür einen Ellenbogenstoß von Tzunai, der ihn keuchend auf die Seite beförderte, wo er grinsend liegenblieb und ihr mit einer lasziven Geste bedeutete zu sprechen. Unglaublich, was ein wenig Wärme, gesunder Schlaf und eine Mahlzeit mit dem Geist eines Menschen machen konnten.

»Wir haben vor einigen Wochen mit einem Schiff in Waderstade angelegt, um die *Gekaperte Nymphe* zu besuchen«, begann Tzunai und ignorierte ihren glucksenden Freund. Als sie den Namen der Taverne hörte, verzog Halfor sauer das Gesicht, schwieg aber.

»Noch in der gleichen Nacht haben vindicanische Soldaten die Stadt angegriffen und vernichtet. Jedenfalls stand sie lichterloh in Flammen und wir konnten die schwarzen Rauchsäulen noch mehrere Tagesreisen entfernt am Horizont sehen. Glücklicherweise haben wir einige Wachen an der Hafenmauer überwältigen können und sind schließlich nach Süden geflohen, in der Hoffnung mit einem Schiff entkommen zu können.«

Nun machte Halfor ein noch ungläubigeres Gesicht und legte nachdenklich die Stirn in Falten. Ein Anblick, der sie wie eine lebendig gewordene Papyrusmaske wirken ließ. Sie bewegte unschlüssig den Unterkiefer vor und zurück und zog ihren dicken grauen Zopf zurecht, bevor sie schließlich nickte und Tzunai bedeutete weiterzusprechen. Die aufkeimende Berechnung und Unschlüssigkeit in den Augen der rüstigen alten Dame waren ihr dabei nicht entgangen. Trotzdem entschied sie sich, zumindest bei diesem Teil bei der Wahrheit zu bleiben, da sie auch gar nicht wusste, was sie anderes hätte erzählen sollen.

»Die Vindicaner haben größere Gruppen auf diesen riesigen vierbeinigen Tieren ausgesandt...«

»Färde«, warf Tomm ein.

»Genau, Färde. Um Flüchtlinge zu töten oder zu verschleppen, aber wir konnten ihnen immer einige Schritte voraus bleiben«, fuhr sie bitter fort und musste sich bei den schmerzhaften Bildern dieser weit entfernten, aber doch in Mark und Bein übergegangenen Massaker arg zusammenreißen, damit ihr nicht die Stimme versagte. »Als wir auf eine Siedlung trafen, ich glaube sie hieß *Flyrningen* oder so ähnlich, warnten wir die ahnungslosen Bewohner vor den nahenden Truppen des Kaisers. Damit haben wir wider Erwarten einen handfesten Streit unter ihnen ausgelöst. Am Ende begleitete uns etwa die Hälfte von ihnen in Richtung Süden, kehrte jedoch nach einigen Tagen wieder um, als die feindlichen Soldaten mit einem Mal die Verfolgung abbrachen und wieder in Richtung Waderstade ritten. Oder zumindest das, was noch davon übrig war«, fügte sie hinzu und starrte abwesend zu Boden, als sie an ihre letzte Erinnerung von Magnus dachte, wie er inmitten feindlicher Soldaten stand und ihr diesen resignierten, aber doch aufrechten, ungebrochenen Blick zuwarf, der nur so kurz andauerte und doch alles auf einmal zu sagen schien.

Tomm erkannte ihre Betroffenheit und sprang schnell für sie ein, bevor Halfor an einer ungünstigen Stelle nachhaken konnte.

»Als nächstes sind wir in diesen schrecklichen Sturm geraten, der Euch wahrscheinlich nicht entgangen ist«, beeilte er sich zu sagen, als ihre

Gastgeberin der plötzlich verstummten Tzunai bereits fragende Blicke zuwarf. »Ich weiß nicht wie lange wir uns durch den Wald gekämpft haben, aber der Schwere meiner Arme und Beine nach zu urteilen viel zu lange.«

Nun schwieg auch er, da ihm ihre Flucht rückblickend ereignisloser vorkam, als sie es tatsächlich gewesen war. Natürlich gab es viele Kleinigkeiten wie ihre missglückten Versuche Kleintiere zu fangen, oder genießbare von ungenießbaren Pflanzen zu unterscheiden, doch das würde Halfor wahrscheinlich nicht besonders interessieren. Außerdem war er sicher froh darüber, diese Ereignisse nicht öfter in seinen Gedanken durchspielen zu müssen, als unbedingt notwendig.

»Hm«, machte die alte Dame und ihre großen Augen bekamen einen abwesenden Ausdruck, bevor sie blitzartig wieder lebendig wurden. »Vindicaner auf Malkining? Es kursieren bereits seit längerem Gerüchte über einen bevorstehenden Angriff des Kaisers, also würde es mich nicht besonders wundern, wenn es nun tatsächlich so weit sein sollte. Außerdem sind einige unser Nachbarn nicht zurückgekehrt, die Vorräte aus Waderstade bringen wollten. Wir haben schon begonnen uns zu sorgen. Allerdings scheint mir ein Beginn der Invasion auf unserer Insel recht seltsam, da es dem Festland genügend Zeit geben würde, sich vorzubereiten. Hier auf Malkining gibt es doch rein gar nichts, was die Legionen Respharasans interessieren könnte.«

Wieder erstarrte ihr sonst so weiches Gesicht in einer nachdenklichen Miene, bevor sie abrupt den Kopf schüttelte, als wolle sie sich von unangenehmen Gedanken befreien.

»Bleibt noch immer die Frage, wieso ihr diese Waffen tragt.« Sie deutete mit von der Gicht ganz krummen Fingern zuerst auf die beiden Äxte an Tomms Gürtel und dann auf Tzunais Säbel.

»Die haben wir den Vindicanern abgenommen, die wir im Hafen von Waderstade überwältigt haben«, sagte die Pilgrim leichthin.

»Verstehe«, sagte Halfor, schien innerlich jedoch schon bei einem anderen Punkt angekommen zu sein. »Und was habt ihr jetzt vor?«

Tomm und Tzunai warfen sich einen kurzen Blick zu und zuckten dann gleichzeitig mit den Schultern, bevor sie sich wieder ihrer überaus neugierigen Gastgeberin zuwandten.

»Wir hatten eigentlich vor, um eine Schiffsüberfahrt zu bitten. Zum Festland. Diese Entscheidung haben wir aber getroffen, als uns die Legionäre noch auf den Fersen waren«, erklärte Tzunai und machte ein trauriges Gesicht. Die Furcht davor, dass Magnus und Raynor in der *Gekaperten Nymphe* ihr Leben gelassen hatten und die Erinnerungen an Tashas Schreie ließen sie nicht mehr los, so sehr sie sich auch bemühte. »Wir wurden von einigen Freunden getrennt, von deren Schicksal wir nichts wissen. Vielleicht ist es besser, wenn wir zurückgehen und nach ihnen suchen.«

»Vielleicht ist es aber auch unser Todesurteil, wenn wir das tun«, beendete Tomm die trüben Gedanken, die ihnen beiden schwer auf dem Gemüt lasteten.

Halfor nickte verständnisvoll, schien jedoch noch immer an etwas anderem herum zu überlegen und schwieg eine Weile. Tomm und Tzunai blickten sich fragend an und rutschten bereits unruhig hin und her, als sie sich endlich doch noch regte.

»Ich denke es ist am besten, wenn ihr ein paar Tage bleibt und euch ausruht, dann könnt ihr immer noch entscheiden, was für euch das Beste ist«, schlug sie schließlich vor und machte ein ermutigendes Gesicht, das sie noch mehr als zuvor wie eine etwas raue, aber gutmütige Großmutter wirken ließ.

Tzunai ließ sich jedoch nicht davon täuschen, denn sie wusste genau, dass Halfor sie hier behalten wollte, bis sie überprüfen konnte, ob ihre Geschichte von den Vindicanern tatsächlich stimmte, oder sie beide nicht doch entflohene Verbrecher waren. Sie wusste es genau, weil sie sich dazu entschlossen hatte, Graubarts Rat anzunehmen und kein Schaf mehr zu sein.

Die beiden Frauen schauten sich eine ganze Weile lang in die Augen, bis ihre in die Jahre gekommene Gastgeberin sich steif aus ihrem Stuhl erhob und ihnen bedeutete es ihr gleich zu tun.

Als sie alle drei auf den Beinen waren, zog sie neben dem Kamin ein paar Holzpantoffeln hervor und stülpte sie sich über die geschwollenen Füße.

»Ich kann euch zum Dorfvorsteher bringen und ihn fragen, ob er eure Hilfe gebrauchen kann. Dann habt ihr ein bisschen Arbeit und bekommt dafür sicher eine Unterkunft und etwas zu Essen. Wenn ihr besonders fleißig seid könnt ihr vielleicht auch etwas Proviant herausschlagen, falls ihr tatsächlich zurück nach Waderstade gehen möchtet.«

Warum eigentlich nicht? Tzunai hatte zwar noch immer vor, von dieser nimbusverfluchten Insel zu fliehen, die ihr bisher nur Kummer und Schmerz eingebracht hatte. Sie würde sich aber auch nicht von ein paar Tagen mit festem Schlaf und genug Essen im Bauch abwenden. Vielleicht konnte sie die Zeit sogar dafür nutzen, sich nach einem dritten Ausweg aus ihrer Situation zu erkundigen. Bis dahin könnten sie ihre Verletzungen heilen und neue Kraft tanken, denn in ihrem jetzigen Zustand würden sie nicht weit kommen, für was auch immer sie sich letztendlich entschieden.

Möglicherweise gab es einen jungen Fischer, den sie mit einem Lächeln an der richtigen Stelle dazu bringen konnte, sie und Tomm zum Festland überzusetzen, bevor die Vindicaner es sich anders überlegten und auch den Südzipfel der Insel in Flammen aufgehen ließen.

»Danke für eure Mühe«, sagte sie schließlich an Halfor gewandt. »Ich hoffe, dass unser Erscheinen Euer Leben hier nicht allzu sehr durcheinander bringt.«

Ihre Gastgeberin, die gerade einen grobgeschnitzten Gehstock von der Kaminablage nahm, drehte sich zu der jungen Pilgrim um und musterte sie eingehend, bevor sie mit einer Spur Bedauern im Gesicht ihren faltigen Mund verzog.

»Ich will ehrlich zu euch sein«, erwiderte sie mit ihrer erstaunlich hellen Stimme und zeigte mit dem Ende ihres Stocks zuerst auf Tomm und dann auf Tzunai. »Was auch immer an eurer Geschichte wahr oder gelogen ist, fest steht für mich eines: Ihr beide seid eine Gefahr für Ufersund.«

Als die beiden Pilgrim sich überrascht regten und zum Protest anheben wollten, bedeutete Halfor ihnen mit einem energischen Kopfschütteln, das ihre schlaffen Wangen flattern ließ, zu schweigen.

»Entweder ihr sagt die Wahrheit und die Vindicaner treiben tatsächlich auf Malkining ihr Unwesen, dann suchen sie vielleicht *euch* und ihr führt sie damit direkt zu unserem Dorf. Oder aber ihr habt uns angelogen und das würde bedeuten, ihr flieht vor etwas anderem, was wiederum bedeuten würde, dass ihr wahrscheinlich Verbrecher seid«, überlegte die alte Dame laut und blickte ihre Gäste mit zusammengekniffenen Augen forschend an.

Als Tzunai etwas erwidern wollte, fuhr Halfor ihr erneut dazwischen.

»Ich möchte nicht, dass ihr mir eure Unschuld beteuert, da es an der Situation nichts ändert. Entweder ich glaube euch, oder ich glaube euch nicht. Bis ich einen Beweis für das eine oder andere habe, kann ich es nämlich ohnehin nicht wissen. Immerhin habt ihr mich mit euren Mordwerkzeugen noch nicht erschlagen, insofern könnt ihr nicht allzu schlimme Halunken sein, he? Ich besinne mich währenddessen auf das, was ich gelernt habe und das ist Reisenden zu helfen, die in Not sind. Im Zweifel sorge ich dafür, dass zwei junge Menschen mir nicht verhungern und gut behandelt werden. Wenn sich am Ende herausstellt, dass ihr mich belogen habt, können wir euch ja immer noch auf dem Dorfanger aufknüpfen.«

Die rüstige Dame mit ihrem stattlichen grauen Zopf ließ ein gackerndes Lachen erklingen, doch in ihren Augen suchte sie vergebens nach Belustigung.

»Äh, danke«, sagte Tzunai unsicher darüber, was sie von dem Gehörten halten sollte und richtete sich auf. Dabei stupste sie Tomm mit dem

Ellenbogen an, damit er es ihr gleichtat.

Auf den eigenen Füßen stehend war sie deutlich größer als Halfor, was ihr irgendwie gut tat, da sie sich im Sitzen vorkam wie ein Kind, über das von oben herab bestimmt wurde. Zumal ihre Gastgeberin zwar freundlich und zugewandt war, aber auch irgendwie bedrohlich und hart wirkte. Eine seltsame Mischung, die sie schwer einschätzen konnte und das bereitete ihr ein ungutes Gefühl.

Vielleicht lag es aber auch einfach daran, dass in dieser Welt so ziemlich alles für sie fremd war - das Verhalten der Einheimischen eingeschlossen.

Beim Nimbus, bei den Piraten hatte sie schließlich bis zuletzt an deren Verstand gezweifelt, auch wenn sie ihr doch in gewisser Weise ans Herz gewachsen waren.

»Dann kommt mal mit«, riss Halfor sie aus ihren Gedanken und stapfte in klackernden Holzpantoffeln zur Tür. Mit krummem Rücken drückte sie die Klinke herunter und stieg umständlich den kurzen Treppenabgang hinab.

Tzunai und Tomm schauten ihr reglos hinterher, jeder von ihnen in seine eigenen Gedanken versunken, bevor ihre Gastgeberin sich umdrehte und rief: »Wollt ihr jetzt kommen, oder muss euch eine alte Frau mit ihrem Stock aus ihrem Heim vertreiben?«

Schnell eilten sie ebenfalls aus dem kleinen, aber gemütlichen Haus, das sie vor dem Erfrieren gerettet hatte und hinein in das Dorf, das unter der aufgehenden Sonne langsam zum Leben erwachte. Ihre warmen Strahlen aus zartem Rot lockten die nächtliche Feuchtigkeit aus dem Grasboden, der zwischen den Hütten mit gelbem Stroh bedeckt war, das vor braunem Schlamm nur so starrte.

Das dichtgedeckte Reet auf den Dächern um sie herum flimmerte leicht in dem sanften Licht, das langsam über den Horizont kroch, als müsse es sich erst noch von der eigenen Müdigkeit befreien.

Halfor bedeutete ihnen derweil mit einem kurzen Wink, ihr zu folgen und stapfte mit Gehstock und gebeugtem Rücken über die improvisierten Gehwege aus altem Stroh drauflos.

Tomm und Tzunai folgten dicht hinter ihr und betrachteten das erwachende Ufersund, das zwischen aufgehender Sonne und langsam weichendem Bodennebel wie ein unwirkliches Zerrbild ferner Heimeligkeit wirkte.

Noch waren die Wege frei, doch in einigen Hütten wurden gerade die Fensterläden geöffnet und zumeist ältere Frauen mit weißen Bundhauben hängten dicke Wolldecken über die Fensterbretter, um sie auszuklopfen und die verbrauchte Luft der letzten Nacht hinauszutreiben.

Hier und da traten auch jüngere Männer und Frauen in einfacher Nachtwäsche aus ihren Haustüren, um sich einfach nur zu strecken, oder mit einem Eimer bewaffnet in Richtung Brunnen zu pilgern, der auf einem kleinen Platz in der Mitte der Hütten stand und auf den auch Halfor zuhielt.

Wann immer sich die Bewohner Ufersunds dabei begegneten, wechselten sie einige kurze Worte, oder winkten sich zur Begrüßung zu, wenn sich ihre Wege nicht kreuzten. Beim Anblick der beiden Pilgrim verfielen sie jedoch allesamt in Schweigen und warfen besorgte Blicke auf ihre Waffen, als handle es sich um eine ansteckende Krankheit, die sie eingeschleppt hatten.

Tzunai und Tomm bemühten sich um freundliche Blicke und nickten hier und da einigen von ihnen zu, wenn sich ihre Augen begegneten, doch konnten sie den Argwohn aus den Mienen der Fischer und Bauern damit nicht vertreiben. Die meisten von ihnen sammelten sich in einer wie durch Zauberhand größer werdenden Menge um den Brunnen, vor dem Halfor plötzlich nach links abbog und auf eine unscheinbare Hütte zuhielt, die wie alle anderen auch auf einem schritthohen Holzsockel stand.

Außer einem kleinen Bastgeflecht, das an der geduckten Tür hing und gemächlich in der sanften Morgenbrise hin und her schaukelte, unterschied sie rein gar nichts von ihren Nachbarhütten.

Halfor erklomm mühsam die schiefen Stufen und klopfte oben angekommen mit ihrem knorrigen Gehstock an, während die vielen Blicke der tuschelnden Dorfbewohner sie unangenehm im Nacken kitzelten.

Endlich öffnete sich die Tür und das verschlafene Gesicht eines älteren Mannes erschien. Er trug einen gestutzten Vollbart und hatte kurzes schwarzes Haar, das aussah, als sei er gerade aus dem Bett gekrochen. In Anbetracht seiner wässrigen Augen, die mindestens so rot waren wie seine Wangen mit ihren vielen geplatzten Äderchen, hielt Tzunai das auch für durchaus wahrscheinlich.

Eine kräftige runde Nase dominierte das grundsätzlich freundliche Gesicht des Dorfvorstehers auf unangenehme Weise und erinnerte sie an die vom vielen Rum gezeichneten Antlitze der Piraten.

»Äh, hallo Halfor«, sagte er müde und kratzte sich etwas zerstreut am Kopf, bevor er sich laut räusperte und seine Stimme ein wenig tiefer wurde. »Was kann ich so früh am Morgen für dich tun?«

»Ich habe heute Nacht zwei Fremde aufgenommen, die gerne ein paar Tage bleiben würden«, antwortete die alte Dame und deutete mit ihrem Stock in die Hütte hinein, bevor sie den Dorfvorsteher grob zur Seite drängte und unaufgefordert hinein ging.

Der völlig überrumpelte Mann hatte nun freien Blick auf Tomm und Tzunai, die sich etwas fehl am Platze fühlten und unschlüssig auf dem Treppenabsatz rumdrucksten.

»Oh«, machte er und sein alkoholgeschwängerter Atem wehte ihnen so intensiv entgegen, dass sie befürchten mussten, jeden Moment selbst betrunken zu werden. »Ja, äh, dann kommt mal herein ihr beiden. Ich bin Theondor.«

Er trat einen Schritt zurück und zog die Tür dabei ein Stück weiter auf, sodass die Pilgrim sich an ihm vorbei schieben konnten, bevor er sie mit einem kurzen Blick zu der wartenden Menge am Brunnen eilig wieder ins

Schloss fallen ließ.

Mit säuerlicher Miene presste er sich mit dem Rücken an die Tür, als müsse er sich gegen die Neugier der vielen Dorfbewohner stemmen.

Die Einrichtung der Hütte war noch unspektakulärer als die von Halfors Heim, das Tzunai bereits sehr einfach vorgekommen war. Es gab neben dem in etwa baugleichen Kamin lediglich einen Tisch mit Stuhl und ein Bett, auf dem lauter getragene Klamotten lagen, als habe jemand darin nach etwas gewühlt.

Die Wände waren mit allerlei Arbeitsgeräten wie Sensen, Rechen, Haken, Sicheln oder großen Metallbügeln behängt, die jegliche Gemütlichkeit durch die kalte Atmosphäre eines Schuppens vertrieben.

»Das wird ja immer schlimmer mit dir«, schimpfte Halfor streng und stocherte mit ihrem Gehstock in dem Klamottenhaufen auf dem Bett herum. »Kein Wunder, dass du nie Besuch hast. Mach wenigstens mal deine Fenster auf, hier stinkt es wie in einem Kuhstall, du alter Ekel!«

Theondor verzog das Gesicht und sah hilfesuchend zu den beiden Pilgrim, die allerdings ratlos mit den Schultern zuckten und sich sichtlich unwohl fühlten.

»Hör auf zu schimpfen, Frau«, meckerte der Dorfvorsteher zurück und stieß sich mit den Schultern von der Tür ab, um zum Bett hinüber zu schlurfen und die Wäsche notdürftig unter die Bettdecke zu stopfen. »Ich muss mir dieses Gekeife nicht mehr anhören, schon vergessen?«

»Doch, das musst du und zwar so lange, wie du es nicht schaffst, dich wie ein erwachsener Mensch zu benehmen«, keifte sie und gab ihm mit ihrem Stock einen Klaps auf den Hintern, während er gebückt über dem Bett stand. »Es ist selbst für einen Mann widerlich, wie du hier haust. Du Schwein.«

Theondor rieb sich grummelnd das Gesäß und brachte sich eilig außer Reichweite ihres Stocks.

Doch Halfor war bereits zu einem der zwei Fenster geschlurft, die beide zum Brunnen zeigten und wollte es gerade öffnen, als sie durch das milchige Glas spähte und sich dann doch anders entschied.

»Verdammte Klatschweiber und Tunichtgute«, murmelte sie mit gekräuselter Stirn und drehte sich wieder zu den beiden Pilgrim und dem Dorfvorsteher um, die schweigend vor dem Tisch aufgereiht standen, wie Kinder, die auf eine Tracht Prügel warteten.

»Du«, sagte sie an Theondor gewandt, der entmutigt die Schultern hängen ließ und die Hände in den Taschen seiner braunen Wollhose vergraben hatte. »Überleg dir etwas für diese zwei. Sie sind heute Nacht halb erfroren und verhungert ins Dorf gekommen und haben bei mir geschlafen. Sie sagen, dass sie von Vindicanern verfolgt wurden, die Waderstade und einige der Siedlungen an der Westküste angegriffen haben. Die Waffen haben sie angeblich von kaiserlichen Wachen, die sie umgebracht haben.«

Sie stützte sich mit beiden Händen auf ihren Gehstock, den sie wie ein Schwert vor sich in den Boden gerammt hatte und schaute ihn erwartungsvoll an.

»Ich...«, stammelte Theondor verwirrt und musterte Tzunai und Tomm, die nicht so recht wussten, was sie dazu sagen sollten und stattdessen abwartend an dem dunklen Holztisch lehnten. »Äh...«

»Du sollst nicht stottern, du verdammter Hornochse, du sollst endlich mal tun, wozu du gewählt worden bist und dir etwas für die beiden überlegen«, meckerte die alte Dame und fixierte den geplagten Mann mit einem wütenden Blick.

Zwischen diesen beiden musste es eine lange Geschichte geben, das stand für Tzunai fest. Die Einzelheiten dieser Geschichte wollte sie gar nicht wissen, denn der schlechten Laune Halfors nach zu urteilen, würden sie eher für eine düstere Erzählung am Lagerfeuer taugen, oder um kleine Kinder zu erschrecken.

Diese Frau und ihre rabiate Art mit anderen umzuspringen, ging ihr langsam auf die Nerven, zumal es ihnen nichts Gutes einbringen würde, wenn sie den Dorfvorsteher wütend machte.

Nicht, dass er den Eindruck machte, sich vor den Augen der alten Dame zu verbaler Gegenwehr aufzuraffen, doch je schlechter seine Laune, desto schlechter waren ihre Möglichkeiten, sich mit den Dörflern gut zu stellen und vielleicht eine Überfahrt ans Festland zu ergattern.

»Gute Halfor«, sagte sie schließlich, um dem nahenden Streit der Alten zuvorzukommen. »Was haltet Ihr davon, wenn wir uns ein wenig unter sechs Augen mit Theondor unterhalten und Ihr in der Zeit die Menschen am Brunnen beruhigt. Nachher brechen sie noch in Panik aus, weil Fremde zwischen ihren Hütten einhergehen. Das scheint sie ja völlig aus dem Konzept zu bringen. Ich versichere Euch, dass wir nichts stehlen wollen. Ich wüsste auch gar nicht, was man hier stehlen sollte.«

Bei ihrem letzten Satz konnte sie den beißenden Spott nicht mehr verbergen, der ihr auf der Zunge brannte und erntete dafür einen so bösen Blick von Halfor, dass sie schon dachte, jeden Moment eins mit dem Stock übergezogen zu bekommen.

»Verdammte Jugend«, hörte sie die Alte murren, die ohne ein weiteres Wort aus der Tür verschwand und sie so fest hinter sich zuschlug, dass die Arbeitsgeräte an den Wänden schepperten.

»Danke«, sagte Theondor und seufzte erleichtert. »Dieses Weib bringt mich noch ins Grab. Womit hab ich das bloß verdient?«

Tzunai zuckte lediglich mit den Schultern und warf einen letzten Blick zur Tür, als könne die wütende Halfor sie jeden Moment wieder aufreißen und sie alle mit ihrem grässlichen Stock bearbeiten, bis sie grün und blau waren.

Als jedoch nichts weiter geschah, trat sie an die beiden wartenden Männer heran, die ebenfalls zu lauschen schienen, ob die Luft wirklich rein war. Bis auf gedämpfte Gespräche, die von draußen an ihre Ohren drangen, war es jedoch still.

»Wollen wir uns setzen?«, fragte Tzunai, als Theondor noch immer keine Anstalten machte, sich in Bewegung zu setzen, geschweige denn selbst etwas zu sagen.

»Äh, ja, natürlich«, beeilte er sich, als habe ihre Stimme ihn gerade aus dem Tiefschlaf gerissen. »Setzt euch doch.« Er deutete auf zwei leere Bastkörbe an der Wand hinter dem Tisch und setzte sich selbst auf den einzigen vorhandenen Stuhl, der selbst unter seinem bescheidenen Gewicht bedrohlich knarrte.

Die beiden Pilgrim nahmen jeweils einen der Bastkörbe an sich und drehten sie auf der gegenüberliegenden Tischseite um, bevor sie sich etwas steif hinsetzten. Es war nicht besonders gemütlich und Tzunai konnte schon jetzt spüren, wie sich das Flechtmuster in ihr Gesäß drückte, doch sie wollte sich nicht beschweren.

»Entschuldigt bitte, dass ich nicht vorbereitet bin. Ich bekomme normalerweise keinen Besuch und wenn doch, ist es entweder Halfor, die sich alle Mühe gibt mein Leben zur Hölle zu machen, oder wütende Nachbarn, die sich über etwas beschweren wollen«, versuchte sich Theondor für die ungemütlichen Umstände zu entschuldigen und setzte ein resigniertes Lächeln auf.

Tomm deutete grinsend auf den Stuhl. »Ich schätze, das ist der Grund, weshalb Ihr nur einen dieser Stühle besitzt?«

»Richtig.« Der Dorfvorsteher erwiderte das Grinsen halbherzig und entspannte sich etwas, obwohl er noch immer etwas angeschlagen wirke. Tzunai war sich jedoch nicht sicher, ob das von zu viel Schnaps, oder tatsächlich von dem anstrengenden Verhalten Halfors herrührte.

Sie hoffte nur, dass ihr Auftauchen in Ufersund nicht einen ähnlichen Zwist wie in Flyrningen hervorrufen würde, als das Dorf sich nach ihrer Warnung vor den Vindicanern vollkommen zerstritten hatte.

Theondor war mit ziemlicher Sicherheit ein schwacher Mann. Ein Schatten seines wahrscheinlich einst stärkeren Selbst - immerhin hatte er es zum Anführer dieser Siedlung gebracht. Doch der Mann, der in diesem Moment vor ihr saß, war eine traurige Gestalt, die an irgendetwas zerbrochen war und sich nicht mehr im Stande sah, die Scherben seiner Selbst wieder zusammenzusetzen. Sie hatte diese Art von Lebensmüdigkeit bereits auf Pilgrim gesehen, wenn Angehörige von Unfallopfern benachrichtigt worden waren. Sicher, das war sehr selten vorgekommen, doch Hatnam und Hatori gingen mit einem gewissen Risiko einher und wenn dann mal etwas passiert war und auch eine Heilung aus dem Hatori nicht mehr half, litten Eltern oft stark unter ihrem Verlust. Nicht wenige von ihnen hatten den Weg zur Normalität nicht wiedergefunden und sich im Wahnsinn verirrt. Zumindest, falls das nicht auch eine Lüge Kaspans und seines Wächterapparats gewesen war.

Doch trotz allem Mitleid brauchte sie ihn und würde ihn nicht vom Haken lassen, bis sie geklärt hatte, ob es in Ufersund eine Zukunft für sie gab, so kurz diese auch sein mochte. Sie wollte auf der Suche nach Magnus und den anderen Pilgrim so wenig Zeit verlieren wie möglich.

»Guter Mann«, sagte Tomm schließlich ruhig und bedeutete ihr mit einem gutmütigen Zwinkern, ihn ausreden zu lassen. Natürlich war ihm nicht entgangen, dass ihre zugegebenermaßen nicht übermäßig ausgeprägte Geduld ein Ende erreicht hatte. Er kannte sie lange genug um zu wissen, dass sie unter diesen Umständen kein angenehmer Gesprächspartner sein würde. Geschweige denn einer, der ihnen aus ihrer hilflosen Lage ohne Münzen, Nahrung oder Unterkunft heraushelfen würde.

»Wie Halfor schon sagte, sind wir Flüchtlinge aus Waderstade, das von den Vindicanern angegriffen wurde. Wir haben es mit letzter Kraft nach Ufersund geschafft und sind bis zu euch geflohen, weil selbst die Siedlungen entlang der Ostküste bis auf ihre Grundfesten niedergebrannt worden sind«, fuhr Tomm nach einem Nicken von Tzunai fort, das er mit einem dankbaren Blick zur

Kenntnis nahm. Seine weichen blauen Augen fixierten den Dorfvorsteher, während er sich mit seinen massigen Oberarmen auf den Tisch lehnte und den blonden Kopf vorreckte. »Ich will ehrlich zu Euch sein, Theondor. Unser Ziel ist es, von hier zu verschwinden, weil diese Legionäre jeden Moment entscheiden könnten, auch Eure Siedlung zu zerstören und wir einige unserer Freunde vermissen, nach denen wir schnellstmöglich suchen müssen. Wenn sie ähnlich wie wir denken, wovon ich ausgehe, werden sie versuchen zum Festland zu entkommen, da das Meer westlich Malkinings von den Schiffen der Invasoren wimmeln wird. Am liebsten wäre uns also, wenn ihr es uns ermöglichen könntet mit einem Schiff auf den Kontinent überzusetzen.«

»Hm«, machte der Dorfvorsteher und griff hinter sich auf das Kaminsims, um nach einer schmutzigen Flasche zu greifen, die bis zur Hälfte mit einer ölig aussehenden Flüssigkeit angefüllt war. »Das ist nicht so einfach. Wir haben nur drei Boote und die gehören den Fischerfamilien Bogner, Winschhusen und Fellendringer. Ziemlich geizige und eigensinnige Gesellen, wenn ihr mich fragt. Außerdem ist es von Ufersund aus sehr weit bis ans Festland. Eine aufwändige Reise, die noch nie von einem unserer Leute unternommen wurde, soweit ich mich erinnern kann.«

Tomm warf Tzunai einen enttäuschten Blick zu, der beinahe entschuldigend wirkte, als sei das einzig und allein seine Schuld.

»Dann werden wir wohl die Ostküste hinaufgehen müssen, um dort eine Überfahrt zu finden«, fuhr der blonde Hüne fort und wollte sich bereits erheben, als Theondor ihm eilig bedeutete sitzenzubleiben.

»Wartet«, sagte er hastig und leckte sich nachdenklich über die Lippen, bevor er fortfuhr. »Vielleicht gibt es eine Lösung. Ihr könnt mir mit einer wichtigen Sache helfen und ich helfe euch im Gegenzug, eine der Familien dazu zu bringen, euch ins Großfürstentum Westerling überzusetzen.«

Nun wurde Tzunai mit einem Mal hellhörig. Vielleicht war ihre Hoffnung auf eine schnell beginnende Suche nach Magnus und den anderen doch noch nicht außer Reichweite. Außerdem konnte es nicht schaden, dem armen Theondor ein wenig unter die Arme zu greifen, schließlich lebte er scheinbar nicht gerade das beste Leben in diesem kleinen Dorf.

»Womit können wir Euch helfen?«, fragte sie freundlich, bevor Tomm etwas erwidern konnte.

Theondor lächelte fröhlich, als hätten sie sich bereits auf einen Handel eingelassen und sein Gesicht nahm dabei einen beinahe kindlichen Ausdruck an.

»Wie ihr sicher bemerkt habt, ist mein Ruf nicht mehr allzu gut unter den Bewohnern Ufersunds und wenn sich nicht bald etwas ändert, werde ich Ende dieses Jahres als Dorfvorsteher abgewählt«, erklärte er besorgt und seufzte ergeben. »Ich bin nicht mehr gesund genug, um mein Feld zu bestellen und meine Söhne sind beide vor langer Zeit nach Waderstade gegangen um dort auf einem Handelsschiff anzuheuern. Ich brauche aber die Erträge meines Feldes und zwar bald.«

»Weil ihr sonst den Nutzen für eure Gemeinschaft verliert«, mutmaßte Tomm und nickte verständnisvoll in seine vor dem Gesicht gefalteten Hände hinein. Genau wie auf Pilgrim – jeder musste seinen Beitrag leisten.

»Ja«, bestätigte Theondor und schürzte die blassen Lippen. »Aber nicht so wie ihr denkt. Die anderen Bewohner Malkinings halten sich von Ufersund fern, weil wir Handel mit den Sarnesh treiben. Natürlich tun wir das nicht, weil es uns gefällt, sondern weil die Sarnesh uns sonst ganz einfach töten würden. Sie denken, dass wir so etwas wie Freunde von ihnen sind und bringen uns zwei Mal im Jahr all ihren Tand, den sie anscheinend besonders schätzen. Als Gegenleistung fordern sie Felle und eingemachte Früchte, auf die sie ganz besonders wild sind. Wir gelten unter unseren Landsleuten als naja, so wie gebrandmarkt oder so, weil wir scheinbar freiwillig mit ihnen Handel treiben, dabei sind wir ihnen hilflos ausgeliefert und sehen es eher als Tributzahlungen an. Wenn ich meine Feldfrüchte nicht ernten und ihnen überlassen kann, werden sie mich das nächste Mal zur Strafe töten, weil ich keine Gegenleistung für ihre Waren anbieten kann. Falls sie mich nicht töten, werde ich abgewählt und dann habe ich ohnehin keinen Daseinsgrund mehr.«

Tzunai rieb sich nachdenklich die Schläfen und versuchte ein wenig Ordnung in das gerade Gehörte zu bringen. Vielleicht erklärte das, weshalb die Vindicaner sie nicht bis an die Südspitze Malkinings verfolgt hatten. Graubarts Erzählungen zufolge waren die Sarnesh raue Barbaren, die überall gefürchtet wurden und selbst den Kaiserlichen Angst einjagten.

Theondor genoss möglicherweise einen so schlechten Ruf, weil die Bewohner seines Dorfes ihn für das unfreiwillige Abkommen mit den Sarnesh verantwortlich machten. Nun, zumindest das ließ sich einfach herausfinden.

»Wann hat dieser Handel denn angefangen?«, fragte Tzunai neugierig.

»Vor vier Jahren, nur wenige Wochen nach meiner Ernennung zum Dorfvorsteher.« Der in die Jahre gekommene Bauer kratzte sich am Bart und die gerötete Knollennase bewegte sich dabei auf und ab. »Sie kamen mit zwei Schiffen und töteten einige von uns, bevor ihr Anführer seine Männer stoppte und uns stattdessen einen Handel vorschlug. Wir sollten zwei Mal im Jahr zum Jahreszeitenwechsel fünfzig Einmachgläser mit Früchten und fünfzehn Felle bereitstellen. Sie würden dann wieder kommen und uns ihre eigenen Waren im Austausch anbieten. Zuerst dachten wir, das sei ein makabrer Witz, schließlich hätten sie uns auch einfach töten und sich dann alles unter den Nagel reißen können. Aber sie gingen wieder und kamen erst zu den vereinbarten Zeitpunkten zurück. Mir ist klar, dass niemand die Sarnesh verstehen kann, aber wir waren und sind absolut ratlos was ihr Verhalten angeht. Fakt ist, dass sie nicht zögern, diejenigen von uns zu töten, die ihnen weniger als die verlangte Menge zum Handel bereitstellen...«

»...und Ihr besitzt Eure Menge an eingemachten Feldfrüchten nicht«, beendete Tzunai die Ausführungen des Dorfvorstehers, der daraufhin besorgt nickte.

»Wahrscheinlich wollen diese Fremden handeln, weil sie das alles nicht selbst herstellen können. Warum helfen Euch Eure Nachbarn nicht? Schließlich müsste es auch in ihrem Sinne sein, wenn diese Sarnesh zufriedengestellt werden«, fuhr sie ungläubig fort und deutete vage auf all die ungenutzten Werkzeuge zur Feldarbeit, die an den Wänden um sie herum hingen.

»Sie sind entweder damit beschäftigt ihr eigenes Soll zusammenzukratzen, oder wünschen sich geradezu, dass ich meinen Beitrag nicht leisten kann, in der Hoffnung, dass die Sarnesh mich dafür mit dem Leben bezahlen lassen und sie mich endlich los sind«, erklärte Theondor, in dessen gutmütigen Augen sich langsam Tränen sammelten und in ihr beißendes Mitgefühl auslösten.

»Lasst mich raten«, schaltete sich ein sichtlich schockierter Tomm ein. »Halfor gehört zu letzteren und ist sich auch nicht zu schade, ihre Meinung darüber öffentlich zu machen.«

Der Dorfvorsteher nickte erneut und die angestaute Flüssigkeit formte sich zu dicken Tränen, die jetzt ungehemmt über seine geröteten Wangen kullerten und schließlich vom Kinn tropften.

»Verdammte Frau. Und jetzt hat sie uns vor aller Augen zu Euch gebracht, um noch mehr Druck auf Euch auszuüben«, fluchte Tzunai und stand so abrupt auf, dass der Bastkorb, auf dem sie eben noch gesessen hatte, mit Wucht gegen die Wand hinter ihr flog und eine der Sensen zum Klappern brachte. »Wir werden Euch helfen, Theondor. Ich habe nur eine Bitte.«

Ihr Gegenüber blickte mit aufgeschlagenen Augen auf und nickte zustimmend, während er sich mit den Säumen seiner schmutzigen Tunika die Tränen von den Wangen wischte.

»Wir ernten Eure Früchte und bringen sie Euch, dafür sorgt Ihr vor dem Eintreffen der Sarnesh dafür, dass wir mit einem der Boote verschwinden können. Ich möchte nicht in irgendwelche Schwierigkeiten geraten, oder neue Schwierigkeiten verursachen. Ihr bekommt Eure eingemachten Früchte und wir können in zwei Tagen die Suche nach unseren Freunden beginnen. Einverstanden?«

»Einverstanden«, beeilte sich Theondor und machte ein erleichtertes Gesicht.

Vielleicht waren sie und Tomm ja doch nicht ausschließlich für Tod und Chaos verantwortlich, wann immer sie in dieser Welt auf menschliche Siedlungen trafen.

»Wir können direkt anfangen. In der Kiste neben der Tür findet ihr Decken. Ich gehe am besten voraus, fülle schon einmal zwei Wasserschläuche für euch auf und schaue bei der Gelegenheit, ob diese neugierigen Tunichtgute, die versucht haben meine Haustür nieder zu starren, wieder verschwunden sind.«

Der Dorfvorsteher erhob sich ächzend von seinem ramponierten Stuhl, dem bereits ein Stück der Rückenlehne fehlte, und ging hinüber zu einer klobigen Holzkiste, um zwei Lederschläuche daraus hervorzukramen. Zufrieden nickte er den beiden Pilgrim zu und schob sich nach einem prüfenden Blick etwas umständlich aus der Tür, als würde ihn jemand heimlich beobachten.

»Ich hoffe nur, dass er diese Familie mit dem Boot von seinem Vorhaben überzeugen kann, immerhin wollen ihn einige von ihnen scheinbar lieber heute als morgen tot sehen«, murmelte Tomm und starrte auf die geschlossene Tür, während er nachdenklich mit den Fingern auf die Tischplatte trommelte.

»Armer Kerl. Ob er seine Leute nun überzeugen kann oder nicht, ich denke sie werden sich von uns fernhalten, solange sie uns nicht richtig einschätzen können. Allein unsere Waffen werden sie schon unsicher machen. In Waderstade hatte ich noch den Eindruck, dass jeder hier Waffen trägt.

Scheinbar gilt das nur für die Stadt.« Tzunai blickte auf die beiden Klingen hinab, die scheinbar unschuldig an ihrer Hüfte baumelten. »Als wenn dieser nackte Stahl tödlicher sein könnte, als eine Hatnamfigur.«

»Normalerweise hätte ich gesagt, dass sie versuchen werden uns an irgendjemanden zu verraten, der in dieser Region das Sagen hat. Vielleicht einer dieser *Adeligen*, auf die sie scheinbar so wenig geben«, sagte Tomm und strich sich die strähnigen blonden Locken aus dem Gesicht, wo sie sich in den Stoppeln seines hellen Bartes verfangen hatten.

»Das können sie ja gerne versuchen«, erwiderte Tzunai lakonisch. »Vielleicht glauben sie uns dann endlich, dass es nördlich von hier keine Siedlung mehr gibt, zu der sie reisen könnten.«

»Du darfst nicht so hart mit ihnen ins Gericht gehen. Immerhin sind das einfache Menschen, die wahrscheinlich auch nur versuchen zu überleben und so gut es geht für ihre Nachkommen zu sorgen. Dass sie Angst vor uns haben könnten, weil wir Waffen tragen, ist doch eher ein Zeichen für Friedfertigkeit.«

»Ja schon«, stimmte sie zu und zupfte ihr knappes Oberteil zurecht, bevor sie schließlich aufstand und zu der Truhe neben der Tür hinüber ging. »Zwei Tage Feldarbeit werden uns auf jeden Fall nicht schaden. Immerhin kennen wir das von zuhause und können endlich einmal Fähigkeiten einsetzen, die in dieser seltsamen Welt tatsächlich nützlich sind.«

An der Truhe angekommen packte sie den Rand an dem offenen Eisenschloss und wuchtete den Deckel mit einem schnellen Ruck auf.

»Stimmt. Zwei Tage sind auch nicht besonders viel. Zumindest nicht, wenn wir im Gegenzug eine Überfahrt ans Festland bekommen. Ich hoffe nur, dass Theondor genug Einfluss bei diesen Fischerfamilien hat, um sie auch tatsächlich dazu bewegen zu können, uns überzusetzen«, gab Tomm zu bedenken und nahm einige muffig riechende Decken entgegen, die Tzunai aus der Truhe zerrte und wortlos an ihn weiterreichte. Mit geübten

Bewegungen faltete er sie zu dicken Quadern und rollte sie dann auf dem Tisch zu kleinen Paketen zusammen, bis er vier davon vor sich liegen hatte.

»Wenn Waffen wirklich nur Adligen oder Soldaten getragen werden, dann sind sie ganz sicher teuer. Ich schätze, dass er sie als Bezahlung für die Fahrt in die Waagschale werfen wird«, schätzte sie, ließ den Deckel wieder zuklappen und fummelte in ihrem Nacken herum, um das rote Kopftuch zu lösen, das ihre Flut roter Locken bändigte. »Immerhin sind sie das einzige, was wir besitzen.«

Sie zuckte mit den Schultern, als sei es ihr egal, was mit den Waffen geschieht, denn so war es schließlich auch. Bisher waren sie lediglich Ballast gewesen, wenn sie sich nicht gerade durch dichte Sträucher hatten hacken müssen.

Endlich hatte sie das Kopftuch gelöst und stellte sich vor die vier Deckenrollen. Mit einer sparsamen Geste bedeutete sie Tomm, das Bündel hochzuhalten und wickelte dann ihr Kopftuch darum.

Ein einfacher Doppelknoten später und sie hatte ein einfach zu tragendes Paket aus muffigen, aber hoffentlich warmen Filzdecken geschnürt, das sie dem blonden Pilgrim zwinkernd in den Schoß warf.

»Du darfst tragen, *starker Mann*«, sagte sie spöttisch.

»Warte zwanzig Jahre und du wirst genau so eine schreckliche Frau wie diese Halfor sein«, ätzte er, als die Tür sich auch schon wieder öffnete und ein sichtlich zufriedener Theondor seinen Kopf hinein steckte.

»Die Luft ist rein«, sagte er und warf ihnen nacheinander jeweils einen gefüllten Wasserschlauch zu. »Wahrscheinlich haben sie endlich verstanden, dass es doch sinnvollere Dinge zu tun gibt, als stundenlang meine verdammte Tür anzustarren.«

Tzunai fing den wabbeligen Lederbeutel auf und hängte sich die dünne Schlaufe um die Schulter. Daraufhin gab sie Tomm einen Wink, der es ihr gleichtat, sich von seinem Bastkorb erhob und die verschnürten Deckenrollen im Vorbeigehen vom Tisch wuchtete.

»Dann geht voran«, sagte sie und nickte in Richtung Tür, die Theondor eilig weiter aufstieß um ungelenk den Treppenabsatz hinunterzuhumpeln.

Die Menge vor dem Brunnen war tatsächlich verschwunden, wie Tzunai zufrieden feststellte. Ein ganzer Mob argwöhnischer Fremder, die jeden ihrer Schritte mit Misstrauen verfolgten, war das Letzte, was sie jetzt gebrauchen konnte. Sie hoffte vielmehr, dass sie in Ruhe ihre zwei Tage Feldarbeit verrichten konnten und damit ein wenig Vertrauen gewannen.

Zumindest würde das die Verhandlungsposition des Dorfvorstehers ein wenig stärken, wenn er darauf hinweisen konnte, dass sie sich an den Tributzahlungen für diese Sarnesh Leute beteiligt hatten.

Ganz umgehen ließ sich der Kontakt zu den Ufersundern derweil natürlich nicht. Auch jetzt standen noch einige von ihnen am Brunnen und unterhielten sich angeregt über das Wetter, insbesondere natürlich den gestrigen Sturm.

Einige Frauen liefen mit Wäschekörben unter den Armen umher, während ihre Männer mit Werkzeuggürteln bewaffnet anfingen an ihren Häusern herumzuwerkeln.

Theondor legte einen überraschend zügigen Gang an den Tag, sodass sie nie länger in der Nähe von irgendjemandem verblieben, doch die Blicke, die sie trafen, reichten noch immer von Neugierde, über Argwohn, bis hin zu offener Feindseligkeit.

Wahrscheinlich hing es damit zusammen, dass die Ufersunder in der Außenwelt als Feindpaktierer galten, wie der Dorfvorsteher bereits angedeutet hatte.

*Wenn man jemandem mit Ablehnung begegnet, beruht das nunmal sehr schnell auf Gegenseitigkeit*, dachte sie und empfand fast so etwas wie Mitleid mit den Männern und Frauen an denen sie vorbei kam. Und auch ein bisschen Feindseligkeit.

Für sie war es normal gewesen ihre kleine Heimat niemals zu verlassen, doch in ihrer Überzeugung hatte es auf der Welt auch gar nichts außer Pilgrim gegeben. Wäre sie in diesem Dorf hier geboren worden, sähe die Welt jedoch ganz anders aus. Größer, weiter, abenteuerlicher. Den eigenen Flecken Erde nicht verlassen zu können, auf dem sie geboren worden war, mit dem Wissen der vielfältigen Weite um sie herum, wäre höchstwahrscheinlich eine Qual. Eine Qual, die diese einfachen Menschen nun anscheinend schon seit vielen Jahren ertragen mussten, weil irgendwelche Barbaren beschlossen hatten, mit ihnen Handel treiben zu müssen.

Theondor führte sie derweil über einen der schlammigen Strohwege auf einen kleinen Trampelpfad, der sich an der Küste entlang nach Osten schlängelte. Direkt am Dorfrand war das Ufer von dicht aneinander stehenden Holzpflöcken gesäumt, an denen drei kleine Boote mit jeweils einem schlanken Mast und vier Ruderpinnen vertäut lagen. Anscheinend wurde das Wasser direkt nach der Holzkante, die das Meer von der Grasböschung trennte, schnell tiefer.

Wann immer Tzunai so wie jetzt auf die scheinbare Endlosigkeit des Ozeans schaute, der in sanften Wellen hin- und herwogte, fühlte sie sich ein wenig an Pilgrim erinnert. Auch wenn die Farbe des Wassers aufgrund der vielen Wolken ein kaltes Grau angenommen hatte, das so gar nicht zu den tiefblauen Weiten ihrer Heimat passen wollte, ähnelte es dem Anblick von der Kaimauer der äußeren Ringstraße doch sehr.

Paradoxerweise hatte dieser Anblick dazu geführt, dass sich ihre Überzeugung, Pilgrim sei ein Ort im Nichts, noch verstärkt hatte, während der Anblick, der sich ihr jetzt bot, eher für Fernweh und die unbeschreibliche Weite dieser neuen Welt stand.

Es war wie Meister Faungar in den Hatoristunden der Jünglinge stets erklärte: *Es kommt nicht darauf an was du anschaust, sondern was du darin siehst.*

Nun, was sie jetzt in diesen grauen Wellen sah, war jedenfalls eindeutig:

Den schnellsten Weg zu Magnus und hoffentlich auch Felix, Tasha und Raynor. Hier waren sie jedenfalls nicht hergekommen. Am Abend ihrer Ankunft hatte sie gar nicht danach gefragt, ob andere Fremde vor ihnen hergekommen seien, obwohl sie es sich vorgenommen hatte. Doch dann war sie einfach eingeschlafen und da dieses Dorf scheinbar ewig keine anderen Menschen mehr gesehen hatte als seine Bewohner, dürfte sich diese Frage ohnehin erledigt haben. Abgesehen davon wären sie unterwegs doch sicher auf Magnus und Raynor gestoßen, wären sie tatsächlich nach Süden gegangen. Doch irgendwohin mussten sie gegangen sein und da lag doch der Weg gen Osten, zum Festland am nächsten, wenn die Vindicaner ganz Malkening umkrempelten. Jedenfalls redete sie sich das ein. Sie mussten es einfach geschafft haben.

*Er ist aus der Gekaperten Nymphe entkommen*, dachte sie grimmig, als sich erneut Zweifel in ihre Gedanken schleichen wollten. Sie würde erst von etwas anderem ausgehen, wenn sie seinen Leichnam sah und das würde sie nicht zulassen.

Sie bogen endlich um die letzte Reethütte herum und überquerten eine niedrige Düne mit exotischem Farn und beinahe weißem Sand, die anscheinend als natürliche Begrenzung des Dorfes diente.

Dahinter erstreckten sich einige quadratisch angelegte Felder bis zum Horizont, die an den Ecken mit weißen Findlingen markiert waren, auf denen sie rot aufgemalte Zahlen erkennen konnte.

Über kleine Trampelpfade zwischen den einzelnen Feldern, auf denen sie braunes Wurzelgemüse, Sträucher mit roten Beeren und allerlei grüne Blätter sah, gelangten sie schließlich zu einem Stück Land, das zweifellos Theondor gehören musste. Es spiegelte exakt den Zustand des vom Alkohol benebelten Mannes und seiner unordentlichen Hütte wieder: Auf mehreren hundert Schritten Länge und ein paar Dutzend Schritten Breite zogen sich schlangenförmige Linien grüner Gewächse entlang, als hätte sie jemand in betrunkenem Zustand in die Landschaft gemalt.

Die Blätter begannen teilweise bereits zu welken und waren klagende Zeugen von Vernachlässigung. Überall spross hässliches Unkraut zwischen den Beeren hervor und bot gute Deckung für dreiste Vögel, die eifrig fraßen, was sie vor den Schnabel bekamen.

Theondor blieb am Anfang des Feldes stehen und trat offensichtlich beschämt von einem Fuß auf den anderen.

*Wenigstens ist es ihm unangenehm*, dachte Tzunai und schüttelte ungläubig den Kopf.

Aufgrund der perfekt durchorganisierten Arbeitsstruktur auf Pilgrim hatte sie noch nie zuvor ein Feld, ja nicht einmal einen Vorgarten gesehen, der nicht zu einhundert Prozent perfekt gepflegt war. Hier wurde sie mit dem kompletten Gegenentwurf konfrontiert und es fiel ihr schwer zu glauben, dass jemand so etwas zulassen konnte.

»Ihr habt nicht übertrieben, als Ihr sagtet, dass Ihr Hilfe braucht«, murmelte Tomm und ließ seinen kritischen Blick über die vollkommen verkommenen Pflanzen schweifen. »Für drei Tage haben wir eine ganze Menge Arbeit vor uns. Wir werden versuchen zu retten, was zu retten ist und das Feld für eine neue Saat vorbereiten, aber versprechen kann ich nichts.«

»Ja, äh, vielen Dank, dass ihr mir helft. Ich werde euch die Überfahrt schon besorgen, versprochen. Gebt mir drei Tage«, versicherte Theondor ihnen eilig und schaute sie dankbar aus seinen geschwollenen Augen an, bevor sein Blick zaghaft zu den Waffen an ihren Gürteln wanderte.

»Ja, Ihr könnt unsere Waffen als Gegenleistung anbieten«, sagte Tzunai ungeduldig und zückte ihren Dolch. Der Dorfvorsteher erschrak, entspannte sich jedoch schnell wieder, als sie ihm die Klinge mit dem Griff voran hinhielt. »Das könnt Ihr vorzeigen, damit sie Euch auch glauben, dass wir tatsächlich etwas anzubieten haben und Ihr nicht aus dem Alkohol heraus Blödsinn erzählt.«

Theondor zuckte zusammen, als habe sie ihn geschlagen, nickte aber schnell und nahm unbeholfen den Dolch an sich.

»Ihr werdet eure Überfahrt bekommen, versprochen.« Der Dorfvorsteher nickte ihnen dankbar zu und deutete auf einen halb zerfallenen Schuppen am Ende des Feldes. »Dort findet ihr allerlei Arbeitswerkzeug und frisches Stroh, auf dem ihr schlafen könnt. Ich bringe euch später Proviant und eine Öllampe für die Nacht. Gebt mir diesen Tag um Gespräche zu führen und das Dorf über euch zu informieren, damit sie ihre Angst ablegen können. Wahrscheinlich denken sie, dass ihr entflohene Adelssprösslinge seid, deren wütende Eltern bald mit gezückten Schwertern vor ihren Türschwellen stehen. Seit der Sache mit den Sarnesh sind sie überaus argwöhnisch und ängstlich müsst ihr wissen.«

»Gut«, sagte Tzunai und bereitete sich geistig auf einen schweißtreibenden Arbeitstag vor. Natürlich erfüllte sie das nicht gerade mit brennender Vorfreude, doch immerhin könnte es für ihre Weiterreise sorgen und dafür waren zwei oder drei Tage harter Feldarbeit mehr als gerecht. Wenigstens konnten sie überhaupt etwas tun, außer auf der Flucht vor den Vindicanern über ihre eigenen Füße zu stolpern und halb zu verhungern. »Dann wollen wir mal.«

Theondor warf ihnen ein letztes dankbares Lächeln zu und machte sich dann humpelnd auf den Weg zurück ins Dorf, das etwa eine Meile entfernt mit seinen runden Reetdächern hinter der grünen Düne hervorlugte, wie ein neugieriges Kind, das sie aus sicherem Abstand beobachtete.

Die beiden Pilgrim überquerten derweil das Feld und hielten auf den zerfallenen Schuppen zu, der am entgegengesetzten Ende schief im Wind stand und deutliche Schäden von der rauen Küstenwitterung davon getragen hatte.

Auf ihrem Weg durch das von Unkraut überwucherte Grün verscheuchten sie so viele Vögel wie möglich, indem sie wild mit den Armen fuchtelten, hier und da mit kleinen Steinen nach den wild flatternden Flügeln warfen, oder laut mit den Fingern schnippten.

Bald kreiste ein ganzer Schwarm wütend schnatternder Vögel über ihnen, wie eine dunkle Wolke aus Federn, die nur darauf wartete, dass die neuen Störenfriede endlich wieder verschwanden, damit sie ihr Festmahl fortführen konnte.

Doch sie hatten nicht vor so schnell wieder zu verschwinden, oder sich von diesen schrecklichen Geschöpfen um ihre Arbeit bringen zu lassen.

Als sie endlich den Schuppen erreichten, schauten sie sich zweifelnd gegenseitig in die Augen und seufzten gleichzeitig.

Der Unterstand war etwa zehn Schritte breit und besaß nach Süden hin eine massive Wand aus dicken Holzbrettern, die aufgrund der andauernden Feuchtigkeit bereits über und über von schwarzem Schimmel bedeckt war. Er war in zwei Kammern unterteilt, von der eine mit erstaunlich frischem Stroh gefüllt war und die andere nur noch das eingestürzte Dach beherbergte, das genau an den beiden Mittelsäulen durchgebrochen war.

Im Grunde genommen war also nur noch die Hälfte des Schuppens intakt und ließ gerade genug Platz für sie zum Schlafen, auch wenn sie etwas gegen den Wind würden tun müssen, der so nah an der Küste stetig und unnachgiebig wehte.

»Wenn Meister Winding das sehen würde...«, sagte Tomm beinahe empört und verschränkte missmutig die kräftigen Arme vor der breiten Brust, während er kritisch das verfallene Gerippe der heruntergekommenen Holzkonstruktion musterte.

»Mit der Pflege ihres Hab und Guts nehmen es die Menschen hier anscheinend nicht besonders genau«, stimmte Tzunai ihm zu und hob prüfend einen der Holzbalken an, die kreuz und quer in der linken Hälfte des Schuppens lagen. Morsch, wie erwartet, brach er an der Stelle, die sie in den Händen hielt einfach auseinander.

Mit verzogenen Mundwinkeln schaute sie zu Tomm, der lediglich mit den Schultern zuckte.

»Hoffen wir einfach, dass heute Nacht kein Windstoß all das Zeug auf uns niederregnen lässt«, sagte er einfach und warf das Bündel mit den vier Filzdecken achtlos auf den Strohhaufen.

Nachdem sie ihre Wasserschläuche über einen rostigen alten Nagel gehängt hatten, der auf Kopfhöhe aus dem vorderen Stützbalken des Schuppens ragte, machten sie sich an die schweißtreibende Arbeit: Zuerst klopften sie einige alte Holzeimer aus, die unter dem zusammengestürzten Dach lagen und noch halbwegs intakt aussahen. Als nächstes pflückten sie so viele der bereits überreifen Früchte, wie möglich. Es handelte sich um etwa daumengroße Beeren mit einem langen Stil und von einem so prallen Rot, dass sie beinahe zu leuchten schienen.

Sie wuchsen zu Dutzenden unter etwa kniehohen Sträuchern mit runden Blättern, die es schwer machten, die reifen von den verfaulten unterscheiden zu können.

Also mussten sie mit den Händen die Blätter zur Seite schieben und in dem Gestänge herumwühlen, bis sie die reifen Beeren fanden. Daraufhin sortierten sie die unreifen Exemplare aus. Von Zeit zu Zeit verköstigten sie sich selbst und genossen diesen fremdartigen, doch sehr aromatischen Geschmack.

Allerdings bekam Tzunai schon nach kurzer Zeit Bauchschmerzen, da ihr Magen an solcherlei überreife Früchte nicht gewöhnt war.

Bald war die Sonne bereits weit über ihren Zenit gewandert und sie schwitzten so stark in der unbarmherzigen Sonne, dass ihre vorher noch prallen Wasserschläuche bereits schlaff wurden.

Ihr Rücken schmerzte von der gebückten Haltung und ihr Nacken war derart verspannt, dass Tomm sie bereits zwei Mal hatte einrenken müssen. Felix konnte das natürlich besser, aber er war ohnehin immer der Lieblingsschüler von Meister Faungar gewesen, wenn es um Heilung ging.

Wer konnte da schon mithalten.

Als die Sonne sich langsam wieder zu ihrem Schlaf im Osten zurückzog und das Tageslicht immer weniger wurde, waren vier Eimer, die mindestens einen halben Schritt durchmaßen, bis zum Rand gefüllt.

Neben der eingestürzten Hälfte des Schuppens türmten sich noch einmal ebenso viele aussortierte Beeren, die bereits braun und matschig waren und nun das Paradies aller Fliegen im Umkreis mehrerer Meilen zu sein schienen.

Wie auf ein Stichwort kam Theondor genau zu diesem Zeitpunkt mit einem breiten Handkarren angefahren und lud gemeinsam mit seinen beiden erschöpften Helfern die Eimer auf die staubige Ladefläche.

Im Gegenzug gab er jedem von ihnen neben neuen Wasserschläuchen auch ein Päckchen mit warmem Brot, Pökelfleisch und getrockneten Früchten.

Sein Gesicht strahlte vor Freude, während er sich unter vielfachen Dankesbekundungen auf den Weg zurück ins Dorf machte, um mit dem Einmachen seiner Beeren zu beginnen.

Tomm und Tzunai nahmen sich derweil ihre Proviantpakete und eine Decke und ließen sich auf dem weitläufigen Sandstrand nieder, der von ihrer Position aus scheinbar endlos die Küste entlang nach Osten verlief.

Sie setzten sich erschöpft auf den kratzigen Filz ihrer ausgebreiteten Decke und zogen erleichtert die Stiefel aus, um ihre zerschundenen Füße in den warmen Sand zu stecken.

Die weißen Körner waren sehr fein, beinahe wie Staub, und kitzelten zwischen den Zehen, doch ihre angenehme Wärme vertrieb schnell die Verspannungen. Blasen hatten sie derweil keine davongetragen, dafür waren ihre Füße von dem langen Marsch aus Waderstade viel zu wund.

Die untergehende Sonne, die im Osten bereits die Wasserlinie küsste und ein rotes Flimmern über das ruhige Meer schickte, tat ihr Übriges, um zu ihrer Entspannung beizutragen und regte Tzunai zu einem beinahe glücklichen Seufzen an.

»So… *entspannt* war ich schon lange nicht mehr«, sagte sie und biss hungrig in ein Stück Brot, das noch ganz weich und frisch war und ein wohliges Aroma in ihrem Mund verbreitete. »Ein Einheimischer, der uns hilft, anstrengende, aber einfache Arbeit mit den Händen, die in einem guten Ziel mündet und gutes Essen im Angesicht des Sonnenuntergangs. Den Blick dabei auf ein ruhiges Meer gerichtet, an dem keine nimbusverfluchten Triremen zu sehen sind: *Das* nenne ich mal eine Verbesserung unserer Lebenssituation, *Specki*.«

»Bleibt nur zu hoffen, dass sich die Ufersunder Leute aufgrund deines Aufzugs nicht dazu angeregt fühlen, hier eines dieser Kissenhäuser wie in Waderstade zu eröffnen und dich als Obermatrone einzusetzen«, spottete Tomm zurück und rieb sich gespielt nachdenklich über das bärtige Kinn. »Obwohl... Jetzt wo ich es mir überlege, würdest du es da wahrscheinlich nur zur Rechten Hand von Halfor bringen.«

»War ja klar, dass du dich an diesen verkommenen Ort erinnern musstest.« Sie boxte ihn in gespieltem Zorn in die Seite und drohte ihm mit einem Stück dunklen Pökelfleischs, als wolle sie ihn damit aufspießen.

»Ich ergebe mich«, sagte er und hob seine wuchtigen Hände. Gerade als sie das Stück wieder wegziehen wollte, schnellte sein Kopf vor und er biss herzhaft in den Streifen salzigen Fleisches. Dabei erschrak sie so sehr, dass sie es losließ und ihn dann mit bösem Blick anfunkelte.

»Irgendwo muss deine *stattliche* Statur ja herkommen«, giftete sie und nahm sich ein neues Stück aus ihrem Leinenpäckchen.

»Schätze, von meiner Stattlichkeit ist nicht mehr sonderlich viel übrig«, hielt er ungewohnt wehmütig dagegen und stützte sich mit angewinkelten Armen auf den Knien ab, den entrückten Blick aufs Meer gerichtet. »Aber du hast schon recht. Endlich mal ein halbwegs guter Tag. Vor allem aber ein Tag, der mit der Hoffnung verbunden ist, dass wir tatsächlich bald nach den anderen suchen können.«

»Ich vermisse sie so sehr, Tomm«, sagte Tzunai leise und all die Fröhlichkeit, die sie für einen kurzen Moment umgarnt hatte, war aus ihrer Stimme gewichen, als habe es sie nie gegeben.

»Ich weiß«, antwortete er sanft und legte ihr einen Arm um die Schultern, um sie näher an sich heran zu ziehen. »Ich vermisse sie auch.«

»Denkst du wirklich, dass Magnus und Raynor es geschafft haben?«

»Hm, ja. Ich habe es dir schon einmal gesagt und ich bin noch immer der Meinung: Raynor ist der härteste Mensch den ich kenne und wenn er ein Ziel hat, dann verfolgt er es bis zum Ende. Du weißt das.« Er drückte sanft ihre Schultern, um seinen Worten Nachdruck zu verleihen.

»Ja. Ich hoffe du hast Recht«, seufzte sie. »Wir dürfen uns nicht wieder trennen lassen, falls wir die anderen finden.«

»*Wenn* wir sie wieder treffen«, korrigierte er sie.

»Ja. Wir müssen nur noch zwei Tage dieses verdammte Feld...«, sie stockte für einen kurzen Moment und ihr Kopf verharrte reglos an seiner Brust. »Was ist das?«

»Was ist was?«, fragte er verwirrt und blickte suchend auf das Meer, konnte aber nichts erkennen, außer den schier endlosen Schaumkronen, die sich bis zum Horizont erstreckten und unter den letzten Berührungen der untergehenden Sonne schimmerten.

»Na das da«, antwortete sie ungeduldig, nahm ihren Kopf von seiner Brust und deutete die Küste entlang nach Osten.

Tomm drehte sich zur Seite und folgte ihrem Finger. Jetzt sah auch er was sie meinte: Etwa eine Meile entfernt mühte sich ein kleines Boot um den entfernten Arm der großen Bucht herum, auf deren Sand sie gerade saßen.

»Ein Boot«, stellte er überflüssigerweise fest und zuckte mit den runden Schultern. »Vielleicht einer der Fischer aus dem Dorf?«

»Vielleicht. Sieht aber seltsam aus. Sollte ein Boot nicht…« Sie hielt inne. Entweder spielten ihre Augen ihr einen Streich, oder das Ding, das gerade in die Bucht eingebogen war und sich nur wenige Dutzend Schritte vom Strand entfernt auf sie zu kämpfte, ähnelte mehr einem Wrack als einem echten Boot.

»Hm«, machte Tomm und drückte sie sanft von sich, um aufzustehen und sich eine Hand über die Stirn zu halten, während er das näher kommende Gefährt genauer musterte.

Die Sonne war zwar fast verschwunden, doch dadurch, dass sie so tief stand und sich genau hinter dem Boot befand, fiel es ihm schwer Details zu erkennen.

»Du hast Recht«, sagte er schließlich und reichte ihr eine Hand, mit der er sie mühelos auf die Beine zog. »Vielleicht ist es in den Sturm geraten, der gestern vorbeigezogen ist.«

»Kann schon sein.« Tzunai klopfte sich den Sand von den Beinen und schnallte sich ihren Waffengurt um, den sie während des Essens abgelegt hatte.

»Finden wir es heraus«, sagte sie mit reichlich Tatendrang in der Stimme und eilte barfuß durch den feinen Sand in Richtung des langsam näher kommenden Bootes. »Vielleicht braucht jemand Hilfe!«

»Warte! Wir wissen doch gar nicht wer das ist!«, rief Tomm ihr besorgt hinterher, doch sie dachte gar nicht daran langsamer zu werden.

Also schnappte er sich fluchend seinen Gürtel mit den beiden Äxten und folgte ihr so schnell er konnte, da seine Beine von der harten Feldarbeit müde und schwer waren.

Tzunai kämpfte die Müdigkeit in ihren eigenen Beinen, die sich anfühlten wie pures Blei, mit grimmiger Entschlossenheit nieder, während sie über die feinen Sandkörner hetzte.

Falls es ein Boot aus dem Osten der Insel war, könnte es sich um Magnus handeln, oder zumindest um andere Überlebende des vindicanischen Angriffs. Oder eben des Sturms. Jedenfalls machte der zerbrochene Mast ihr klar, dass jemand Hilfe benötigte und nach mehreren Wochen einsamer Flucht, während der sie sich zu jeder Sekunde Hilfe gewünscht hatte, würde sie nie wieder tatenlos zusehen, wenn sich jemand in einer ähnlichen Situation befand. Falls Graubart sie dafür als naives Schaf bezeichnen würde, sollte ihn doch der Wahnsinn holen – ihr war es gleich.

Ab und zu zwickte sie eine scharfkantige Muschel in die wunden Füße und entrang ihr unterdrückte Flüche, doch sie wurde nicht langsamer, bis sie keuchend auf Höhe des Schiffes angekommen war und schlitternd zum Stehen kam.

Tomm erreichte sie wenige Augenblicke später und stützte sich schwer atmend auf die Knie, als müsse er sich jeden Moment übergeben.

Tzunai ignorierte ihre eigene Übelkeit, die das gerade verzehrte Essen verursachte, das sich nach der Anstrengung hartnäckig wieder nach oben zu kämpfen versuchte. Sie musterte wie eine sprungbereite Katze das Deck des Bootes, das aus der Nähe deutlich größer aussah, als noch von weitem.

Der Mast war direkt oberhalb des unteren Halteriemens abgerissen worden und endete in einem mehrfach gesplitterten Stumpf. Die Bordwand hatte einige Lecks davon getragen und lag so tief im Wasser, dass sich bereits eine stattliche Menge Wasser im Bootsinneren befinden musste. Am Heck befand sich das Gerippe eines ehemaligen Unterstands, unter dessen zerrissener Plane eine einsame Gestalt kauerte, die in sich zusammengesunken über das Ruder gebeugt saß.

»Hey!«, rief Tzunai aufgeregt und winkte mit den Armen über dem Kopf in Richtung des einzigen Passagiers, den sie sehen konnte.

Und tatsächlich regte sich die Gestalt, wischte sich nasse graue Strähnen aus dem Gesicht und hob unter offensichtlich großer Mühe langsam den Kopf.

Der Fremde griff mit zitternden Händen nach dem Ruder und ließ sich mit seinem gesamten Körpergewicht einfach nach links fallen, um es herumzureißen und sein Boot in ihre Richtung zu lenken. Das war möglicherweise seine Rettung, denn weder Tzunai noch Tomm konnten schwimmen und hätten nicht das Geringste tun können.

Gemächlich steuerte das halbzerstörte Gefährt auf sie zu, doch der Mann sackte wieder in sich zusammen.

»Mist«, fluchte Tzunai und ging ungeduldig am Strand auf und ab, während sich das Boot wie in Zeitlupe auf sie zu bewegte.

»Das scheint tatsächlich ein Schaden von dem Sturm zu sein«, meinte Tomm und musterte den näherkommenden Überlebenden besorgt. »Komm, wir versuchen es die letzten Schritte an Land zu ziehen.«

Gemeinsam wateten sie in das überraschend warme Wasser und packten den Bug rechts und links an der Bordwand, als sie etwa hüfthoch von den sanften Wellen umspielt wurden und das Boot sich nicht mehr aus eigener Kraft vorankämpfen konnte.

Mit der Stärke von Verzweifelten zogen und schoben sie es weiter auf den Strand zu, bis sie das Knirschen des Sandes hörten, als der Bug aufsetzte. Sie mühten sich solange ab, bis das erste Viertel des Wracks komplett auf dem Strand aufgesetzt hatte und sie es nicht mehr bewegen konnten.

»Ich hole ihn«, sagte Tomm und kletterte über die löchrige Bordwand. Es machte laut *»Platsch!«* als er in dem ramponierten Inneren landete, das fast bis zur Hälfte mit Wasser vollgelaufen war.

Tzunai warf derweil einen Blick über den leicht erhöhten Bug, schreckte jedoch mit einem erstickten Schrei zurück, als sie in dem brackigen Wasser zwischen den eingebrochenen Ruderbänken eine Leiche treiben sah.

Die Haut des toten Mannes war aufgedunsen, wie ein aufgeweichtes Stück Brot, und seine Augen starrten trüb in den Himmel. Plötzlich bewegte sich der teigige Leichnam mit einem Ruck auf sie zu, als das Boot von einer sanften Welle angehoben wurde und das Wasser im Innenraum nach vorne schwappte.

Mit einem erschrockenen Keuchen plumpste sie rückwärts in den Sand und beugte sich hastig zur Seite, um sich geräuschvoll zu übergeben.

Seit ihrer Flucht von Pilgrim, dieser Nacht des Terrors und tausendfachen Todes, qualvoll und verzerrt in ihre Gedanken eingebrannt, schien ihr Weg mit Leichen gepflastert zu sein, als wolle das Schicksal sie für irgendetwas bestrafen.

Das würde sich bald ändern müssen, bevor sie sich an solche Anblicke womöglich noch gewöhnte und zu etwas wurde, das sie nie sein wollte. Ganz wie Kaspan, der dem Tod keinerlei Respekt mehr entgegen gebracht zu haben schien.

Schniefend wischte sie sich über die Lippen und versuchte den sauren Geschmack in ihrem Mund zu ignorieren, als Tomm mit ebenfalls bleichem Gesicht und einer reglosen grauhaarigen Gestalt über der Schulter aus dem Boot kletterte.

»Alles in Ordnung?«, fragte er besorgt und blickte erst zu ihr und dann zurück zu der Wasserleiche hinter sich. »Lass uns hier verschwinden und ihn ins Dorf bringen.«

»Nein.« Tzunai schüttelte schwach den Kopf. »Lass ihn uns zuerst zu unserem Schuppen bringen und mit Wasser versorgen. Vielleicht hat er nicht mehr so viel Zeit.«

Sie rappelte sich mühsam auf und ignorierte die Hand, die Tomm ihr entgegenstreckte, während er mit der anderen Hand die Oberschenkel des bewusstlosen Bootsführers umklammert hielt.

»Im Dorf können sie ihm viel besser helfen. Außerdem wissen wir doch gar nicht, ob er vielleicht sogar in Ufersund wohnt«, protestierte er und deutete auf die einige Meilen entfernten Dächer mit ihren dünnen Rauchfäden, die sich kraftlos im Wind verloren.

»Vielleicht«, stimmte sie ihm zu und klopfte sich den kratzigen Sand vom Hintern, peinlich darauf bedacht, nicht in ihr eigenes Erbrochenes zu treten. »Falls nicht, will ich ihm aber ein paar Fragen stellen, bevor er in Halfors

Hütte verschwindet und sie niemanden mit ihm reden lässt, damit er sich erholt.«

»Wieso glaubst du, dass sie niemanden zu ihm lassen würde?«

»Weil ich es so machen würde.«

Tomm lächelte unsicher, als wisse er nicht, ob sie gerade einen Scherz gemacht hatte. Da sie aber ein ernstes Gesicht machte und seinen Blick stur erwiderte, seufzte er resigniert und stapfte dann los in Richtung ihres Schuppens, der einige hundert Schritte den Strand hinunter über der Böschung stand und mehr Ähnlichkeiten mit einem ungeordneten Stapel Bretter hatte als mit einem von Menschenhand erbauten Unterstand.

Den Weg dorthin schwiegen sie.

Tomm schien seinen eigenen Gedanken nachzuhängen und damit beschäftigt zu sein, den Fremden auf seiner Schulter möglichst behutsam zu transportieren, als könne jede Erschütterung sein Todesurteil bedeuten.

Tzunai kämpfte derweil ihre Ungeduld nieder, während sich ihre Gedanken überschlugen. Am liebsten hätte sie den Mann mit einer gut platzierten Backpfeife wach gemacht und sofort gefragt, was ihm wiederfahren ist. Denn wenn sein Boot tatsächlich durch den Sturm Schaden genommen hatte und er von der Ostküste stammte, könnte er ihnen möglicherweise verraten, dass sie frei ist von den Kaiserlichen. Das würde bedeuten, dass sie dort ungestört nach Magnus und Raynor suchen könnten. Zumindest wenn sie nicht bereits ans Festland übergesetzt hatten. In ihren bisherigen Überlegungen würden sie das nur tun, wenn die Vindicaner auch auf der Ostseite nach ihnen suchten. Falls das aber gar nicht der Fall sein sollte, könnten sie sich auch in einem einfachen Dorf versteckt halten, genau wie sie selbst es gerade in Ufersund taten.

Es könnte sich natürlich auch um einen einfachen Fischer aus Ufersund handeln, der zu weit rausgefahren und dann in den Sturm geraten war, doch diese Möglichkeit weigerte sie sich vorerst zu akzeptieren.

Nach erstaunlich kurzer Zeit erreichten sie ihren Schuppen, beziehungsweise ihre halbwegs intakte Seite des größtenteils zerstörten Bauwerks, welches einmal ein Schuppen gewesen war und legten den vollkommen durchnässten Mann auf dem gelben Strohhaufen ab. Als nächstes zogen sie ihn nackt aus und wickelten ihn in zwei ihrer dicken Filzdecken ein, damit die nasse Kleidung ihn nicht auskühlte. Sie fragte sich, ob die Einheimischen ihn lieber hätten erfrieren lassen, als ihn von der Wäsche zu befreien, da nackte Körper für sie etwas Bösartiges zu sein schienen. In eine verrückte Welt war sie da geraten.

Die Decken würden ihn kratzen wie verrückt, aber zumindest warm halten. Denn selbst bei dem relativ angenehmen Klima, das hier herrschte, würde er sich durch die Unterkühlung auf See bestimmt eine *Grippe* einfangen, wie Tasha sie an Bord der *Schwarzen Mähre* erlitten hatte.

Seine Haut war bereits schrumpelig und stumpf, beinahe wie bei der Wasserleiche in seinem Boot. Sie schätzte also, dass er bereits mehrere Tage in diesem Zustand verbracht haben musste. Falls dem so war, schien er trotz seines offensichtlich fortgeschrittenen Alters über eine beeindruckende Gesundheit zu verfügen.

Trotzdem kam es ihr wie ein Wunder vor, dass er überlebt hatte, was auch immer mit ihm geschehen sein mochte. Sein Körper war vollkommen ausgemergelt, als habe er seit Wochen keine Nahrung mehr zu sich genommen. Das Gesicht war von einem vollkommen zerzausten Vollbart bedeckt, der scheinbar lange keine Klinge oder Schere mehr gesehen hatte.

Seine geschlossenen Augen waren von dicken braunen Rändern umgeben und Wangen und Nase von geplatzten Äderchen überzogen, ähnlich wie bei Theondor, nur dass dieser Mann vor ihnen dazu keinen Alkohol benötigt zu haben schien, sondern zu lange extremen Witterungsbedingungen ausgesetzt gewesen war.

»Immerhin ist er nicht verwundet«, stellte Tomm zufrieden fest, nachdem sie ihn in die Decken eingewickelt hatten und nun seine schlafende Gestalt musterten. Wie Eltern, die das erste Mal ihr Neugeborenes begutachteten.

»Wir sollten ihn wecken und ihm etwas zu Essen und zu Trinken geben«, sagte Tzunai, bemerkte aber schnell, dass ihr Tonfall ihre Sorge verriet, dass es zu früh sein könnte und sie den Fremden erst noch schlafen lassen sollten. Doch sie konnte ihre Ungeduld kaum noch im Zaum halten. »Ich hole schnell unseren Proviant und die Decke vom Strand.«

Als sie über das Feld lief und mit einem Satz über die niedrige Uferböschung hinwegsetzte, spielte sie in Gedanken die möglichen Szenarien durch, die das Auffinden des Schiffbrüchigen mit sich bringen konnte: Wenn er tatsächlich bloß ein Fischer aus Ufersund war, würden sie ihn einfach ins Dorf bringen und seine Rettung würde Theondor möglicherweise das letzte Argument zu ihren Gunsten liefern. Aber hatte der Dorfvorsteher nicht erwähnt, dass es nur drei Boote von drei Fischerfamilien gab? Bei ihrem Weg an dem improvisierten Hafen vorbei, hatte sie drei Botte im Wasser liegen gesehen, also konnte er kaum aus Ufersund stammen. Oder es gab momentan Gäste im Dorf, die mit dem Boot gekommen waren. Allerdings hatten sie ja erfahren, dass so gut wie niemand etwas mit den Ufersundern zu tun haben wollte, darum schied wahrscheinlich auch diese Möglichkeit aus.

Falls er von der Ostküste stammte und sie von den Vindicanern eingenommen oder zerstört worden war, könnten sie ihm nach seiner Genesung vielleicht dabei helfen, sein Boot zu reparieren und ihn bitten, sie als Dank für seine Rettung ans Festland zu bringen.

Die dritte Möglichkeit war, dass die Ostküste noch nicht von den Vindicanern besetzt war und Magnus und Raynor somit keinen Grund gehabt hätten, von dort wegzugehen. Oder aber sie suchten ihrerseits auch nach ihnen und sie bewegten sich ständig im Kreis.

*Wenn ich doch nur Zugang zum Hatori hätte*, dachte sie missmutig. *Wie können die Menschen hier ohne jegliche Hilfe des Wahren Seins zurecht kommen.*

Hätte Felix ihr in der *Gekaperten Nymphe* nicht den Kristall vor der Nase weggeschnappt, wäre es ihr jetzt vielleicht möglich gewesen ins Hatori überzutreten. Vorausgesetzt natürlich, dass der Splitter nach den gleichen Gesetzen wie sein größeres Pendant, die Weltenblume, funktionierte.

An ihrem improvisierten Strandlager angekommen fischte sie die von Sand verschmutzte Decke vom Boden, klopfte sie kurz aus und schulterte dann ihre Proviantpakete und Wasserschläuche, bevor sie sich wieder in Richtung Schuppen in Bewegung setzte.

Dort legte sie ihre Habseligkeiten ab und behielt lediglich einen der Wasserschläuche in den Händen.

Tomm nickte ihr in stillem Einvernehmen zu, trat an den schlafenden Mann heran und hob sanft seinen Kopf mit dem nassen grauen Haar an. Tzunai beugte sich vor und gab ihm zwei vorsichtige Backpfeifen, die sofort Wirkung zeigten.

Mit lautem Keuchen, das von einem Hustenanfall und einem ganzen Schwall Wasser aus seiner Kehle begleitet wurde, erwachte der Fremde und schlug die dunklen Augen auf, die verwirrt hin und her zuckten.

Sie hielt ihm den geöffneten Wasserschlauch vors Gesicht und er nickte schwach, also hielt sie ihm die Öffnung an die Lippen und er begann so gierig zu trinken, dass ihm die Hälfte über die Wangen floss.

»Danke«, wisperte er schließlich, als sie den fast leergetrunkenen Schlauch wieder zurückzog und musterte seine Retter zum ersten Mal richtig. »W-Wo…? Wo bin ich?«

»Ihr seid in der Nähe von Ufersund«, antwortete Tzunai und hielt ihm ein Stück Brot hin, das sie in der Zwischenzeit aus dem Proviantpaket hervorgeholt hatte.

»Dann habe ich es geschafft?«, fragte der Fremde ungläubig, als könne er selbst nicht begreifen, dass er noch am Leben war. Er befreite mit mühevollen Bewegungen seinen rechten Arm aus den Decken, der so dünn war, dass die einzelnen Sehnen und Gelenke deutlich hervortraten und griff dankbar nach dem Stück Brot.

Beim ersten Bissen verzog er vor Schmerz das Gesicht, als seine rissigen Lippen aufsprangen, doch der Hunger schien zu überwiegen. Tomm und Tzunai verhielten sich derweil ruhig, um ihm ein wenig Zeit zu geben, auch wenn besonders in Tzunai eine himmelschreiende Ungeduld toste.

Schließlich hatte der Schiffbrüchige endlich das Brot verschlungen und lehnte ein Stück Trockenfleisch dankbar ab.

»Also sind die Vindicaner noch nicht bis hierher vorgedrungen?«, fragte er stattdessen hoffnungsvoll und blickte mit immer wacher werdenden Augen zwischen ihnen hin und her. Es war als habe jeder einzelne Bissen einen Funken durch sie gesandt, bis schließlich wieder das Feuer des Lebens in ihnen entfacht war.

»Nein«, antwortete Tzunai. »Sie haben fast die gesamte Westküste zerstört. Wir sind selbst erst gestern hier angekommen, aber die Einheimischen scheinen keine Ahnung davon zu haben, dass die Vindicaner überhaupt hier sind.«

»Das passt zu ihnen.«

»Woher kommt Ihr denn, wenn ich fragen darf?« Sie half ihm nach einem hilfesuchenden Blick dabei, sich mit seinen Decken in eine sitzende Position zu bringen, und setzte sich dann mit Tomm direkt vor ihn. Ungeduldig wippte sie mit den Knien.

»Ich...« Die Augen des Mannes wurden feucht und füllten sich mit dicken Tränen, sodass sie sich mit einem Mal für ihre Frage schämte.

»Ist schon in Ordnung, wir müssen nicht darüber sprechen«, ging Tomm dazwischen und legte dem Fremden beruhigend eine Hand auf die eingewickelte Schulter.

»Doch«, wiedersprach der ältere Mann fest und wischte sich mit der freien Hand zitternd, aber entschlossen die Tränen von den Wangen. »Mein Name ist Torben und ich war der Dorfvorsteher Ilmenheims.«

»Ihr *war*?«, fragte Tzunai und hätte sich im nächsten Moment am liebsten für ihre Dummheit auf die Zunge gebissen.

»Ja«, bestätigte Torben traurig und senkte den Blick. »Ich habe mein Dorf verlassen um einen Freund und Fremde ans Festland zu bringen und als ich wiederkam, fand ich es in Schutt und Asche vor. Die Vindicaner haben sich nicht einmal die Mühe gemacht, die Leichen meiner Familie und Nachbarn zu begraben.«

Tomm und Tzunai schossen gleichzeitig in die Höhe und warfen sich bei der Erwähnung der Fremden hoffnungsvolle Blicke zu, während der Dorfvorsteher aus Ilmenheim nur mit Mühe ein Schluchzen unterdrücken konnte.

Sie schämte sich beinahe, dass sie nur an ihre brennenden Fragen dachte, obwohl dieser gebrochene Mann ihnen gerade mitgeteilt hatte, dass er seine Familie und all seine Freunde auf grausame Art und Weise an die Invasoren verloren hatte.

»Das tut mir leid, Torben«, sagte sie mit ehrlichem Mitgefühl und umschloss seine dünne, skelettartige Hand.

»Es tut mir leid, dass ich Euch das fragen muss, aber diese Fremden, die Ihr übergesetzt habt, wie viele waren das?«, fragte Tomm schließlich und seine Augen bekamen den unverkennbaren Glanz der Hoffnung, der jedoch von einem Schleier der Angst getrübt wurde, dass die Antwort ihm vielleicht doch nicht gefallen würde.

»Es waren zwei«, murmelte Torben und drückte dankbar Tzunais Hand.

»Bitte sagt mir, dass es Magnus und Raynor waren«, flehte sie beinahe. Sie sprach ganz leise, so als könnte zu viel Hoffnung in ihrer Stimme alles zunichte machen.

Der schiffbrüchige Dorfvorsteher machte ein überraschtes Gesicht und starrte die beiden Pilgrim an, als seien sie Fabelwesen aus der Vorwelt.

»Ja. Ja, *Magnus* und *Raynor* waren ihre Namen. Ein junger Schönling und ein wortkarger, aber aufrechter Mann«, sagte er verwirrt.

Tzunai spürte, wie dicke Tränen über ihre Wangen kullerten und schluchzte ungehemmt, obwohl sie eigentlich vor Freude lachen wollte.

*Er lebt, er lebt, er lebt*, wiederholte sie immer wieder in ihren Gedanken.

»Dann müsst ihr die anderen *Pilgrim* sein, von denen Magnus erzählt hat«, stellte Torben mit noch immer ungläubigem Staunen im Gesicht fest, während seine beiden Retter sich vor Glück schluchzend in den Armen lagen und immer noch nicht fassen konnten, was hier gerade geschehen war.

»Ja«, bestätigte Tzunai nach einer Weile und wischte sich mit dem Handrücken lächelnd über die feuchten Wangen. »Ja, Meister Torben und wir müssen Eure beiden Passagiere unbedingt finden!«

## 8. Rache

Felix stand mit hinter dem Rücken verschränkten Armen an der Brüstung des Achterdecks der *Schwarzen Mähre*, den Blick fest auf die Hafeneinfahrt Waderstades gerichtet. Die Segel waren bereits gerefft worden, um ihre Fahrt zu drosseln und so konnte er ohne Mühe die einsame Trireme ausmachen, die sich träge aus dem Hafenbecken schälte.

Die Mannschaft arbeitete schweigend und konzentriert. Nachdem er einige von ihnen im Zorn zu Asche verbrannt hatte, gaben sie sich endlich Mühe, seinen Anweisungen Folge zu leisten. Außerdem schwiegen sie seither und störten ihn nicht mehr mit ihrem ständigen Geplapper, das er ohnehin nur als unnötige Ablenkung empfunden hatte.

Es überraschte ihn, dass er nicht bereits früher darauf gekommen war, dass Angst und die Androhung von Gewalt diese Seeleute deutlich fleißiger machte. Es schien ihnen auch endlich klar zu machen, dass er keine Widerworte duldete, nachdem er Graubart auf See ausgesetzt und seinen Posten übernommen hatte.

Grimmig umspielte er den Kristallsplitter in seiner Faust. Seit der Übergabe des *Geschenks* von Marcus Respharasan, dessen Namen er sich für immer eingeprägt hatte, hatte er ihn nicht mehr aus der Hand gegeben und das aus gutem Grund: Nachts sprach das Fragment in seinen Träumen zu ihm und stellte sich als wertvoller Verbündeter heraus. Er verstand Felix' Wut und bemühte sich nicht darum, ihn von seinem unausweichlichen Kurs abzubringen. Anders als einige Mannschaftsmitglieder, die jetzt mit den Fischen schwammen.

Der Vorschlag des Kristallsplitters, sie zu bestrafen und damit die anderen Seemänner gefügig zu machen, hatte sich zum Beispiel als ebenso nützlich erwiesen, wie seine Ideen für neue Einsatzmöglichkeiten des Hatori.

Eine davon würde er in Kürze ausprobieren. Entschlossen rieb er sich die rauen Hände.

Der Splitter hatte jedoch nicht nur Verständnis für seine Wut gezeigt, er offenbarte ihm vielmehr eine weitere Lüge, die man ihm auf Pilgrim eingetrichtert hatte: Dass das Hatori nur im gedankenlosen Raum funktionierte. Das Gegenteil war der Fall. Mit dem Fragment als seinem Verbündeten, wurde er noch viel mächtiger, denn es hatte ihm gezeigt, dass Gefühle ein hervorragender Katalysator für die Macht des *Wahren Seins* waren.

»Herr?«, fragte ein verängstigter Pirat neben ihm, der ängstlich seinen abgenommenen Hut zwischen den Händen knetete.

»Was ist?« Felix schaute weiterhin geradeaus und musterte die Trireme, die gerade die Hafeneinfahrt hinter sich gelassen hatte und sich mit weißer Flagge auf sie zu bewegte.

Es sah tatsächlich danach aus, als glaube dieser General tatsächlich, dass die Piraten sich auf eine Verhandlung um die zweite Hälfte des Goldes einlassen würden. Doch kein Pirat hatte auf diesem Schiff das Kommando.

»Die Trireme versperrt die Einfahrt. Ich denke, dass wir unsere Fahrt weiter drosseln müssen, Herr«, antwortete der Pirat mit zitternder Stimme und verlagerte sein Gewicht unsicher von einem Fuß auf den anderen, als würde er am liebsten davonlaufen.

»Warum?«, fragte Felix tonlos, hörte aber kaum zu, da er sich auf das feindliche Schiff konzentrierte, das nur noch etwa hundert Schritte entfernt war.

»Ich glaube, dass es sich um ein Geleitschiff handelt, wie es bei diplomatischen Verhandlungen üblich ist. Sie werden sich uns anschließen und nicht die Hafeneinfahrt blockieren wollen. Wenn wir unsere Fahrt drosseln, müssten sie aus dem Weg sein, bevor wir dort ankommen, Herr.«

»Du darfst wegtreten. Fahrt beibehalten«, antwortete Felix schlicht und der Pirat verbeugte sich unsicher, bevor er ohne Widerrede vom Achterdeck floh.

»*Du* dagegen nicht«, murmelte er mit Blick auf die Trireme und formte die Luft um das feindliche Schiff herum so, wie der Kristall es ihm in seinen Träumen gezeigt hatte: Er erzeugte zwei parallele Wände aus harter Luft, links und rechts der Trireme. Die beiden harten Schichten unsichtbarer Energie waren so schmal, dass er mit ihnen Brot hätte schneiden können. Er lächelte grimmig und mit einem einzigen, hasserfüllten Gedanken ließ er die beiden Mauern aus steinharter Luft zusammenschnappen.

Es gab einen ohrenbetäubenden Knall, als die beiden Luftschichten zusammenprallten und das Meer ringsherum kräuselte sich zu weißen Gischtflocken. Die Trireme zerbarst so schnell, dass es mit dem Auge kaum wahrzunehmen war und verwandelte sich blitzartig in einen senkrechten Strich aus feinen Holzsplittern, zerrissenen Planken und zerfetzten Körpern. Dann lösten sich die Wände aus Luft so plötzlich wieder auf, wie sie aufgetaucht waren und mit lautem Tosen fiel alles ins Wasser.

Der Zusammenprall von unnatürlichen Elementargewalten hatte einen so großen Druck erzeugt, dass es seine Mannschaft auf dem Oberdeck von den Beinen gerissen und sich viele von ihnen viel zu spät die bereits blutenden Ohren zugehalten hatte, während sie sich vor Schmerz auf den Planken wanden.

»Die Hafeneinfahrt ist frei«, murmelte er mit einem kalten Lächeln, das der Kristall in seiner Hand mit einem triumphalen Gefühl des Rausches erwiderte.

Die *Schwarze Mähre* pflügte wie ein Rammbock durch die winzig kleinen Wrackteile und zerschmetterten Körper, die nun wie ein Teppich vor der Hafeneinfahrt trieben und passierte sie mit ungebremster Fahrt. Mit zwei kurzen Gedanken verstärkte er den Wind um das Schiff herum und änderte seine Richtung, sodass er nun kräftig in die Segel blies und sie weiter beschleunigte.

Nun war seine endgültige Rache nahe und er würde sie so lange auskosten wie möglich, wenn er diesen General erst in die Finger bekam. Er würde ihn leiden lassen für das, was er Tasha angetan hatte, solange bis er um seinen Tod bettelte.

Doch Felix würde ihn selbstverständlich nicht töten, denn dann wären all seine Möglichkeiten dahin, die vielfältigen Folterideen des Kristallsplitters in die Tat umzusetzen.

Mit rotgeränderten Augen, die fiebrig auf das immer größer werdende Meer von ausgebrannten Häuserruinen starrten, stützte er sich auf der Reling zum Oberdeck ab und beobachtete, wie seine Männer panisch nach Tauen, Riemen und Holzamaturen griffen um sich festzuhalten.

Er hatte keinen Befehl zum Drosseln der Fahrt gegeben, also rührte der Pirat hinter dem Steuer, dessen unwichtigen Namen Felix längst vergessen hatte, keinen Finger.

*Kluger Mann*, dachte er gehässig. *Immerhin einer, der nach Graubarts Verschwinden verstanden hat wie die neue Befehlskette hier an Bord funktioniert.*

Die *Schwarze Mähre* preschte mit übernatürlich schneller Fahrt durch das Hafenbecken auf den mittleren Steg zu, der wie alle anderen Anleger auch komplett frei war. Natürlich waren sie viel zu schnell für jeglichen Manövrierversuch. Doch das brauchten sie auch gar nicht mehr.

Scheinbar hatten die Vindicaner seit ihrem Angriff alle Schiffe versenkt oder fortgebracht. Er tippte eher auf Letzteres, da das Gewässer innerhalb der Kaimauern nicht so tief war, dass er nicht zumindest die Masten gesehen hätte, wenn die großen Koggen auf Grund liegen würden.

Zufrieden schweifte sein Blick über die Hafenpromenade, an der weiter hinten ein Empfangskomitee aus zwanzig Legionären und einigen Diplomaten in weißen Togen wartete, die eine weiße Parlamentärflagge in die Höhe hielten.

*Parlamentärflagge.* Angewidert spuckte er aus und grub seine Finger vor Zorn in das massive Holz der Reling, die protestierend knackte, als seine vom

Hatori verstärkten Hände zupackten.

Im nächsten Moment donnerte die *Mähre* auch schon mit dem Bug in einen der Holzstege und zerfetzte die aneinandergereihten Holzbohlen ohne große Mühe.

Der massive Rumpf des Piratenschiffs pflügte unter dem ohrenbetäubenden Krach berstenden Holzes durch den Anleger, wie ein wildgewordener Berserker und schob die Überreste wie einen Orkan aus braunen Splittern vor sich her.

Trotz des Widerstandes, den der Zusammenprall erzeugte, verlor der Dreimaster kaum merklich an Fahrt. Zu viel Masse wurde durch den von seinem Hatori gelenkten Wind bewegt, als dass der geradezu zart anmutende Anleger sie hätte stoppen können.

»Herr«, schrie der neue Steuermann hinter ihm über das Tosen des splitternden Holzes hinweg. »Wir müssen versuchen beizudrehen, sonst schneiden wir uns an der Kante der Hafenpromenade noch den Rumpf auf!«

Felix drehte mit kochendem Zorn den Kopf und fixierte den Piraten mit blutunterlaufenen Augen, bis dieser vor Angst in sich zusammenfiel und zitternd das Steuer umklammerte.

Am liebsten hätte er dieses nutzlose Schwein direkt hier an Ort und Stelle zum Nimbus geschickt für seine Dreistheit. Als wenn es wichtig wäre, dieses fahrbare Stück Holz unbeschädigt zu lassen, wo es doch um etwas viel Wichtigeres ging. Das einzige was zählte, war seine Rache und die würde sich auf eben dieser Insel entfalten, die er nicht mehr verlassen würde, bis alle Vindicaner unter dem Schwert seines Zorns für ihr Verbrechen gezahlt hatten. Vor allem aber einer von ihnen, der schon sehr bald bereuen würde, jemals das Licht dieser Welt erblickt zu haben: *Marcus Respharasan.*

Endlich war das Ende des Stegs erreicht und seine Überreste verteilten sich als brauner Regen aus scharfkantigen Splittern rechts und links, wie ein Spalier des nahenden Todes.

Ein fürchterlicher Ruck ging durch die *Schwarze Mähre*, als der Bug in die etwa kniehohe Uferbefestigung vor der Hafenpromenade donnerte und einen wahren Schauer berstender Steine in die erste Häuserreihe sandte.

Mit lautem Kreischen wurde der Rumpf an mehreren Stellen gleichzeitig aufgerissen und viele seiner Seemänner aufgrund des plötzlichen Widerstands durch die Luft geschleudert.

Als die Spitze mit der Gallionsfigur wie eine Lanze in ein dreistöckiges Wohnhaus krachte und die gesamte Front einstürzen ließ, erstarb der Wind und die *Mähre* kam endlich zu Stehen.

Die letzten Reste der Häuserfront gingen wie eine Lawine auf das Vorderdeck nieder und begruben die dort kauernden Piraten unter sich, die schreiend unter den Trümmern begraben wurden.

Als ihre Hilferufe verklungen waren, wurde es einen kurzen Moment lang still. Lediglich das leise Prasseln kleinerer Holz- und Steinsplitter, die in einem staubigen Schauer ihren größeren Geschwistern auf das Straßenpflaster folgten, erzeugte so etwas wie ein Hintergrundrauschen.

»Schnappt eure Waffen und dann runter vom Schiff!«, brüllte Felix, dessen Augen vor lauter Erwartung funkelten. Mit einem kurzen Gedankenimpuls machte er einen gewaltigen Satz von mindestens zwanzig Schritt und landete mit dem Knie voran im Pflaster der Hafenpromenade, das unter der Wucht seines Aufpralls zerbarst.

Die Piraten, oder zumindest diejenigen, welche ihr unkonventionelles Anlegemanöver überlebt hatten, beeilten sich seinem Befehl nachzukommen und sich wie ein Schwarm Insekten von der Backbordseite abzuseilen.

Felix erzeugte seinen eiförmigen Schild aus harter Luft um sich herum, genau wie der Splitter es ihm gezeigt und er es bereits getan hatte, als die Piraten ihn nach seiner Verbannung Graubarts angegriffen hatten.

Selbst mit seinen geschärften Sinnen brauchte er durch all den Staub einen kurzen Moment um die Vindicaner auszumachen, die an der

Hafenpromenade auf ihre Ankunft gewartet hatten.

Doch dann sah er sie endlich: Die kleine Gruppe war scheinbar heillos geflüchtet, als sie gesehen hatte, dass er gar nicht daran gedacht hatte sein Schiff abzubremsen und stand jetzt etwas unsortiert etwa einhundert Schritte weiter stadteinwärts in der Hauptgasse, die von der Promenade zum Stadtkern führte.

Wie ein kurzer Einblick in ein vergangenes Leben tauchte das Bild einiger Läden und ihm einstmals vertrauter Menschen vor seinem inneren Auge auf, die schon einmal mit ihm über das Pflaster dieser Straße gegangen waren.

Doch so schnell die Bilder gekommen waren, verschwanden sie auch wieder und wurden von dem allgegenwärtigen Zorn zerrissen, wie die hilflose Beute eines rasenden Raubtiers.

Einige der Legionäre hatten während ihrer heillosen Flucht vor dem heranpreschenden Schiff scheinbar ihre Waffen fallen gelassen und halfen gerade den Diplomaten in ihren zerrissenen Togen wieder auf die Beine, während Felix gelassen auf sie zu marschierte.

Drei der Legionäre nahmen sofort ihre Beine in die Hand und liefen in unterschiedliche Richtungen davon, als sie ihn erblickten.

Einen von ihnen erwischte er noch, bevor er in einer engen Gasse verschwinden konnte. Er schlug ihm einfach mit harter Luft den Kopf ein.

*Wie Opfer auf der Schlachtbank*, flüsterte es in seinem Kopf. Diese Stimme war ihm seit einiger Zeit nur allzu vertraut. Natürlich wusste er nicht was eine *Schlachtbank* sein sollte, doch die inneren Bilder, die der Seelensplitter ihm sandte, genügten als Erklärung. Das, was er mit dieser freundlicherweise für ihn zusammengestellten Delegation des Generals vorhatte, kam der Idee des Kristalls jedenfalls sehr nahe.

Feiner Staub perlte von seinem Schild ab und tauchte ihn in einen grauen Schimmer.

Die Diplomaten in ihren lächerlichen Wickelgewändern, welche nun völlig verschmutzt waren, drängten sich ängstlich hinter die ebenfalls unruhigen aber zumindest bemüht standhaften Legionäre, die zwar die Hände an ihren Waffen hatten, sie aber nicht zogen, als Felix wenige Meter vor ihnen zum Stehen kam.

»Wo ist *Marcus Respharasan*?«, fragte er mit gefährlich leiser Stimme und senkte den Kopf, wie ein Stier, der sich auf seinen bevorstehenden Angriff vorbereitete. Damit sie ihn verstehen konnten, öffnete er dabei ein kleines Loch in seinem Schild.

»W-w-o ist wer?«, stammelte einer der Diplomaten mit heiserer Stimme.

Felix hob eine Hand und gab seinen Gedanken freien Lauf: Der Körper des graubärtigen Vindicaners wurde wie von Geisterhand angehoben, während seine Kameraden ihn wie erstarrt anglotzten. Dann traten überall aus seinen Poren dünne Blutfäden hervor, bis er aussah wie ein roter Kristall, aus dem unzählige, winzige Stalagmiten hervorbrachen.

Gerade die Langsamkeit dieses Vorgangs, als spiele sich alles unter Wasser ab, verlieh diesem Todeskampf eine grauenhafte Note, die Felix' Vorfreude auf seine Begegnung mit Marcus Respharasan nur noch vergrößerte.

*Eine gute Idee*, sagte er anerkennend in sein Inneres hinein und aufsteigende, fremde Genugtuung machte ihm klar, dass es einen Zuhörer fand.

»Möchte noch jemand von euch meine Geduld auf die Probe stellen?«, fragte er beinahe im Plauderton und schaute gehässig in die Gesichter der völlig verängstigten Vindicaner.

*Genauso verängstigt war* sie *auch*, knurrte er innerlich.

»Er ist im Rathaus«, rief einer der Legionäre mit brechender Stimme. Nun entbrannte ein wahres Wirrwarr aus sich überschlagenden Stimmen, als sie alle gleichzeitig zu sprechen begannen: »Drüben im Rathaus«, »Es ist gleich auf der anderen Seite des Marktplatzes«, »Die Gasse hoch bis zu dem gepflasterten Platz«.

»Das war doch gar nicht so schwer, oder?« Zufrieden nahm er zur

Kenntnis, dass mittlerweile die Reste seiner Mannschaft mit gezückten Entermessern, Äxten, Speeren und Pistolen bewaffnet herangekommen waren und sich dicht hinter ihm hielten.

Aufgrund seines Schildes aus Luft hatte er sie nicht kommen gehört, da Schall ebenso von ihm abprallte, wie alles andere auch.

Die Vindicaner standen ohnehin dichtgedrängt, da die Gasse in der sie standen keine fünf Schritte breit war und rechts und links von den für Waderstade so charakteristischen, schiefen Häusern gesäumt wurde, die das Pflaster in tiefe Schatten tauchten.

Felix starrte wie besessen auf das Ende der Gasse, das etwa zweihundert Schritte weiter vorne wie ein geöffneter Schlund auf das Rathaus führte und damit zu seiner endgültigen Rache.

Während er noch überlegte, wie er die vor Angst zitternde Gruppe Kaiserlicher vor sich am befriedigendsten auslöschen konnte, setzte ein leichter Nieselregen ein, den er bei dem tiefen Grau des Himmels schon weitaus früher erwartet hatte.

*Selbst das Wetter sieht dein Ende nahen, Respharasan*, dachte er zufrieden und reckte den Kristall in seiner Hand vor.

»Falls es für euch einen Nimbus gibt, könnt ihr *dort* auf Gnade hoffen«, sagte er zischend an die Vindicaner gerichtet und machte eine kurze Pause, in der sie ihn einfach anstarrten und sich dicht aneinander drängten, wie eine Horde verängstigter Schafe. »Von *mir* bekommt ihr keine.«

Er webte einen Käfig aus Luft um die Abordnung herum und ließ ihn schnell enger werden, bis die ersten entsetzten Schreie ertönten, die bald von dem Knacken brechender Knochen begleitet wurden.

So sehr es ihn auch mit Genugtuung erfüllte sie wie eingesperrte Ratten zerquetscht werden zu sehen, gab es jetzt doch Wichtigeres zu tun.

Also drehte er sich zu seinen Männern um, die vollkommen entsetzt auf die Szenerie vor sich starrten und dabei vor lauter Schrecken die Waffen sinken ließen.

Am Rande nahm er war, wie ein steter Fluss tiefroten Blutes um seine Stiefel herum einsetzte und sich die Gasse hinunter in Richtung Hafen ergoss. Viele der Piraten starrten mit angsterfüllten Augen auf die zähe Flüssigkeit zwischen ihren Füßen, die nicht weniger zu werden schien.

»Ich will, dass ihr euch in den Gassen...«, begann er herrisch, bemerkte jedoch, dass sie ihn durch das geschlossene Schild nicht hören konnten und ließ ihn deshalb einfach fallen, jetzt wo die Feinde in nächster Nähe ohnehin vernichtet waren. Abgesehen davon war er im Hatori ohnehin um ein Vielfaches schneller, als sie alle Vindicaner oder Piraten zusammen. Der dichte Regen durchnässte ihn innerhalb weniger Wimpernschläge, doch das kümmerte ihn nicht.

»Ich will, dass ihr euch in den Gassen verteilt und von allen Seiten auf das Rathaus zuhaltet«, befahl er erneut und die Seemänner beeilten sich zu nicken, obwohl er ihren Augen ansehen konnte, dass sie am liebsten ein paar tausend Meilen zwischen sich und ihn gebracht hätten. »Ihr versperrt alle Zugänge zum Marktplatz, damit keines dieser Schweine entkommen kann. Jeder, der es versucht, wird getötet. Ist das klar?«

Zustimmendes Gemurmel erklang aus den etwa fünzig Kehlen.

»Wenn einer von euch seinen Posten verlässt, ziehe ich ihm höchstpersönlich die Haut ab«, fügte er drohend hinzu und deutete mit dem pulsierenden Kristall auf die schmutzigen Gesichter der Mannschaft, die beinahe panisch vor dem faustgroßen Fragment zurückwichen.

Gerade als er zufrieden seine Hand zurückziehen und seinen Schild wieder hochziehen wollte, geschah es: Schwarzgefiederte Pfeile schossen aus allen Richtungen hervor und zielten offensichtlich auf seinen Arm, der innerhalb eines Wimpernschlages unter dem Aufprall gleich mehrerer Pfeilspitzen vollkommen zerfetzt wurde.

Die Reste seiner linken Hand fielen gemeinsam mit dem Seelensplitter auf das Pflaster und ein markerschütternder Schrei entfuhr seiner Kehle.

Ein tränenverschleierter Blick offenbarte ihm die gesamte Tragweite des Grauens. Überall in den zuvor noch leeren Fenstern der Häuserruinen rechts und links waren Legionäre mit Pfeil und Bogen aufgetaucht und deckten seine Männer mit einem steten Hagel zischender Geschosse ein, welche die Gasse in ein Tollhaus des gefiederten Todes verwandelten. Schreie blanker Panik vermischten sich mit dem Prasseln eines einsetzenden Platzregens, der den blutgetränkten Steinboden aufwühlte.

Entsetzt starrte Felix auf seinen Arm, der jetzt knapp unterhalb des Ellenbogens in einem zerfetzten Stumpf endete, aus dem in gleichmäßigem Takt dünne Spritzer warmen Blutes schossen.

Wie betäubt presste er seine rechte Hand gegen die Wunde, um seinen nahenden Tod so gut es ging hinauszuzögern.

Der Zorn, der eben noch so tief in seinen Knochen gesessen hatte, war gemeinsam mit seinem Arm verschwunden, der nun, den glühenden Kristall noch immer fest umschlossen, zuckend am Boden lag.

Selbst der eben noch brennende Schmerz war einer dumpfen Gleichgültigkeit gewichen, die von allen Seiten durch tiefe Trauer bestürmt wurde, sich aber nicht vertreiben ließ.

Erst als er den Blick vom tiefroten Boden hob und die Seemänner beim Sterben beobachtete, zerriss der betäubende Kokon des Schocks und dicke Tränen rannen über seine Wangen, während er kraftlos auf die Knie sank.

Etwa die Hälfte der panischen Piraten lag bereits von Pfeilen durchbohrt am Boden und wand sich in dem Gemisch aus Regen und Blut, das wie ein Sturzbach durch die enge Straße in Richtung Hafen schoss, wo mit lautem Scheppern mehrere Reihen Legionäre erschienen und fliehende Seemänner niedermetzelten, die ihre Waffen weggeworfen hatten und in blinder Panik zu entkommen versuchten.

Wer dem Geschosshagel aus den oberen Stockwerken entkommen war, versuchte sein Glück in den engen Gassen zwischen den einzelnen Häusern. Doch auch dort wurden sie schnell von vorrückenden Soldaten aufgespießt, die mit mannsgroßen Schilden und langen Speeren bewaffnet unbarmherzig weiter vordrangen.

Bald war auch der letzte Rest der einstmals stolzen Seeräuber vor seinen Augen eingekesselt und gnadenlos getötet worden und im Tosen des Platzregens wurde es still.

Mit flatternden Augenlidern nahm Felix wahr, wie einige der Legionäre ihn umstellten, den Kristall in eine schwere Kiste mit dunklen Eisenbeschlägen steckten und sie fest verschlossen abtransportierten.

Warum hatte er die Schützen nicht gesehen? Das Hatori hätte doch seine Sinne schärfen müssen.

Der Kristall. Es musste der Kristall gewesen sein, der ihn blind gemacht hatte.

*Es tut mir leid*, dachte er traurig und starrte entsetzt auf die unzähligen Toten, die sich vor ihm bis zur Hafenpromenade mit ineinander verschlungenen Leibern stapelten. Es wirkte wie ein direkter Blick in jene Hölle, vor der sie sich immer gefürchtet hatten.

Er wollte wegsehen, doch zwang sich stattdessen dazu, den dichten Schleier aus Tränen fortzublinzeln und genau hinzusehen, was er diesen Menschen angetan hatte.

Jetzt wo der Kristall verschwunden war, kam auch die Erinnerung zurück, als sei sein Verstand von einem Nebel aus undifferenziertem Zorn verhüllt gewesen, der rückblickend betrachtet weniger mit Rache für Tashas Tod, als vielmehr dem blanken Verlangen nach Blut und Vernichtung zu tun hatte. Dinge, die er bisher nicht von sich gekannt hatte.

Inwieweit die Seele des Kristalls auf ihn eingewirkt hatte oder nicht, spielte jedoch keine Rolle mehr. All diese toten Männer lasteten nun zusammen mit Tasha auf seinem Gewissen. Männer, die er in seiner blinden Wut direkt in eine simple Falle geführt hatte. Trotz gesteigerter Sinne im Hatori waren ihm die versteckten Legionäre hinter dem Fenster nicht aufgefallen, entweder weil der Kristall in mit seiner Wut hatte blind werden lassen, oder weil er sich in seinem grenzenlosen Hass zu sehr auf die Begegnung mit dem Peiniger seiner Geliebten konzentriert hatte. Er wusste es nicht und es war auch nicht mehr entscheidend.

Bevor er einen weiteren Gedanken fassen konnte, stellte sich ein hagerer Mann im braunen Lederpanzer der Legionäre breitbeinig in sein Blickfeld.

Der einzige Unterschied zu den anderen Soldaten war, dass er an der Schulter eine goldene Kordel trug und der schwarze Federschmuck auf seinem Helm quer verlief und nicht längsseitig.

Als er seinen Helm mit beiden Händen abnahm, kam ein hohlwangiges Gesicht mit grauen Bartstoppeln und einem schwarzgrauen Haarkranz um die Schläfen zum Vorschein.

Stechend graue Augen blitzten triumphierend aus tiefen Höhlen hervor, während er den Helm an einen Soldaten zu seiner Rechten weiterreichte und einen Schritt auf den noch immer knienden Felix zu machte.

»Versorgt ihn. Ich will nicht, dass er mir wegstirbt, bevor ich ihn General Respharasan übergeben kann«, befahl er barsch und zwei Legionäre mit roten Armbändern kamen herbeigeeilt, um sich der Wunde anzunehmen, die unangenehm pulsierte, aber ansonsten keinerlei Schmerzen verursachte. Wie durch einen dicken Schleier nahm Felix ihre Handgriffe wahr, als sie ihn grob, aber präzise versorgten.

»*Du* bist es also, der Admiral Zevikus mitsamt seiner Flotte versenkt hat?«, fragte der fremde Soldat mit dem überaus präzisen Dialekt der Kaiserlichen, doch sein Tonfall ließ keinen Zweifel daran, dass es sich eher um eine Feststellung handelte.

»Ich bin Zenturio ersten Grades Raphalis ti Angusta, Kommandeur der eroberten Gebiete Kaiser Vindican Respharasans, unter dem Befehl von

General erster Hand Marcus Respharasan«, stellte er sich ruhig vor, als plauderten sie über nichts Wichtiges.

Felix spürte, wie ihm warmer Speichel von der Unterlippe troff, konnte aber nicht genügend Kraft aufbringen, um seinen Mund wieder zu schließen.

»Machst wohl nicht mehr besonders viel her, wenn dieses Teufelswerk erst einmal außer Reichweite ist, hm?«, fragte der Zenturio gehässig und deutete auf etwas außerhalb seines Blickfeldes. Felix hatte aber keinen Zweifel, dass er auf die Kiste mit dem Kristall zeigte.

Er brachte all seine Kraft auf, um dem Zenturio in die Augen zu sehen und erkannte dort neben Genugtuung vor allem kalte Berechnung und eine Spur Abscheu.

Diese kleinen Augen, die so tief im Kopf des bereits ergrauten Kommandanten lagen, strahlten das exakte Gegenteil von überwältigenden Gefühlen aus, die Felix in den letzten Wochen vor sich hergetrieben hatten.

Zielstrebig und besonnen, dabei kalt und unbewegt schienen sie die perfekte Voraussetzung für diesen Hinterhalt widerzuspiegeln. Der Blick dieser Augen offenbarte ihm die gesamte Tragweite der Situation und die berechnende Weitsicht dieses Generals namens Marcus Respharasan, der ihn so gründlich in seinen Untergang manövriert hatte. Felix hätte sich beinahe geschämt, wohnte seinem Geist noch genügend Kraft inne, um sich zu regen.

»Ich werde mich in den nächsten Tagen eingehend mit dir unterhalten und ich werde kein Messer benutzen um dich zu foltern. Nein, wir werden uns lediglich unterhalten und dabei wirst du mir ganz genau erzählen, wo ich deine Freunde finden kann, das verspreche ich dir«, stellte Raphalis nüchtern fest. »Den Henker deines Weibes kann ich dir leider noch nicht vorstellen, da er gerade auf dem Festland deinen Freunden *Magnus* und *Raynor* nachstellt. Ja, wir wissen wo sie stecken. Doch deine Audienz wird noch kommen, keine Sorge. Wenn es genau so einfach wird, sie in eine Falle zu locken, solltest du nicht allzu lange warten müssen.«

»Ich...«, begann Felix heiser, doch der Zenturio winkte mit einer behandschuhten Hand ab.

»Nein. Für dich gibt es kein *ich* mehr, Hexer.«

Raphalis gab seinen Soldaten einen kurzen Wink, woraufhin zwei von ihnen dem Pilgrim einen ranzigen Knebel aus schmutzigem Leinentuch in den Mund stopften. Dabei gingen sie so rabiat vor, dass die Haut an seinen Mundwinkeln mehrfach riss, doch er nahm den Schmerz kaum wahr.

Eine einsame Träne rann wie flüssiges Feuer über seine Wange und begleitete seinen letzten Gedanken an Tasha, bevor er zu den Füßen des Zenturios bewusstlos in das dickflüssige Gemisch aus Regen und Blut fiel.

**ENDE BAND 2**

*Pilgrim 2 – Die Verlorenen*

wird fortgesetzt mit

*Pilgrim 3 – Die Geächteten*

Printed in Poland
by Amazon Fulfillment
Poland Sp. z o.o., Wrocław

90441443R00186